강효근 소설집

객 귀

강효근 소설집

객 귀

강 효 근 지음

KSI 한국학술정보㈜

머 리 말

　글을 쓰면 신문 잡지에 발표하고 또 그것들을 모아 묶음집으로 펼쳐냈습니다. 전에는 이러한 절차가 윤활하게 진행되어 우리 작가들은 모두 열심히 글을 썼습니다. 언젠가부터 여건이 달라졌습니다. 시장경제체제가 도입되면서 출판사들에서 한결같이 자금난에 봉착하게 되었답니다. 작가들의 작품을 문집으로 묶기가 어려워졌습니다. 방법이 없으므로 작가들 자신이 출자(出資)하여 책을 만들지 않으면 안 되었습니다. 저도 제가 돈을 내어 소설집 『둥지를 떠난 새』를 출판했답니다. 장구지책은 아니었습니다. 계속 자기 돈으로 책을 찍을 순 없었거든요. 이런 상황에서 어떤 분들은 한국으로 진출하려고 했습니다. 그것 역시 순통(順通)하지 않았습니다. 지난 몇 년간 한국의 여러 출판사에서 우리의 책을 확실히 많이 출판해 주었습니다. 저도 그러한 혜택을 받았는데 1991년에 「스포츠서울」에서 저의 소설집 『정신있소』를 알선해주었습니다. 가석하게도 판매량이 이상적이 못되었습니다. 우리 모두가 단군의 후예인 것은 사실이되 장기간 각기 다른 환경 속에서 생활한데서 우리의 사유방식, 생활습관, 심미관점은 부동한 차이를 갖고 있었고 그러한 빌미로 하여 작품이 자연 공감을 일으킬 수 없었습니다. 수익성을 따지고 있는 출판사들이 더는 출판해주려 하지 않았습니다. 물론 모두가 그런 것은 아니지만. 그래서 어떤 작가는 역사적인 테마인 이민사를 다루면 한국 독자들에게 수납(受納)될 수 있지 않을까, 타산을 바꾸어 보았습니다. 그러나 너 나 없이 이민사를 쓴다면 그 국면은 가히 짐작할 수 있는 게 아닐까요. 유효한 방법은 아니었습니다.

글쓰기가 확실히 재미없어졌습니다. 그렇다고 붓을 꺾지 못하는 것이 작가들인가 봅니다. 기실 작품집을 못내는 것이 무슨 상관일가요, 책을 만드는 게 아니고 글을 쓰는 게 작가가 아니겠습니까. 저는 부지런히 글을 썼습니다. 그리고 계속 쓰겠습니다. 중국에 살고 있는 조선족의 실상을 진솔하고도 흥미진진하게 그리어 역사에 남길 수 있다면 한 작가로서의 사명을 수행한 것이라고 저는 굳게 믿고 있습니다.

중국　연길에서

강효근

2005년 3월

차 례

세월은 흘러

　꿈인 상 싶었다. 고생 끝에 낙이라지만 복덩어리가 하늘에서 넝쿨 채로 떨어질 수 있을까 불가사의했다. 그것이 너무도 희귀하고 엄청나고 아닌 밤중 홍두깨 같은 것이어서 도무지 믿어지질 않았다. 누가 장난을 하노라고 한 것이 아닐까? 모든 것이 상품화되면서 각박한 인정을 파생시켰다면 돈 없으면 촌보난행이다. 사람마다 그놈의 개도 먹지 않는 돈 때문에 눈에 쌍불을 켜댔다. 흥정은 어디나 있다. 비단으로 개똥을 싼 것 같은 저열한 상품을 매대 위에 올려놓고도 뻔뻔스럽게 싸구려를 불러댄다. 지금 세월 공짜를 바라는 것부터가 어리석었다. 추호의 조건부가 달리지 않은 배려는 약주고 병 주는 음험한 수작으로밖에 인정할 수 없다. 이 며칠 나의 심정은 먹장구름으로 덮인 하늘처럼 스산하고 을씨년스러웠다. 콩을 심으면 콩이 나고 팥을 심으면 팥이 난다고만 알고 있는 나로서는 뜻하지 않던 복덩어리가 느닷없이 저절로 굴러온 것이다. 어쨌으면 좋을지 심란하기만 했다.

1

　지구덩어리를 몽땅 재 더미로 만들 기세로 지글지글 타 번지던 태양이 이젠 기진맥진했던지 기염 만장했던 호기가 뚝 꺾인 초가을의 어느 날이었다.
　"김태복 댁이 여기지요?"
　초록색 자전거가 가둑나무로 엮은 바자 앞에서 주춤 멈춰 선다. 우편배달부가 두툼한 편지 한통을 들고 뜰 안으로 쑥 들어선다.
　"옳아요…"
　짐승도 실은 주인을 믿고 산다. 엄동설한의 하늬바람을 우려하여 구멍 숭숭한 돼지우리를 진흙으로 두루 바르고 있던 나는 의아쩍은 눈길로 우편배달부를 바라보았다. 이날 이때까지 편지라고는 한 통도 받아보지 못하고 살아온 나였다.
　"외국에서 편지가 왔어요. 반가운 소식일겁니다."
　"뭐라구?!…"
　나는 어안이 벙벙해졌다. 언젠가부터 우리 조선족은 미국, 일본, 한국 등지로 이산가족과 조강지처를 찾는 바람이 세차게 불었다. 향 소재지에서도 20여리나 동떨어진 외지고 편벽한 금성촌도 예외가 아니었다. 해외에 편지를 띄우고 해외의 신문과 방송국에 사람 찾는 광고를 내면서까지 이러구러 부모형제를 찾은 것이 한 집 건너라고 해도 과언이 아니었다. 씨종자를 심은 아내와 흩어져 방법 없이 재취하여 아들딸이 수두룩한데 외국에서 아버님상서란 편지가 날아왔단다. 왜놈들에게 끌려가 죽은 줄로만 알았던 동생이 "형님, 나 아직 살아 있수!"라면서 입국초청장을 보내왔단다. 사람은 죽지 않으면 아무 때건 만난다고 했다. 허나 수십 년이란 긴긴 세월이 덧없이 흘러서야 뜻밖에도 피차간의 소식을 알게 되었으니 그 희열을 어떻게 表現하랴. 그러하여 근간 친척방문 편으로 출국하는 사람들이 많게 되었다. 가석하게도 나에게는 별도로 절절하게 찾아볼 혈육이 없었다. 구태여 있다면 외삼촌이었다. 나는 70을 넘은 그가 이젠 세상을 떴다고 여기였다. 멍멍개가 담장위에 올라간 고양이를 멍청히 바라보는 심정이라 할까, 애당초 찾을 엄두를 내지 않은 나에게 뚱딴지 같이 외국에서 편지가 오다니 웬 감투 끈일까.

그것은 사실이었다. 겉봉을 흘끔 훑어보니 그것은 망망한 바다건너 머나먼 부산에서 날아온 것이 확실했다. 누굴까? 싱숭생숭한 심정을 걷잡지 못하면서 급급히 겉봉을 뜯었다.

태복 형님 전상서

그간 옥체 건강히 지내셨사옵니까. 저는 김창석 어른의 셋째아들 김태일이옵니다. 형님의 거처를 알고 싶어 왜정 때 형님네가 살았던 주소에다 편지를 여러 장 띄웠사옵니다만, 그것은 바다에 돌을 던진 격으로 감감무소식이었사옵니다. 이곳의 여러 신문과 방송국에 사람 찾는 광고를 내었어도 찾을 길은 여전히 묘연했사옵니다. 그래서 이번엔 친척방문 편으로 여기로 오신 중국교포들을 의식적으로 만나 세세히 탐문했사온데 어쩌다 요행 길림성 서란현에서 오셨다는 교포한데서 형님의 주소를 알게 되여 이렇게 필을 들었사옵니다.

편지 속지를 거머쥔 내 손은 무시로 떨렸다. 나에게는 동생이라고는 향 조선족 소학교에서 교편을 잡고 있는 태수를 제외하고는 아무도 없었다. 나를 형님이라고 부르는 태일은 도대체 어

느 구멍에서 뛰쳐나온 위인일까. 무슨 갈래 판인지 종잡을 수
없었다.

　형님! 형님은 수십 년 동안 타관 땅에서 사시면서 고생
이 얼마나 막심했사옵니까. 그에 비하면 전 부친이 경영
했던 토목회사를 운영하고 있기 때문에 남부럽지 않게
살고 있사옵니다. 다만 부친이 별세하시면서 유서를 한
장 남기셨는데 경주 김씨네 맏아들인 형님께서 수억이
넘는 부친의 유산을 처리해야 한다고 명백히 밝혔사옵니
다. 오늘 이 편지와 함께 초청장을 보내오니 출국수속이
되는 즉시 떠나주시면 되옵니다. 출발 전에 전보를 보내
시면 제가 인천부두까지 마중 나가겠사옵니다.
　끝으로 두 손 모아 형님의 만복을 충심으로 비옵나이다.

나는 몽둥이로 뒤통수를 호되게 얻어맞은 것 같았다. 덩덩하
고 얼떨떨하고 아리송했다. 부친의 명함이 김창석이었던가. 기
억은 흐리멍덩하고 까마득했다. 김창석이라— 생전 처음 듣는
상 싶어 생소하고 불명했다. 부친의 명함조차 똑똑히 기억하고
있지 못한 나에게 거액의 유산을 물려받으란다. 세상일 허구 많
고 복잡다단하다지만, 과연 그럴 수 있을까. 난데없고 느닷없어
그 진가를 판단하기 어려웠고 그런 만큼 믿음이 가지 않았다.
“어디서 온 편지유?”
송연해진 몰골로 아래 목에 몸져누워있던 아내가 의혹의 눈
길을 내게로 쏟으며 물어본다.
“……”
무엇이든 달달 꼬여 해명되지 않거나 어떤 일로 속이 언짢아
불쾌해지면 벙어리 냉가슴 앓듯 혼자서 끙끙거리는 나다. 아내

의 탐문에 응대할 대신 마라초를 엄지손가락만큼 굵게 말아 드
윽! 성냥불을 켜댔다. 담배를 쭈욱 빨아들였다가 푸 - 내뿜었
다. 연기는 따리를 틀면서 허공으로 서서히 솟아오른다. 그것을
따라 나의 뇌리 속으로 우렷히 떠오른 것은 아득한 동년시절의
서글픈 회포였다.

 산부리를 빙빙 에돌아 그리 크지 않은 개천이 쉴 새 없이 흘
렀다. 크고 작은 논판들은 개천을 둘러싸고 스산하게 누워있었
다. 이곳이 내가 나서 자란 고향땅이다. 농가라고는 도합 몇 집
밖에 안 되었다. 그나마 포항에서 내려왔다는 이씨네의 고래 등
같은 기와집을 제하고는 모두 바람이 불어도 금시 찌그러질 듯
한 초가집에서 살았다. 그때는 먹을 것이 왜 그리고 없었던지.
어머니가 끓여준 보리죽도 배불리 먹을 수 없었다. 나는 땅거미
가 기어들자 어머니 몰래 집을 나섰다. 야트막한 산언덕에 이르
러 원숭이 나무를 타듯 제꺽 밤나무로 올라갔다. 쥐도 새로 모르
게 호주머니가 불룩하게 밤을 따가지고 돌아왔다.
 "너 이것 어디서 났어? 이씨네 걸 훔쳐 온 게 아니여?"
 화들짝 놀란 어머니는 눈이 휘둥그래서 물었다.
 "떨어진 걸 줘왔는데 뭘!"
 어머니의 감사나운 언동에 간이 녹두알처럼 된 나는 얼결에
거짓말을 꾸며댔다.
 "그래도 그것은 남의 것이여. 당장 갖다드려!"
 "……"
 남의 물건이라면 짚 한 오리마저 다치지 않는 정직하고 성실
한 어머니 앞에서 나는 할 말이 궁했다. 나는 어머니의 엄령대
로 밤을 몽땅 이씨네 집에 가져다주었다.
 "못된 망아지 뽈부터 난다고 니가 벌써 도둑질이여? 호로 자식

같은 것이!"

　나는 참을 수 없는 수모로 하여 욱- 부아통이 터졌다. 부친이 눈 멀쩡히 살아계신데 호로 자식이란 웬 말인가? 더러운 타매가 맘속에서 사그라지지 않았다. 내가 밸이 뒤틀려 씩씩거리고 있는 때 문득 부친이 집을 떠난 지 수개월이 넘도록 돌아오지 않았다는 사실이 나의 흉벽을 호되게 갈겼다. 부친은 농사는 둘째 치고 처자권속도 마다한 채 쩍하면 집을 나갔다. 어디 가서 무엇을 하는지는 딱히 모르나 집을 떠나면 반년이고 일 년이고 돌아오지 않았다. 어쩌다 요행 귀향하면 끼니때마다 술을 떠오라고 성화가 극심했다. 어머니가 치마 안주머니에 꽁꽁 감춰두었던 돈으로 술을 사오면 곤죽이 되도록 마셨다.

　"술 좀 적당히 잡수시면 안 되겠니꺼."

　윗목에 쭈크리고 앉아 희미한 등잔불을 빌어 헌옷을 깁고 있던 어머니가 하도 기가 막혀 한 마디 던진다.

　"뭣이?"

　"끼니거리가 없어 굶는 형편인데 술만 잡수면 어떻게 되니꺼?"

　"계집이 무슨 주둥아리 질이여?"

　그러잖아도 오만상을 험상궂게 찡그리고 연해연방 술만 걸차게 퍼먹던 부친은 이제야 끈터구를 잡았다는 듯 주안상을 통채로 뒤엎는다. 그리고는 번개같이 어머니의 머리채를 휘여 잡고 사정없이 팬다. 우락진 손으로 뺨을 갈기고 투박한 발길로 하신을 걷어찬다. 아아- 어쩜 자애롭고 성실하고 근면한 어머니에게 어쩌면 저렇게 잔인하고 흉악하게 수 있을까. 부친의 얼굴은 보기조차 역겹고 징그러웠다. 하니까 정처 없이 떠돌아다니는 부친의 슬하에 있는 나를 보고 호로 자식이란 실은 질책이 아니라 지론조로 내친 비웃음이다. 나는 허청간 으슥한 곳에 숨어 꺼이꺼이 흐느끼며 눈물을 흘렸다. 나에게 하필이면 저런 부친이 차례졌을까. 서럽고 원통했다.

나는 어머니한테서 부친이 변모한 사태를 대략 알아듣게 되었다. 농민의 아들로 태어난 부친은 본시 실농군이었다. 남달리 헌헌하고 호협하게 생긴 부친은 마을사람들의 존경을 받았다. 어느 해인가 단오명절을 맞으며 면에서 씨름대회가 벌어졌다. 구경을 갔던 부친은 심심풀이로 씨름장에 나섰다. 상상 밖으로 적수들을 모조리 넘어뜨리고 일등의 보좌에 앉게 되었다.

"아저씨, 둥글소(황소)를 타고 그냥 가는 법이 어디 있어요?"

선술집 젊은 과부가 둥글소(황소)를 몰고 가는 부친의 팔목을 잡아끌며 아양을 떤다.

"한 잔 마시고 갈까……"

부친은 한 번 흔전만전 놀아보기로 했다. 하긴 해말쑥한 얼굴에 정찬 눈길을 보내는 젊은 과부의 매력이 더 유혹적이었을지도 몰랐다.

"아저씨, 자, 어서 드세요!"

나긋나긋한 팔로 부친의 어깨를 휘감은 그녀는 술잔을 입가로 가져가며 살갑게 굴었다.

"저에게도 한 잔 줘야지요, 혼자 마시는 법 어디 있어요?"

그녀는 부친에게 빈 술잔을 내민다.

"허허! 그것도 좋지!"

권커니 잣거니 부친은 어느덧 알짝지근해졌다. 세상이 녹두알처럼 보이였다.

젊은 과부와의 연극은 이렇게 막을 올렸다. 그녀는 호들갑스러운 아양을 미끼로 처음 며칠은 부친을 술독에 처넣었고 둥글소를 팔아버린 후에는 부친을 도박판에 몰아넣었다.

"아저씨, 신수 좋은 김에 한 번 도박을 놀아보지요."

“투전을?……”

“그럼요. 대운이 튼 아저씨가 도박을 놀면 둥글소가 뭐야요, 돈가리에 앉게 된답니다!”

“그래 볼까?”

째지게 가난한 삶은 고달팠다. 귀가 번쩍 열리였다. 부친은 결국 투전판에 나서게 되었다. 그러나 모이쪼(도박의 일종)에서의 갑오를 쥐면 상대측은 국진이었다. 부친은 하루밤새 소판 돈을 몽땅 잃었다. 맹랑했다. 후에 그것이 사전에 짜고 든 투전꾼들에게 감쪽같이 속히웠다는 것을 알게 되자 부친은 부아통이 터졌다. 병 주고 약 주면서 등치고 간을 빼먹은 젊은 과부를 사정없이 조기였다. 일이 안 될라고 그랬던지 그녀의 팔목이 꺾어졌다.

“아이고 원통해라. 자기가 잃고 나보고 해낼게 뭐야?…”

피해자는 파출소에 고발하겠다고 윽벼르고 있었다. 간이 녹두 알처럼 된 부친은 그길로 줄행랑을 놓았다. 무지렁이들과 휩쓸리고 반 기생들과 단짝이 되여 정처 없이 떠돌아다닌 것은 그때부터였다. 집 살림을 관여하지 않았다. 그러다가 집으로 돌아오면 어머니를 들볶았다. 못살게 굴었다. 그럴수록 내 맘속에 하나의 신념으로 굳어진 것은 다시는 부친을 부친으로 여기지 않겠다는 철 같은 다짐이었다. 그때 그 다짐이 얼마나 굳었던지 긴긴 세월이 흘러간 지금까지 변하지 않고 있었다.

나는 줄곧 어머니의 슬하에서 자랐다. 자식과 허욕이 없이 살아온 어머니의 품성을 고스란히 물려받은 나로서는 부친의 유산을 받는다는 것이 어리석게 생각되었고 그것을 계승한다는 것은 더욱 황당하다고 생각했다. 추억의 밑바닥에 앙금처럼 가라앉은 괴로움과 슬픔과 고통 때문이었다.

2

"장자상속이라고 형님이 유산을 물려받아야지요. 외국의 법은 그렇거든요."

소식을 알고 헐레벌떡 달려온 태수는 기쁨을 감추지 못했다. 나는 동생의 심정을 알고도 남음이 있었다. 한국에 한 번 갔다가 벼락부자가 된 집이 어디 한두 집인가, 덕분에 텔레비전, 비디오, 녹음기는 물론 네모 번듯한 기와삼간을 지어놓고 여유작작하게 살고 있다. 텅 빈 집에 황소를 몰아넣은 셈이었다. 은근히 부러웠다. 그런 인연과 기회가 없어 그랬지 어쩜 절로 굴러온 금덩어리를 마다할까. 그러나 상황은 그런 것이 아니었다.

"그런데……"

나는 시원스럽게 응대하지 않았다. 요지경 속에 숨겨진 내막이 도대체 무엇인지 간과할 수도 없거니와 가슴속 깊이에 틀고 앉은 응어리가 풀리지도 않았던 것이다.

"세월이 바뀌지 않았소. 고려할게 뭐유? 속히 떠날 수속이나 밟으시유."

"그런 게 아니다. 넌 편지를 보내온 태일이가 누군지 모를 거다."

"그게 도대체 누구유?"

그제야 태수는 의혹어린 눈길로 나를 꿩해서 바라본다.

그날 어머니를 반죽음을 만들어놓은 부친은 문짝이 부서지든 말든 탕! 닫고 다시 집을 떠났다. 모진 구타를 당하고 연 며칠 우황 든 소처럼 몸 져 누워 앓고 있던 어머니는 그래도 부친이 돌아올 것을 은근히 기다리고 있었다.

“태복아, 아버지가 오시능가 큰길에 마중 나가 보거라.”

어머니는 이렇게 재촉하고도 시름이 놓이지 않았던지 때때로 창밖을 내다본다. 염병을 앓고 일어난 사람처럼 눈두덩이 움푹하게 들어간 어머니였으나 그 눈길만은 기대와 갈구로 그윽했다. 난 내키지 않았다. 마중 가고 싶지 않았다. 그러나 어머니가 너무도 가긍스러워 큰길에 나갔다. 면소재지로 뻗은 자트막 길 저쪽을 눈 빠지게 바라보아도 부친의 그림자는 보이지 않았다.

“안 왔어!”

“객지에서 끼니나 제대로 드시는지…… 이번엔 꼭 돈을 벌어 갖고 돌아오실 거다.”

뾰로통해진 내가 구정물을 내던지듯 말했지만 어머니는 부친을 걱정하면서 이로운 말만 골라잡았다.

그러던 어느 날이었다. 근심스러워 지겹게 기다리던 부친이 나타난 것이 아니라 물 찬 제비처럼 요염하게 생긴 웬 젊은 여인이 꺼들먹거리며 찾아왔다.

“창식 씨가 우리 토목회사에서 잘 씌우게 된 게 누구 덕분인 줄 알어?”

“제 남편이 회사에 취직하게 되었니꺼?”

“난 토목회사 사장님의 딸이야. 창석 씨와는 이미 혼례식을 올렸어!”

“뭐라꼬요?……”

종전까지만 해도 남편이 취직하여 돈을 벌게 되었다고 기뻐하던 어머니가 화뜰 놀란다.

“뻔하지 않어? 저절로 물러서는 게 상수일 텐데!”

“……”

순간, 어머니의 피폐해진 양 볼로 눈물이 비 물처럼 좔좔 쏟아져 내렸다. 만났다 헤어짐이 인생이라지만, 여인의 충정을 고

스란히 바치면서 일생을 기탁했던 믿음이 순간에 와르르 허물
어졌다. 남편에 대한 믿음이 같은 마음으로 보답되기를 원하며
살아온 어머니가 아니었던가. 이제 누굴 믿고 살아갈까. 앞길은
망망하고 살길은 험악했다.

　"어이고!…… 전생에 무슨 죄를 졌다꼬…… 내 팔자야……"

　어머니는 주먹으로 가슴을 마구 두드리며 호곡을 털어놓는다.

　"제가 있잖아요, 어머니! 근심 말아요."

　그때 내 나이 여덟 살이었다. 햇내기 철부지여서 세상만사를
딱히 몰랐지만 부친에게 배반당한 어머니가 가년스러웠고 콧대
를 세워 제만 제노라 우쭐대면서 부친을 홀려간 여인이 밉광스
러웠다. 나는 어머니의 눈물을 손으로 훔쳐 주면서 위안했다.
그랬다고 나 어린 내가 집 살림의 중책을 몽땅 짊어진다는 것
은 어림도 없었다. 험난한 세파 속에서 어머니는 두 자식을 데
리고 인생무상을 모조리 겪었다.

　"태일이가 배다른 동생이란 말이지유?"

　"그렇다. 비록 경주 김씨 후손인건 사실이나 그의 초청에 난
어쩐지…무엇이 속에서 내려가질 않는구나!"

　"지나간 일을 돌이켜 무슨 소용이유? 추억 속에 슬픔만 남았
다고 영원히 그것을 끌어안고 살겠수?"

　나보다 네 살 아래인 태수는 나의 소개에 눈시울이 뜨거워
연해 헛기침을 하면서 들었다. 허지만 그는 먹물을 많이 먹어서
인지 과거보다 오늘을 중히 여기고 있었다. 눈앞에 것만을 직시
하는 현실주의자라고 할까.

　"그렇진 않겠지만…자꾸 께름하게만 느껴지는 걸 어쩌겠수?
우리도 남들처럼 잘 살아봅시다."

　"글쎄……"

　째지게 가난한 생활 속에서 허덕이고 모대긴 나는 헐벗고 굶

주림의 쓴맛을 맛볼 대로 맛보았다. 깊고도 넓게 패인 주름살, 아래로 축 처져 내린 눈두덩, 양 볼이 홀쭉해져 앙상하게 삐어져 나온 광대뼈. 50대초의 나이로선 퍽이나 겉늙은 축이였다. 그것은 바로 가난의 검질긴 혹을 떼려고 톺아 오르다 뒹굴어 떨어지고 그래서 이번엔 무릎으로 기면서 또다시 바라오르곤 한 데서 볼품없이 탈진해버린 온갖 풍상고초의 흔적이였으니 나라고 왜 하많은 재산을 계승하라는데 맘이 동하지 않겠는가. 다만 간난신고를 겪은 지난날의 발자취가 너무나 생생하고 짓궂게 돌이켜졌던 것이다.

"유산이고 뭐고 하는 게 뭐유? 속 시원히 말이나 해보구려."

태수가 돌아가자 아내가 급급히 궁금증을 털어놓는다.

"유산이란 저……"

난 아내에게로 흘끔 눈길을 돌렸다. 해산 후의 몸조리를 제대로 하지 못해 풍습관절염에 걸려 수년 동안 신고하다 이젠 운신도 제대로 못하는 아내였다. 가긍스러웠다. 아랫목만 지켜야 하는 지경에 이른 아내에게 실토정은 해야겠다고 생각했다.

"부친이 남긴 유산이 수억 원 어치나 된다오. 그것을 물려받으러 부산으로 오라고 했소."

"진작 말할 것이지요, 원. 들어온 복덩어리를 내버리면 저승에 가서도 천대를 받는댔어요. 제 걱정 말고 속히 떠나세요."

아내가 자리에서 훌쩍 일어난다. 그의 동작이 언제 저처럼 날렵했던가. 가난을 메칠 수 있다는 벅찬 희망이 그녀에게 날개를 돋게 한 것이다. 하다면 내가 왜 지금껏 우유부단하며 결단을 내리지 못하고 있을까. 종전 태수의 설교가 새삼스레 떠오른다. 세월은 확실히 엄청난 변화를 가져왔다. 재간껏 벌라는 세상이었다. 그래서 사람마다 눈앞의 이득을 따지면서 앞뒤로 분망히 뛰어다닌다. 농사를 짓는 한편 양돈, 양계, 양어 그 모든 것이 돈을 위해서였다. 따져보면 그제 날은 실은 오늘을 위한 것이다. 묵은 청태가 다닥다닥한 과거지사를 샅샅이 털어버리고 현실에 알 맞는 처세술을 써야 남들처럼 유족한 삶을 개척할 수 있는 게 아닐까. 가난이 죄가 아니라 돈이 원수였다. 돈만 있으면 유용하게 쓸데가 많았다. 혈혈단신 여인의 홀몸으로 오로지 두 형제를 키우느라 비단옷 한 벌 입어보지 못하시고 밥 한 끼 배불리 잡숫지 못하신 채 임종하신 어머님 앞에 나는, 시신의 삼혼칠백(三魂七魄)을 보호한다는 사잣밥도 차리지 못했고 오복을 그대로 가지고 가라는 수의 대신 깁고 기운 몽당치마 그대로 어머니를 입관시켰다. 자식으로서의 효성이 부족해서였던가. 아니었다. 가난 때문이었다. 나는 그저 대성통곡하며 울부짖었을 뿐이다. 애통해 울고 원통해 울었다. 자식으로 태어나 자식 구실을 못했던 그때 그 일을 어찌 잊을 수 있겠는가. 내가 살아 있는 한 어느 때건 꼭 비명에 숨진 어머니의 묘지에 "박복례지묘"란 네모 번듯한 돌비석을 세워야 했다. 뿐만 아니었다. 호도거리 생산책임제를 실시하면서부터 농민들의 수입이 전보다 많아졌다. 나도 예외가 아니었다. 그래서 병마에 시달리다 못해 피골이 상접한 아내를 앞세워 향 병원을 거쳐 현 병원에서 수일간 치료를 해보았다. 뚜렷한 효험이 없었다. 안산인지 어딘지 천연온천장을 끼고 전문 풍습관절염을 치료하는 병원이 있다는 소문이 자자했다. 거기서 치료를 거쳐 완쾌된 환자가 다수라는 것을 알고 있는 나였지만 가석하게도 손에 쥔 것이 넉넉하지 못해 그런 엄두를 내지 못하고 있었다. 돈이 생기면 뭐니 뭐니 해도 일편단심 나 하나만을 믿고 살아온 아내의 고질병을 내가 관심하고 내가 돌봐줘야 했다. 아무튼 내 타산은 많았고 포부도 컸다. 다만 그놈의 금전 때문에 미동도 못하는 형편이었다. 현실로 돌아온 나는 현실에 적응하려 작심했다. 나의 고집은 봄볕에 빙설이 녹듯 스르르 녹고 있었다.

3

입동이 지난지도 수일이 지났다. 설한풍을 동반한 추위가 본
격적으로 시작된 어느 날 나는 예로부터 막역히 지내고 있던
칠성 노인의 환갑잔치에 참석했다. 그 집의 분위기는 화기애애
하고 희희낙락했다. 칠성 노인이 비단 천으로 만든 한복 바지저
고리를 입고 여봐란 듯 앉아있다면 그의 노친은 짙은 자주색
바탕에 흐드러지게 피어난 무궁화와 날개를 활짝 펼쳐든 학으
로 현란한 치마저고리를 입고 배포유하게 앉아있었다. 동네방네
에서 자진해 모여든 심부름꾼들이 큰상을 차린다고 문턱이 닳
을 지경으로 들락날락했다. 큰상은 푸짐하고 톱톱했다. 주둥아
리에 빠알간 고추를 물린 통닭, 접시가 넘어나게 담겨진 잉어,
격에 맞게 층층이 쌓아올린 색과자, 찰떡, 시루떡, 곶감, 대추,
사과……없는 것 없이 풍성한 차림이었다. 입던 옷 그대로 막걸
리만 돌렸던 초라한 혼례식을 오늘 새삼스레 보상하는 셈이다.
나는 그 모든 것을 무심히 보지 않았다. 몇 년 지나면 나도 환
갑이 도래하게 될 것이요 인생은 또한 고진감래라고 저런 멋을
위해 고산준령의 가시밭을 헤쳐 나온 게 아닌가. 나도 풍성하게
차려야지! 수억의 재산을 물려받으면 저런 차림이 다 뭘까. 통
닭이 아니라 통돼지를 잡고 갖가지 산해진미로 상다리가 부러
지게 차려놓으리라.
나는 자식을 셋이나 두었다. 딸 둘은 외지로 출가해 신변에
없고 외독자인 철호만을 데리고 살았다. 옛날엔 한 혈통이면 아

들이고 딸이고 가릴 것 없이 지어 사촌의 외사촌까지도 오구작
작 한 집에 모여 '대가정'을 이루고 살았다. 그럴 형편이 못되더
라도 큰아들과는 꼭 함께 살았다. 지금 세월은 엄청나게 판이했
다. 젊은이들이 늙은 것들과 동거 동락하기를 원치 않았다. 부
모가 까다로와 자유스럽지 못하다고 불협화음을 조성했다. 나는
자부를 데려오게 되자 그 즉시 세간을 갈라주었다. 비록 한마을
에서 살았으나 따로 살림을 꾸리고 있었다. 그런 아들이 한 달
전부터 장사를 한답시고 올리 뛰고 내리 뛰었다.

"농사꾼이 농사를 짓지 않고 장산 무슨 장사냐?"

나의 뇌리 속엔 자연 출타하여 덜렁수캐처럼 떠돌아다닌 부
친의 영상이 새삼스레 떠올랐다. 그 후과는 어떠했던가. 찬바람
이 스치고 지나간 가슴엔 얼음장만이 두터웠다. 그래서 쩍하면
집을 나가는 철호가 바로 보이질 않았다.

"그까짓 농사를 지어서야 아버지처럼 평생 고생만 했지 뾰족
한 수가 있는 줄 알아요."

"처자는 어쩌고 떠날 예산이냐?"

내 어투는 거칠었다. 그만치 내 마음은 언짢았다.

"잠시 처갓집에 가있기로 했어요. 근심 말아요."

철호는 그로서의 타산과 고집이 따로 있었다. 자식이란 키울
때 장중보옥이지 키워놓으면 간섭 못하는 법이다. 아들은 끝내
가옥과 가장집물을 몽땅 팔아가지고 번화한 도회지로 떠나고
말았다. 하긴 손바닥만한 논판에 붙어 일년 사시절 부지런하게
벌면 먹고 살 수는 있었지만 여유라고는 그리 많지 않았다. 금
성촌에서도 벌써 여러 세대가 도시로 뿔뿔이 떠나갔다. 우물 앞
집 똥돌이 네는 조선족 밥점을 꾸려 곽지(갈퀴)로 돈을 긁어모
았다고 한다. 그런 대운이 철호에게 차례진다면 나쁠 거야 없
지. 그렇게 되기를 난 속으로 은근히 바라고 있었다. 애초에 마

뜩찮게 여겼든 말든 이미 떠나간 이상 되도록 복을 많이 받고 돈벌이에서도 순조로워야 할 텐데.

세상일은 그러고 싶다고 해서 모두 성사되는 것은 아니었다. 부모로서의 노파심이라 할까, 철호 녀석은 일 년이 넘도록 편지 한 장 없다. 어떻게 된 영문일까? 장사를 떠났다가 재산을 탕진하고 자결한 사람도 있다던데…… 무엇이 탈탈 꼬여 빠져나오지 못해 그런 걸가. 궁금하고 답답하고 근심스러웠다. 아내는 망연한 아들의 소식 때문에 한숨과 더불어 늘어난 것은 주름살뿐이었다. 세월은 장가들고 출가한 자식들이 부모를 관심하고 존대하는 것이 아니라 늙은 부모들이 도리어 자식들의 뒷바라지를 해야 했다. 강가에 보낸 어린 자식을 우려하는 그런 심정으로 항상 마음을 옥죄이지 않으면 안 되었다. 해가 서쪽에서 뜬 셈이었다. 설상가상으로 뽀로통해진 며느리가 손자 녀석을 데리고 일주일이 멀다고 시집을 찾아왔다. 그럴 때마다 찔끔찔끔 눈물을 흘렸다.

"전 어쩌랍니까?……엉, 어엉! 간특한 계집년에게…… 흑, 흐흑! 쫄딱 반했지 뭐예요……으흐흑!"

며느리에게 뭐라고 위로하랴. 며느리의 판단을 옳을 상 싶었다. 그렇지 않으면 혈기왕성한 열혈청년이 어쨌다고 객지에만 파묻혀있겠는가. 아들이라고 하나 두었더니 하필이면 허황한 생활에 물젖은 제 할아버지를 똑 떼어 닮았을까. 당초에 떠나지 못하게 수족을 꽁꽁 얽어놨을걸. 후회막급이다. 그럴수록 긴긴 세월을 두고 밤마다 독수공방하는 며느리가 불쌍했다. 아들의 방탕한 작간으로 며느리가 다시 어머니가 걸었던 고난의 가시밭에서 걸채우고 찢긴다면, 아— 그것은 천만 불가당한 일이었다.

"태복아, 니 외삼촌을 찾아 만주로 가는 수밖에 없는가부다!"

부친의 버림을 받은 어머니는 부친이 그래도 회개하여 돌아오리란 일루의 희망을 품고 애타게 기다렸다. 부친은 종시 돌아오지 않았다. 기대와 희망이 일락서산이 되자 어머니는 결국 살길을 찾아 비장한 결심을 내리지 않으면 안 되었다.

우린 만주로 떠나게 되었다. 어린 태수를 등에 업은 어머니는 나를 이끌고 집을 나섰다. 정작 문을 나서자 발길이 차마 떨어지지 않아 엉기적엉기적 걷는다. 어머니는 동구 밖에 이르러 살던 집을 오래오래 바라보며 눈물을 흘리고 또 흘렸다. 비록 고통과 슬픔과 불행만 남은 초라하고 볼품없는 초가집이었으나 거기서 혼례를 올렸고 거기서 두 자식을 기르며 살던 집이었다.

신의주철교를 넘어서자 끝도 시작도 없이 아득히 펼쳐진 광야는 백설로 겹겹이 뒤덮어있었다. 어디선가 설한풍이 쏴— 양볼을 때리고 가뭇없이 사라진다. 추웠다. 뼈가 저려나고 간장이 얼어드는 그런 추위였다. 으흐! 나의 입 밖으로 흐느낌소리가 부지불식간에 튕겨나갔다. 나는 동태처럼 얼어든 손을 녹이려 입김을 호—호— 불어댔다. 헛일이었다. 떡떡 이가 떨려서 녹일 수 없었다.

"조금만 참아. 니 외삼촌네 집으로 가면 따뜻할 거여."

어머니는 손바닥으로 내 얼어든 두 볼을 어루만져 녹이었고 그것도 성차지 않아 수건으로 내 얼굴을 감싸주었다.

어머니는 외삼촌네 주소가 씌어진 종이 조각을 들고 손시늉을 해가며 용하게도 외삼촌댁으로 가는 기차를 잡아탔다. 열차 안은 퍽 안온한 편이였다. 꽁꽁 얼어든 몸을 다소 녹일 수 있었다. 그러나 손님들이 빼곡하여 앉을 자리는커녕 발을 옮겨놓을 곳도 없었다. 우리 모자 셋이 연 사흘 꼬박 기차를 타고 내린 곳이 하얼빈이었다. 거기서 또 가솔린 자동차를 바꿔 타고 덜커덩덜커덩 진종일 달려서야 비로소 오상현에 도착했다. 거기서부터는 도보로 걸어야 했다. 숫눈길을 헤치며 관목림 빼곡한 소소리 높은 산을 톺아야 했다.

외삼촌네가 살고 있는 황가툰은 험악한 산골이었다. 군산들이 마을을 빈틈없이 둘러싼 때문인지 하늘도 희부옇고 광야도 거무데데했다. 해살이 유난히 밝고 멧새가 지지재재 울고 실바람이 훈훈히 불어오는 고향과는 천양지차였다.

"누님, 그간 맘고생 많았겠니더, 매부는 지금도……"

"말 말어, 이가 갈린다고마. 오죽하면 이 살벌한 만주 땅으로 널 찾아왔겠니?"

여로에 시달려 가무잡잡하게 된 어머니는 눈물과 한숨을 반죽하면서 전후사연을 엮어나갔다.

"세 살적 버릇 죽어도 못 고친다지만…… 매부는 참! 어애 그 꼴일고."

"그래 여기 형편은 어떠냐?"

"누님을 만나 무척 반갑습니더만……"

머리가 터부룩하고 수염이 거칠한 외삼촌은 왠지 매우 난처해하였다.

"뭣이 시원치 못한 모양잉가."

"글쎄…… 먼저 기별을 띄워야지 무턱대고 떠나오면 어쩌니꺼?"

외삼촌은 기뻐하면서도 영문 모를 근심걱정을 털어놓는다. 난 그것이 무슨 뜻인지 제대로 알아듣지 못했다. 수일이 지나서야 그 내막을 알게 되었다. 외삼촌네 집은 땅을 깊이 파고 거칠한 기둥을 세우고 구불구불한 연목가지 위에 나무껍질로 지붕을 건성건성 얹은 토굴집이었다. 실내는 방과 정지가 한데 붙었고 방은 콧구멍만 했다. 우리 세 식구가 더 얹히다 보니 잠자리는 말할 나위 없이 구차하고 옹색했다. 누우면 돌아눕지 못해 누운 대로 밤을 자야 했다. 그건 그런대로 참고 견딜 수 있었지만 끼니가 더 어려웠다. 외숙모는 끼니마다 머얼건 강냉이 죽을 끓이었다. 어른이고 아이이고 무조건 한 사발씩밖에 차례지지 않았다.

"엄마, 난 와 죽물뿐이고?"

수저로 죽사발을 휘휘 저어대며 아니꼽게 바라보던 외삼촌댁 막내가 두덜댄다.

"똑같이 나누었는데 너라고 왜 물뿐겠니?"

외숙모는 깔끔한 눈길을 막내에게로 돌린다. 실은 나와 태수의 죽 그릇엔 건더기가 더 많았다. 상황이 이러하면 약삭빠르게 놀아야 했다. 그런 눈치를 전혀 모르는 태수는 강냉이 죽을 게 눈 감추듯 훌훌 마셔버렸다. 그래도 불만족해 이번엔 혀로 빈 사발을 핥는다. 그때마다 어머니는 어색한 표정을 지으며 팔꿈치로 태수의 옆구리를 쿡쿡 질렀다.

"배가 부르지 않는걸!"

울상이 된 태수가 빈 사발을 덜렁 밥상위에 내동댕이친다.

"옛다! 이걸 더 먹어라 잉—"

외삼촌이 자기의 죽사발을 태수에게 넘긴다.

"난 안줘? ……엉, 어엉!"

외삼촌댁 막내가 발버둥치며 울음보를 터뜨린다.

"울지 말어. 자, 자—"

이번엔 어머니가 자기의 죽사발을 막내에게 넘긴다.

아아, 부지런하면 잘 살고 성실하면 복을 받는다고 누가 그랬던가. 자신의 운명을 스스로 어쩌지 못했던 그 시절엔 그런 게 아니었다. 무서운 산골인 황가툰은 논이 별로 많지 않았으나 산비탈 그 어디건 밭을 개간할 곳은 많았다. 허나 논은 논의 임자와 산은 산의 주인이 따로 있었다. 손바닥만한 땅이라도 주인의 허가 없이는 개간과 경작이 불허였다. 어림도 없었다. 외삼촌네도 중국인 황가네 땅을 도조로 붙이고 있었다. 이른 봄엔 살얼음을 짓밟으며 씨를 뿌리였고 여름철에 세 벌 김까지 매여서 수확은 괜찮았다. 가석하게도 그것은 그림의 떡이었다. 도조세를 물고 나면 남는 낟알은 별반 없었다. 막부득이한 경우 황가네 강냉이를 내년가을 입쌀로 주마하고 꿔올 수밖에 없었다. 그것마저 충족하지 못해 매일 머얼건 죽으로 연명하지 않으면 안 되었다.

"내 오늘 타작마당으로 가 볼란다."

아침 때식(끼니)을 대충 치르고 난 어머니가 외출준비를 하고 있다.

"거긴 왜?"

"쭉정이 벼가 있겠는지 가 볼란다."

"눈 무지 속에 뭣이 있다꼬……걷어치우이소."

"멀쩡히 앉아 굶는 것보단 나을게 아니여!"

딱한 사정을 내쳐 보고만 있을 수 없는 어머니는 외삼촌의 만류를 마이동풍으로 흘러버리고 총망히 집을 나선다.

난 믿어 의심하지 않았다. 모든 일에 깐진 어머니가 꼭 쭉정이 벼를 구해올 것이요 그렇게 되면 한 끼라도 입쌀밥을 먹을 수 있다는 희망 속에서 이제나 저제나 하고 어머니를 기다렸다. 어느덧 낮밥 때가 지났다. 해가 서쪽으로 기울어졌다. 어머니는 돌아오지 않았다. 쭉정이 벼가 많아 지체된 걸가? 그런 어머니가 태양이 서산 능선으로 꼴깍 넘어가서야 돌아왔다. 상상 밖으로 어머니의 전신은 피투성이였다.

"이게 웬 일이니꺼?"

맨발바람으로 뛰쳐나온 외삼촌은 문고리를 쥐고 쓰러진 어머니를 부축하여 방에 눕혔다.

"황가네 아들놈이……검둥개를 풀어놓아……내게 뭔 죄가 있다 꼬……"

어머니는 서러움이 북받쳐 꺽꺽거리면서도 손짓으로 불룩하게 동여맨 치마 자락을 가리킨다. 그 속에는 노오란 콩이 두어 사발 되게 들어있었다.

"누님!……고생하고 수난까지……"

훌쩍 돌아앉은 외삼촌은 손등으로 눈 굽을 훔친다.

이튿날 외숙모는 콩을 물에 담과 놓았다가 맷돌에 갈았다. 시래기를 한데 범벅하여 비지를 만들었다. 구수한 냄새가 굶주린 내 코를 쿡 찔렀다. 입안에서 군침이 빙그르르 맴돌았다. 했지만 외숙모가 그것을 한 사발씩 떠놓았을 때 난 코등이 찡해나서 차마 먹을 수 없었다.

누구의 불찰이고 누구의 죄였던가. 부친이 집식구들을 버리지 않았던들 세 생령은 극심한 인간고를 겪지 않았을 것이다. 추억의 발자취를 더듬으면 더듬을수록 내 마음은 아리고 쓰라렸다. 흥, 그런 부친의 유산을 물려받다니 미친놈의 미친 수작이 아니고 뭐야?

4

해 뜨고 달이 지면서 덧없는 세월이 흘렀다. 소슬한 가을바람에 낙엽이 흩날리더니 어제저녁부터 첫눈이 내렸다. 꽃보라인양 서로 어울려 입 맞추며 뱅글뱅글 돌다가 산에 들에 마을에 소복이 내려앉는다. 누리는 어디라 없이 은세계로 변하였다.

"도대체 어떻게 할 예정이유?"

출국수속에 관해 미동도 하지 않고 있는 나의 소행이 하도 궁금하고 답답한 모양이었다. 태수는 벌써 독촉했었다. 오늘따라 유별히 날카로운 어투였다. 결판을 내고야말 기세였다.

"뭣이 급해 그러냐?"

출국에 관해 실은 내 쪽에서 더 불안하고 심란했으나 나는 짐짓 대수롭지 않게 대꾸했다.

"아―니, 밤이 길면 꿈이 많다는 걸 모르우. 질질 끌다가 유산이고 뭐고 잘못될지 그걸 누가 알겠수?"

"잘못되면 그만두지. 차라리 그렇게 되면 더 좋겠다."

"형님 정신 있수?"

하많은 금전 앞에서 우유부단하다가 나중엔 그것마저 마다하겠다는 내가 이해 안 된다는 듯 태수는 별스레 눈을 찡긋거린다.

"내가 정말 부친의 유산을 물려받아야 옳으냐?"

나는 하나밖에 없는 동생에게 비뚜렁 소리를 쥐여친 것을 뉘우쳤다. 진정 동생의 의사를 듣고 싶었다.

"형님의 심정을 이해할만하우. 남달리 극악했던 사람도 죽음 앞에서는 마음이 착해진다우. 부친도 무책임했던 과오를 회개했기에 그런 유서를 남긴 게 아니겠수."

내가 의논조로 나오자 태수는 우선우선한 어조로 도리를 따졌다.

"……"

그럴듯한 충고였다. 모든 것을 도량 넓게 양해하면서 하루속히 한국으로 떠나야 지당한 게 아닐까. 씨종자를 심어놓은 부친이요, 내 혈관마다에 경주 김씨네 혈통이 팽팽한 것도 사실이다. 부친이 아직 살아있다면 한바탕 따지며 분풀이를 해야겠지만, 이미 세상을 하직한 이상 무엇을 어쩐단 말인가. 분하고 억울하고 원통했던 추억 속에서 해탈되어야 했다. 더군다나 장자인 나로서는 부친의 묘지에 흙 한줌이라도 떠올려놓아야 자식된 도리였다.

마음을 잡자 나는 향 정부에 들려 출국수속에 필요한 소개장을 떼였다.

내가 살던 고향은 꽃피는 산골
복숭아꽃 살구꽃 아기진달래‘
울긋불긋 꽃 대궐 차리인 동네
그 속에서 놀던 때가 그립습니다……

문득 소싯적에 부르던 노래가 새삼스럽게 떠올랐다. 나서 자란 고향땅이 못 견디게 그리웠다. 앞집의 순이와 달래를 캐던 비탈 밭은 옛 모습 그대로일까? 거기엔 바랭이와 질경이가 소담소담 자라고 있었다. 당쑥이 무성한 도랑가엔 지금도 메뚜기가 많을까? 불에 구운 메뚜기가 얼마나 고소했던가! 지금은 위해에서 기선을 타고 인천으로 간다고 했다. 나는 고향을 떠나온 후 지금껏 바다를 다시는 보지 못했다. 크고 작은 어선이 집채 같은 격랑에 못 이겨 출렁이고 그것을 비웃으며 씽-씽- 자유로이 날아예는 갈매기 떼. 바라만 보아도 푸른 물이 들듯 푸르고 푸른 만경창파는 어렸을 때 본 것과 변함이 없을까? 현성도 몇 번밖에 가보지 못한 내가 외국으로 떠난다는 것부터가 신비로우면서도 영문 모를 긍지로 하여 가슴이 부풀어 올랐다.

금성촌으로 통한 상점 옆 샛길로 접근했을 때였다. 방금 하학한 학생들이 끼리끼리 무리를 지어 시시덕거리며 총총걸음을 놓는다. 근심걱정 없는 그들의 뒤 모습을 바라보노라니 나는 자기도 모르게 울적해졌다. 학교 문이라고 아예 디뎌보지도 못한 나였다. 학교를 다녔으면 내 운명이 어떤 식으로 되었을까?

‘대동아공영권’을 미친 듯 불어대던 왜놈들이 드디어 꺼꾸러졌다. 무조건 항복을 선포했다.

“누님, 이젠 고향으로 돌아갑시더.”

“그래, 고향으로 가는기다. 보리밥을 먹고 살지언정 더는 만주 땅에서 하루도 살기 싫다꼬마.”

외삼촌의 제의에 어머니가 선뜻 동의해 나섰다.

우리 일가는 외삼촌네와 함께 고향에서 떠날 때처럼 괴나리봇짐을 싸들고 땅굴 집을 나섰다. 미련은 조금도 없었다.

하얼빈역은 조선 사람들로 오구작작 붐비었다. 때 자국이 다닥다닥한 두루마기와 낡아 헐망한 몽당치마와 색 바랜 망건과 불품 없는 짚신, 올망졸망한 이불 짐과 보따리. 그런데 기차가 제대로 통하지 않았다. 모두들 어쩌다 찾아오는 요행을 기다리고 있었다. 해방이 되었다지만 무리를 지어 남의 재물을 약탈하는 강도 배와 부락을 몽땅 불살라버리는 비적 떼가 많았다. 그래서 밤을 자고나야 아아, 무사히 하루를 지냈구나! 하고 안도의 숨을 토할 수 있었다.

“어머니, 변소에 갔다 오겠어.”

초가을의 날씨는 꽤나 쌀쌀했다. 그래선지 먹은 것 없이 소변만 빈번했다.

“혼자 가선 안 된다고마. 나와 같이 가는 거여.”

혼란한 시국을 친히 목격한 어머니는 태수를 외삼촌에게 부탁하고 나를 앞세워 변소로 갔다. 내가 소변을 보고 어머니와 함께 돌아와 본즉 태수가 간데 온데 없었다.

“갸가 어딜 갔어?”

“저도 소변을 보겠다고 인차 뒤따라갔는데?”

“뭐라꼬?”

어머니의 얼굴은 불길한 예감으로 변해있었다. 어디로 갔을까? 나쁜 놈에게 끌려간 게 아닐까? 어머니와 외삼촌은 태수를 찾느라 대합실 구석구석을 참빗으로 서캐 훑듯 했으나 보이지 않았다.

“태수야!- 태수, 너 어디 있니?”

대합실 밖으로 나온 어머니는 애타게 부르짖었다. 역전부근을 뱅뱅 돌며 헤매었으나 태수의 종적은 모연하였다. 엎친 데 덮친다고 이럴 때 안동(지금의 단동)으로 기차가 통한다는 소식이 전해졌다.

“누님, 어쩌겠니꺼?”

“어쩌긴? 너 네가 먼저 떠나. 태수를 찾으면 나도 곧 떠날게니 근심 말아.”

어머니는 동생이라도 먼저 고향으로 떠나는 게 상수라고 여긴 모양이었다.

“그럼 고향에서 기다리겠니더. 모쪼록 속히 돌아와야 하니더.”

눈물이 글썽한 외삼촌은 어머니의 손목을 굳게 잡고 놓칠 못한다.

“그래여……”

우린 외삼촌네와 눈물겹게 헤어졌다. 그것이 영원한 이별로 될 줄을 누가 알았으랴. 어머니와 나는 태수를 찾으려고 방향도 없이 하얼빈의 곳곳을 매삼치며 헤매었다.

“태수야…태수! 태-수-야-”

연 며칠 한 시도 쉬지 않고 고래고래 외친 어머니의 목을 콱 막혔다. 태수는 그래도 나타나지 않았다.

“어이구, 내 사나운 팔자야……만주 땅에 와서 아들까지 잃고……어이고, 어이고!”

그날도 어머니는 우중충 높은 층집 앞의 층층계단에 앉아 넋두리를 풀어놓았다.

“니디 전머라?(왜 이러시우?)”

층집에서 나와 계단을 내려오던 웬 중년의 사나이가 관심조로 물어본다.

"아들이 메유라(없어졌수), 빵망디(도와주시우)."

어머니는 벙어리 손시늉을 하듯 손짓을 해가며 간곡히 애원하였다.

세상은 그래도 좋은 사람이 많은가보다. 중년사나이는 우리를 데리고 층집으로 돌아갔다. 문어귀에 총을 든 병졸이 얼어붙은 듯 서있었는데 청사 안에는 어깨에 견장을 붙인 사람들이 총망히 오갔다. 그제야 우린 그곳이 쏘련 홍군사령부란 것을 알게 되었다. 중년사나이는 손 돌림 전화를 여러 번 쳤는데 그의 말은 중국말이 아니었다. 때론 제비처럼 지지위 지지 지껄이는 것 같기도 했다.

"아들 이름이 태수지요?"

한 식경 전화통에 매달려있던 중년사나이가 빙그레 웃으며 말했다.

"옳니더, 갸이 지금 어디 있능기요?"

일루의 희망을 엿본 어머니는 펄쩍 뛰었다.

"저와 함께 갑시다."

진정 고마운 사람이었다. 우린 그의 뒤를 따랐다.

태수는 수용소에 있었다. 때 자국이 조르르한 얼굴에 눈물흔적이 역력한 태수는 우리를 발견하자

"엄마!-엉-엉엉-"하고 목 놓아 울며 어머니 치맛자락에 매달린다.

"이놈새끼, 도대체 어떻게 된거여?"

그것은 기쁨 속에서의 책망이었다. 어머니는 손수건으로 태수의 얼룩덜룩해진 얼굴부터 닦아준다.

"난 저……"

태수는 꺽꺽거리며 입을 열었다. 그날 어머니와 형님이 변소로 떠나니까 얼결에 자기도 따라 나섰다. 말없이 한동안 뒤 따랐댔는데 웬 젊은 여인이 구운 고구마를 먹다가 던져버렸다. 그것을 냉큼 주어든 태수는 걸탐스레 먹었다. 구수하고 달콤한 것이 씹을수록 감칠맛이 유별했다. 그저 더 먹고 싶었다. 그래서 새 고구마를 꺼내든 여인이 먹다가 또 던지지 않을까 요행을 바라며 그녀의 뒤를 따랐다. 얼마나 뒤따랐는지 몰랐다. 아무튼 굽인 돌이를 몇 번 돌았다. 아뿔싸! 그제야 그는 어머니에게로 속히 돌아가야겠다는 생각이 들었다. 즉시 되돌아섰다. 뛰다시피 했다. 가석하게도 역전과는 반대방향이 되여 갈수록 까마득했다.

"엄마! 엄—마—"

황황해진 태수는 이름 모를 네거리에서 정신없이 맴돌아 쳤다. 그런 것을 쏘련 홍군의 순찰대가 발견하고 수용소로 데리고 간 것이다.

"쎄세! 쎄세!"

어머니는 중년사나이에게 굽석굽석 절을 하며 진정으로 감사를 드린 후 그길로 우리 셋은 급급히 역전으로 향했다. 대합실은 여전히 조선 사람들로 빼곡했다. 그런데 낯색은 하나같이 흐려져 있었다. 고향으로 통한 기차 길이 영영 끊겨져 모두들 낙심천만이었다. 사연을 알게 된 어머니는 땅이 꺼지게 무거운 한숨을 후— 몰아쉬었다.

"어머니! 산 사람 입에 간대로 거미줄 치겠나요! 살 도리가 차차 나서겠지요. 근심 말아요!"

그해 내 나이 열두 살이었다. 말하자면 세상물정에 눈이 트기 시작하면서 맏아들로서의 중책이 무엇이란 것도 대략 알게 되었다. 그래서 외삼촌이 때때로 곱씹던 말을 되새기었다. 허나 내 속은 빙설처럼 두텁게 얼어있었다. 굽어보면 억이 차고 기가 찼다. 외삼촌이 있을 땐 그래도 의탁할 곳이 있고 뒷심도 튼튼 했다. 지금의 형편은 판이했다. 의지가지가 없는 타관 땅에서 세 식구의 생계를 개척한다는 것은 막연했다. 어디에 발을 붙이 고 누구를 믿고 살겠는가. 구경 어떻게 해야 좋단 말인가? 뾰족 한 해결책이 나오지 않을수록 부친에 대한 증오심이 삼단같이 타올랐다. 인정과 의리가 없는 부친이 아니었던들 우리가 애당 초 만주 땅으로 오지 않았을 것이요 곤경과 역경 속에서 삶의 길이 뭉척 끊어지진 않았을 것이다.

그럼에도 불구하고 이 모든 것을 깡그리 망각해야 할까? 나 는 잊으려고 했다. 부친을 용서해주리라 작심했다. 애잔한 망향 정서에 사로잡히면서 한시바삐 한국으로 떠나려 했으나 그것은 순간적인 충동이었다. 잊으려 했지만 잊을 수 없었다. 재 더미 속에 깊숙이 파묻힌 불덩이랄까, 바람만 불면 활활 되살아나는 것을 어쩌지 못했다.

다행한 것은 그때 하얼빈역에서 고향친구는 아니나 경상도 울산부근에서 왔다는 다정하고도 온후한 사람을 만나게 된 그 것이었다. 그가 바로 수일 전에 환갑잔치를 잘 차린 칠성노인의 부친이었다.

"우리 함께 가기이소. 그곳은 논밭이 흔하고 자연수도 흔해 살기는 괜찮니더."

우리의 딱한 사정을 알게 된 칠성의 부친은 친절히 제의했다. 반가웠다. 우리는 그를 따라 나섰다. 그래서 도착한 고장이 바 로 서란현 금성촌이었다. 앞이 탁 트인 이곳은 말 그대로 평원 이 아득히 뻗어서 보기만 해도 마음이 후련했다. 인간은 살아가 노라면 아무튼 이러구러 살길이 나서는가보다. 우리가 칠성 노 인네의 조력으로 곁방살이 집을 얻고 일년 농사를 지었을 무렵 토지개혁의 불길이 활활 타올랐다. 경자유기전이라고 땅을 다루는 자에게 응당 토지를 분여해야 한다는 주장이 바야흐로 실현되고 있었다. 우리도 예외 없이 땅을 분여 받게 되었다.

"무상으로 논밭을 얻다니, 세상에 이런 법 또 어디 있냐? 공산당의 시책 정말 좋은가보다!"

어머니는 어쩔 바를 몰라 했다. 일평생 농사일에 잔뼈가 굵고 등허리가 활등처럼 굽었지만, 제 땅이라고는 촌토도 가져보지 못한 어머니는 너무도 감개무량해 희불자승이었다. 나는 어머니가 주름살을 활짝 펴며 싱글벙글 기꺼워하는 모습을 난생처음 목격하게 되었다. 제 땅에서 제일을 한다는 것부터가 신비로웠던 만큼 힘의 원천은 무궁무진했다. 나는 어머니를 따라 봄이면 씨를 뿌리고 모 철엔 벼 모를 심고 가을이면 벼를 베였다. 비바람 불어치나 눈보라 휘몰아치나 가리지 않았다. 궂은 일 힘든 일 지칠 줄 몰랐다.

"얘야, 일이고 뭐꼬 이젠 니도 공부를 해야제, 안 글나?"

타작이 끝난 어느 날 어머니는 내 머리를 쓰다듬어주며 시름겹게 말한다.

"내가 이제 코흘리개들과 무슨 공부를 한다고 그러세요?"

나의 대답이 무뚝뚝하게 거칠은 것은 불현간 부친에 대한 반발심이 솟구쳐서였다. 내 나이 여덟 살이 되던 그해 어머니는 부친에게

"태복일 학교에 보내야지 않겠니꺼." 라고 조용히 말했다.

"돈이 어디 있어? 학비는 어쩌구?"

"공부만은 시켜야 앞으로 유용한 인재로 될게 아닙니꺼."

"걷어치워! 농사를 져먹고 살 놈이 공불해선 뭘 해?"

나는 결국 학교로 가지 못하게 되었다. 분하면서도 부끄러웠다. 동리아이들이 학교로 갈 때면 짚 낟가리 으슥한 곳에 숨어

부러운 눈길을 쏟을수록 내 가슴은 째지게 아프고 쓰라렸다.

 내가 공부를 못한 만큼 나는 동생만은 어떤 사정이 있던 학교에 보낼 타산이었다. 그 결심은 요지부동이었다. 경주 김씨 가문에 유식한 후대가 있는 것으로 부친에게 보복하려는 뚝심에서였다. 태수는 내 기대에 추호도 어긋나지 않았다. 소학교에서 항상 최우등을 받던 것이 중학교 입학시험도 최우등의 성적으로 현성에 있는 조선족 중학교에 가게 되었다. 난 은근히 기뻤다. 그만치 자랑스러웠다. 문젠 기숙생활을 해야 하는 태수의 뒷바라지가 너무도 엄청났다. 학비는 받치지 않는다고 할지라도 생활비는 이어대야 했다. 농민들의 생활형편에서 그것은 힘에 겨운 일이였다. 어느 해인가 나는 동생의 생활비를 해결하려고 서란역에서 짐을 부리는 막노동을 하지 않으면 안 되었다. 시멘트 포대를 등짐으로 메여 나르노라면 다리가 휘청거리고 등허리가 끊어지게 쑤셨다. 입안에선 벌써 겻불이 홧홧 타올랐다. 나는 이를 사려 물며 참았다. 허나 참는다는 것도 한도가 있었다. 밤중까지 지속되는 노동에 지쳐 전신이 땀으로 후줄근해진 난 불행하게도 화물차 발판에서 뒹굴었다. 공중에서 포물선을 그으며 떨어졌다. 그 통에 내 발목이 골절되었는지 그저 쿡쿡 쑤시며 아팠다. 옴짝달싹할 수 없었다.

 "형, 나 공부 그만두겠어!"

 병원에 입원했다는 소식을 알고 달려온 태수였다.

 "일없다. 우리 가문에 그래도 유식한 후대가 있어야지 않겠니. 내 걱정 말고 계속 공부를 해라."

 "형! ……흑, 흑흑!"

 태수는 나를 부둥켜안고 울었다.

 나도 울었다. 공부는커녕 땅과 황소씨름을 하면서 세월의 풍진을 겪을 대로 겪은 지난날이 서러왔다. 수난자란 별게 아니었다. 생의 길에서 내 희생은 너무도 컸다. 그것은 수억이 아니라 수십억의 금전으로는 도저히 바꿔올 수 없었다. 이제 부친의 유산을 물려받으면 내 운명이 개변될까? 그것은 불가능했다. 하다면 그런 유산을 물려받아 무엇을 한단 말인가. 나는 또 한 번 물러앉게 되었다.

그러나 눈앞의 현실은 그런 게 아니었다.

"여보게, 올해는 어떻게든 융통해 갚아야지 않겠나."

"하긴 그렇네만……"

"막내 녀석 혼례 날까지 받아놓은 건 자네도 알고 있지 않나."

"한 해만 더 참으면 안 되겠나?"

"자넨 왜 왼새끼만 꼬고 있나? 수억의 유산은 어찌구 명년으로 미룬단 건가?"

빚쟁이가 빚 독촉을 왔다.

재수가 없으면 엎어져도 코를 다친다고 가난한 사람에게는 재앙만 생겼다. 그러잖아도 이제금시 찌그러질 듯한 초라하기 그지없는 집으로 하여 근심걱정이 태산 같았는데 여름철 장맛비에 그만 풀싹 주저앉고 말았다. 인명사고는 없었으나 당장 거처할 곳이 없는 것이 두통거리였다. 막부득이한 경우 벽돌집을 새로 짓고 이사 간 앞집 이씨가 살던 집을 만 원 주마하고 먼저 들 수밖에 없었다. 그런 것이 벌써 4년째나 집값을 물지 못한 형편이었다. 나는 할 말이 궁했다. 떳떳하지 못했다. 돈이란 영화부귀의 전제로 되는 것만이 아니라 인격마저 좌우지하는 것이었다. 담배를 피워 문 나는 무심코 실내를 돌아보았다. 썰렁하고 음침하고 어수선했다. 흙벽이 군데군데 떨어져 볼 품 없는 데다 천반을 하지 않아 서까래 그대로인 그곳엔 거미줄이 주렁주렁 달려있었다. 삭막하고 헐망했다. 그런 것도 내 것이 아니라 집값을 물지 못한 남의 집이었다. 아 돈! 그놈의 돈이 없어 사람구실을 못하고 있는 게 아닌가. 내가 정말 제 고집만 번 세우면서 왼새끼만을 꼬고 있는 게 아닐까. 유산이 내 운명을 근본 상 개변할 순 없지만, 당장 처리해야 할 눈앞의 난제들은 해결할 수 없었다. 그렇다고 근근이 그것을 위해 한국으로 떠나야 하는가? 가난해도 인격만은 세워야 한다. 금전의 노예로 되고 싶지 않았다. 난 나 절로 벌어 나의 타산과 포부와 난제를 해결할 속셈이었다.

5

내가 탈탈 엉킨 실마리를 풀지 못하면서 불안한 나날을 보내고 있을 때 한국에서 또 편지가 날아왔다.

　보고 싶은 태복 형에게
　전 박철환의 막내아들 박기준이올시다. 부산에 있는 태일 동생께서 고모님은 이미 세상을 떴으나 형이 아직 살아있다는 기별을 받고 부모께서 당장 편지를 띄우라 독촉이 빈번해 이렇게 필을 들었습니다.

정말인가? 떨떨하고 어리둥절한 나는 어떻다고 형언할 수 없었다. 그렇게 어지시던 외삼촌과 그렇게 무던하던 외숙모가 여적 살아계신단 말인가? 아아— 난 감탄을 금치 못했다.

　일전 태일 동생이 형에게 한국방문 초청장을 띄웠는데 아무런 소식이 없다며 매우 섭섭해 합니다. 아무리 배다른 동생이긴 하나 경주 김씨 혈통이 습배인 이상 어찌 형제지정을 잊겠느냐고 말입니다. 형이 고모부에게 원한을 품고 있다는 것을 짐작할 수 있습니다만, 태일 동생의 소개에 의하면 고모부께선 임종시 눈물을 흘리며 형의 이름을 거듭 불렀답니다. 지난 일을 얼마나 후회했으면 그랬겠습니까. 무정했던 지난날을 잊읍시다. 세상을 하직한 분에게 용서를 베픔시다. 부친과 어머니도 형이 고향으로 속히 올 것을 절절히 고대하고 있답니다. 오늘 이 편지와 함께 태일 동생이 보내온 달러 천 원을 부송하니 여로에 보태여 쓰십시오. 그리고 강냉이죽 때문에 옥신각신했던 태수 형의 초청장은 제가 며칠 후에 보내드리겠습니다. 그렇게 전해주십시오.

기준이의 편지를 읽고 난 나는 눈시울이 뜨거워났다. 영원한 이별이라고만 여겼던 외삼촌네가 아직 살아 있다는 것을 어머니가 알았으면 얼마나 기뻐하랴. 어머니 대신 나라도 속히 외삼촌네와 상봉해야 어머니의 원을 풀어드리는 도리가 아니겠는가. 막내라고 어리광을 피워도 그 시절엔 머얼건 강냉이 죽밖에 차례지지 않았던 기준이도 이젠 40이 넘었을 텐데 고향에서 농사를 짓고 있는 걸까? 편지내용을 그럴듯하게 엮어나간걸 보면 그런 것 같지 않았다. 그렇다면 뭘 하고 있을까. 궁금할수록 조속히 만나고 싶었다. 태일이도 그러했다. 배가 다르면 어쨌단 건가, 부친의 아들임이 틀림없고 형제인 것도 위불없었다. 혈육지정을 잊지 못해 전해온 그의 구구절절은 날카로운 비수가 되여 어제 날의 정한으로 그들먹한 내 가슴을 푹 찔렀다. 여로에 보태 쓰라고 보내온 달러는 액수 많은 금전이란 것보다 그 속에 안받침 된 착하고 후더운 마음씨를 여실히 엿볼 수 있어 나의 가슴은 어느덧 쩌릿해졌다. 떠나자, 잡생각 말고 속히 한국으로 떠나가자. 임종시 나를 애타게 불렀던 부친과의 상봉을 행하지 못했다면 형제간은 꼭 만나야지 않겠는가!

나는 출국수속을 하러 현 공안국에 갔다 왔고 수일이 안 되여 여권까지 내게 되었다. 이제 한국 측에서 입국비자만 비준되면 곧 떠날 판이었다. 하니까 빈손으로 떠날 순 없고 무엇이든 준비해야 했다. 남들은 녹용, 웅담, 인삼을 비롯해 우황청심환 같은 중약재를 보따리가 넘어나도록 꾸려가지고 간다는 것을 풍편에 들어 알고 있었다. 나는 그럴 심사가 꼬물도 없었다. 내가 많은 재산을 물려받는다는 데서 희뚝머룩 남을 비웃는 게 아니었다. 어떤 집에선 비매품인 사향을 가지고 가다가 세관에서 몽당 압수당했고 어떤 이는 판매가 범죄로 되는 아편을 구두 뒤축에 교묘히 숨겼다가 발각되어 구류까지 당했다 한다. 친척을 위한다기보다 도매하여 돈을 만들려고 방법수단을 가리지 않는 그 심보가 왠지 납득되지 않았다. 혈육지간의 상봉에서 귀한 것은 정으로 그윽한 희와 낙이 아닌가. 그래서 난 어머니의 사진을 가지고 갈까 궁리하면서 색 바래진 사진들이 들어있는 봉투를 들추어보았다. 이리 뒤적이고 저리 뒤적이고 하면서 아무리 찾아보아도 어머니의 사진은 한 장도 없었다. 사진 한 장 찍어보지 못하고 일생을 보낸 어머니였다. 그럴 바엔 차라리 어머니의 유골을 부친의 묘지 옆에다 이장하고 말까. 생전에 화목하게 살지 못한 봉창을 저승에 가서라도 받아야지 않겠는가.

내가 이런 궁리를 굴리면서 최종적인 결정을 짓지 못하고 있을 무렵 소식도 기별도 없던 철호가 느닷없이 돌아왔다. 가죽잠바에 홀태바지를 받쳐 입은 품이 제법 장돌뱅이 차림이 분명한데 그의 뒤를 웬 여자가 따라왔다. 가마 밑의 시커먼 것을 묻힌 듯한 검디검은 눈두덩, 쥐를 잡아먹은 고양이 입같이 빠알간 입

술, 미친년 머리를 풀어헤친 듯한 산발머리—요염하게 차린 시
체여인이었다.

"객지에서 고생이 얼마나 막심했겠니? 음식을 변변히 먹지 못
해 뼈만 남았구나 원!"

아내는 반가와 어쩔 줄 몰라 한다. 하나밖에 없는 아들을 일 년
도 넘게 보지 못한 아내의 심정을 나는 알고도 남음이 있었다.

"고생이야 뭐! 돈을 벌었으면 됐지!"

"저 각신 누구냐?"

아내가 넌짓 물어본다. 아들의 도래로 자못 반가우면서도 낯
선 여인의 출현이 수상한 모양이었다.

"향숙이라고 상업국 국장의 따님이예요. 어머닌 광주 심수가
어떤 곳인 줄 몰라 그래. 산사람 눈알 빼먹는 데라니까. 향숙이
가 물심양면으로 조력해주었기에 장사가 두루두루 잘 됐다구
요."

아내의 의아쩍은 언동에 철호는 장황하게 소개했다.

"자, 어서 방으로 올라오지."

불귀신처럼 요망스럽게 차린 신분 불명한 여인의 출현 앞에
서 나의 눈살은 험상궂게 찡그러졌다. 철호의 소개를 듣고서야
삐뚤어진 심사가 다소 너누럭해졌다. 하기야 현대 청년들의 차
림은 갈수록 괴상망측하고 너무도 화려하여 현혹될 지경이었다.
경직된 견해에서 별도로 나무랄 것이 못되었다. 더군다나 집으
로 찾아온 사람을 문밖으로 쫓아버릴 수 없었다. 나는 짐짓 친
절을 표했다.

"넌 우리 집에 경사난걸 모르지?"

"무슨 경사?"

무엇이든 듬직하게 숨겨둘 줄 모르는 아내는 유산문제를 에
워싼 전후사연을 거두절미 요약해 말했다.

"그래요? 야하— 이제부터 우린 살고났구나!"

철호는 난데없이 뛰어 들어온 희소식 앞에서 두 손을 높이 들며 껑충 뛰었다.

난 좋아라 야단 법석하는 아들의 소행이 눈에 거슬렸다. 따져 보면 그런 게 아니었다. 돈에 기뻐하지 않고 그래 울어야 하겠는가?

시체청년들의 일은 알고도 모를 일이다. 향숙이는 수일이 지나도록 돌아갈 염을 않고 있었다. 아들 녀석과 향으로 가지 않으면 할일 없이 빈둥빈둥 놀기만 했다. 그녀의 거처를 뒤 집 과부네 집에 잡았다고는 하지만 왠지 수상스럽기만 했다. 꼴불견이었다.

"향숙이 말이다. 처녀냐? 각시냐?"

더는 보고만 있을 수 없어 나는 입을 열고야 말았다.

"갑자기 그건……처녀예요."

철호의 얼굴색은 태연자약했다.

"처녀가 저렇게 떠돌아다녀 괜찮으냐?"

이상했다. 천연스러운 아들의 태도에 더럭 부아통이 터진 나는 되알지게 내뱉었다. 국장의 따님이면 어떻고 부장의 귀녀이면 어쨌단 말인가. 부평초처럼 정처 없이 떠돌아다니는 여성치고 바른 것은 하나도 없었다. 허파에 바람이 찬 미친년들—좀벌레처럼 남자들에게 붙어 돈을 우려먹지 않으면 대개는 전문 그것을 팔고 있는 매춘부였다. 나의 어투가 순조로울 리 만무했다.

"그런 게 아니예요. 아버지. 심수에서 천연색텔레비전을 백대 구매하기로 됐답니다. 그것이 성사되면 뭉치 돈을 벌게 되거든요. 매일 전보가 오는가 기다리고 있는데 어떻게 떠납니까?"

"그러면…"

들어보니 일리가 있는 상 싶었다.

"그런 탓으로 제가 처갓집으로도 못 가고 있답니다."

"……"

미주알고주알 더 캐어묻지 않았다. 장사가 어떤 문서장인지 난 잘 모르고 있었다. 그러나 모든 일은 기회가 따로 있고 그 기회를 상실하면 수포로 기회가 따로 있고 그 기회를 상실하면 수포로 돌아간다는 것만은 알고 있었다. 큰돈을 벌수 있는 장사라니까 기회를 놓치면 안될 테지!

그날 나는 남산으로 올라갔다. 산중턱 양지바른 곳에 자리 잡은 어머니의 묘지를 돌아본 후 태수와 긴요히 의논할 일이 있어 그의 집을 찾아갔다.

"어딜 갔다 오는 길이유?"

"어머니 산소에 갔다 오는 참이다."

동생네는 벽돌집에서 살고 있었다. 그렇다고 남달리 잘 사는 게 아니었다. 실내는 횅뎅그렁한 게 몇 권의 서책을 제하고는 아무것도 없었다. 훈장의 똥은 개도 먹지 않는다고 한다. 코흘리개들의 계몽을 위해 밤낮없이 고심참담해도 선생들의 수입과 대우가 형편없이 낮아 웃장도 차려놓지 못하고 사는 형편이다. 유산을 계승하면 우선 동생에게 한몫 톡톡히 줘야겠다는 속셈을 다지며 천천히 입을 열었다.

"갑자기 산소에는 어째서 갔수?"

"너의 생각은 어떤지…"

나는 어머니의 유골을 부친의 묘지 옆에다 이장할 의향을 꺼내놓았다.

"그거 잘 생각 했수. 어머닌 저승에서라도 아버지의 사랑을 받아야지 않겠수."

나와 엇비슷한 태수의 말은 나의 타산을 굳게 했다.

"그런데 한겨울에 어떻게 묘지를 파헤치겠니?"

나는 백설로 뒤덮인 어머니의 묘지 앞에서 생각이 많았다. 땅땅 언 땅을 괭이로 파헤친다 해도 모든 것이 얼어붙은 상황에서 유골을 제대로 들어낸다는 것은 힘들다기보다 불가능했다.

"그렇군요. 기왕 늦은바 차라리 명년 봄에 떠나는 게 어떻수?"

"글쎄 말이다……"

진퇴유곡이었다. 저쪽의 열정적인 초청을 봐선 하루속히 떠나야 했고 비자유효기간도 3개월밖에 안되었다. 해토 무렵을 기다리노라면 죽도 밥도 안 되고 만다. 솔직히 말하면 두 번째 편지를 받고는 당장 떠나고 싶었다. 문젠 빈손으로 떠날 수 없는 것이었다. 어떻게 한다?

겨울 해는 노루꼬랑지처럼 짧았다. 총총한 뭇별들이 깜박깜박 졸고 있을 뿐 허허 넓은 대지는 어느덧 어둠의 장막으로 겹겹이 뒤덮여있었다. 동생네 집에서 저녁을 먹지 않았으면 밤길을 걷지 않았을걸. 까닭 없이 조급해난 난 지름길을 골라잡으며 급급히 걸었다. 내가 마을에서 북쪽으로 좀 동떨어져있는 타작마당을 지날 때였다. 어디선가 말소리가 고즈넉한 밤의 정적을 깨뜨리며 간간이 들려왔다. 밤중에 무슨 말소리일까? 순간 이상야릇하게 느껴진 나는 발길을 멈춰 세우며 귀를 강구었다. 말소리는 집체 일을 하다가 쉴 참 사원들의 휴식을 위해 대충 엮어놓았던 휴게실에서 흘러나왔다.

"장부일언 중천금이라고 말 한대로 해야지 그게 뭐야?"

"몇 달만 더 기다리라는데!"

"흥! 뭣이 두려워 그래?"

"그런 게 아니라 지금 당장 이혼해봐. 아버지 그 고집에 유산을 나누어줄 줄 알았어? 안 그래?"

“그렇다고 지금처럼 남의 눈을 피해가며 살순 없어!”

“내 무릎 꿇고 빌어야 되겠어?”

“그게 무슨 소용인데. 안 돼! 당장 이혼해!”

“야아― 정말 사정을 좀 봐줘!”

눈앞이 아찔해졌다. 가슴이 철렁하고 내려앉았다. 등골로 전율이 흘렀다. 장사에서 자식이 부모를 속인다 하지만, 그렇게도 교활하고 어물쩍한 수법으로 부모를 기편할 수 있단 말인가. 전신의 피가 심장으로 왈칵 몰려들었다. 자식에 대해 부모들은 언제나 눈뜬 봉사였다. 아들 녀석이 제 할아버지처럼 벌써 계집년을 꿰찬 것을 모르고 있었다. 얼렁뚱땅 꾸며낸 감언이설에 홀딱 속아 넘어갔다는 민망스러움과 실락감이 내 오장육부를 박박 긁었다.

“빌어먹을 새끼!”

휴게실로 씽하니 쫓아들어 간 나는 단통 철호의 뺨을 후려갈겼다. 억제할 수 없는 격분으로 하여 전신이 와들와들 떨리었다.

화단은 여기서 끝난 게 아니었다.

누구에게 들었는지 이튿날 내막을 알고 얼굴색이 퍼르딩딩해서 달려온 며느리가 향숙이의 장발 머리채를 으스러지게 휘어잡고 이악스레 두들겨 팼다.

“개 쌍년아! 내가 눈이 멀쩡 살아있는데 붙어 다녀? 너 같은 갈보년에게 양도할 줄 알았어? 안 된다, 안 돼!”

며느리는 향숙이의 머리를 벽에 대고 또 한 번 윽박질렀다.

“화냥년 같은 게! 너 같은 년은 갈기갈기 찢어 죽여도 시원치 않겠다!”

향숙이는 찍소리 못하고 있었다. 그랬어도 속이 풀리지 않은 며느리는 이번엔 시부모 앞에서 가슴을 치며 행악질이었다.

“윗물이 맑아야 아랫물도 맑답니다. 자식을 어떻게 길렀기에 수캐처럼 아무하고도 붙어요? 제 할아버지가 그랬다면요? 저런 알건달이가 또 어디 있어요, 예?”

입에 흰 거품을 문 며느리는 악밖에 남지 않았다.

엉망진창이었다. 이번엔 향숙이가 철호를 여지없이 짓 조겨 댔다.

“개 같은 자식! 불알차고 어쩌지 못하면서 흥! 남의 돈 무슨 염치로 잡아 써? 난 갈테야, 3만 원 당장 내놔!”

철호는 끓는 물에 데쳐진 시금치처럼 주눅이 들어버렸다. 뜨물에 빠진 쥐새끼 같았다. 저것이 그래 우리 가문의 모든 희망을 몰부었던 자식이었던가? 실망이 천야만야한 낭떠러지 속으로 툴렁! 떨어졌다.

“기왕 저질러놓은걸 어쩌겠수? 뒷수습이나 잘합시다.”

아내가 가라앉은 목소리로 조용히 권고했다.

“……”

뒷수습을 어떻게 한단 말인가. 처자를 마다했던 부친의 과거는 양해하고 용서할 수 없었으나 여색이라면 오금을 못 쓰면서 재산을 탕진한 아들의 오늘을 허용하고 용납할 수 없었다. 며느리가 다시 어머니가 걸었던 굴곡 많고 험난한 길을 걷게 된다면, 아아ㅡ나는 그것이 두려웠다. 절대 그래선 안 되었다.

“아버지! 잘못했습니다. 앞으로 꼭 시정할 테니 제발 한 번만 용서해주십시오!”

철호가 손이야 발이야 빌고 들었다.

“형님, 제 혈육인 걸 어찌겠수? 과오를 뼈저리게 느끼면 앞으로 성실하게 될 수도 있답니다.”

태수의 설교였다. 사람이 살아가노라면 실패에 꺼꾸러지고 얼림 수에 재산을 몽땅 불어먹고 모함에 수모를 당하고 아무튼 엎으러 졌다 일어나고 또다시 뒹굴 수 있었다. 철호 녀석의 소위는 그런 게 아니었다. 돌이켜보면 이가 부득부득 갈긴다. 저런 도리깨아들을 믿고 산다는 것이 허망한 짓이요 저런 도깨비 자식에게 유산을 물려준다는 것도 한심한 일이였다.

이런 상황에서도 내가 한국으로 떠나가야 하는가? 나는 진정 어쨌으면 좋을지 몰랐다.

흐릿한 이내

화 두

　제 나이 얼마인가구요? 선생님, 맞춰보세요. 서른 살도 퍽 넘어 보이죠? 실은 28세입니다. 외람된 말이지만 겉늙었거든요. 배운 것 없이 망탕 굴러먹어서 일겁니다. 생활의 밑바닥에서 따라지 인생을 살았거든요. 교양도 없고 예절도 없고 버릇도 없답니다. 술 먹고 담배 피우고 결혼 전에 아이를 가졌다면, 그리고 요두환(搖頭丸)을 먹고 대구머리를 흔들며 밤새껏 춤을 추었다면 저의 정체가 어떻다는 걸 짐작할 수 있는 게 아닌가요?

　쭈뼛쭈뼛거리며 입을 다물고 있던 그녀였다. 일단 말문이 터지자 청산유수처럼 거침없었다. 그러다 무엇이 켕기었는지 어줍게 피식 웃으면서 나를 쾡해 치켜보았다.

　오랫동안 소설을 쓰지 못한 나로서 어떤 테마이든 들어 낭패없는 것인데 그녀의 화두(話頭)를 들어보면 기구하고 곡절 많았고, 묵직한 무엇이 있는 상 싶었다.

　정말입니다. 저의 경력은 장편소설을 쓰고도 남음이 있을 겁니다. 저도 소설을 읽어보았습니다만 여주인공들은 거개 아름답더군요. 실상은 미모의 여자들만이 아니거든요. 저를 보세요, 확

끌리게 환한 스타일이 아니잖아요, 제 이름도 그래요. 춘복이라고 얼마나 촌스러운가요? 그렇다고 해서 희로애락이 없고 칠정육욕을 느끼지 못하는 건 아니랍니다. 밑바닥에서 엎어지고 군드러진 인간을 그대로 쓴다면 그만큼 독자들의 심금을 울릴 수 있다고 봅니다. 안 그래요, 선생님?

맞부딪쳐 맺은 인연

그녀가 그의 자택으로 찾아간 것은 하오(下午) 한 시, 사람들은 그때면 점심을 먹고 혹은 출근하고 혹은 낮잠을 자고 그래서 상대적으로 한갓졌다. 그가 하필이면 이런 시간에 만나자고 했을까? 그 집의 층계를 오르면서 문득 떠오른 조바심이다. 위구심으로 짐짓 저어된 그녀는 망설이었다. 노크를 해야 하는가고 말이다.

아파트 문어귀에서였다. 문 안에서 한 남자가 총망히 나왔다. 때마침 문안으로 들어가려던 그녀와 보기 좋게 맞부딪쳤다. 그 바람에 중심을 잃고 비칠거리던 그녀가 손에 들었던 것을 땅에 떨구었다.

어마나! 그녀의 입에서 어마지두에 퉁기쳐 나온 말.

미안합니다!

그가 허리를 굽혀 떨어진 것을 집어 들었다.

탓할 수 없었다. 결례(缺禮)를 사과하고 있는 그에게서 그것을 받아들었다.

이거 자외선치료기지요? 망가지지 않았을까요?

파손까지야…그런데, 치료기라는 걸 어떻게 알았죠?

그건 저…제가 좀 바쁘거든요. 우리 집 402호랍니다. 오후 한 시에 만나요.

그녀가 대답할 새도 없이 동문서답(東問西答)한 그가 총망히 사라졌다.

춘복은 세일즈맨, 자외선치료기를 갖고 다니면서 팔고 있는 외판원이다. 그것이 잘 팔리지 않았다. 그랬어도 어쨌거나 물건만은 팔아야 했다. 고객은 황제란 말과 같이 그들의 비위를 맞추려 좋은 말과 유순한 태도를 취하면서 아첨과 아양을 아끼지 말아야 했다. 돈을 벌기는 그렇게도 어려웠다. 때로는 굴욕과 수모도 참아야 했다. 어떤 고객은 물건을 흥정하는 체 하면서 수작부터 피웠기 때문이다. 외판원이 젊디젊은 여자니까 안아보고 키스를 해보려는 것쯤 남자들의 본성이라고 짐작되지만 많이 사겠다면서 섹스를 강요하는 위인이야말로 한심하기 짝이 없었다. 맞부딪쳐 만났던 사람은 어떨까? 그녀가 경계심을 떠올린 것은 당연했다. 자진 만나자고 하는 고객일수록 심보가 음흉한건데… 그러나 어쩌다 약속이 된 이상 그냥 돌아갈 수 없었다.

실내는 조금 어지러운 감을 주었다. 옷견지와 양말짝이 아무렇게나 널브러져 있었다. 거실은 그닥 크지 않았다. 벽체는 언제 회칠을 했는가싶게 거무스레한데 중간쯤으로 해서 사진액틀이 하나 걸려있었다. 그와 웬 여인이 어깨를 가지런히 하고 찍은 사진이었다. 드레스를 입지 않고 짙은 화장을 하지 않은 걸 보면 결혼기념 사진은 아니었다. 그러나 저런 포즈이면 아내가 아니면 연인과 찍은 사진임이 분명했다. 나는 왜 저러한 기념사진을 남기지 못했을까? 그녀는 부지중 한숨을 호-내뿜었다.

오느라 수고했습니다.

알은체를 하고난 그가 그녀보고 소파에 앉으라고 권했다. 그녀는 소파에 앉으면서 주변을 흘끔 살펴보았다. 눈길은 어디까

지나 조심스러웠다. 남자들의 수작이 대개는 이때 시작된 데서
이다. 그녀가 소파에 앉으면 집주인이 옆에 와 앉으면서 그녀의
어깨를 스쳐보거나 허리를 다쳐본다. 이쪽에서 잠자코 있으면
뭔가 받아드리는 걸로 착각하고 와락 끌어안으며 수작을 부리
였다. 수캐 같은 남자들! 그녀의 뇌리에서 회돌이 치며 종시 살
아지질 않았다.

이런 걸 팔아 밥벌이가 됩니까?

여느 사람들처럼 다가앉지 않고 그냥 엉거주춤 선채로 수입
상황부터 탐문(探問)하는 그는 정체불명(正體不明)이였다. 그녀
도 슬쩍 거짓을 꾸며대였다.

밥벌이가 안 되면 누가 하게요?

실은 밥벌이가 되지 않았다. 외판원들은 고정된 봉급이 아니
라 판매액에 따라 수입이 결정되었다. 한 대를 팔아야 50원이
차례졌는데 어떤 달은 근근이 몇 대밖에 팔지 못했다. 했지만
낯선 그에게 이실직고하기가 싫었거니와 상품이 잘 팔린다고
해야 확 끌려올 수 있었기 때문이다.

그런 것 같지 않던데…내막을 꿰뚫고 있는 듯한 그가 의문을
달았고 그녀를 괴이쩍은 눈길로 살펴보았다.

믿지 않으면 방법 없죠.

그녀가 갑자기 새촘해지면서 뾰로퉁히 응했다. 때로는 임기응
변(臨機應變)이 예상외의 효과를 초래한다는 것을 신지(信之)하
고 있는 그녀였다. 아니나 다를까, 그가 말머리를 돌리었다.

결혼 전이지요, 아마?

홋호호, 그렇게 보아주어 감사합니다.

그녀의 대답은 결혼을 하지 않았다는 뜻이기도 하고 결혼을
했다는 뜻이기도 했다. 우여 두리뭉실하게 꾸며대였다. 왠지 신
원(身元)을 여실히 밝히고 싶지 않았다.

부모님들 생존이겠지요?

예, 저…

그 말에 그녀의 낯색이 단통 찐더분하게 흐려졌다. 부모들의 상황을 물어보는 것을 제일 꺼려하는 그녀였다.

알만해요. 다른 말 말고 한 대 사겠습니다.

예?!

흥정이 조금은 별스레 진척되었다. 무엇을 알았기에 한 대 사겠다고 했는지 도무지 알 수 없는 미궁(迷宮)이였다.

치료기를 다루는 방법이나 가르켜 주시오.

그러지요 뭐. 먼저 옷을 벗으세요.

그가 옷을 벗었다. 쩍 버그러진 어깨와 근육질이 튼실한 가슴이 드러났다. 여간만 섹시한 게 아니었다. 그랬었다. 그녀는 지금껏 남자들에게 당하기만 했고 그래서 남자들에 대한 혐오(嫌惡)가 이만저만치 않았지만 성적인 감수가 전혀 없는 건 아니었다. 그의 상체를 보는 순간 야아 ─ 저런 남자면 모든 것이 남아 다우리란 확신이 굳어지면서 싱숭생숭 야릇해졌다. 그녀의 첫 남자인 민호가 저렇게 남아다웠다. 그나저나 수상쩍게도 느껴졌다. 물건을 산다고 하고서도 아무런 수작이 없는 그였기에 되레 이상한 생각이 들었다. 그가 모름지기 돋보이기도 했다.

침대에 반듯 누으세요.

그가 침대에 누웠다. 그녀는 전원을 켰고 온도를 45도로 조정했다.

허리를 약간 올리세요. 예, 그렇게 말예요.

그가 허리를 위로 추켜든 그 순간 그녀는 치료투광기를 그의 허리 밑에 받쳐주었다.

그때 그녀의 손이 그의 허리에 닿았다. 순간 무엇이 감전된 듯한 느낌이 등골을 훑고 지나갔다.

어, 뜨거워!

그가 별안간 소리를 치며 그녀의 손목을 잡았다.

이제부터 시작이로구나! 흥, 너도 남자인 게 별수 있을라구? 속으로 중얼거린 그녀는 거절할 준비를 하고 있었다. 실은 여인의 거절에 매력이 있었다. 거절하지 않고 순순히 응한다면 남자들은 되레 매력이 없다고 여길 거였다. 여자들의 거절은 실은 일종의 매력이었다. 문제는 거절하면 흥정이 나무아미타불이 되고 말았다. 이런 때 누가 찾아와 노크를 했으면 치졸한 일이 전개될 수 없는 한편 흥정은 흥정대로 진척될 텐데…누구도 나타나질 않았다. 다행히도 그는 그녀의 손을 잡은 채 눈을 지그시 감고 있었을 뿐 다른 진전은 없었다. 이 남자 발기불능이 아닐까? 더럭 의심이 들었다.

어, 시원해! 신체에 유익할 것 같소.

그가 그녀의 손을 놓으며 말했다.

그럼은요. 매일 견지하세요.

그녀는 암기하듯 줄줄 외웠다. 건강은 건강할 때 지키는 것만이 최선의 방법이다. 우리에게 건강이상으로 소중한 것이 무엇이겠는가? 권력도 재산도 명예도 건강 앞에서는 아무것도 아니다. 이렇듯 외판원노릇을 하면서 익혀둔 것을 어김없이 말해주었다. 그런 성의를 몰라주면서 그가 훌쩍 일어났다.

사람의 감정이란 영문 없이 미묘한 걸까. 자신으로서도 어쩔 수 없었다. 모른척하면서 무덤덤한 그의 태도에서 실락감을 느꼈다고 할까, 아니면 슬그머니 밀어버리는 남아의 호기(浩氣)에 감복됐다고 할까. 그녀의 가슴 한 쪽 구석이 서운했다. 하긴 검고 두터운 눈썹 밑에 무시로 번뜩이는 눈, 크고도 되똑한 코, 너부죽한 입술… 호협하고 영준한 것은 여자들의 시선을 이끌 수 있는 스타일이었다.

일자리를 바꿀 생각 없는가요?

뭐라구요?

힘들 것 같은데요, 헐하게 벌수 있는 일터 많잖습니까?

고맙습니다만 그냥 외판원 노릇을 할 겁니다. 마음에 드는 직종이니깐요.

그녀는 스리슬쩍 외면해버렸다. 남아다운 그에게 일시적으로 매료(魅了)된 것은 사실이되 헐하게 벌수 있다는 일터 운운은 어떤 미끼임이 분명했다. 지금 세월 헐하게 벌수 있는 것은 성적인 서비스 외 또 무엇이 있을까. 그런 미끼에 끌려들었다가는 자칫 깊은 수렁에 빠질 거였다.

그가 물건값을 내놓았다. 그와 함께 명함장도 내놓았다. 무슨 일이 있으면 찾으라고 덧달았다. 명함장에는 ××금점 경리 정준범이라고 찍혀있었다. 어느 기관의 임직원인줄만 알았던 그녀는 다시 한 번 그를 쳐다보았다. 모든 것을 관용하고 포용해줄 자태였다. 어쩜 헐한 일터운운은 진심이었다는 판단이 대두하면서 그런 선의(善意)를 거절한 것을 후회하였다.

감사해요. 앞으로 또 찾겠는지 모르겠습니다. 시끄럽게 여기지 않겠죠?

그녀는 인사말을 남기고 되돌아섰다.

후에 준범이가 실토정했다. 자외선치료기를 들고 아파트단지를 누비고 있는 그녀를 언녕 알고 있었다고, 언제든 서로 알게 될 거라고, 그런데 정작 만나고보니까 관상학(觀相學)적으로 안겨온 것이 부모의 사랑을 받지 못하고 홀로 아글타글하는 거라고 덧달았다. 어떻게도 그렇게 신통히 맞췄는가? 의문을 달자 그녀의 상(相)이 복상(福相)이긴 하나 당(印堂)에 광채가 희미해서라고 했다. 아무튼 그녀가 가녀스러워 군말 없이 자외선치료기를 샀다는 거였다.

춘복이도 예측 못했었다. 그와 이런저런 인연을 맺을 줄을. 자신의 인생길에서 그가 중요한 위치에 놓일 줄을, 그를 이러구러 잊을 수 없었음을.

개똥에 실린 설움

선생님, 저의 부친은 씨름꾼이었습니다. 어느 해인가 현에서 열린 운동대회에서 씨름 1등을 했거든요. 힘장사란 별명도 그렇게 불리워졌답니다. 그랬는데 무슨 병인지 원인불명하게 몸져눕게 되었습니다. 병원에서도 확정한 진단을 내리지 못했답니다. 동네 사람들은 부친이 화병으로 앓는다고 했거든요. 그럼 즉도 했습니다.

그녀의 부친은 직통배기라고 할까, 무슨 일이든 숨길 줄 모르고 에돌릴 줄 몰랐다. 총알이 연발하듯 바른 말만을 골라서 쏘았다. 시시각각 비평과 자아비평을 활용하라는 지시에 물든 공산당원이여서 그랬을 거였다. 모든 시비가 전도된 '10년 동란'시기 칭주이(請罪)라는 것이 있었다. 홍위병들에게 붙잡힌 '잡귀신(牛鬼蛇神)'들이 모 주석 초상 앞에서 그분에게 무슨 무슨 죄를 범했으니 제발 용서해달라는 거동이었다.
흥, 산 사람 앞에서 제사를 지내면서 무슨 칭주이야?
그녀 부친이 혀를 끌끌 찼다.
한 번은 논을 갈면서 소가 늑장을 부리니까 이놈의 늙다리야, 그렇게 느려서야 언제 사회주의로 갈겨냐? 게두덜댄 것이 그만 언질(言質)로 잡힐 줄이야! 그 시절 언행은 자칫 진실을 도말

(塗抹)하는 역작용을 놀았던 것이다. 그녀 부친은 사회주의를 반대하고 모 주석을 헐뜯었다는 죄명을 들쓰고 무자비한 투쟁을 받았다. 인정도 사정도 없는 것이 홍위병들이라면 그들은 미친 듯이 노호하면서 그녀 부친을 밀치고 차고 대구 욱박질렀다. 그러한 어혈이 전신에 고착되어 시난고난 앓던 것이 결국 피를 토하고 다시는 일어나지 못했다.

선생님, 타계한 부친만이 억울했지요. 개혁개방의 불길이 불어 예면서 정책 낙실이 시작되었고 부친의 명예도 새롭게 회복되었습니다. 아무런 소용이 없었지요. 저승으로 가신 부친에게 명예회복이 무슨 가치가 있겠습니까. 그런데 저로서도 예측치 못한 일이 발생했지요. 어머니가 덕팔이란 사람과 빈번히 내왕했답니다. 종종 술상을 차려놓고 그에게 술을 권하면서 어머니도 술을 마셨답니다. 그로 말하면 당시 홍위병을 추겨 부친을 투쟁했던 작자였거든요. 어머니가 무엇에 끌려 그럴까요? 어린 나이에도 이해가 서지 않았습니다. 가슴 깊이에서 분노지심이 부글부글 끓어 번졌답니다.

그날도 그들은 술상을 차려놓고 밤늦게까지 마시고 먹었지요. 옆에서 지켜보기가 혐오스러운 전 이불깃을 머리끝까지 덮고 누웠고 그만 잠이 들어버렸지요. 밤은 어느 때나 되었는지 허, 흐억! 흐느끼는 소리에 놀라 살펴본즉 반듯이 누운 어머니 신상 위에 웬 물체가 굽신거리고 있었습니다.

엄마! 기겁한 제가 벌떡 일어나 어머니 곁으로 다가갔는데 그에 앞서 둔탁한 무엇이 제 허리를 냅다 갈겼습니다. 그 사람이 발길로 저를 차버렸답니다. 휘딱 밀쳐진 제가 비치닥 거리다 부닥친 것은 식장이었습니다. 일이 안 될라고 그랬던지 식장 위에 놓였던 간장병이 제 머리위에 떨어졌고 산산박산이 났지요. 저는 그 자리에 꼬꾸라지고 말았습니다. 선지피가 머리칼을 적시면서 얼굴로 흘러내렸지요. 병원에 가서 찢어진 상처를 바늘실로 몇 군데 기워서야 지혈되었습니다.

애가 태질이 심하거든요. 자다가 바닥으로 딩군 것이 그만…

그럴듯하게 꾸며댔습니다. 어머니는 담당의사에게 그렇게 말했고 동네사람들에게도 그렇게 전했습니다.

며칠 후 어머니는 그 사람을 따라 어디론가 종적을 감추었어요. 떠도는 말에 의하면 광주로 떠났고 거기서 김치장사를 한다는 거였습니다. 그 사람이 무엇이 좋다고 자신의 핏줄마저 포기할까요? 선생님, 그 당시 제 나이 9살이었고 누군가에 의탁하지 않고는 도저히 살아갈 수 없었거든요. 굽어보면 살길이 막막했지요. 저는 그저 엉, 으엉! 목 놓아 울었답니다.

울지 마라. 날 따라 집으로 가자!

삼촌이 찾아왔고 제 손목을 이끌었습니다. 그로부터 저는 삼촌댁에서 살게 되었지요. 삼촌집이니까 더부살이와는 달랐습니다만 종종 눈치를 살펴야 했거든요.

선생님, 저는 갈수록 의뭉스러워졌답니다. 때로는 스스로도 감정을 억제할 수 없었어요. 그것은 진달래꽃이 만발한 때였습니다. 학교에서 뒷산으로 원족을 갔답니다. 다른 아이들은 진달래를 한 아름씩 꺾어들고 좋다고 깡충깡충 뛰어다녔지요. 저만은 백양나무 밑에 오도마니 앉아 하늘을 멍히 쳐다보았습니다. 문득 부친 생각으로 눈시울이 뜨거워나더군요. 부친이 돌아가지 않았던들 저 아이들처럼 나들이 새 옷을 입고 좋아라 활개 칠 것이 아닌가요.

춘복아, 우리 함께 식사하자!

점심때가 되자 아이들이 저를 찾아왔지요. 호의란 걸 모르는 제가 아니지만 어째선지 그러고 싶지 않았습니다. 제 도시락은 김치조각밖에 없었으니까요.

춘복아, 그럼 이걸 먹어!

저와 한 책상에 앉는 아이가 삶은 달걀을 가져왔습니다. 저는 그 아이가 돌아서는 순간 달걀을 저 멀리로 힘껏 동댕이쳤답니다. 선생님, 제가 왜 이럴까요? 심술을 부릴라 싶으면 아이들과 며칠이건 한 마디 말도 안했지요. 그러다가도 누가 저를 쳐다보면 너 눈멀었어? 아니면 내게 프러포즈라도 하려는 거야? 라고 핀잔을 주었답니다. 그래요, 제 성격은 저로서도 종잡을 수 없었습니다. 원족 때 제게 달걀을 주던 아이의 아버지가 차 사고로 병원에 입원했고 죽네 사네 야단이었지요. 그런 상황을 알게 된 저는 반 내에서 모금을 벌렸습니다. 1원이든 50전이든 성의를 표시하라고 말입니다. 어떤 아이들은 조금 실뚝해 했습니다. 야, 넌 아버지 없냐? 니 아버지가 그러면 어떻게 하지? 강경히 따지고 들어서인지 모두 모금했답니다.

사람의 성격은 소싯적에 형성되는 모양입니다. 그래요, 저는 설불리 누굴 믿지 않았습니다. 그러나 일단 믿으면 언제나 변치 않고 믿음을 믿음으로 보답했답니다. 민호에 대해 그러했거든요.

항상 열려있는 감옥 문

동네 외곽에 그리 크지 않은 냇물이 있었다. 춘복이와 민호는 때때로 거기서 목욕을 하고 벌거숭이 그대로 소꿉장난을 놀았다. 모래로 부뚜막을 만들어놓고 '밥'을 짓고 '채'를 볶았다. '밥상'을 차려놓으면 서로 많이 먹겠다고 실랑이질이었다. 그때는 배고픈 시절, 먹어도 먹은 것 같지 않아 언제나 먹을 것만을 바라던 시절이었기 때문이다.

동네에 경자라는 애가 있었다. 부모들이 건재한 그 집의 생활은 언제나 넉넉했다. 그해 따라 그 집에서는 무를 많이 심었고 경자는 종종 무를 갖고 애들에게 끼어들었다.

혼자 먹을래?

춘복이 군침을 꿀꺽 삼키며 경자에게 빌붙었다.

그럼 혼자 먹지.

너와 같이 안 놀겠다. 저리로 가!

슬그머니 밸이 뒤틀어진 춘복이 퉁명스레 쏘아붙였다.

그러지 마. 좀 줄께.

이발로 무 껍질을 벗겨냈고 그것을 춘복에게 넘겨주었다. 옆에서 그런 상황을 지켜보고 있던 민호가 앞으로 씽하니 나섰다.

껍데기만 주는 법 어딨어?

그걸 줘도 감사한줄 알어.

뭣이?

그는 말에 앞서 경자 손에서 무를 뺏으려 했다. 그러자 그쪽에서도 뺏기지 않겠다고 악을 썼다. 그 바람에 무가 땅에 떨어졌다. 그것을 춘복이가 냉큼 주어 들었다. 묻은 먼지를 손으로 쓱쓱 씻었고 당장 먹으려 했다.

왜 이래, 너?

민호가 그의 손에서 불이 나게 무를 빼앗아 저 멀리로 동댕이쳤다.

춘복이 목 놓아 엉엉 울었다. 먹고 싶은 걸 먹지 못한 애석함 또는 제 뜻대로 이룩되지 않은 울분이었다. 이해하고 도와줄 줄 알았던 민호가 아니었던가. 그런 그가 이튿날 춘복이를 찾아왔고 무턱대고 씨물거리였다. 그 영문을 몰라 어리둥절해 서있을 무렵 그가 윗옷 안에서 싱싱한 무를 꺼냈다.

먹어.

어디서 났어?

묻지 마. 실컷 먹어!

그날 오후 경자 어머니가 동네방네로 떠돌아다니며 무를 잃어버렸다고 떠들었다.

그때까지도 춘복은 보호자란 내용을 딱히 몰랐지만, 민호가 오빠 같고 아버지 같다고 여긴 것은 사실이었다. 그래서 그를 믿고 그에게 전부를 종속(從屬)시킨 것인데 그에게 처녀의 순결을 고스란히 바친 것은 16세 때였다. 사랑이 무엇이고 섹스가 어떤 건지를 세세히 모를 때였지만 어쨌든 그에게 모든 걸 바쳐야 한다는 그것만은 명확했다. 그로부터 무슨 일이나 그를 떼여놓고 생각하지 않았고 그는 그렇게 그녀의 남자로 되었다.

그녀가 민호를 일생의 동반자로 삼게 된 데는 또 다른 중요한 원인이 있었다. 조실부모한 그는 할아버지 슬하에서 자랐는데 친할머니가 아니라 새 할머니 밑에서 살았다. 할아버지가 늦게 새 할머니를 맞아들이고 또 늘그막 자식을 보는 바람에 그의 나이 삼촌들과 엇비슷했다. 그것이 불화(不和)의 빌미로 되었던지 사사건건에서 쪽을 캐면서 제 혈육만을 챙기고 돌보는 새 할머니의 소위(所爲)에 그는 남몰래 눈물을 흘렸다. 설상가상으로 할아버지가 먼저 세상을 떴다. 깃 부러진 새는 어디를 가나 소소리 높은 담벽일 뿐 안식처는 없었다. 민호는 처지가 그러했다. 할아버지가 부재(不在)한 그 집에서 살고 싶지 않다기보다 살기가 불편했다. 그는 매일매일 한돈했다. 일몰(日沒) 직전의 그 외로운 석양빛을 밟으며 찾아간 곳은 타작마당에 있는 퇴락한 보초막이 아니면 퀴퀴한 냄새가 코를 찌르는 우사칸이었다. 거기서 꼬부리고 새우잠을 잤고 식사는 먹는 것보다

굶을 때가 더 많았다.

  선생님, 동병상련(同病相憐)이란 말이 있죠? 그러한 그를 제가 동경하지 않고 누가 하겠습니까?

  제가 현 고중에 입학했을 때입니다. 선생님도 아시겠지만 지금의 학비 얼마나 비쌉니까? 입학점수가 1점만 부족해도 어떤 학교에선 2만 원을 내라고 했거든요. 전 다행히도 점수가 합격되어 그런 부담은 없었습니다. 했지만 교과서값, 기숙사비용, 학비 등에 관한 통지서에 4천 원이라고 적혀있었지요. 농사를 지으며 근근득식으로 살아가는 삼촌네가 그 많은 돈을 낸다는 건 불가능했습니다. 그래요, 천대를 했든 말든 지금껏 길러주고 초중까지 공부를 시켜준 것만도 실은 감사한 일이 아닐 수 없었거든요. 이제 계속 부조해달라면 그것은 과격한 요구였답니다.

  학교를 그만 둘까?

  민호에게 제 근심을 털어놓았습니다.

  뭐? 너 정신 있니?

  그가 눈을 지릅떴습니다. 못마땅한 눈길로 저를 이윽히 째려보다가 제 팔목을 이끌어 밖으로 나갔고 곧장 버스 정거장으로 달렸습니다.

  어디로 가는 거야?

  가보면 알게 아냐!

  막무가내였습니다. 저를 강제로 이끌어 현으로 통한 버스에 올랐답니다.

  왜 이래?

  제가 버럭 성깔을 피워서야 그는 그 사람의 이름을 댔습니다. 그제야 내막을 알았지요. 광주에 갔던 어머니가 그 사람과 같이 현으로 돌아왔고 무슨 기업을 꾸리고 있었답니다. 원래 광주로 떠날 때 그 사람이 삼촌보고 제 생활비를 다달이 부치겠노라 약속했었지요. 빈말에 불과했지요. 수 년이 지나도록 일전 한 푼 부쳐오지 않았습니다. 지척에 있는 현성에 왔어도 그 모양 그 본세였지요.

싫어, 가지 말자!

전 단호히 거절했어요. 그 사람이 보기 싫었고 어머니를 만난다는 것도 싫었습니다. 자신의 이득과 편리만을 추구해 친자식마저 저버린 그게 무슨 어머니인가요?

방법 없이 끌려갔습니다. 무쇠 같은 손으로 저의 손목을 으스러지게 잡고 놓아주지 않는 걸 어쩝니까?

그 사람이 꾸렸다는 회사로 찾아갔습니다. 그 사람이 때마침 사무실에서 누군가와 이야기를 하고 있었어요. 순간 제 목구멍으로 무엇이 울컥 치밀어 올랐답니다. 어렵사리 살아온 원한이 단번에 치밀었던 거지요. 제 심정을 알고도 남음이 있었던지 민호가 통지서를 꺼내어 그 사람에게 주었지요.

나보고 돈을 내라는 거야, 왜? 재가 뭐 내 자식이라도 되나? 그럴 의무 없어, 내게는.

배배 꼬아 역설을 내뿜은 그 사람은 담배연기를 길게 뿜어내면서 무가내의 태도를 취했지요.

뭣이 어째?

눈이 이글거렸다. 속눈썹이 휘날릴 정도로 떨리었다. 그랬던 민호가 탁기위에 놓인 물고뿌를 쥐어들었고 그 사람의 면상을 냅다 갈겼다. 모든 것은 번개처럼 순시에 벌어졌다. 어이쿠! 비명소리와 함께 그 사람이 폴싹 꼬꾸라졌다. 그래도 성차지 않은 그는 이번엔 발길로 잇따라 짓이겨놓았다. 했는데 꼼작 못하고 뻐드러질 줄이야! 그 사람이 그만 숨을 거두고 말았다. 사태는 상상 밖으로 엄중하게 전개되었다. 명은 명으로 갚는다고 인명 사고를 저질렀으니 목숨을 바쳐야 하지 않겠는가. 생각하면 눈앞이 아찔했다. 어쩜 이럴 수가…그렇다고 가만있어선 안 되었다. 그녀는 얼친 사람이 되여 멍청히 서있는 그의 팔소매를 잡아 이끌고 밖으로 나왔다. 어디로든 가서 숨어야 했다. 숨어서 무슨 방법이든 대야 했다. 살길은 그것밖에 없었다.

어딜 가? 간다고 숨겨져? 숨었다고 발각 안 될까?

제정신으로 돌아온 그가 극력 자수할 것을 주장했다 그의 주장이 그른 건 아니다. 단 그가 투옥된다는 것이 그녀로서는 감내(堪耐)할 수 없었다. 누구도 아닌 자기를 위해 빚어진 일이 아닌가.

내가 했다고 자백할게. 내가 감옥살일 할게.

안돼. 난 남자야. 남아로서 어떻게 그럴 수 있어?

그는 결국 공안국에 자수했고 10년 판결을 받았다. 감옥 문은 항상 열려있었던 것이다. 후에 판명된 사실에 의하면 그 사람은 죽지 않고 두 눈이 실명되었을 뿐 그래서 민호는 상해죄로 판결 받았던 거였다. 그가 감옥으로 가면서 그녀에게 말했다.

날 기다리지 마. 적절한 자가 나서면 곧 결혼해!

기다릴 거야.

어떻게 기다려? 10년이면 강산도 변한댔어!

아니야, 강산이 변해도 난 안변해!

철창문이 덜커덩 닫겼다. 눈물범벅이 된 그녀는 아무것도 볼 수 없었다.

돈벌이 별곡

[엿이 단만큼 엿 팔기는 어려웠다]

선생님, 가락엿이라고 아시죠? 엿을 만들어내면 대체로 밤색이었습니다만 그것을 잡아 댕기고 비틀어 꼬고 하면 흰색으로 변한답니다. 가락엿은 그렇게 만들어지는데요, 우리의 이 재래음식은 아직까지도 수요자가 많고 그로 하여 엿장사꾼들이 많았지요. 연길 서시장에 가보세요, 골목 어귀마다에 아낙네들이 쪼그리고 앉아 가락엿을 팔고 있었답니다. 엿을 팔아 볼까? 민호가 감옥으로 간 뒤 저의 처지는 딱해졌거든요. 고중으로의 진학은 이미 초장에 글러 먹었구요, 삼촌네집도 계속 빌붙어있을 형편이 못 되었지요. 무엇을 하든 돈을 벌어야 했습니다. 선생님도 대략 짐작하겠지만요, 민호가 만기되어 출옥하면 돈이 누구보다 더 필요했거든요. 전과(前科)자라는 꼬리를 달고 무엇을 한다는 것은 어렵고 힘들게 뻔하지 않습니까. 돈이라도 넉넉해야 애로가 적을 거였거든요. 문제는 골목어귀에서 엿을 팔아 얼마 벌지 못 했구요, 젊디젊은 제가 어떻게 아낙네들 속에 끼어들겠습니까? 궁리하던 끝에 가락엿을 도매하기로 작심했지요. 가락엿은 로두구에서 많이 생산되었는데 질 좋고 값도 쌌습니다. 그때부터 저는 매일 아침 일찌감치 역전에 가서 도문－장춘행 기차를 타야 했고 로두구에서 내리면 부랴부랴 엿 공장으로 갔고 엿 백근을 산답니다. 말이 헐치 아름찼습니다. 그것을 다루자면 이고 지고 했는데 조금만 걸어도 비지땀이 이마를 거쳐 철철 흘렀지요. 땀방울이 눈 안으로 입안으로 흘러들었지만 짐을 잡은 손을 뺄 수 없어 찝쩔하고 비릿하고 새콤만 땀방울 어물어물해서 뱉어야 했답니다. 왜 그렇게도 많이 사갖고 고생을 자초하는 가구요? 조금 사서야 벼룩의 간만큼 남았거든요. 힘겨웠지만 어쩔 수 없었지요. 이고 메고 해서 안도 명월구로 갔습니다. 연길은 도매꾼이 많아 저 같은 햇내기는 아예 발을 디딜 자리도 없었지요. 아무튼 명월구시장에 가서 장돌뱅이 아줌마들에게 엿을 도매하고 나면 해가 서켠으로 퍽 기울어진 때였습니다.

배가 고팠습니다. 아침 식사를 대충 대충한 저로서는 뭐니 뭐니 해도 배를 채워야 했습니다. 공교롭게도 식당에 가서 국밥이라도 먹자면 기차시간이 급했거든요. 오후 3시면 돈화 ─ 도문행 기차가 도착할 것이요, 그것을 타야만 집으로 돌아갈 수 있었으니까요. 하는 수 없이 빵을 사서 먹을 수밖에 별도리는 없었습니다. 선생님, 인생은 고달프다고 그랬지요? 고달픈 것만이 아니라 고역이었습니다. 정말입니다. 그렇게 아글타글해서도 남는 것은 별로 없었지요. 엿 한 근에 20전씩 남거든요. 백 근이래야 20원 남는데 오가는 차비를 제하면 십 몇 원밖에 남지 않았답니다. 그렇다고 어쩝니까. 계속 해야지요. 그래야만 최저의 생계나마 유지할 수 있었거든요.

[엿장사꾼 이발사로 변신]

나 영실이라고 해, 우리 알고 지내.

그날도 춘복이 로두구로 가려고 대합실 장의자에 앉아 차 시간을 기다리고 있을제 꽤나 준수하게 생긴 젊은 여인이 그녀 앞으로 다가왔다.

누군데, 왜?

성부지 명부지한 사람이 난데없이 찾아왔다. 그녀는 신경을 드세우지 않을 수 없었다. 사기꾼이 너무 많은 현실이 아니었던가.

나 명월구 사람이야. 엿장사 수지 맞어? 버는 것보다 고생이
더 많은 것 같던데.

정곡을 찌른 말이다. 그녀의 가슴이 부지중 뭉클해지면서 설
움이 울컥 치밀었다. 동정을 받아보지 못하고 살아온 그녀는 인
정에 목이 메였던 거였다.

벌지 않고는 살수 없는 걸…

그녀의 말끝이 무시로 떨리었다.

우리 함께 이발소를 경영하면 안 될까?

어떻게? 집도 없고 설비도 없고 자금도 없는데…

내 말 들어봐.

영실이 자초지종을 털어놓았다. 그녀는 대학생이었는데 가정
형편은 째지게 가난했다. 그럴 것이 그녀의 부친이 교통사고로
타계했고 오열에 울고 울었던 어머니가 그만 뇌졸중에 걸려 팔
다리를 제대로 쓰지 못하게 되었다. 불행 중 다행이라면 소학교
선생이었던 어머니에게 다달이 나오는 퇴직금이 있어서 근근득
식이나마 모녀가 살아갈 수 있었다. 그녀는 그럭저럭 초, 고중
을 나오게 되었고 대학입시에서 누구 못잖은 성적으로 합격되
었다. 그런데 대학에서의 소비는 엄청났다. 무엇을 해서든 벌지
않고는 도저히 감당할 수 없었다. 그러던 와중에 이발소를 경영
하고 있던 사촌언니가 장춘에 있는 아들네 집으로 가게 되면서
그녀보고 도맡으라고 했다. 고마운 일이였다. 문젠 그녀가 일주
일에 몇 번씩 강의를 들어야 했기 때문에 이발소를 시종 돌볼
수 없었다. 춘복이 보고 전적으로 책임졌으면, 자긴 드문드문
나와 도와주겠다는 거였다. 감사한 일이고 또 해볼만한 일이였
다. 그간 그네들은 이발강습반에 가서 파마, 면도질, 머리안마
등 이발기술을 배워 영업을 시작했다. 영업은 그런대로 잘되었
다. 큰돈을 벌진 못해도 먹고 쓰면서 살기는 무난(無難)했다.

[면도칼로 행패를 막다]

그날은 일요일이었어요. 30대중반의 한 꺽다리가 오자 바람으로 남성안마를 하는가고 물었지요. 여기선 머리안마밖에 하지 않아요! 영실이가 응했어요. 머리안마? 그것도 좋지! 하면서 그가 넌지시 이발의자에 앉았습니다. 시작부터가 거만하게 나왔거든요. 속으로 은근히 불쾌했지요. 영실이가 미간을 찡그린 것을 보면 제 심정과 비슷했거든요. 했지만 내키지 않아도 미소어린 얼굴로 손님을 대해야 하는 게 이발업이었습니다. 영실은 뜨직한 솜씨로 '꺽다리'의 면부혈을 지압하기 시작했습니다.

요 손 진짜 맵짠데?

그가 중얼거리며 영실의 손을 잡더군요.

왜 이래요?

그녀가 급기야 손을 빼어냈습니다.

잠자코 있지 못할까?

그가 바락 힘을 주며 그녀의 손을 다시 낚아챘고 남자들의 그 부위로 끌어가더군요. 뭘 어쩌자고 저랄까? 한심했습니다. 성에서 남자들이 주동이고 진공형이라지만 낯도 코도 모르면서 더군다나 백일하에 이럴 수가 있을까요? 결코 보고만 있을 수 없는 저는 제깍 면도칼을 꺼내어 들고 '꺽다리' 앞으로 다가갔습니다.

살아져, 당장! 안 그럼 알지?

저는 면도칼을 흔들어 보였지요. 날카로운 위엄에 간담이 써늘해졌던지 기고만장했던 그의 기염은 가뭇없고 그 대신 제 명령대로 의자에서 일어났습니다. 전전긍긍하면서 출입문 앞으로 가서야 그가 게두덜거렸지요.

바닥쇠도 몰라보고…누가 견디는가 어디 두고 보자!

그 이튿날 난데없는 어중이떠중이들이 이발소로 벌 떼처럼 몰려왔고 이발용 거울은 물론 창문 유리까지 모조리 박살내고 돌아갔답니다.

어쩜 좋아, 이걸?

울상이 된 영실이 발을 동동 굴렸지요. 돈을 벌어 사촌언니의 호의에 보답하기는커녕 모든 걸 망쳐먹었으니 왜 절망하지 않겠습니까.

'꺽다리'가 폭행을 감행한 본의는 무엇일가요? 조감해보면 면도칼로 위협한데 대한 보복행위만은 아니었어요. 처음부터 뭔가를 탐내면서 행패를 부렸거든요. 무엇을 위해서일가요? 미궁 속에 깊숙이 숨겨진 비밀이었기 때문에 더더욱 안타까웠습니다. 혹시 그 일로 그런 게 아닐까? 문득 잡히는 것이 있었습니다.

우리의 영업은 갈수록 잘되었지요. 젊은 아가씨들이 이발을 해서만은 아니었어요. 어디까지나 예절바르면서도 성심성의로 손님들을 대했답니다. 특히 노인들의 이발은 2원을 내려 3원만 받았거든요. 그래서일 겁니다. 손님들이 쉴 새 없이 찾아왔답니다. 그와 반대로 길 건너 이발소는 갈수록 불경기였지요. 하루 손님 극상해 몇 명밖에 안되었거든요.

며칠 전이였습니다. 길 건너 이발소 마담이 절 찾아 왔댔지요. 고양이처럼 이것저것을 살살 기웃거리다가 천천히 입을 열었습니다.

이발요금 그렇게 내리면 어떡해? 혼자만 해먹으려나?

자기네 단골마저 우리에게 뺏겼으니 불평을 부릴 만도 했습니다. 지금 와서 보면 그런 게 아니었어요. 불평 뒤에 어떤 모략을 꾸민 게 분명했습니다. 우리의 이발소를 요정내야 손님들이 자기네에게로 쏠릴 거라는 목적으로 도발한 행동이었지요. 선생님, 장사에선 아들이 아버지를 속이는 판국에 누가 누구의 사정을 돌본답디까? 우리들이 그 마담의 돈주머니를 가로챈 격이 되고 말았으니 그라고 수수방관할리 만무했습니다. 그러나 이처럼 짓부시고 까뭉겨서야 범법행위가 아닐 수 없었지요. '꺽다리'를 법적으로 처리해야 자초의 진상이 밝혀질 것이요, 그래서 우리는 파출소를 찾아갔습니다.

[만취된 경찰 짜증만 내다]

춘복이와 영실이는 직방 파출소 소장을 찾았다.

알았어요. 담당경찰이 외출하고 없는데 돌아오면 알리겠습니다. 돌아가 기다리세요.

그럼 그럴 테지! 천하 어디든 법이 있고 법 앞에선 사람마다 평등한 게 아닌가.

그네들은 사단(事端)이 풀리리란 한 가닥 희망을 보듬어 안고 파출소에서 되돌아섰다. 했는데 사흘이 지났어도 감감무소식이었다. 담당경찰은 그림자도 얼씬하지 않았다. 무턱대고 기다릴 수 없었다. 아수라장이 된 이발소를 볼 때마다 가슴이 천만갈래로 찢어졌다. 더는 참을 수도 없고 견딜 수도 없는 그네들은 다시 파출소 소장을 찾았다.

안갔습디까? 벌써 말했는데…한 번 더 독촉하겠습니다.

하고는 눈을 아래로 깔았고 무덤덤한 표정으로 보던 서류를 계속 보는 거였다. 담당경찰은 의연히 코빼기도 보이질 않았다.

그런데 상상도 할 수 없는 일이 생겼다.

그날 영실이 무슨 일이 있어서 전에 아르바이트를 했던 식당으로 갔는데, 거기서 우연히 '꺽다리'를 보았다. 한상 톡톡히 차려놓고 누군가와 흔전만전 먹고 마시고 있었다. 범법행위를 저지르고도 저렇게 자유자재로 떠돌아다는 것이 이해되지 않았지만, 영실이 혼자서 어쩔 수 없었다. 그냥 돌아올 수밖에 별수 없었다. 그렇게 일주일이 지나서여 담당경찰이 찾아왔다.

살인사건 때문에 제가 좀 바쁘거든요, 그러니 요약해 말하세요.

담당경찰은 오자바람으로 조건부를 달았다. 사회치안을 위한 경찰들 항상 다망하리라고 여겨진 춘복이 요약해 말했더니 주변에 '꺽다리'가 많은데 누군 줄 알고 어쩌겠는가? 딱 찍어 잡을 수 있는 단서를 대야지 그렇게 두리뭉실하게 말해서야 어쩌는가? 도둑을 잡으려거든 그의 손목을 잡아야 하는데 그렇게 하지 않은 걸 어쩌는가? 경찰이 영문 없이 짜증을 냈다. 왜 이럴까?

이때였다. 영실이 춘복이게로 다가왔고 그녀의 귀속에 대고 귀띔하였다. 저치 말야, '꺽다리'와 함께 식당에서 먹고 마시던 사람이야! 춘복은 소스라쳐 놀랐다. 범법자와 경찰이 이미 단짝이 되었으니 수색은 빈말에 불과한거라고.

[핸드백 속에 감춰진 녹음기]

선생님, 다른 방법은 없었어요. 우리는 발을 벗고 나서지 않으면 안 되었지요. 길 건너 마담을 찾아가 단도직입적으로 따지려고 했습니다. 그런 게 아니었습니다. 머저리가 아닌 이상 순순히 자백할리 만무했거든요. 차라리 그 집 남편을 찾으면 고리가 풀릴 것 같았지요. 그 집 남편 말이에요. 여자를 살핀다면 킁해서 정신없었습니다. 이런 인간들은 거게 호색이었지요. 미인계랄까요, 우리는 그의 약점을 이용하려 했고 드디어 만단의 준비를 다하고 기회만을 엿보고 있었답니다.

그 기회가 드디어 도래했지요. 그 집 남편이 길을 건너 이쪽으로 오다가 오른쪽 샛길로 빠지더군요. 전 급급히 문을 차고 나갔고 그의 뒤를 쫓아가면서 여보세요! 아주 친절하게 불렀지요. 그가 무춤 발길을 세우며 돌아서더군요.

무슨 용무인데?

긴요히 할 말이 있어요. 우리 다방으로 가는 게 어떨까요?

그가 저를 이윽히 살펴보았지요. 불타는 듯한 눈길이었습니다. 흥, 볼라면 보라지, 아무리 꿰뚫어 봐도 자기 부인보다는 훨씬 나을 테니까! 그 집 마담이야 뭐 겨릅대같이 마르고 여위여 볼꼴이 없었거든요. 그는 쾌히 응했고 자기가 먼저 다방으로 들어갔습니다. 하긴 다방이란 데이트의 조용한 곳이었으니 얼씨구나 좋았거든요.

그런데 사태는 상상 밖으로 전개되었지요.

그는 저의 털끝 하나 다치지 않았습니다. 그를 색갈이라고 판정한 것은 오판이었거든요. 그의 이름은 동철이라고 불렀는데 그의 하소연을 들은 저는 되레 그를 동정하게 되었답니다. 겨릅대 같은 마담이 간암말기랍니다. 어떻게나 살려보겠다고 용하다는 의사는 돌아가며 찾았고 좋다는 약은 돈을 아끼지 않았지요. 했지만 병세는 호전되지 않았고 그 대신 10만 원 빚만을 지게 되었답니다.

아내가 먼저 가면…그럴 수 없어요. 그러면 안 되지요. 어떻게 아내를 먼저 보냅니까?

눈물이 글썽해진 그가 저보고 도와달라고, 다문 얼마라도 좋다고, 그 은정 영원히 잊지 않겠다는 거였습니다. 사정은 딱했지요. 전 모든 걸 주고 싶었습니다. 문젠 털면 먼지밖에 없는 제가 아닌가요. 영실이도 저와 피장파장한 처지였거든요. 도와준다는 건 천만 불가능했답니다.

도울 수 없다 그거야?

그의 태도가 급변했습니다. 전번 이발소를 짓부시고 까뭉갠 주모자가 자기라면서 원래는 문제를 타협적으로 해결하려 했는데 폭력으로 해결할 수밖에 다른 방도는 없다는 거였습니다.

그래요? 진작 말하지 그랬어요. 돌아가서 방법을 대보겠습니다.

저의 태도도 돌변했지요. 그럴 수밖에 없는 것이 어쨌거나 여기 다방에서 몸을 빼야 했답니다. 그와 타협하려 그런 건 절대 아닙니다. 선생님, 사실대로 말하면 전 핸드백 속에 소형 녹음기를 넣었고 그의 말을 몽땅 녹음했거든요. 제가 몸을 빼야 그의 꼬리를 잡고 어쩔게 아닌가요. 결국 다방에서 나오게 되었고 그래서야 나와서야 저는 당당해졌답니다. 그에게 녹음기를 꺼내어 들었고 사실을 드러냈지요. 손해배상을 톡톡히 내지 않으면 이번엔 파출소가 아니라 시 공안국에 고발하겠다고 으름장을 던졌습니다. 저의 당돌한 거동에 겁을 먹었던 거지요. 며칠 후 길 건너 이발소는 문을 닫았고 어디론가 가뭇없이 사라졌답니다.

선생님, 제가 승리했을까요? 물론 그렇겠지만요, 왠지 이발소에 계속 머물고 싶지 않았습니다. 제 의사를 알게 된 영실은 못내 서운해 하였습니다.

할 수 없지. 그간 수고 많았어. 앞으로 무슨 일이 있으면 꼭 찾아와.

우린 그렇게 갈라졌습니다. 그 후 저는 자외선치료기를 판매하는 회사에 취직하게 되었거든요.

'선글라스'를 따라 범굴로 가다

내일부터 출근하지 말아요.

판매과장이 춘복에게 명령조로 말했다.

왜요? 제가 뭘 잘못했나요?

불현듯 날아온 발령(發令)이 납득되지 않은 춘복은 즉시 되물었다.

여긴 개인업체요, 이유를 설명할 필요 없소.

판매과장은 사정도 없고 에누리도 없었다.

여자란 재래로 심술이 유별한 법이였다. 사업차로 춘복이 경리와 몇 번 접촉한 것을 엿본 판매과장은 그녀에게 까다롭게 굴었다. 자기보다 젊은 여자가 경리를 독차지할까 두려워서인데 트집은 얼마든지 꾸밀 수 있고 꿍꿍이는 그렇게 세워졌다. 외판원에게 차례지는 수입이 적다, 우리 함께 파업을 일으키자! 라고 선동한 장본인이 그녀라고 딱 찍었다. 덤터기란 별개 아니었다.

춘복의 밥통은 그렇게 짤리웠다. 준범이를 찾아가지 않으면 안 되었다. 다행히도 그가 군말 없이 그녀를 받아주었다. 그가 경영하는 금점은 ‘황금당’이란 간판이 걸려있었다. 그럴듯한 간판의 내용처럼 유리로 만든 매대 안에는 금은보석으로 으리번쩍했다. 그런 것을 다루고 있다는 것은 흥쾌한 일이 아닐 수 없었다. 그런데 새로운 환경에는 새로운 규칙이 있었다. 출근한 첫날에는 서있는 연습을 했다. 가슴을 앞으로 내밀고 배를 쫄이어야 곡선미가 유표(有表)하다는 거였다. 말이 쉽지 진종일 그런 자세를 취한다는 것은 정말로 버거웠다. 그 이튿날은 웃는 연습, 항상 미소어린 희색(喜色)으로 고객을 대해야 흥정이 순리롭다는 거였다.

사흘째 되던 날 준범이가 그녀보고 여기의 물건들 더러 가짜지만 진짜로 팔아야 한다고 했다. 으음, 그런 문서였구나! 돈을 쉽게 벌수 있다고 그가 언젠가 말한 뜻을 비로소 알만했다. 하긴 지금의 액세서리 진짜보다 더 깜찍하고 미묘했다. 얼마든지 속일 수 있었다.

‘선글라스’는 그녀가 출근한지 일주일 만에 만났다.

키가 전봇대같이 껑충해선지 등이 꾸부정한 남정이 금점 안으로 쑥 들어왔다. 검은색의 선글라스를 끼고 이것저것을 살피다가 무엇이 미흡했던지 선글라스를 제꺽 벗으면서 물었다.

비취반지를 좀 봅시더.

춘복이 제꺽 알은체를 했다.

자, 이것보세요. 여러 가지 품종인데요, 맘에 드시는 걸로 고르세요.

그는 비취반지를 보는 게 아니라 그녀만을 지켜보았다. 추호의 거리낌 없는 극히 노골적인 구애였다. 옷차림과 말투를 보아선 한국 사람이 분명한데 무엇을 턱 대고 이처럼 공공연할까? 그러나 그런 내색을 내비치지 않았다. 어쩜 물건을 팔수 있다는 욕망에서였다.

이거 값이 얼마지?

3,500원입니다.

그러니까 우리 한국 돈으로 50만 원이네? 좀 비싼데 싸게 해 줄 수 없는가?

손님두 참, 점잖은 분 같으신데⋯ 그 돈 없이 어떻게 삽니까?

그럼 그러지 뭘.

흥정은 상상보다 수월히 진행되었다. 그녀가 환한 얼굴로 그에게 살짝 웃어 보인 보답인진 몰았다. 너무도 순탄히 진행된 흥정이고 보면, 더군다나 가짜를 진짜로 팔아넘긴 사실이 숫제 믿어지질 않았다. 그런데 흥정은 여기서 끝난 게 아니었다. 꼬리가 달려있었다.

××호텔 커피숍, 아시죠? 물건을 사는 대가로 거기 가서 함께 커피나 마십시다.

그의 요구는 거침이 없었다. 그리고 자신만만했다. 중국의 물정을 대략 알고 있는 그는 그녀 같은 여자야말로 누구에게든 종속된 인간으로 금전이면 모든 것이 해결된다고 믿고 있는 것 같았다. 천만에, 깡패 동철이를 굴복시킨 그녀에게 겁날 것은 꼬물도 없었다. 범굴에 들어가야 범을 잡는다고 하잖았는가. 그보다도 먼저 물건값을 받아내야 했다.

××호텔 커피숍은 호화로왔다. 국화꽃같이 활짝 열린 주렁등이 시끄무레한 조화를 이루고 폭신폭신한 소파 앞에 멋진 탁기가 있었다. 실내의 분위기를 정서 깊게 도운 것은 은은히 들리는 멜로디였다.

앉으세요. 무엇으로 할까요, 커피? 레몬? 와인?

그의 말을 전부 알아듣지 못했다. 커피는 알고 있었으나 레몬은 뭐고 주스는 또 뭔지? 그랬지만 그녀는 모른척하지 않았다.

전 생강차를 즐겨한답니다.

알았습니디.

'선글라스'는 말하면서도 눈길만은 그녀에게서 떨어지질 않았다.

남남북녀란 말 아십니까?

잘 모르겠는 데요…

호협한 남자는 남한에 있고 아리따운 미녀는 북한에 있다는 뜻인데 연변도 북한과 연접한 탓인지 여자들 한결같이 아름답더군요.

그래요…

아름다우면 어쩔겁니까? 심성이 삐뚤어진걸.

무슨 뜻이죠?

그가 이러구러 수작을 버리는 대로 방어를 해야겠다고 예산한 그녀였는데 뚱딴지같은 말을 하는데 조금은 어리둥절해졌다.

가짜를 진짜로 팔고서도 모른 척 시치미를 떼면 되는가요?

간단한 작자가 아니었다. 모든 것은 의도적으로 꾸며댄 술책이었다. 한국 수속을 해줌네 먼저 미끼를 던지고 덤벼드는 위인과는 달리 먼저 이쪽의 약점을 틀어쥐고 위협공갈을 앞세웠다.

반지를 도루 물려달라는 것만이 문제로 되는 게 아니었다. 그가 들고 일어나면 금점의 위신이 일락천장(一落千丈)이 될 것이요, 영업은 그만큼 불경기일수 있었다. 그녀는 이래저래 할 말이 궁했다.

이윽고 그가 그녀에게로 접근했다. 그녀가 반항하지 않자 그의 손이 번개같이 블라우스 밑으로 쑥 들어왔고 젖무덤을 만지기 시작했다. 낯도 코도 모르는 사람에게 이런 장소에서 이런 식으로 당한다는 것은 정말 내키지 않았다. 문젠 우악스레 덤벼드는 남자의 진공을 물리치긴 어려웠다. 고함을 쳐서 사람을 부를까? 방법은 방법이되 타당한 방법은 아니었다. 호텔 보안원이 우루루 몰려올 것이고 '선글라스'가 가짜반지를 팔았으면서도 도둑이 도둑잡아라는 식이라고 고자질하면 되레 피동이었다. 어째야 좋을까? 사람이 급할 때면 어떤 대책이든 문득 떠오르는 모양이었다.

이거 놓으세요. 자리를 옮깁시다, 조용한 곳으로.

그제야 그가 팔목을 느슨하게 늦췄다. 천천히 일어난 그녀는 헝클어진 머리를 손빗으로 수습하면서 벽 쪽으로 다가갔다. 거기에 복무원을 부르는 버튼이 있었고 그녀는 그것을 제꺽 눌렀다. 이윽하여 늠름하게 생긴 복무원이 문을 떼고 들어왔다.

부르셨습니까?

결산해요. 얼마죠?

그녀는 백 원짜리 한 장을 복무원에게 넘겨주고 부랴부랴 문밖으로 나왔다. 택시를 잡아타고 곧바로 금점으로 향했다.

자, 이건 춘복 씨에게 차례진 장례금이요.

금점으로 돌아오자 준범이 백 원짜리 열장을 그녀 앞에 내놓았다. 가짜반지를 판매한 대가였다.

'선글라스'가 찾아오면 어쩔려구요?

모든 걸 주도면밀(周到綿密)하게 꾸미고 있는 그가 찾아오지 않는다고 안심할 수 없었다.

그깟 놈 뛰어봤자 벼룩이지, 별수 있을라구? 죄책감 필요 없어. 그들에게 우리가 뭐 적게 망했다구?

그 말은 사실이었다. 그녀도 한국으로 간다고 덜성거리다 한국 수속을 해준다는 한국인 거간꾼에게 4만 원이나 떼웠었다. 그녀만이 아니라 여러 사람들이 사기를 당했다. 따지고 보면 엎음갚음이었다. 속으면서 살고 속이면서 사는 게 인생이고 보면 꺼릴게 없었다. 남을 속인 불안감은 그렇게 균형을 잡았다.

그들 속에 끼여진 또 한 사람

선생님, 디스코청은 허름한 지하실을 새롭게 장식하여 꾸렸는데요, 오색의 조화를 이루는 전등이 수시로 명멸하고 있었지요. 주변은 어둑시그레 했습니다. 쿵쾅거리는 팝송의 음향에 따라 남남녀녀들이 한데 어울려 머리와 어깨와 다리를 동시에 흔들고 있었습니다. 꼭 마치 미친년 널을 뛰는 것 같았답니다.

뭘 마실까?

준범이가 저를 보았습니다.

가볍게 맥주를 마십시다.

맥주?

그가 머리를 흔들더군요.

양주를 마시기요. 취해 모든 걸 잊고 싶소.

독한 술로 자극해보려는 그의 심정을 이해할 수 있었습니다. 그가 근간에 겪은 것은 더없이 처절했고 그의 심려는 고달팠답니다. '선글라스'가 가만있지 않았거든요. 직접 시장을 찾아 중국은 가짜만 파는 곳이냐고 노발대발했답니다. 그깟 놈 뛰어봤자 벼룩이라고 판단한 것은 실수였습니다. 준범은 결국 공상국에 불려갔답니다.

어쩜 한국 손님에게 그럴 수 있습니까?

공상국 담당자가 핀잔을 앞세웠지요.

우리도 그들에게 많이 당하지 않았습니까.

준범이도 질세라 변명했습니다.

그랬다고 그들에게 사기를 치면 됩니까?

할 말이 궁했지요. 매매과정에서 지켜야 할 기본적인 준칙은 신용인데 그것을 위반한 이상 변명은 하등의 소용도 없었답니다.

당장 영업을 중지하시오!

예?!…

국제적으로 악영향을 끼친 게 아니요. 벌금을 안기지 않은 것만도 관용인줄 아시오.

재래로 칼 쥔 사람을 이길 수 없었습니다. 준범은 소금물에 절인 배추처럼 되여 돌아왔답니다. 그런데 선생님, 재앙은 언제나 쌍으로 겹친다고 했던가요? 그는 조선의 동태를 사다가 말려 파는 일을 수백 톤이나 벌리었었는데 사스로 인해 한국으로 수출 못하게 되었답니다. 사스바이러스가 잠적해있을 수도 있는 명태를 어떻게 수입하는가? 한국 측의 태도는 견결했거든요. 그 많은 명태를 창고에 처넣지 않으면 안 되었지요. 사태는 갈수록 엄중해졌습니다. 저장된 명태가 습기를 받아 눅눅해졌고 거기에 곰팡이가 끼면서 벌레가 끼고 결국 썩어났답니다. 수십만 원이 바람을 타고 먼먼 곳으로 사라지고 말았거든요. 그렇게 쫄딱 망했답니다.

지나간 일 생각 말아요. 오늘 이 시각만을 위해 마십시다!

저는 술잔을 높이 쳐들었고 챙그랑! 그의 술잔에 대고 마친 뒤 양술을 단모금에 꿀꺽 넘겼지요. 조금은 달고 조금은 새콤한 맛이 목안을 적시면서 가슴을 후덥게 했습니다. 선생님, 그게 취기라는 건가요? 전신이 알짝지근한 것이 그저 붕 떠도는 기분이었지요. 맥박은 힘차게 박동했고 특히 관자놀이의 혈관은 팔딱팔딱 높뛰었습니다.

아내…생각해요, 지금도?

혀가 꼬부라져 발음이 제대로 되지 않았지만요, 왠지 자꾸 말하고 싶더군요.

생각해…뭘 — 해 — 요? 한국에 간 사람들…끼리끼리 짝을 무어 살고 있답디다.

정말이었습니다. 한국에 간지 5년도 넘는 그의 아내는 간혹 전화를 걸어왔는데요, 아들에 대한 문안일 뿐 언제 집으로 돌아오겠다는 의사는 아예 밝히질 않았답니다.

선생님, 준범이가 가긍스레 여겨졌습니다. 가짜 반지사건은 실은 저에게도 책임이 있었거든요. 처참하게 몰락된 그를 제가 돕지 않고 누가 돕겠습니까? 적어도 위로의 말만은 해줘야 했답니다.

다 소영없어 금전을 내놓고는…사람은 변하지만 금전만은 변하지 않았거든.

그렇지요. 금전이야말로… 어디서나 제 값을… 했거든요.

금전타령을 하는 준범이의 속뜻을 알고 있는 저는 덧붙여 말했지요.

적나라한 금전관계 참 무지무지해. 무엇을 하자면 먼저 대가를 치러야 했거든.

왜 갑자기… 소침해졌죠?

그가 상심할 것은 사실이었지요. 그러나 너무도 소극적이어서 제가 되물었습니다.

알았어… 내일을 염려해 뭘 해?… 오늘을 즐기면 그만인걸!

말머리를 돌린 준범이가 뭔가를 제 앞에 불쑥 내밀었지요.

뭐야요… 이게?

즐기자면 이걸… 먹어야 돼!

그것은 신경을 흥분시키는 요두환이었습니다. 그것을 먹으면 기분이 상쾌해지면서 몸 전체를 대구 흔들고 싶어지거든요. 아편 같은 독물이었습니다. 당시 내막을 몰랐고 그리고 만취한 저는 별로 고려 없이 그것을 먹었답니다.

우리가 미친 듯이 춤을 추고 좌석으로 돌아왔을 때였어요. 춘복이 아냐? 누군가의 부름이었습니다. 누굴까? 정신을 가다듬어 주변을 살펴보다가 순간적으로 흠칫 놀랐습니다. 영실이가 제 앞에 서있었는데 목이 헐렁한 블라우스에 미니스커트를 받쳐 입었습디다. 수수하던 그때와는 전혀 달랐거든요. 그것이 수상쩍었지요. 손님들의 요구에 따라 함께 춤을 추어주는 아씨들의 차림이었으니 말입니다. 그녀가 그런 것으로 돈을 벌고 있을까? 그런 것 같았지만 캐어묻지 않았습니다.

참 오래간만이다. 그간 결혼했어?

그녀가 물었어요. 저는 머리를 흔들어보였지요.

넌 어떻게 됐어?

제가 물었습니다. 그녀 역시 머리를 흔들었지요.

결혼해야 될 텐데…민호가 여적 수감 중인 모영이지?

음, 그래…그 말 그만해. 우리 술이나 마셔!

저는 잇따라 술을 마셨지요. 수감 중인 민호란 말이 제 기분을 잡쳤거든요. 10년이란 세월을 기다린다는 것이 너무도 지겹고 고달팠기 때문입니다.

술을 얼마나 마셨는지 저는 그대로 꼬꾸라졌지요. 뒤이어 꿈을 꾸었습니다. 준범이가 저를 부둥켜안고 디스코청을 나왔지요. 택시를 잡아타고 어디론가 가고 또 갔습니다. 싫지 않았거든요. 옆에 남자가 있다는 것은, 남자의 어깨에 얼굴을 파묻었다는 것은, 믿음직한 남자의 보호를 받는다는 것은. 그가 저를 어디로 데리고 가든 무방하다고 여겨졌거든요. 민호가 제 옆에 없는 공간이 너무도 허수하고 애수 했답니다. 그만치 그가 중한 존재였는데 그런 존재를 실제적으로 느껴보지 못한 실락과 소외랄까, 아니 반발이었습니다. 저는 준범이가 하는 대로 가만 두었지요. 화려한 호텔 같았습니다. 침대가 보이었고 그 위에 베개 두개가 가지런히 놓여져 있었답니다. 제가 거기에 누웠고 그러자 두 팔로 준범이의 목을 꼭 끌어안았지요.

선생님, 제가 잠에서 깨여난 것은 창문이 희끄무레하게 밝은 때였지요. 간밤에 발생한 것은 꿈인지 생시인지 도무지 가늠할 수 없었습니다. 제 옆에 확실히 남자가 누워있었습니다. 이상하게도 준범이가 아니었지요. 천만뜻밖에도 동철이였거든요. 세상에 과연 이런 일도 있을까요? 믿을 수 없었어요. 믿어선 안 되었지요. 불행하게도 그것은 사실이었습니다.

꼭 해명해야 할 것이 있는데…

이렇게 운을 뗀 동철이 누누이 해석하기 시작했습니다.

모든 것은 계약에 의해 진행되었다. 춘복에게 독하디 독한 양술을 마시게 한 것도, 취하게 한 뒤 호텔에 데리고 간 것도, 준호가 슬그머니 자취를 감춘 것 모두가 계약에 의해 꾸며졌다. 물론 계약에는 대가가 있다. 계약체결은 준범이가 주동적이었다. 그렇게 주동적인 데는 춘복이를 어째보겠다는 이쪽의 의사를 교묘히 이용해 자신이 얻을 수 있는 대가를 위해서였다. 참외는 꼭지가 저절로 떨어져야 달다. 춘복이가 자진해 안겨올 날

을 위해 방법 수단을 아끼지 않겠다. 민호가 출옥하게 되면 그
와 남아다운 담판도 벌리겠다.

　선생님, 수수께끼 같은 이야기가 아니고 뭡니까. 빈털털이인
그의 무엇을 보고 준범이가 빌붙었는지 도저히 이해되지 않았
지요. 혹시 그 사람이 벼락부지가 되여 그럴까? 그럼 즉도 했습
니다. 깡패 사기꾼들이 횡재를 보는 세월이기도 했으니까요. 그
러한 동철이인지 그것은 자상히 알 수 없었지만 저를 과분하게
탐낸 것만은 사실이었지요. 미친 수작이 아니고 뭡니까? 그와
억세게 겨뤄봐야지요. 제가 나약해지면 그것은 민호에 대한 배
반이었답니다. 어쨌거나 준호와는 이미 모든 것이 끝났거든요.
이제 무슨 미련이 있다고 그와 접촉하겠나요? 그보다도 저는
취중이나마 순간적으로 흔들렸던 저의 차실을 심히 뉘우쳤답니
다. 했는데 그가 저와 꼭 이야기를 나누자고, 잠간이라도 좋다
고 말이에요. 속말을 털어놓아야 꼴리고 구겨진 심성이 풀릴 거
라고 울상이 되여 덧달았지요.
　말하세요.
　필경은 저를 도와주었던 사람이었거든요. 내쳐 모른다고만 할
수 없었습니다.
　미안하오.
　뭐가 미안해요?
　저는 얼굴을 돌려 창문 저쪽을 멍히 바라보았지요.
　나는 다시 재기할 것 같지 않소.
　그게 저와 무슨 상관이죠?
　저의 어투는 의연히 가시가 돋쳐 있었습니다.
　어떻게 해석해야 할까…철저한 실패였소. 금점도 내놓지 않으
면 안 될 형편이요. 동철이만이 날 구원할 수 있는 거요.

말 다했어요?

전 돌아서 가려고 서성거렸지요.

날 원망하지 마오, 부탁이요.

원망한 게 뭔데요? 저를 속였다는 게 원통할 뿐이죠. 그런 성격 때문에 아내도 한국으로 갔고 돌아오지 않는 게 아닌가요?

이처럼 연줄포가 나갈 줄은 저 자신도 몰랐어요. 아마도 속히 웠다는 배신감을 참을 수 없어서였겠지요.

속인 건 아니요. 무정한 시장경제 속에서 어쩔 수 없었소.

시장경제는 원칙도 없는가요?

원칙? 지금은 누가 이기면 누구에게 원칙이 있는 거요.

비루해요, 치졸해요!

저는 이 말을 남기고 씽하니 돌아섰고 그 길로 쬉쬉 걸어갔습니다.

감옥은 좁고 세상은 넓었다

민호의 출옥을 앞두고 춘복이는 셋방을 새로 얻었다. 지금까지는 빗물이 새어드는 퇴락(頹落)한 단층집에서 살았다. 그와는 아기자기 웃음꽃을 피우며 살 곳인지라 더는 헐망한 데서 살수 없었다. 그래서 상하수도가 있고 화장실이 따로 있는 아바트집을 골라잡았다.

우리 여기서 함께 사는 거야?

출옥한 그날 민호가 집 안 곳곳을 세세히 살폈다. 정말이지? 여러 번 되씹어 물어보았다.

물론이지!

꿈결 같아, 왠지 믿어지질 않아!

진짜야, 내가 언제 거짓말을 했어?

그러니까 나와 결혼한단 건데, 정말이지?

두 말하면 잔소리!

하면서 그녀는 와락 그에게 안겼다. 이제까지의 지겨움을 일소(一掃)하면서, 오늘의 희열(喜悅)을 만끽하면서, 미래의 단꿈을 꽃피우면서.

춘복은 끝내 임신했다. 그것은 사랑을 남김없이 경주한 결과였고 여인의 모든 것을 고스란히 바친 보람이었다. 그 기쁨이야 말해 뭘 하겠냐 만은 그럴수록 그녀는 살가운 손을 뻗혀 민호를 보살폈다. 옷과 신발은 모두 유명메이커로 새로 바꾸었다. 의포 단장이란 데서만은 아니다. 전과자(前科者)이기 때문에 신고 입는 것부터 남에게 뒤떨어져선 안 되었다. 그만치 그는 그녀의 하늘이고 기둥이고 디딤돌이었다. 부감해보면 꿈결 같기도 했다. 10년이란 정말 긴긴 세월이었지만 기다리고 또 기다리면 기필코 도래하는 거였다. 사람은 죽지 않으면 꼭 만난다고 누가 그랬던지. 그것은 정말 명언이었다.

뭐라도 해야지 않겠어?

그러던 어느 날 그녀가 말했다.

알어. 알고 있다니까.

그가 조금은 짜증스레 이어댔다.

그나저나 지금은 어떤 사업을 벌이는 게 문제가 아니라 잘되지 않아 근심이었다. 여자들은 하다못해 식당복무원이요, 누구네 집 파출부요, 어느 환자의 호리원이요, 두루두루 할일이 많았지만 남자들에게는 이러구러 마땅한 일자리가 없었다. 뜨르르한 직장은 빽이 없으면 아예 발 디딜 곳도 없고 궁여일책으로 건축공사장에서의 막일은 고행(苦行)과 다름없거니와 수입도 적

88

었다. 삼륜차를 몬다는 것은 에헴! 불알차고 무엇을 못해 그런 짓을 할까? 남자들의 직장은 확실히 문제였다.

그녀는 영실이를 찾아갔다. 민호의 직장문제를 해결해주었으면 해서였다. 그때면 대학을 졸업한 그녀가 한 중학교에서 교편을 잡고 있었다. 말하자면 춘복이보다 활동능력이 월등(越等)했다.

우리 학교에 보일러공이 부족해 그러던데 어떨까? 의향이 있으면 알아볼게!

보일러공?

내키지 않았다. 밤낮 석탄과 씨름하여 얼굴이 검데기로 얼룩지는 그 일을 민호가 달가와 할까?

아무 일이든 해야지. 집구석에만 붙박여 있으면 잘못돼!

그렇지만…

그녀는 의연히 결단(決斷)을 내리지 못했다. 다행히도 민호가 보일러공이라도 해야지 어쩌겠어? 흔쾌히 수락하는 바람에 직장은 그런대로 무난히 해결되었다.

민호가 첫 달 월급을 탔다고 6백 원을 춘복에게 내놓았다.

내가 해준 것 아무것도 없잖아.

그가 만면희색이 되어 말했다.

금반지, 금목걸이는 그 돈 갖고 어림도 없잖아. 하여간 우리의 재 상봉을 기념할 수 있는 것으로 샀으면 좋겠어!

햇볕은 따사롭고 바람은 훈훈했다. 세상은 어둡고 추운 것만은 아니었다. 부드럽고 후더운 난류(暖流)에 그녀의 눈시울이 뜨거워졌다. 인정이 날로 각박(刻薄)해진 현실 속에서 뜨거운 손길을 느껴보지 못한 그녀였다. 실은 도와준 자가 없진 않았다. 이런저런 대가를 요했었다. 유독 그만이 아무런 대가를 요구하지 않았고 진솔만을 표했으니 그녀의 가슴이 뭉클해지는 것은 극히 당연했다.

고마워, 그렇게 할게!

그녀는 정찬 눈길로 그를 쳐다보았다. 민호의 모습은 아직도 꾀죄죄한 것이 옥고(獄苦)의 궁상이 그대로 남아있었다. 순간 그녀의 가슴이 미여지게 아팠다. 몸조릴 해 주잖고 지금껏 뭘 했어? 미친년! 후회 막급한 그녀는 그의 봉급으로 우선 소갈비를 샀고 푹 고아 그 앞에 내놓았다.

기념될 걸 사라고 했잖아? 왜 이런 걸…

그가 조금은 뽀로통히 쏘았다.

속히 건강을 회복해야지 그래야 내가 맘 놓고 지낼 게 아냐!

서로의 괴로움을 무마해주는 것이 가정일까. 뜨거운 정을 그대로 만끽한 그녀는 뭔가를 더 바라지 않았다. 자신에게 뻗친 그의 사랑이면 족했다.

했는데 그가 때때로 늦게 귀가했다. 그럴 때마다 그의 몸에서 알코올냄새가 지독하게 풍기였다.

어디서 마셨어, 곤드레만드레가 되게?

그녀는 그를 부축하여 자리에 눕혔다.

몰라…그저 그렇게…마셨어…

그는 곯아떨어졌다. 말을 끝내기도 전에 코를 드르릉 골았다. 그런 그에게 무슨 말을 할까? 아침이면 또 일찌감치 집을 나섰다. 한 집에서 산다 뿐이지 그들의 감정교류는 뭐랄까? 하지 못한 것이 아니라 할 시간이 없었다. 그때부터 실내는 썰렁하고 음침하고 퀴퀴한 공기만이 유령처럼 배회하기 시작했다. 했는데 하루는 출근한다고 나간 것이 영영 돌아오질 않았다. 무슨 일이 생겼을까?

세월은 부심(腐心)을 끌어안고 하루하루 흘렀다. 부지중 반달이 지났다.

민호는 감감무소식이었다. 뱃속의 아이를 위해서라도 돌아오

겠는데…임신 사실을 그에게 알렸을 때 그는 펄쩍 뛰면서 기뻐
했다.

모든 사랑을 아이에게 줘야지, 그렇지? 모든 것은 아이를 위
해서야지, 그렇지?

그의 말은 진심이었다. 부모의 사랑을 받아보지 못한 사람만
이 할 수 있는 생각이며 행동이었다.

그러한 민호가 어디서 무엇을 하기에 돌아오지 않을까? 혼자서
속을 썩이던 그녀는 다시 영실이를 찾아 그의 학교로 갔다.

이상한 기미는 있었지만 간대루 집을 나갈 줄이야…

무슨 기민데?

동철이란 사람 말야, 그가 자주 민호를 찾아왔댔거든.

그랬어?

불길한 예감이 그녀의 등골을 훑고 지나갔다. 인면수심(人面
獸心)의 동철이란 것을 알고 있었기 때문에 더더욱 심란했다.

무소식이 희소식이라는데 근심 말고 기다려보지 뭐.

불안해. 그가 자꾸 마굴 속으로 빠져 들어가는 것 같아!

그녀의 뇌리 속으로 문득 누구에게서 들은 말이 떠올랐다. 감
옥이란 그곳은 대체로 악한 것이 선으로 변할 수 있었지만 간
혹 악한 것이 더 악한 것으로 변할 수 있다는 것이다. 가령 그
가 후자에 속하면 어째야 할까?

그녀의 저의(底意)와는 상관없이 사태는 상상 밖으로 진전되
었다. 몇몇 경찰이 그녀를 찾아왔다.

민호라고 압니까?

제 남편입니다.

유예할게 없었다. 결혼식을 올려야만 정식 부부가 된다는 법
은 없잖은가. 그의 자식을 잉태한 이상 남편이 아니고 무엇일
가. 그녀는 떳떳했다. 숨길 것은 눈곱만큼도 없었다.

그의 거처를 알겠는데요?

모릅니다.

일언지하(一言之下)로 부인했다. 그들은 그녀의 아래위를 샅샅이 훑어보았다.

정말인가요, 그게? 좋습니다. 동철이라고 압니까?

예?

동철이를 아는가고 묻고 있지 않습니까!

그 사람… 알고 있습니다만…

그녀가 약간 뜸들인 것은 구경 어떤 갈래판인지 몰라서였다. 그가 민호를 자주 찾아 왔었다고 영실에게서 들었지만 필경 그 내막만은 몰랐던 거였다.

그와는 어떤 관계인가요?

그녀는 그의 위인 됨을 숨김없이 소개한 뒤 결론적으로 말했다.

사기꾼이고 깡패가 아니고 뭡니까? 그런 사람을 왜 가만 둡니까?

어떻게 증명할 수 있습니까? 그 모든 걸?

법적인 증거는 혼자서는 도저히 성립될 수 없다는 경찰의 고집이었다. 그녀는 영실이를 내세웠고 준범이도 알고 있다고 부언(附言)했다.

그 이튿날 준범이가 찾아왔다. 그가 많은 사실을 털어놓았다. 그의 소개는 그녀로 하여금 인간은 본시 치륜처럼 서로 맞물려 돌아가는 것이라는 도리를 새롭게 터득하게 하였다.

동철이 의식적으로 민호에게 접근했다. 돈을 무더기로 벌수 있다는 밀수차 미끼를 던지면서 우선 금전으로 그를 수매한 뒤 춘복이를 독차지 하려는 심보였다. 참외는 꼭지가 저절로 떨어져야 달다는 동철의 말을 떠올린 춘복이는 오만상을 찡그렸다. 음흉(陰凶)한 심보를 앞세워 한 여자에게 짓궂게 다가오는 것도 사랑일까? 다행히도 민호가 그 궤계를 먼저 간파하고 선손을 썼다. 밀수차와 관련된 자초지종을 시 공안국에 고발했다. 그런 뒤, 쥐도 새도 모르게 잠적해버렸다. 동철이를 에워싼 깡패들이 뿌리 깊고 지독해서였다. 동철이가 잡힐 것은 사실이나 숨겨진 일당들이 언제 어디서 어떤 행패를 가할지 그것은 누구도 몰랐던 것이다.

그녀는 목 놓아 울고 싶었다. 그래야 홀 맺힌 심성이 풀릴 것만 같았다.

에필로그

춘복의 소개는 여기서 일단락을 끝냈다. 나는 그녀의 구구절절을 가공하지 않아도 문장이 될 줄 알면서도 그녀의 금후가 궁금했다.

그를 찾아 떠나겠습니다. 그가 천애지각에 가서 피신하고 있다고 해도 꼭 찾아낼 겁니다. 그에게서 진정한 사랑이 무엇이라는 걸 알았는데 찾지 않으면 전 영원히 불행해진답니다. 어떤 곡경이 앞을 가로막는다 해도 저의 결심은 요지부동이랍니다.

새 생명은 어쩔 셈이요?

복잡한 상황에서 아이를 낳으면 어떻게 할려구? 영실이는 저보고 병원에 가서 없애버리라고 했지요. 그럴 순 없었습니다. 태어나자 바람으로 부모의 버림을 받은 제가 어찌 태어나지도 않은 아이를 버린단 말인가요? 키울 겁니다. 그것만이 민호에게 주는 사랑의 예물이었거든요. 그렇죠, 선생님?

나는 이 글을 쓰면서 내내 이내를 떠올렸다. 해질 무렵 멀리

보이는 푸르스름하고 흐릿한 것이 이내라면 춘복이야말로 이내 같은 삶을 살고 있었다. 더는 그렇게 살지 말아야지! 그녀의 미래를 충심으로 축복했다. 하루속히 민호를 찾아 아기자기한 가정을 이루었으면, 다시는 가시밭 속에서 헤매지 말았으면, 흐릿한 이내가 아니라 찬란한 아침해살로 변했으면!…

살아 숨쉬는 상흔

"저기유."

그는 언제나 이런 식으로 나를 불렀다. 저 홍미숙이라고 합니다. 내가 이처럼 분명히 성과 이름을 알려주었어도 그렇게 부르는 것은 아마도 아직은 친화감이 결여해서 그런가보다. 하긴 서로 안지 이제 겨우 일주일이 되나마나 하였으니 그럴만도 한 일이었다.

"찾으셨어요?"

나는 총총히 그의 곁으로 다가갔다.

"있잖습니꺼."

그의 어투는 의연히 무둑뚝하고 껄끄롭다. 그것은 그의 깊게 파인 이마의 주름살과 미묘하게 어울렸다. 그러나 나는 그런 것에 개의치 않고 솔고시 귀를 기울인다. 이제 곧 그에게서 어떤 부탁이 내려질 것이고 그런 부탁은 무엇이던 들어주어야 한다는 의무감 또는 책임감 아마도 그런 거였다.

"의족을 가져다 줘유."

"예."

솔직히 말하면 나는 속으로 반갑게 여기지 않으면서도 겉으로는 흔쾌히 응하였다. 의족을 가져다 달라는 것에 대해서만은 거부감과 저어감이 서로 엇갈려 생긴 경원(敬遠)이랄까, 호락호락 들어주기가 싫었다. 출입문 켠에 세워둔 의족은 보기만 해도 거칠고 둔중하거니와 다리에 고정시키기 위한 벨트 같은 것이 서로 엉키여 있어 꼭 마치 귀신딱지 같았다. 그렇다고 그의 부탁을 섣불리 거역할 수 없었다.

"어디 가시려구요?"

의족을 가져다주며 나는 물었다. 어디로 가려고 잡도리를 하고 있는 그에게 어찌 아무 말도 하지 않겠는가싶어서였다. 인간은 때때로 표리가 부동한 모양일가.

"일이 좀 있어유…"

"조심해 다녀오세요!"

그것은 진솔한 바램이었다. 그에게 이래저래 거부감을 품으면서도 친절을 표시할 줄은 나 자신도 모를 일이었다. 하긴 그는 왼쪽다리가 뭉척 떨어져나간 장애자였다. 의족에 의해서야만 겨우겨우 운신할 수 있었다. 게다가 70을 넘은 고령자였다. 인생 70 고래희(古來稀)라고 집구석에 붙박여 있어야 할 나이임에도 불고하고 쩍하면 외출이다. 쩔뚝거리며 걷다가 혹시 넘어지기라도 하면?…그의 신변에서 발생할 수 있는 변고가 나에게 직접적인 책임이 있는 건 아니더라도 어쩐지 마음을 놓을 수 없었다. 은근히 시름겨웠다.

출입문이 탕! 닫기였다. 그가 밖으로 나간 것이다. 순간 실내는 텔레비전을 끈 것처럼 조용해졌다. 나는 부지중 홀로라는 느낌이 들었다. 어색하고 낯설고 지어는 불안한 느낌. 그가 부재(不在)여서 그럴까? 그런지 몰랐다. 그가 집에 있으면 소란하고 번거스럽다고 할까. 콜록, 콜로록! 그는 일단 기침을 시작하면 그칠 줄을 모른다. 날숨만을 몰아쉬며 연속 부절히 기침을 하다 보면 얼굴색이 새까맣게 질리고 충혈 된 눈망울이 당장 퉁기쳐

나올 것만 같았다. 저러다가 혹시 숨을 거두면 어떡허지? 더럭
겁을 집어먹은 나는 의사를 부르자고 제의한다. 그가 말 대신
팔을 저어 보인다. 그럴 필요가 없다는 뜻이다. 하긴 그런 것
같았다. 그가 건 가래를 울구어 뱉고 나면 기침은 가뭇없이 뚝
멎었다. 언제 기침을 그쳤는가 싶게 펀펀하였다. 해소는 본시
죽을병이 아닌가보다. 그런데 기침을 깇고 난 뒤의 수습은 어
맙소사! 입을 문지르고 난 수지를 수습하는 것쯤 대수롭지 않았
지만 가래통을 씻기란 구역질부터 앞섰다. 수세미로 가래통을
이리 씻고 저리 문대여도 건 가래는 껌딱지처럼 좀체로 떨어
지질 않았다. 웩, 웨웩!— 속에서 치밀어 오르는 구토를 어쩔
수 없었다. 그러다가 그가 외출하면 또다시 나와 나의 그림자일
뿐. 횡뎅그렁한 실내를 감싸 않은 것은 명토를 달수 없는 아득
한 그리움, 무엇이던 잡고 싶고 누구에게든 의뢰하고 싶은 심약
한 마음…홀로이기는 죽기보다 싫었다.

민대식은 무엇이던 관여하면서 잔소리를 아끼지 않는 그런
좁쌀은 아니었다. 그와는 반대로 섣불리 좋다 궂다 의사표시를
하지 않았다. 그러한 성미 역시 상종하기 어려웠다.

"찌개 어떠세요, 짜겁지 않으세요?"

김치찌개를 만들어 놓고 보니 약간 짜가웠다. 그렇다고 당장
고쳐만들 수 없고 그런대로 그냥 밥상에 올려놓았다. 은근히 미
안하게 여겨진 나는 흘끔 그의 눈치를 살펴였다.

"뭐 별루…"

"짜갑게 잡수시면 건강에 좋지 않다던데요, 늙으신 분들이 더
그렇답디다."

"신경 쓰지 마이소, 그렇코로 묵으면 되니께유."

아이 참, 신경을 쓰지 말라구, 어떻게? 이 집의 도우미(식모)
로 들어온 나인만큼 어디까지나 일심전력으로 주인을 보살펴야

했고 우선은 주인의 구미에 맞게 때식(끼니)을 만들어야 했다. 까놓고 말하면 이러한 궁리는 뻔한데 그것이 실제로는 뜻대로 되지 않았다. 어떻게 해야 구미에 맞게 할까? 나는 두루 궁리를 굴려보았다. 그러다가 이번엔 감자갈비탕을 만들었다. 돼지갈비 를 뭉척 뭉척 끊어서 넣고 고추장도 적당히 풀어 넣고 보글보 글 끓이었다. 구수하고 얼큰한 것이 감칠맛도 좋았다. 아무렴, 이번만은 점수를 땋을 수 있을 테지! 나는 자신만만한 심정으로 밥상을 차렸다. 했는데 어쩔걸, 그는 숟갈로 그것을 한 번 휘— 저어보고는 아닌 보살 한 술도 들지 않았다.

"맛없으세요?"

성의를 인정받지 못한 실의를 느꼈다고 할까, 나의 말은 곱지 않았다.

"속이 쪼께 좋지 않아서유."

나를 힐끔 살펴보면서 대답한 그의 말이다. 쳇, 속이 좋지 않 다구? 나는 그것이 꾸며낸 거짓이라고 콧방귀를 뀌었다. 그는 감자갈비탕만을 먹지 않았을 뿐 밑반찬으로 밥만은 맛깔스레 먹었던 것이다. 구경 무엇이 어째서일까, 원래부터 식성이 까다 로운 사람일가? 나는 어쨌으면 좋을지 몰랐다.

"저기유."

그러던 어느 날 그가 느닷없이 입을 열었다.

"토하젓이라고 압니꺼?"

"모르는데요."

생전 처음 듣는 말이다. 나는 눈을 올롱하게 치떴을 뿐이었다.

"어시장에 가봐유, 거기서 팔겁니더."

"예, 알았습니다."

어시장은 무지무지하게 허넓었다. 해산물과는 멀리 동떨어진 대륙에서 나서 자란 나의 눈은 금새 휘둥굴해졌다. 갈치, 꽁치,

활어 장어… 없는 것이 없었다. 그런데 토하젓은? 나는 한동안이나 찾아서 구석구석을 후비였다. 으흠, 토하젓이 별거 아니구먼! 민물에서 자라는 새우를 잡아 젓갈로 만든 거였다. 젓갈로 말하면 명란젓, 멍게젓, 오징어젓, 꼴뚜기젓…벼라 별 젓갈이 많았다. 하필이면 토하젓을 사오라고 했을까? 영감두상두 참, 식성이 까다롭다기로서니 그럴 법이 어디 있담?

"저기예—"

어시장에서 나왔을 때 누군가가 불렀다. 나는 고개를 쳐들었다. 깔끔하게 생긴 웬 40대 중반의 여인이 내 앞으로 다가서고 있었다.

"왜 그러지요?"

"중국에서 오셨지예."

"그런데요, 무슨 용무죠?"

나는 다시 여인을 살펴보았다. 누군데 나를 알은척 할까. 흥! 나는 경각성을 높이지 않으면 안 되었다. 동방예의지국이 뭔가 아세요? 세계적으로 최고 문명한 나라가 어딘 줄 아십니까? 어쩌구 저쩌구 하면서 자랑을 아끼지 않는 한국이라지만 사기를 전문하는 브로커들이 적지 않았다. 등치고 간을 빼어먹는 또는 대낮에 생눈을 빼어가는 사사건건들을 심심찮게 볼 수 있었다.

"토하젓을 사갖고 가는 길이지예."

"그걸 어떻게 알았죠?"

갈수록 오리무중이다. 여인의 정체가 의심스러운 만큼 나는 한 번 겨루어볼 욕망이 불끈 솟구쳤다. 약자로 보일수록 피해가 심한 법이었다.

"달리 생각 마이소. 지두예, 민대식 그 집에서 도우미로 있었거든예."

"그랬습니까!"

　허허, 세상일은 알고 보면 모두 간단하고 명료한 것이었다. 비록 이곳이 생면강산이라지만 사느라면 서로 알게 되는 법인가보다. 나는 옥죄였던 탕개를 느슨히 풀어놓았다.
　"그 양반 식성 까다롭지 않습디꺼?"
　"그런 것 같습디다."
　"그러게 말 아입니꺼, 습관은 고치기 어려운 모양이지예."
　여인은 말보따리를 헤쳤다.
　민대식은 식성이 까다로운 사람. 배추, 가지, 오이, 토마토같이 땅위에서 자란 것은 먹어도 당근, 감자, 고구마같이 땅 밑에서 자란 것은 거들떠보지도 않는단다. 토하젓만은 대단히 즐겨하는데 삼겹살을 먹을 때면 꼭 그것을 상추에 섞어 먹고 그것도 성차지 않아 더운밥에 직접 비벼서 먹는단다. 오호, 그랬었구면, 그러니까 내 불찰은 아니잖아! 전번 감자갈비탕을 먹지 않은 것은 전적으로 그의 식성 때문이었다. 나와는 무관한 일이었다. 그런데 의심스러운 것이 하나 있었다. 수일을 지내보아도 그의 친척들께서 전해온 소식은 한 건도 없었다.
　"주인어른의 친척 없는가요, 왜 코빼기도 안보일가요?"
　"원래는 마누라가 있었는데예, 외다리가 어쩌구 저쩌구 타발을 놓다가 집을 나갔다 캅디더."
　"자식 없었나요?"
　"있었지예, 마누라가 데리고 갔다캅디더."
　남자와 여자가 모여 함께 산다는 것은 원래부터 그렇고 그런가보다. 나도 가정이 원만했으면야 모든 것이 생소한 이곳에 와서 고생을 격지 않을게 아닌가. 굽어보면 서글펐다. 그건 그렇다 치고 이것저것을 알려준 여자가 고마운 것은 사실이었다.
　"감사합니다."
　나는 인사말을 남기고 돌아서려 했다. 여인의 말에 또다시 귀를 기울이게 되었다.

"지내보이소. 그 양반 아주 대단한 분이랍니더."

"뭐가요?"

"보상금인가 뭔가 하는 게 있는 데예, 한 달에 2백만 원도 넘게 나온다캅디더."

"무슨 보상금이 그렇게도 많을까요?"

"그게 다 외다리가 된 보상이라고 하던데예.

"자세히 말해줄 수 없나요?"

민대식이 어찌하여 외다리가 되었는지 나로선 매우 궁금한 문제였다. 그에게 모름지기 거부감을 느끼게 된 것도 실은 다리가 뭉척 끊어져 나간 데서였다.

"다 말하긴 좀 그렇네예, 두고 천천히 알아보이소."

여자는 돌아섰다. 어디론가 총총히 발걸음을 놓았다. 사라져 가는 그녀의 뒷모습을 물끄러미 바라보면서 나는 뭔가 애수함을 느끼면서 영문 모르게 착잡해졌다. 한 가지만은 긍정할 수 있었다. 그가 수입이 넉넉하다는 것이다. 그는 한 달 생활비용으로 얼마를 내놓고는 일체 관여하지 않았다. 어떻게 썼느냐, 아직 얼마나 남았느냐 시시콜콜히 따지질 않았다. 그러고 보면 이 집의 도우미로된 것이 가히 나쁜 것은 아니었다.

한국에서 나의 첫 일터는 식당이었다. 식당 일은 얼핏 보기에 강도가 높지 않은 것 같지만 해보면 기차게 바쁜 것이었다. 진종일 일에 부대끼고 나면 전신의 각이 물러나듯 아프고 쿡쿡 쑤시었다. 나는 신역의 고달픔 이를 새려 물고 참았다. 참으면서 억척스레 벌어야 돈이 생겼기 때문이다.

"아줌마―"

저쪽 구석 쪽에 앉은 손님이 나를 부른다. 나는 급급히 거기로 달려간다.

“이게 뭐얏?”

손님이 비닐봉지에 담은 물수건을 식탁위에 동댕이친다.

“어마나, 이게 뭐죠?”

던져진 물수건을 목격한 나는 악연히 놀란다.

“제가 가지고 오고서도 모른다구? 마담 ― ”

손님이 고래고래 소리를 지른다. 마담이 또르르 달려온다.

“왜 그러죠, 사장님?”

“이게 뭐야?”

손님이 가리킨 물수건을 쥐고 보던 마담 역시 악연히 놀란다.

“이거 바퀴 아냐? 바퀴가 왜 여기에 있을까? 이상한데?”

“이렇게 봉사하고도 뭐가 이상해?”

손님이 훌쩍 일어선다.

“이러시면 안 되지요, 사장님! 제 면목을 봐서도 가시면 안 되지요, 그렇죠?”

마담이 어느새 손님의 팔을 끌어당기면서 아양을 떤다.

“불결한 아줌마에 불결한 식당, 어허, 더러워!”

뭐라구? 흥, 안팎이 다른 사람! 사장이란 사람은 자주 식당으로 왔다. 아줌마! ― 이렇게 나를 불렀고 내가 가면 먼저 손으로 내 엉덩이를 툭툭 치면서 어허, 꽤나 유들유들한걸! 어쩔 줄 몰라 했다. 그랬던 위인이 저럴 수 있을까, 위선자! 나는 속으로 침을 탁! 뱉었다. 그런 내막을 모르는지 아니면 알고도 모른 척 하는지 마담은 의연히 손님에게 찰떡처럼 붙어 도리어 나를 나무람 하였다.

“중국 동포라고 채용했더니…당장 바꾸겠습니다. 어서 앉으세요, 서비스 잘해 드릴게요, 사 ― 장 ― 님 ― !”

나는 식당에서 해고를 당하고 말았다. 자기네들이 만들어 소독상자에 넣어 두었던 것을 내가 꺼내어 손님에게 준 것이련만…억울하기 짝이 없었지만 어디 가서 해볼 데는 없었다. 그것이 더 슬펐다.

나는 저녁상을 정성껏 차렸다. 삼겹살을 구워놓고 상추도 깔끔히 씻어놓았다.

"아줌마, 이거 검정콩 막걸리 맞지유?"

저녁상에 마주앉은 민대식이 처음으로 나를 아줌마라고 부르면서 짐짓 기뻐하였다.

"예, 맞습니다."

"지가 이 술을 좋아하는 줄 어예 알았습니꺼?"

"아는 수가 잇지요 뭘! 제가 한 잔 부어드릴게요."

그가 보통 막걸리가 아닌 검정콩 막걸리만을 마신다는 것은 여자에게서 들어 알게 된 것이지만 나는 스리슬쩍 꾸며대였다. 아무렴, 내 위상부터 올리고 볼 판인걸!

"어, 시원타!-"

단모금에 마시고난 그는 손으로 입술을 문질렀다. 그 순간이었다. 나는 그의 입가에 어린 미소를 보았다. 어머? 진짜 독특한 표현인 걸? 남자들은 술을 마시면 거개 미간을 찡그렸다. 독하디 독한 알코올 앞에서 모두 그런 법이었다. 유독 그만이 그렇게 미소를 지었다는 것은 혹시 그런 방식으로 나에게 감사의 뜻을 표시한 게 아닐까. 그럴 테지, 토하젓과 검정콩 막걸리를 각별히 구해다 대접한데 대한 사례일거였다.

그날 밤 그의 침실에서는 일찌감치 코고는 소리가 들려왔다. 그 소리가 영문 없이 내 심통을 건드려놓았다. 어쩜 세상만사 모르고 숙면(熟眠)할 수 있담? 심기가 편해 쉬이 잠이 들었다는 사실이 내 비위를 거스를 줄은 나도 몰랐다. 나는 부지중 친정 아버지를 떠올렸다.

"개새끼덜!"

아버지는 쩍하면 욕사발을 퍼부었다. 주로는 생산대대장에게 뽐는 불평불만이었다. 잘했어, 욕을 먹어야 정신을 차린다니까! 나는 무조건 아버지 편이었다.

꼬박 3년이 지나서야 돌아온 아버지는 몰라보게 변하였다. 피골이 상접해 광대뼈가 툭 삐져나온 얼굴은 핏기라고 없었다. 걸음걸이도 지척지척 힘겨웁게 내디디였다. 죽음의 칠성판 위에서 허덕이다가 요행 살아났으니 그만하면 실은 다행이었다.

철원일대 무명고지를 탈취하기 위한 전투에서였다. 아군의 맹렬한 포화공격으로 적들의 기세가 꺾인 것이 분명했다. 이윽고 진군의 나팔소리가 울렸고 지원군 전사들은 일제히 적진을 향해 총공격을 벌리었다. 이때였다. 적들의 기관총이 불벼락을 안기였다. 아군은 상상 밖으로 많은 살상자를 내게 되었다. 그중에 아버지가 있었다. 눈먼 총알이 복부를 꿰뚫어 폴싹 꺼꾸러진 아버지는 전우들의 도움에 의해서야 후방병원으로 이송되었다. 구급치료를 거쳐 생명은 보존되었지만 완정하지는 못하였다. 총탄에 의해 끊어지고 뒤틀려진 창자를 끊어내고 바로 잡고 난 결과는 창자가 짧아져 항문과 도저히 연결이 안 되었다. 방법이 없는 방법으로 왼쪽 옆구리에 구멍을 뚫고 거기에다 창자의 한 끝을 이어놓고 그 주변은 비닐봉지로 감싸놓았다. 대변을 받아내는 곳이었다. 이렇듯 처절한 모습으로 고향에 돌아온 아버지는 죽지 못해 살아간다고 해도 과언이 아니었다. 아버지는 그렇지 않았다.

"이게 뭐갔네? 내 창자를 빼앗아간 총알이 아니갔나, 총알!"

그것은 바로 아버지의 복부를 꿰뚫은 총알이었다. 아버지는 쩍하면 그것을 꺼내어들고 동네 사람들에게 자랑삼아 보이었다.

"내레 이걸 꼭 연놈의 가슴팍에 안겨야디, 안 그러우?"

견강한 아버지의 생존의식은 승자라는 긍지로 드팀이 없었다.

그러나 일상은 실제적이었다. 병신이 된 아버지가 생계를 유지한다는 것은 심히 어려웠다. 땔나무만 보아도 그러했다. 날씨가 추워지면서 눈이 내리면 마을 남정네들은 파리를 몰고 앞남산 막치기로 올라가 굵직한 가둑나무를 베어왔고 도끼로 패여 착착 싸놓으면 일년 내내 땔나무 걱정은 하지 않았다. 그것이 부러운 만큼 아버지는 쭈쿨데리고 앉아 창밖만을 내다본다. 그러다가 담배를 종이에 말아 불을 붙인다. 푸— 담배연기가 허공에서 동그라미를 그리며 배회한다. 그것을 바라보는 아버지의 눈길은 수심으로 그윽했다. 날은 점점 추워오지만 애시 당초 산을 툋을 수 없고 땔나무를 해온다는 것은 엄두도 내지 못한 아버지였다. 그런 아버지가 갑자기 입을 열었다.

"야, 이거 참. 내레 몸만 성하면야 그따위 땔나무겠다, 호랑이도 잡아오겠다!"

"그런 허풍 작작 떨구 날래 대장을 찾아가구레, 도와주지 않려구 그러우?"

어머니가 아버지를 추둥긴다. 그럴 만도 하였다. 그 시절엔 생산대대장이 촌민들의 의식주를 거의 관여했던 것이거늘 잔폐(殘廢)의 신세로 돌아온 지원군 전사에게 무심해선 절대 안 되었다.

"그런 게 아니란데, 개새끼덜!"

전 같으면 부리나케 대장을 찾아갔을 아버지가 이번만은 왜 주춤거리는지? 이해할 수 없는 나는 무턱대고 어머니의 의사를 떠밀었다.

"아버지는 참, 이런 일에 찾지 않고 언제 찾아요?"

"네레 뭘 안다고 그러네? 가만 있잖구."

아버지의 양 볼이 갑자기 경련을 일으킨 듯이 실룩실룩 떨린다. 무엇이 뜻대로 되여 지지 않을 때 취하는 버릇이다. 이런 때면 찍소리 말고 가만있어야지 자칫 날벼락이 떨어진다. 아버지는 밖에서만 으르땅땅하는 것이 아니라 집에서도 쩍하면 큰소리였다. 그의 말은 황제의 어명(御命)같은 것이어서 무조건 복종해야 했다.

"형님 집에 계시우?"

난데없이 대장이 집으로 찾아왔다. 그러잖아도 대장을 찾아가려던 참이었으니 마침 잘된 일이었다. 그런데 아버지가 왠지 무뚝뚝한 표정그대로 알은 체를 하지 않는다. 대장이 왔는데도 모른척하다니 옆에서 보기조차 민망스럽고 안쓰러웠다.

"노여워하지 마시라요, 형님. 생산대 일 눈코 뜰 새 없이 바빠 그랬으니깐요."

대장이 빌고 들어서야 아버지는 심성이 풀렸던지 화기를 돌리었다.

"노엽디 않게 되었나 보라우. 나도 불을 때고 살아야 할 게 아니가, 이 엄동설한에, 안 그런?"

"알았습니다. 곧 장만해 드릴게요."

대장은 일언반구의 군말도 없었다.

백양나무 우듬지에 까치 한 마리. 꼬랑지를 탈싹이며 까욱, 까욱― 제밖에 없노라 불어대다가 불현듯 나무뿌리 근방에 도사리고 있는 뱀을 목격한다. 상관할거 없어, 내가 이렇게도 소소리 높은 곳에 있거늘, 언감생심 네가 감히 어쩔꺼야? 하다가 무심결에 아래로 고개를 돌린다. 뱀은 의연히 고개를 잔뜩 쳐들고 있었다. 아야, 꾀나 끈끈한 놈이구나. 그렇다고 네가 나에게로 다가올 수는 없을 걸? 까치는 마음을 다잡았다. 그런데 왠지 까우, 까아우―목소리가 제대로 나가주질 않았다. 어찌된 영문일가? 의심하면서 다시 내려다본다. 어쩔걸, 뱀은 계속 독을 올리고 있었다. 아아, 무서워― 전신을 치떨던 까치는 결국 균형을 잡지 못하면서 떨어지고 말았다. 고대하고 있던 뱀은 얼씨구 좋다며 까치를 덥석 물었다.

아버지는 뱀이고 대장은 까치였던가? 아버지는 어디까지나 승자였다.

땔나무는 이러구러 장만되었다. 그런데 새로운 문제가 생길 줄이야. 아보다 배꼽이 크다고 할까. 나무꾼들은 어뜩 새벽에 나갔다가 해질 무렵에야 돌아왔다. 그들에게 푸대접을 해선 안 되었다. 아버지와 그들은 모두가 동등한 사원(社員)의 입장이요, 누가 누구를 돌봐야 한다는 선결적인 조건이 쥐여 쥔 것은 아니었다. 말하자면 돈을 받은 내가 군말 없이 도우미 노릇을 하는 것과는 질적으로 다른 상황이었다. 신세를 졌으니까 한상 톡톡히 차려 대접해야 하는 한편 그들에게 또 아버지 몫으로 되어있는 노동공수(工分)를 여차여차하게 떼 주어야 했다. 근근득식으로 살아가는 형편에서 엄청난 부담이 아닐 수 없었다. 아버지는 궁리하다 못해 도목나무 대신 볏짚을 때기로 하였다. 타작마당에 산더미처럼 쌓여있는 그것은 헐값이여서 가히 부담할 수 있었던 것이다.

"볏짚으로 밥을 지으니까 밥이 더 구구한 게 아니간."

아버지는 못내 만족이었다. 그런데 생활은 만족하며 살라는 법이 아닌가보다. 흔한 볏짚이라 하더라도 제때제때 실어다 주어야 지체 없이 아궁에 넣고 때게 마련이다. 그것이 뜻대로 되질 않았다.

"개새끼덜!"

아버지는 또 한 번 욕사발을 퍼부으면서 집 문을 나선다. 그 길로 씽하니 대장을 찾아갔다.

"나 같은 지원군 병사들의 희생이 없었던들 자네 지금 대장질 할줄 알았나?"

볏짚을 제때 실어다 주지 않았다고 한바탕 짜증을 부린 아버지는 끝으로 이렇게 아퀴를 지었다.

"당장 실어다 드릴게요, 형님! 노여워 마시라요."

"벌써 그랬어야디, 앞으론 조심하라우!"

아버지는 톡톡히 훈계를 하고서야 집으로 돌아왔다. 아버지의 그런 행동에 대해 마을 사람들은 별다른 반영이 없었다. 응당 그러려니 그렇게 여기고 있었다. 그때의 법은 그런 것이었다.

그해 겨울 따라 추웠다 더웠다 날씨는 변덕이 많았다. 그 바람에 감기가 집집에서 기승을 부리였다. 우리 집에도 그러했다. 병마는 싸워 이기고 개선한 아버지라고해서 에돌아가지 않았다. 아버지는 신열이 심해지면서 기관지가 탁 막혀 견디기 힘들었다. 공사 위생소(병원)로 가지 않으면 안 되었다. 담당의사가 진찰기로 아버지의 가슴을 더듬고 나서 처방지에 뭔가를 열심히 적었다. 소홀히 대하지 않을 테지, 내가 누구라구? 아버지는 자못 흐뭇한 심정으로 의사를 바라본다.

― 약방에 가서 약을 가지고 가세요.

하면서 의사가 처방지를 아버지에게 넌짓 넘겨준다.

"아―니, 이것밖에 없나?"

처방지를 쥐고 한동안 바라보던 아버지의 양 볼이 갑자기 실룩실룩 떨린다.

"그래요, 그것 밖에 없습니다."

담당의사는 콧등 아래로 처진 안경을 자꾸 위로 올리고 있을 뿐 환자를 거들떠보지 않았다. 그처럼 태무심한 거동이 아버지의 밸을 왈칵 뒤집어놓았다.

"내가 누군 줄 몰라 그러디?"

"언녕 알고 있습니다. 지원군 전사이고 잔폐군인이란 거."

"알면서 왜 이러나?"

"우에세 돈을 주어야 약을 사겠는데 재정에 돈이 없답니다, 저라고 어쩝니까?"

"그래도 방법을 대야디, 안 그런가?"

"방법이요… 생강 아시지요, 푹 삶아 그 물을 드세요, 감기가 뚝 떨어질 겁니다."

"아-니, 내레 그걸 몰라 여기로 온줄 아나? 원, 원!"

방법이 없었다. 혁혁한 군공을 세웠다고 해서 남다른 치료방법은 없었다. 1전에 몇 알씩 하는 정통편(正痛片)을 갖고 돌아오지 않으면 안 되었다. 그랬을 거였다. 귀로에 오른 아버지는 이따금 위생소 쪽을 되돌아보면서 개새끼덜! 되씹어 욕사발을 퍼부었다.

아버지의 병세는 점점 위급해졌다. 결국 폐렴과 기관지염 그리고 무슨 무슨 염증 합병증으로 시난고난 앓다가 그만 저승으로 가고 말았다.

지금까지도 내 기억 속에 생생히 남아있는 것이 하나 있었다. 돌아가신 아버지 주먹 안에 꼭 쥐여져있던 총알, 눈을 감으면서도 복수의 원한만은 잊지 않았던 총알이었다.

아버지는 지금쯤 구천에서 어떻게 하고 있는지, 내가 애오라지 돈을 벌겠다고 산 설고 물 서른 타 고장에서 아글타글하는 것을 알고 있는지?

민대식은 오늘도 술을 마시면서 입가에 살짝 미소를 날리었다. 그러니까 전번 나에게 감사의 뜻을 그렇게 표시했다고 간주한 것은 순수 오판이었다.

"술을 드셔야 기쁜 일이 있는 모양이죠?"

남다른 습벽을 갖고 있는 그가 괴짜인가 싶어 나는 에둘러 물었다.

"평시 웃을 일이 어데 있겠습니꺼, 술을 마셔야만 홀가분해져 웃는 거지유."

평시 웃을 일이 없다구? 어시장 앞에서 만난 여인의 소개와는 무언가 다른 상황이 있는가싶었다. 한 달에 2백만 원도 넘게 받는 대단한 분이라지만 나름대로의 고충이 따로 있을 수도 있는 거였다. 어떤 사정일까? 나는 이러한 생각을 털어버리면서 저녁상을 치웠고 주방에 널려져있는 사발 등속을 거두었다.

"아줌마, 뉴스시간 되지 않았어유?"

그의 웅글은 목소리가 나의 귀청을 울리였다.

"잠간만요."

나는 부랴부랴 리모콘을 찾아들었고 그 즉시 텔레비전을 켰다. KBS뉴스라면 하나도 빼놓지 않고 보는 그였다.

비행장, 전용비행기 한 대. 꽃다발을 보듬어 안고 있는 사람과 사람들. 한결같이 맑은 표정. 하늘은 맑고 대기는 청렴하다. 역사적인 상봉이니 남북간의 화해이니 뭐니 하는 아나운서의 해설과 함께 비행기에서 내린 이남의 정상이 곧바로 이북의 정상을 향해 걸어간다. 뒤이어 두 정상이 손에 손을 잡는다. 천지를 진감하는 환호소리. 그러한 환성이 중도에서 뚝 끊어졌다.

개시끼덜!

그가 욕을 하면서 텔레비전을 꺼버렸던 것이다.

"왜 끄세요?"

"볼게 없어유."

"두 정상이 만났지 않아요, 감격치 않으세요?"

"흥, 소용 있는 줄 아시유?"

"소용없다구요?"

"아줌마 아직 몰라 그러지유, 저게 다 정객들의 놀음이거든유."

"예?"

두고 볼수록 이해가 되지 않았다. 온 국민만이 아니라 만방의 배달겨레 모두가 절절히 소망하고 있는 통일을 그만이 뜨악하게 여기고 있다는 것은 신경착란이 아니면 사유방식에 어떤 고장이 있는 것이 분명하였다. 이상한 것은 그도 개새끼덜! 이라고 욕설을 퍼부었다. 아버지가 어떤 불평불만을 참지 못해 그랬다면 그의 연유(緣由)는 어떤 것일까. 평소 웃을 일이 어디 있습니꺼! 라고 탄한걸 보면 무슨 사정이 다로 있는 상 싶었다.

실내 청소는 항상 그의 침실에서부터 시작하였다. 언제 봐도 침실이 남달리 게저분해서였다. 아무렇게나 던져진 옷견지인가 하면 재떨이에 수북이 담겨진 담배꽁초는 보기에도 어지럽기 그지없었다. 더군다나 덥고 자는 이불은 물을 쏟았는지 아니면 소변을 보았는지 포대기는 후줄근히 젖어있었다. 매일매일 새것으로 갈아주지 않으면 안 되었다. 나의 직책이 비록 밥 짓고 청소하고 빨래를 하는 것이지만 그것은 너무한 거였다. 엎친 데 덮친다고 그는 자면서 종종 악, 으악! 소름 끼치는 비명소리를 질렀다. 혹시 침실에 두억시니(모질고 사나운 귀신의 하나)가 유령처럼 배회하여 그럴까?

"외람된 물음 같습니다만 포대기가 밤마다 젖습니다. 왜지요?"

어째서 그런지를 알아야 방법을 취할 수 있다는 생각으로 나는 별다른 고려 없이 물었다.

"그놈의 악몽 덧정없거든유."

"악몽을요?"

"그렇답니더. 번마다 크고 작은 돌멩이가 억수로 날려 들거든유. 머리가 터져 산산 박산되고 가슴은 갈기갈기 찢어져 심장이 툴렁 떨어져 나간답니더."

"아이 무서워라!"

나는 부지중 몸을 치떨었다.

"그러고 나면 전신이 땀투성이로 된답니더."

"그랬군요."

아버지도 그와 엇비슷한 악몽을 꾸었다. 돌격―돌격―하는 소리에 흠칫 놀라 깨어나 보면 아버지가 두 팔을 허우적이며 고래고래 고함을 질렀다. 그래서 부랴부랴 깨우면 아버지는 의연히 흥분된 상태였다.

"내레 원쑤를 갚는다고 하잖았네, 결사적으로 해치웠디 뭘, 정말 본때있게스리."

단독으로 적진에 돌입하여 놈들에게 불벼락을 안겼다고 아버지는 항시 자랑삼아 꿈 이야기를 하였다. 꿈은 잠재의식의 반영이라고 누군가가 말했다. 틀린 말이 아닌 상 싶었다. 복수를 잊지 않으면서 손에 총알을 쥐고 타계한 아버지이고 보면 그런 장면이 꿈결에 재현된 것이 무근거한 것은 아니었다. 하다면 민대식의 사정은 어떤 것일까? 나는 곧 자신을 탓하였다. 이런저런 일로 그의 사생활에 대해 의심의 꼬리를 달면서 내막을 캐어보려고 한 자신이 쑥스럽고 민망스러웠다. 아서라, 직책에만 열중하자! 속셈을 고쳐먹은 나는 어떻게 해야 할까 하고 두루 따져보다가 밤마다 후줄근히 땀을 흘리는 것은 영락없이 몸이 허약해 그런 거라는 결론에 이르렀다. 무엇을 해드려야 체신을 췄 세울 수 있을까. 저번 어시장에서 들은 바에 의하면 해삼, 멍게, 굴을 함께 드시면 정력을 돕고 수면을 도와 건강에 유익하다는 거였다. 나는 그런 강장식품을 사다가 해드리려고 작심하였다.

딩둥댕둥! 문 벨소리가 울린다. 주인어른이 돌아왔는가 싶어 즉시 물을 열었다. 들어온 것은 남씨라고 자주 이 집으로 드나드는 사람이었다. 오른쪽 팔이 없는 그는 항상 팔소매를 호주머니 속에 넣고 다녔다. 보기에 조금은 으쓸했지만 그의 말씨가 돌아가신 아버지와 같이 평안도 말씨여서 나는 그에게 은근히 친절감을 느끼고 있었다.

"이 친구 또 어드메로 갔나, 사무소에도 없던데."

"그럼 어디로 갔을까요?"

나는 그에게 사무소가 있다는 것을 모르고 있었다. 나로 말하면 처음 접하는 소식이었다. 그랬다고 놀라는 표정을 짓지 않았다. 여인의 말마따나 대단한 분이라니까 사무소 같은 거 별게 아니라고 여겼던 것이다. 그러나 사무소에서 무엇을 하는가에 대해서는 짐짓 관심이 돌려졌다. 궁금한 체 꾸며댄 것도 실은 실정을 몰라서였다.

"그 친구 갈 데도 많고 할 일도 만티요. 자원봉사라고 아시디요? 불우이웃들과 걸식아동들을 돕고 있거든요."

"참 좋으신 분이군요."

"그렇습네다. 그런데 말이우다. 내 말 들어볼라우?"

이렇게 운을 뗀 남씨 한동안 창밖을 바라보다가 천천히 입을 열었다.

뒷골목. 그리 높지 않는 담벽. 담벽에 에워싸인 단층집 한 채. 그것은 지붕이 떨어지고 벽체가 허물어져 볼품없었다. 벽체가 몽땅 허물어진 것은 아니었다. 그런 곳에 마른 명태처럼 강마른 남자와 머리가 터부룩하고 얼굴이 꾀죄죄한 남자가 모두 똑같이 몸을 옹송그리고 앉아있다. 입동(入冬)이 지난 날씨는 꽤나 추웠다. 별들도 추워서 덜덜 떨고 있다. 그들이 싸늘한 바람을 피해 이런 곳에 정착해 있는 것은 극히 자연스러웠다. 갈 데가 없는 그들이었고 이런데서 다소나마 한기를 막아보자는 의도에서였다.

114

“우리 어째야디, 이러다간 얼어죽지 안캇네?”
마른 명태가 먼저 침묵을 깬다.
“추운 건 사실이지만도 얼어 죽기사, 니 배 안고프나?”
떠꺼머리 딴청을 들고 나온다.
“왜 안고파. 먹을게 있어야디?”
흰 두루마기를 걸친 한 노인이 긴 담뱃대를 물고 웬 소년이 들고 있는 깡통을 이윽히 바라본다. 먹을 것이 있는가 해서. 한편 얼굴에 땟자국이 덕지덕지한 웬 소년은 저렇게 긴 것을 물고 있으면 배가 부른가싶어 고개를 외로 돌려 한 노인을 올려다본다. 가난과 굶주림은 노인의 빈 담뱃대와 소년의 빈 깡통에 담겨져 있었다. 가난과 굶주림. 먹을 것이 뚝 끊어진 처절함. 초근목피(草根木皮)도 없어서 허덕이는 암담 속에서 산 사람을 잡아먹었다는 소문도 들리었다. 6·25동란 직후의 실상이었다.

민대식과 최씨라고 재앙을 면할 수는 없었다. 그들은 수 일 전에 손목시계를 주고 보리쌀 한 되를 바꾸어왔다. 천만다행이었다. 유감스럽게도 그것은 오래가지 못하고 언녕(진작) 거덜이 났다.

“우리 앞 골목 식당으로 안가볼라나?”
“돈 한 푼 없어가지구 거길 뭘하러 가겠네?”
“먹다 남은 찌꺼기라도 얻어 먹어야제, 별수 없잖여.”
“하긴 그렇구먼, 가봅세.”
그들은 식당으로 갔다. 밤이 이슥해선지 식당에 손님은 없고 주인마담만이 지저분하게 널려있는 사발등속을 치우고 있었다.
“진종일 굶었어유, 먹다 남은 거라도 좀 주이소.”
떠꺼머리가 절원을 토하다시피 박절하게 말한다.
“정말이우다. 도와주시면 그 은혜 평생 잊지 않으리다.”
마른 명태가 떠꺼머리의 욕구를 긍정해 나선다.

“이걸 어쩌지요, 방금 전에 다 버렸는걸요.”

마담의 말이 떨어질세라 떠꺼머리가 되묻는다.

“어디다 버렸는데유?”

“골목 저쪽에 쓰레기통이 있잖아요.”

“알았어유.”

그들은 식당에서 나왔고 그 길로 쓰레기통이 있는 곳으로 갔다. 먹다 남은 찌꺼기는 원래 없었는지 아니면 누가 벌써 주어먹었는지 그 형적마저도 찾을 수 없었다. 그러나 아무런 수확이 없는 건 아니었다. 쓰레기통에는 깡통, 유리병, 지함곽(종이상자) 같은 것이 널려있었다.

“이걸 주어서 팔면 안 되겠나, 입에 풀칠할 돈은 생길 것 같은디.”

“그래, 무엇을 해서든 살아야디, 우리 함께 해보자꾸나.”

그로부터 그들은 거리를 에돌면서 쓰레기통이라면 모조리 뒤졌다. 돈이 될만한 쓰레기는 하나도 빠짐없이 모조리 주어 팔았다. 뼈 빠지게 벌었다. 그렇게 십년세월이 흘렀다. 그들은 끝내 으리번쩍한 주택을 장만하게 되고 살기가 넉넉해졌다. 충족한 물질생활이 지난날의 부족을 메우지 못하였다. 가난과 굶주림을 동반한 역경 속에서의 소외(疏外)를 잊기는 어려웠다. 어렵게 사는 사람을 목격할 때마다 가슴이 쩌릿하게 저미여 들었다. 그래서 마른명태는 찐빵가공소를 꾸리였고 떠꺼머리는 무슨 무슨 봉사사무소를 꾸리였다. 소외된 사람들을 돕는 봉사활동을 벌린 것이다.

“지난날 어허, 말마시우다.”

나를 바라보는 남씨의 표정은 흐린 날씨 같았다. 흘러간 옛일을 더듬어 심통만 더하다는 의사였다.

“참 고생 많으셨습니다.”

116

"떠거머리가 누군 줄 아시우?"

"주인어른이죠? 마른명태가 누군지도 알만합니다."

"그런데 말이우다. 고생살이는 그것뿐만이 아니라우…"

남씨가 다시 말꼭지를 떼였을 때 뜨릉, 뜨르릉! 전화벨이 울린다. 나는 남씨의 말을 듣다말고 총총히 전화기 옆으로 다가간다.

"남씨 집에 있어유?"

민대식의 우렁우렁한 목소리가 내 귀청을 울린다. 남씨 집에 전화를 걸었더니 여기로 왔다며 왔으면 전화를 바꾸라는 거였다.

"전화 받으세요."

나는 송수화기를 남씨에게 건네주었다. 음, 음, 알았다니까. 전화를 받고난 남씨 나에게로 얼굴을 돌린다.

"바쁜 일이 생겨 가봐야겠수다, 이야기는 기회가 또 있겠디요."

하면서 남씨 급급히 집 문을 나선다. 혼자 남은 나는 점심준비를 해야겠다는 생각을 굴리며 주방으로 갔다. 왠지 일이 손에 잡히지 않는다. 남씨이의 말이 내 귀전에서 회돌이치며 종시 살아지질 않는다. 불쌍한 사람들! 그러나 고생 끝에 낙이라고 민대식은 그만하면 대단한 성공이었다. 좋은 음식 잡숴보지 못하고 좋은 약 써보지 못한 채 너무도 일찍 세상을 뜨신 아버지와 비하면 노후의 생활이 그만하면 복된 거였다. 다만 나이가 나인만큼 노쇠한 것이 걱정이었다. 아버지를 생각해서라도 건강에 유익하다면 주인어른께 무엇이던 해주고 싶었다. 그래 그에게 해삼, 멍게, 굴을 사서 대접해야지! 나는 급급히 어시장으로 향했다.

"이보이소, 또 토하젓을 사러왔는지요?"

내가 살 것을 사갖고 어시장을 나섰을 때 전번에 만났던 그 여자가 또 다가왔다.

"그래요, 겸사겸사 왔댔습니다."

나에게 접근하려는 사람이 있다는 것은 반가운 일이 아닐 수 없다. 나는 되도록 친절하게 응기하였다.

"주인양반 어떻던기요, 증말 대단하지예."

"어려운 이웃돕기를 하고 계시더군요. 훌륭한 분이시더군요."

"그 양반 국가 유공자거든예, 고까짓 일이사 뭐 마땅하지예."

"무슨 유공자인데요?"

"참전유공자라고 있답니더.

"군대에 갔다가 공을 세웠다 그거지요?"

"그래유, 6·25전쟁에 참가했던거지예."

"그럼 지원군과도 싸웠단 말인가요?"

"지원군이라… 아 중공군 말이지예, 물론입니더."

"사실입니까, 그게?"

"그럼유, 왼쪽다리 전쟁터에서 부상당했다캅디더."

"그랬군요…"

여인의 말을 들으면서 나는 적이 착잡해졌다. 민대식이 어쩌면 아버지와 총을 맞대고 싸웠을 수도 있었다는 예감이 기분을 잡쳤던 것이다. 그러나 고쳐 따져보면 그러한 예감은 막연할 뿐 확실한 것은 아니었다. 그리고 전쟁터에서 서로 총부리를 맞대고 싸웠다고 모두 원수가 되는 것은 아니었다. 그 여자와 흩어진 나는 시간적인 여유도 있고 해서 발길을 순희네 집으로 돌렸다. 전부터 막역한 사이는 아니고 다만 면목을 알고 지낸 사이였지만 여기서는 서로 그리워하며 여유만 있으면 만났다. 그럴 때마다 허물없이 속을 털어놓고 이야기를 나누었다. 유감스럽게도 그녀가 집에 없었다.

"몰라유… 어디로 갔는지…"

순희 어디로 갔느냐는 물음에 술이 곤드레만드레가 된 그녀의 한국 남편이 무뚝뚝히 뱉어버린다. 정나미라고는 조금도 없는 저런 사람과 어떻게 살까? 나는 은근히 시름겨웠다. 훈장 노릇을 했던 그녀는 아는 것이 많았다. 풍부한 지식이 그녀를 복되게 하지는 못하였다. 인생무상에 걸린 팔자는 사나웠다. 남편이 한다는 바람둥이여서 이혼을 했더니 그랬다고 집을 떨쳐나간 외동딸이 한 거간꾼에게 홀려 산동 어디로 팔려갔댔는 데 일년도 안 되어 갓난애를 업고 덜렁 돌아왔다. 그때면 그녀가 위장결혼을 끝내고 당장 한국으로 떠나야 하는 형편이었다. 집이라고 찾아온 딸을 보살필 형편이 못되었다. 그렇게 총망히 이곳으로 떠나온 결과는 어떠했던가? 어떻게든 잘살아보겠다는 소망이 하수구에 처박힌 신세, 한국 남편은 무서운 주정뱅이였다. 술독에 빠졌다고 할까, 조상들이 남겨준 집과 땅마지기를 몽땅 술로 마셔버렸다. 그런 남자와 더는 함께 살수 없어 이혼을 앞세워 긁고 허비였으나 상대측에서 무가내의 태도를 취하는 한편 밤낮 숙취(宿醉)되여 있었으니 어떻게 할 방도가 서지 않았다. 할 수 없이 살고 있는 형편이었다.

그녀에 비하면 나는 나은 셈인가?

남씨가 왔다. 어쩌다 주인양반이 집에 있었다. 반가운 일이 아닐 수 없었다.

"아줌마, 술상 좀 차려주이소."

" 알았습니다."

나는 먼저 간소한 술상을 차려 올렸다. 그들이 술을 마시는 사이에 요리를 더 만들 예산이었다. 함께 환난을 겪었던 그들이 오랜만에 한 자리에 앉았다는 데서만은 아니다. 이 기회에 나의 요리 솜씨를 보여주고 싶기도 하였다. 여기의 탕수육이란 중국의 류러우뙨(溜肉段)을 본 따서 만든 것이지만 고소하지 않고 사박사박하지도 않았다. 나는 류러우뙨을 만들려고 돼지고기를 격에 맞게 썰고 있었다.

"빠르디 참…우리 쓰레기를 줍던 일… 언제더라?"

술이 몇 순배 돌아갔는지 모르나 꼬부라진 남씨의 말이 들려왔다.

"세월 유수같다잖여."

"유수같디만 잊을 수 없는 게…철원 어디더라, 그 무명고지 말야."

"또 그 이야기가?"

민대식이 갑자기 달갑지 않는 언사를 쥐여쳤다. 그랬던 말던 나는 철원 무명고지란 말에 귀를 강구었다(북한어: 주의하여 듣느라고 귀를 기울이다). 아버지가 총탄에 맞던 곳이었다.

"자네 거기서 다리를… 잃었다고 하잖나."

"그런 말 이젠 듣기도 싫다."

"그때 기관총 소사만 없었어도 어떻게 되었을까?"

"하참, 지금 그게 무슨 소용이여?"

민대식은 의연히 달갑지 않는 태도였다.

"소용 없디만, 좌우간에 자네 기관총수였다면?"

"……"

기관총수였다구? 그러니까 아버지를 쏘아 눕힌 장본인은 영락없이 민대식이었다. 나로서는 도저히 받아들일 수 없는 일이 드디어 발생하고 말았다. 나는 만들던 요리를 팽개쳤다. 그 즉시 뛰어 들어가 민대식의 멱살을 거머쥐고 어째주고 싶었다. 그러나 나는 참아야 했다. 내가 필경은 아버지의 딸이었을 뿐 당사자가 아니었기 때문이다.

그날 밤 민대식은 전처럼 코를 드렁드렁 골고 있었다. 팔자 하나만은 참 좋다! 고까짓 봉사활동으로 과거지사를 모조리 미봉할 수 있을까? 그럼에도 천연스레 잠을 잘 수 있다는 것이 심히 얄미웠다. 그래, 돼지처럼 실컷 자거라. 이달만 차면 나는 떠나버릴 테니까, 추호의 미련도 없이.

정성이 결여한 솜씨는 거칠은 것 뿐이었다. 나는 고등어를 굽다가 홀라당 태워버렸고 설거지를 하다가 사발을 챙그랑 떨구었고 바닥을 닦다가 의자를 덜커덩 다쳐놓았다.

"아줌마, 요즘 어디가 불편합니꺼?"

뭔가 심상치 않음을 느꼈던지 민대식이 시름겹게 말을 엮는다.

"저 이 달만 하고 그만 둘랍니다."

"뭐라구유?"

"그 전에 도우미를 한 분 물색하세요."

"그만하면 우리 잘 지냈지유, 아임니꺼?"

"사정이 따로 있어서 그럽니다."

네가 바로 아버지를 쏘아 넘긴 철천지원수야, 원수! 목구멍까지 올라왔던 말을 나는 가까스로 참았다.

"무슨 사정이지유?"

"이미 결정된 일입니다. 더 권고하지 마세요."

"왜 이러는지 증말 모르겠네유."

그는 못내 아쉬워하면서 나를 되도록 만류(挽留)하려했다. 그랬다고 나의 결심은 조금도 동요되지 않았다.

그러던 어느 날이었다. 민대식이 외출하고 집에 없는데 남씨가 찾아왔다.

"이 양반 벌써 어드메로 갔나?"

"모릅니다."

"근데 아줌마, 이 집에서 나가겠다면요?"

"그러데요, 뭐 잘못된 게 있나요?"

그들이 어느새 나를 에워싸고 말이 오갔음을 직감하면서 나는 실뜩하게 응기하였다.

"뭘 오해하고 있는 것 같은데…

"오해를요? 뭘 오해한다고 그럽니까?"
"아주머닌 몰라 그럽네다. 민대식 그 양반…"
민대식을 에워싸고 남씨의 말은 굴곡적이었다.

무명고지. 지원군전사들이 후미진 산허리 곳곳에 은밀히 엄폐하고 있었다. 갑자기 어디선가 쿵쾅ㅡ! 천지를 진감하는 소음과 함께 국방군이 집결해있는 고지가 불바다로 변한다. 지원군 진지에서 발사된 포탄의 위력이었다. 이윽고 지원군 병사들이 돌격이다!ㅡ고함을 지르며 고지를 향해 돌진한다. 그와 시간을 같이 하여 따당, 따다당! 총소리가 미친 듯이 울부짖는다. 엄폐호에서 퉁기친 기관총소사였다. 지원군 병사들의 진공이 무춤 멈추어 섰다는 그 찰라 몇 명의 전사가 광풍에 쓰러지는 갈대처럼 쓸어졌다.
"사람을 죽이다니, 내가? 저승에 가서도 천벌을 받을게 아닌가?"
번개처럼 스쳐지나간 생각과 더불어 민대식은 뎬겁해 기관총에서 물러났다. 기관총 소사는 그렇게 중단되었다. 그 찰나 지원군병사들이 다시 진공을 시도하였다. 수류탄이 엄폐호에 뿌려졌고 쾅,쾅쾅ㅡ! 귀청을 찢으며 터졌다. 그 바람에 몇 명의 전사가 허공으로 헹둥 들렸다가 땅바닥으로 폴싹 꺼꾸러졌다. 민대식이 그 중에 끼어있었다.

잘코사니! 악은 악으로 보답 받는댔어, 아주 마땅한 업보(業報)인걸! 민대식의 조우에 대해 나는 속으로 쾌자를 불렀다.

민대식이 새롭게 의식을 회복한 것은 허름한 초가집 아랫목에서였다.

"이제야 깨여났구먼."

낯모를 웬 노인이 짐짓 반가운 기색을 짓는다.

그가 의식을 회복한 것은 사실이다. 그런데 왼쪽다리가 천근 무게가 되어 움직일 수 없었다. 못 견디게 저리고 쑤시듯 하는 동통은 갈수로 가심해졌다.

"읍내에 가서 의사를 청해 올테니까 기다려."

노인은 곧장 집 문을 나섰다. 고마운 사람이었다. 노인이 엄 폐소에 쓸어져있는 민대식을 업어 집으로 내려오지 않았던들 이미 황천객이 되었을 것은 너무도 명백한 사실이었다.

읍내에서 온 의사는 진찰을 하자마자 고개부터 흔들었다.

"절단해야겠습니다."

"뭐라꼬요? 안 됩니더, 다리를 절단하면 어예 삽니꺼, 지가?"

자리에 누워 꼼짝달싹 못하는 그였지만 의사의 뜻대로 응할 수 없었다.

"분쇄성골절인데다가 곪을 대로 곪아터졌거든요, 절단하지 않 으면 생명이 위험합니다."

"그렇지만…"

"의사의 말대로 해야지, 목숨부터 살리고 봐야 할게 아니야?"

노인이 의사의 뜻을 극구 지지해 나선다.

"지가 모르는 게 아니지만유…"

그는 말을 하다 말고 눈물을 쭈루룩 흘린다. 떨어진 눈물은 천천히 베개 깃으로 스며든다. 꿈에도 예측 못했던 외다리 신세 로 전락된다는 것이 처절 참담하거니와 살아갈 앞날이 막막해 서였다.

너 같은 놈에게도 감정이 있는감? 아니, 고생을 더 겪어봐야 세상물정을 알 테지! 나는 민대식에게 욕을 퍼부었다.

민대식은 결국 왼쪽다리를 잃은 것으로 생명을 유지하였다.

"어떻게 할 예정인가, 먼저 소속부대를 찾아야지 않겠나?"

수술자리가 많이 호전되자 노인이 관심을 돌리었다.

"아입니더, 부대라카면 이젠 신물만 나거든예."

"글쎄다, 무명고지를 사수하던 국군이 몽땅 전멸했다고 하더구나, 찾아가도 소용없을 테지."

"그랬답니꺼? 아 무시라, 지는예 만사 제쳐놓고 고만 고향으로 갈랍니더."

"그러는 게 좋을 상 싶구나. 먼저 부모님들을 찾아 뵈여야지, 병신이 되었다고 나무람 하는 부모는 없단다."

"노인님 증말 고맙습니더, 그 은혜 평생 잊지 않을겁니더."

그는 쌍지팡이를 짚고 기차를 타고 버스를 갈아타고 걷기도 하면서 요행 고향을 찾았다.

고향이 폐허가 될 줄은 꿈에도 몰았다. 가가호호들이 전부 허물어지고 찌그러지고 마을의 평안을 지켜 동구 밖에 우뚝 버티고 서있던 장승도 허리가 동강나 군드러져있었다.

"니 대식이 아이가, 어에된거노, 이게?"

앞집의 할머니가 민대식을 알아보고 펄쩍 뛰며 놀란다.

"우리 엄마는요? 아빠는요?"

"말마거라, 폭격에 그만"

"뭐라꼬요?"

그는 자리에 털썩 주저앉는다. 종주먹(북한어: 단단히 쥔 주먹)으로 땅을 으스러지게 친다. 자업자득(自業自得)이라고 선은 선으로 악은 악으로 보답 받는다는 것을 모르는 그가 아니지만 자신에 대한 업보만은 너무도 가혹하고 참담한 것이었다. 그렇다고 부모를 따라 북망산으로 갈수도 없었다. 오직 살아야만 터무니없이 들씌워진 불행을 바로 잡을 수 있고 또 목숨을 구해준 노인에게도 은혜를 갚을 수 있었다.

흥, 그 주제에도 과보만은 알고 있구먼? 그러나 그런 심보를 갖고는 누구와도 휩쓸리지 못할 것! 나는 도시 믿을 수 없었다.

민대식은 살길을 찾아 읍내로 떠났다. 읍내 골목골목을 샅샅이 훑었다. 살길은 구중천에 걸렸는지 종시 나타나질 않았다. 쌍지팽이에 의해 아글타글 헤매고 난 그는 삭신이 쑤시듯 저리여 당장 엎으러질 것 같았다. 한시도 지탱하기 어려운 그가 지척지척 찾아간 곳은 반쯤 허물어진 담벽이었다. 공교롭게도 웬 외팔이가 이미 그곳을 차지하고 있었다. 누굴까? 후에 알게 된 사실이지만 역시 전투마당에서 싸우다 포탄에 팔을 잃은 사람, 설상가상으로 나포되어 거제도 포로수용소까지 끌려갔던 사람, 인생무상을 겪을 대로 겪은 최씨였다.
"야 니 무엇 하는 사람이고?"
눈꼴사나웠다. 굴러온 돌이면 별심상관이랴. 민대식이 먼저 걸고 들었다.
"네까짓 게 무슨 상관이가, 내레 무엇을 하던?"
"니 말씨를 들어본께 빨갱이 같은디?"
"내레 빨갱이면 넌 뭐네, 허깨비?"
고양이와 쥐, 쥐와 고양이. 원체 타협이 되지 않았다.
"맛을 봐야 정신을 차릴기가?"
눈에 번개가 번쩍 일었다. 다리를 잃었다는 원한이 밀물처럼 밀려왔다. 민대식이 먼저 울뚝밸을 쓰며 남씨의 멱살을 거머 쥐였다.
"어디 이따위야? 에라, 내 맛을 봐라!"
참고 참았던 원한이 화산처럼 터지면서 최씨의 눈앞에서 한

장면 한 장면 스쳐 지나갔다. 겹겹으로 둘러싸인 철조망. 사각
(四角)의 각마다에 세워진 보루와 그 보루에 설치된 기관총. 명
령에 의해 기계적으로 움직여야 하는 행동을 탱크의 포신이 호
시탐탐 감시하고 있었다. 거제도 포로수용소는 통제의 울타리였
다. 최씨는 외팔이로 된 설움과 실향의 눈물마저 박탈당하며 죄
수가 아닌 죄수대우를 받았다. 불행 중 다행이라면 상병포로라
는 이유로 남 먼저 석방되었다. 했는데 그를 기다리고 있는 것
은 앞이 보이지 않는 칠칠야밤. 거간꾼들이 병아리를 채려는 독
수리의 눈이 되여 그의 주위를 배회하였다. 정부에서 발급한 생
활보장금은 집 한 채를 사고도 남음이 있는 것이었는데 그렇게
날리고 말았다. 최씨는 외팔이로 된 설움과 포로병으로서의 풍
상(風霜)을 모두어 민대식이를 밀어 제꼈다.

　팔도에서도 손을 꼽는 싸움꾼들. 하나는 천하무적인 평안도
박치기. 하나는 천하제일인 전라도 물어뜯기. 서로가 으뜸이라
고 으스대다가 끝내 사활적인 싸움이 붙었다. 야익, 받아라! 박
치기가 선손을 쓴다. 그 위력 누가 담당할까? 물어뜯기는 눈알
이 빠졌는지 이마빼기가 터졌는지 분별하지 못한 채 저쪽으로
퉁기쳐 곤두박질을 친다. 맛을 봤디? 네깟 놈은 적수도 안돼!
박치기가 으스대자 물어뜯기가 천천히 일어난다. 그 주제에 큰
소리는? 제 코나 씻고 큰소리를 치람! 박치기 그제서야 코를 만
져본다. 코가 없었다. 물어뜯기가 그새 물어갔던 것이다.

　누가 누구를 이겼을까?

　"어이 빨갱이, 어때 살맥 있는기가?"

　민대식이 손등으로 코피를 훔치면서 먼저 말을 걸었다.

　"그래 너는 맥이 있네?"

　최씨 퍼렇게 멍이든 볼을 어루 쓸면서 대답한다.

　"이젠 죽을 맥도 없당께."

"나도 마찬가지디, 우리 다시는 싸우디 말자우."

만나면 시작이요 시작하면 인연을 맺게 되는 것이 인생일까.

호각소리가 들렸다. 어떤 자선업자가 무상으로 도시락을 나누어준다는 신호였다. 문제는 도시락의 양이 제한된 것이어서 늦게 가면 몫이 차례지지 않았다. 외다리 민대식으로 말하면 극히 난감한 일이었다. 그런 부족을 외팔이가 미봉해주었다. 그가 민대식의 몫까지 차려온 거였다.

"아 증말 감사하데이!"

말로만 감사하다고 표시한 것이 아니었다. 민대식은 자진해 남씨의 웃견지와 양말을 빨아주었다. 그랬었다. 외팔이와 외다리라는 장애가 상보(相補)의 필요성을 절실히 느끼면서 서로 도와 나섰다. 무엇을 알아오고 갖고 오는 것은 다리가 성한 남씨가 편리했고 무엇을 만들고 장만하는 것은 팔이 성한 민대식이 편리하였다. 째지게 가난한 궁핍 속에서 그들은 서로 상대의 부족을 미봉해주지 않으면 안 되었다.

손에 손을 잡는 화해의 시대란 걸 누구는 모르나? 그렇다고 어찌 원수였던 위인을 대감처럼 모실 수 있어? 그런 게 아니잖아! 나는 나의 가짐새를 다르게 바꿀 수는 없었다.

"어이 빨갱이, 내 심부름 하나 들어줄끼가."

민대식이 밑도 끝도 없이 제기한다.

"무슨 부탁이가, 허깨비야, 날래 말하라우."

남씨는 어떤 요구이던 들어주겠다는 듯 서글서글하게 나온다.

"보훈지청이라고 있는디. 6·25참전자들을 등기하는 곳이여. 상세한 상황을 알아갖고 왔으면 하는디, 도와줄기가?"

"다리가 성한 내가 가야디. 누가 가갔나!"

두말없이 보훈지청으로 떠난 남씨는 밤이 퍽 깊어서야 되돌아왔다.

"야하―어드렇게 해야 할디…"

남씨 한동안 뜸들이고 나서야 뒷말을 덧달았다.

"허깨비야, 너같이 부상당했으면 무조건 국가 유공자로 되는 거디, 그런데 말야, 들어보라우."

6·25참전유공자로 되자면 우선 참전사실이 있다는 국방부장관의 인정서가 있어야 하고 부상자는 병원의 병적증명서와 병상일지가 있어야 한다는 거였다. 소속된 부대가 전멸한 상황에서 더군다나 병원이 아니라 민가에서 수술을 받은 민대식으로서 참전증명과 병적증명을 작성한다는 것은 불가능하였다. 생각다 못해 그의 생명을 구해준 노인에게도 가보았다. 뜻밖에도 이미 저승으로 가고 말았다. 어떤 증명서류를 뗀다는 것은 한낱 망상에 불과하였다.

"불쌍한 사람이디요. 다리를 잃고도 해당한 대우를 받지 못하는 그의 심정, 구태여 밝혀야 알갔습네까?"

남씨 끝으로 이렇게 덧달았다.

"그렇습니다만…"

나는 여유를 두었다. 무언가가 아직은 수긍되지 않아서였다.

"그런 내막을 모르는 어떤 분들은 그를 국가유공자이니 뭐니 하면서 나라에서 주는 보상금만도 매달 2백만 원이 넘는다고 하디 안캤습네까."

"그랬군요."

새로운 발견이었다. 그러나 그것이 내 소신(所信)을 굽히지는 못하였다.

"불쌍한 사람을 돕디 않고 아줌마는 자꾸 어드메로 간다구 그러십네까?"

"사정이 있어 그럽니다. 도우미야 뭐, 새로 구하면 되는 게 아닌가요."

나는 확실하게 끊고 맺었다. 민대식에 대한 견해가 조금 달라진 것과 그를 돕는 것은 질적인 구별이 있는 게 아닌가.

그날 하오 민대식이 집으로 돌아오자 나는 그에게 그만 둘 것을 정식으로 제기했고 진짜 추호의 미련도 없이 그 집에서 나왔다.

"오고 싶으면 언제든 다시 와유!"

그의 말소리가 나를 따라왔지만 나는 못들은 척 걸음을 재촉하였다.

맑은 하늘. 솜같이 하야말쑥한 흰 구름. 두 날개를 한껏 펼친 수리개. 나는 돌연 날 듯한 기분이었다. 무엇에서 벗어났다는 해탈감이랄까.

오늘따라 순희가 집에 있었다.

"전날에 왔댔어, 집에 없던데?"

"병원에 갔던 그 날이었던 모양이구나."

그녀가 커피를 타주면서 말했다."

"병원엔 왜?

"몸이 좀 불편해서."

몸이 좀 불편했다는 말이 나의 예산을 홱 돌리어 놓았다. 나는 원래 그녀에게 전후사연을 숨김없이 이야기해주려 했었는데 갑자기 유복자라는 그녀의 신상이 궁금해졌다.

"제 아버지 일찍 돌아가셨다던가?"

"그랬어. 나는 아버지 얼굴도 보지 못했다니까."

그녀는 어머니에게서 들었다는 말을 장황히 풀어놓았다.

향 정부의 간부들이 우르르 몰려왔다. 마을 사람들을 모여 놓고 일장 연설을 풀어놓았다. 적들이 압록강 부근에까지 쳐들어왔다. 나라를 지켜야 가정이 있고 가정이 있어야 행복한 법이니 지원군에 용약 참가하라, 압록강을 건너 적들을 물리치자! 지원군은 그렇게 조성되었다. 거기에 순희 아버지도 있었다. 당신이 떠나면 나 혼자 어쩝니까? 순희 어머니가 시름을 털어놓은 것은 결혼한 지 반년도 안 되어서 만은 아니다. 그때면 이미 임신을 했던 것이다. 아버지는 물러설 수 없었다. 당시의 형세가 그런 걸 어떻게 물러설까. 그렇게 조선으로 건너간 아버지가 총 한 방 쏘지 못하고 전사할 줄은 누구도 몰랐다. 트럭에 앉아 전선으로 나가다가 미군 비행기 소사에 목숨을 잃었던 것이다.

"아버지가 전사해서인지 나 참전자들을 많이 만나봤어, 그들은 거개 피해자였거든."

순희 이런 식으로 말을 맺었다.

"무슨 뜻이야, 그게?"

"꼭두각시라고 알어?"

"꼭두각시?"

"빈농들이 지주를 투쟁하던 꼭두각시극 생각나지 않어?"

"어허, 알만해."

어렸을 때 보았던 기억이 떠올랐다. 갖가지 투레기로 무어진 옷을 입은 빈농 인형들이 후에 숨은 누군가의 지휘에 의해 지주 인형과 투쟁하는 인형극이었다.

"자의에 의한 것이 아니라 타의에 의한 행동, 거기서 받은 피해, 우리 아버지도 제 부친도 모두 피해자거든."

"승자인 아버지가 어쩜 피해자야?"

"좋은 약 한 번도 써보지 못하시고 평생을 흥흥 앓다가 타계하신 부친 맞어?"

"그건 맞어."

"그런 부친이 어떻게 승자로 될 수 있겠어? 육체적인 고통에 이어진 심리적인 고통을 누구보다도 심했던 게 아닐까?”

“하긴…”

나는 뒷말이 딸리었다. 추억 속에 깔린 아버지는 언제나 그러했다. 승자로 자처하면서 위풍당당했지만 자리에 눕기만 하면 신음소리부터 질렀다. 아파봤던 사람만이 진정 그 아픔을 알 수 있다고 아버지의 고통이 여북했으며 밤마다 신음소리를 질렀을까. 더군다나 한 가정의 기둥으로써 기둥노릇을 제대로 하지 못한데서 오는 심적인 고통은 또 어떠했을까. 땔나무를 해결하지 못해 담배만을 풀썩풀썩 피우던 아버지의 모습은 내 가슴에 아로새겨져 도통 움직이질 않았다.

“실은 우리도 피해자거든. 제나 내나 아버지가 살아 계셨으면 어떻게 되었을까? 적어도 오늘처럼 고생을 하지 않을게 아냐?”

그녀의 말은 급기야 나의 급소를 찔렀다.

아버지는 자기 건강만 건강이라면서 권속을 돌보지 않았다. 솔직히 말하면 나의 기억 속에 아버지의 사랑은 그저 희미할 뿐 떠오르는 것은 아무것도 없었다. 하긴 쇠잔(衰殘)한 몸으로 누구를 돌본다는 것도 따지고 보면 어려운 거였다. 건전한 아버지였으면 나의 운명이 다른 식으로 전개되지 않았을까?

홀로 된 어머니에게 어떤 부담이던 덜어주려고 나는 또래들보다 조금은 일찌감치 출가하였다. 당연히 나의 미래를 아름답게 설계한 것도 사실이었다. 결혼초기는 그런대로 살맛나게 지내였다.

“고단하면 먼저 자. 늦을 수도 있으니까.”

그날 남편은 친구들과 모임이 있다면서 집을 나갔다.

“알았어, 잘 놀다와.”

홀로 남은 나는 설거지를 하고 구들을 닦고 두루두루 집 안을 정돈하느라 밤이 깊은 줄도 몰랐다. 일순 피곤이 한꺼번에 몰려왔다. 하긴 이 며칠 하루도 빠짐없이 환락의 극치를 즐긴

결과는 눈두덩이 천근 무게가 되어 자꾸 아래로 처졌다. 나는 자리를 펴고 누웠다. 단통 곯아떨어졌다. 비몽사몽간일 거였다. 나는 팔을 저어보았다. 아무것도 잡히는 게 없었다. 이때 어딘선가 꼬끼요— 장닭의 회치는 소리가 회붐히 밝아진 창문을 흔들었다. 나는 언뜰 놀라며 자리에서 일어났다. 남편의 자리는 휑뎅그렁하게 비어있었다. 그때부터였다. 그의 외박이 잦아졌고, 그와 함께 고간에 있는 쌀가마니의 쌀이 그렇다할 연유도 없이 폭폭 줄어들었다. 어떻게 된 영문일까? 의심이 병만이 아니라 병이 의심스러웠다. 하루는 쥐도 새도 모르게 그를 추종하였다. 생산대 타작마당. 산더미 같은 짚무지. 타작을 하다 쉴 때 원들이 휴식을 즐기던 휴게소 바로 거기에 몇몇이 앉아 갑오(화토놀이의 일종)를 놀고 있었다.

"당신 정신 있어요?"

나는 입에 거품을 물며 달려들었다. 속이 활 번져지면서 악밖에 남지 않았다.

"에익 재수 없다. 어쩌다 갑오를 쥐였는데!"

남편이 게두덜대며 일어섰다. 내가 파토를 논 셈이었다. 투전판은 그렇게 깨여졌다. 불행하게도 남편의 도박을 근저(根底)에서 막을 수 없었다. 외박은 계속되었고 재산이 될만한 가장집물은 형적도 없이 사라졌다. 그런 와중에도 자식은 왜 생기는지, 정이 없으면서도 그 짓을 했으니까 사랑이 없는 섹스? 아 바보, 숙맥, 머저리. 자신을 욕하고 허비여도 아무런 소용이 없었다. 나는 어언 두 아이의 어머니로 되었다. 갈수록 늘어나는 아이들의 성화, 밑도 끝도 없는 남편에 대한 뒷바라지, 생활은 점점 쪼들리었다.

"당신과 살다간 쪽박 차고 나갈 수밖에 나라도 살길을 찾아야지 별수 없군요!"

나는 모든 것을 팽겨 치고 시내로 들어갔다. 아이들마저 친정 어머니에게 맡기고 말이다. 엄마에게 어떤 부담도 주지 않겠다던 나였건만 실상은 그렇게 되질 않았다. 그래서였다. 손을 걷고 나섰다. 발을 동동 굴며 뛰어다녔다. 악착스러운 것이 무엇인줄 그때야 알았다. 노무시장 막일을 하려는 여자들, 일단 일거리가 나졌다면 그녀들은 독수리가 병아리를 채듯하였다. 아저씨, 무슨 일이던 맡기세요, 싸게 해들일게요, 그러세요, 그러는 거지요? 함께 자자도 응수할 것처럼 아양을 떨어서야 요행 일이 차례진다. 마누라가 없는 가옥청소, 창문유리를 닦느라 창문턱에 올라서면 어질어질한 것이 당방 떨어질 것만 같다. 아이 무서워! 눈을 질끈 감는다. 그러면서도 걸레를 쥔 손만은 부지런히 움직인다. 밥통은 그렇게 무거웠다. 그리고 시끄러웠다. 일을 마치면 주인이 약정한 돈을 주어야 하는데 질질 끈다. 뭐 있잖아요, 그렇구 그런거! 하면서 슬금슬금 접근해 온다. 흥, 덜렁수캐! 속은 뻔했지만 삯전을 받지 못한 이상 꼿꼿해서는 안 되었다. 달거리 아시지요, 끝나면 다시 부르세요. 그래서야 나는 마귀의 손아귀에서 빠질 수 있었다. 노무시장의 여자들 5원 주면 바지를 벗는대, 핫 하하! 이러루한 말이 심심찮게 돌고 돌았다. 돌겠으면 돌라지. 내가 청백한 것은 나만이 알고 그러니까 악착하게 벌면 그만이었다.

내 주머니 속에 돈이 갈수록 늘어났다. 나는 만사 제쳐놓고 주택부터 먼저 장만하였다. 우선 어머니에게 맡기였던 아이들을 데리고 왔다. 그렇게 되자 남편도 코빼기를 내밀었다. 젊어서 한 번이였지 이젠 손을 싸악 씻었소! 빌고 드는 자에게 침을 뱉을까. 혈육들이 한데 모인 것은 어떻든 즐거웠다. 남편도 도박에서 정말 손을 뗀 모양 돈을 벌어보겠다고 앞뒤로 뛰어다녔다. 그러던 어느 하루 남편이 우리 앞집에서 살던 고향친구를 데리고 왔다. 나는 은근히 반가웠다. 고향사람을 만난 것도 있으려니와 집까지 장만하고 산다는 긍지와 자호감을 보여주고 싶어서였다.

"이 친구 한국으로 가게 됐어."

남편의 말은 사실이었다. 그 친구 한국 입국비자까지 이미 떨어진 형편이었다.

"여보, 우리가 좀 도와주어야 할 게 있소."

한국 입국수속 비용으로 8만 원이 들었단다. 그만한 금액을 대주겠다는 사람도 나섰는데 다만 차용서에 담보인으로 사인을 하면 된단다.

"짜개바지 때부터 같이 자랐는데 못 믿을게 뭐야? 버는 족족 보내 줄 테니 조금도 근심말어."

친구의 말이 간절해서만은 아니다. 돈을 꿔주겠다는 사람이 나선 이상 담보쯤 문제가 될 것 같지 않았다. 남편과 나는 드디어 담보인의 신분으로 차용서에 사인을 날렸다. 친구는 그렇게 한국으로 떠났다. 친구는 신의(信義)를 지켰다. 외삼촌댁에서 전화를 건다면서 종종 소식을 전해왔다.

"일자리 얻었어. 돈벌이가 헐한 곳이 한국인가 봐. 한 달 월급 백만 원이야. 반년만 해도 빚을 갚을게 아냐? 기다려! 나 혼자만 잘살려고 그러지 않을 테니까."

흐뭇하였다. 나쁠 것은 없었다. 친구의 덕분으로 혹여 잘살게 되지 않을까?

했는데 언젠가부터 친구에게서 소식이 딱 끊기였다.

아침부터 진눈깨비가 부실부실 내리였다. 을씨년스러운 날씨가 내 기분을 흐리게 하였는지 왠지 뒤숭숭했다. 주방에는 씻어야 할 사발과 수저가 게저분하게 널려있었다. 나는 그것을 물끄러미 바라보았을 뿐 손을 대지 않았다. 전혀 대고 싶지 않았다.

그랬는데 갑자기 스멀스멀 한 뭔가가 나에게로 접근해왔다. 지네 같으면서도 지네가 아닌 저것은 돈벌레였다. 얼씨구, 오늘 돈이 생길라나? 그러지 않아도 이 며칠 감감무소식인 친구로 인해 덧정 없이 속을 태우고 있는 나에게 과히 나쁜 징조는 아니었다. 무소식이 희소식이란 말도 있지 않는가. 내가 이처럼 마음의 구김살을 곧게 잡고 있을 무렵 난데없이 어중이떠중이들이 집으로 우르르 몰려왔다.

"행방불명 되었어, 그 사람, 어떻게 할꺼야?"

그중의 누군가가 차용서를 내놓았다.

"소식 있겠지요, 며칠 더 기다려봅시다."

"차용기한이 이미 지났잖아, 돈을 내놔!"

"당장 그 많은 돈을 어디 가서 구합니까?"

"돈이 없으면 집이라도 내놔야지, 군말 말엇!"

억이 차고 기가 막혔다. 그랬다고 어디 가서 해볼 데가 없었다. 언젠가부터 도리보다 주먹이 모든 것을 해결하였다. 중과부적이 서러웠지만 무슨 방법이 있으랴. 집은 결국 빼앗기고 말았다.

인천공항에서 내린 나는 곧바로 친구 외삼촌이 살고 있다는 광역시로 갔다. 물론 그전에 XX동사무소에 들렀다. 나는 친구 외삼촌의 전화번호만 알뿐 그 외는 아무것도 모르고 있었다. 어디든 무턱대고 찾아 헤맬 수는 없고 동사무소에서 어떤 단서이든 잡아보자는 의도에서였다.

"야아―참, 전화번호만 갖고 찾기는 참 어려운데."

동사무소 사무원은 짐짓 난처한 표정을 지었다. 그러나 내방자를 섣불리 외면하면 안 된다는 책임감에서였을까, 그가 두툼한 서류뭉치를 뒤지기 시작했고 어디다 전화도 걸었다. 그러던 그의 눈빛이 돌연 밝아졌다.

"주소 여기다 적었어요, 찾아가 보세요."

종이쪽지를 내게 주면서 사무원은 못내 기꺼워하는 표정이었다.

동사무소에서 나온 나는 씨엉씨엉 활개 쳐 걸었다. 성부지 명부지한 친구 외삼촌을 찾았으려니 친구를 반드시 찾을 수 있다고 말이다.

"갸이를 찾으려 왔다꼬?"

나의 목적을 알게 된 친구 외삼촌은 처음부터 반갑지 않는 태도였다.

"그렇습니다. 꼭 찾아주십시오."

상대의 태도여부를 탓할 여지가 없는 나는 되도록 절절하게 나왔다.

"어디로 갔는지 누가 알간디? 우리도 지금 찾는 중이라카이."

"정말입니까, 그게?"

내막을 알 수 없는 나는 즉시 되물었다.

"에익 몹쓸놈! 돌아가신 누님을 봐서라도 힘껏 도와주려고 했는디…엑 참!"

"사고라도 쳤습나까, 그 사람?"

"처음 한 달은 착실하게 일을 했는디…다방 레지를 만난 뒤부터 잘못된 게 아입니꺼. 레지도 중국교포라캅디더. 보고만 있을 수 없어 지가 몇 마디 했따꼬 홀쩍 나가버리다니 문둥이 벼락맞아 죽을 놈!"

"그랬구만요."

아버지의 사랑을 받지 못하고 자란 여자는 박복하다는 말이 있다. 추억을 더듬어 그 말은 어디까지나 옳은 것 같았다. 그렇다면 아버지를 원망해야지 않을까? 후후―나는 고개를 흔들었다. 지금 돌이켜보면 아버지의 피해는 엄청난 것이었다. 그의 상처는 누구보다도 깊었다. 승자가 아니면서도 승자로 자처한

심적인 고통. 본인이 아니고서는 누구도 감수할 수 없는 고통을 혼자 겪어야 했기 때문에 의례 단명(短命)일수밖에. 인생은 본시 짧디 짧은 것이어늘 그나마 제명대로 살지 못하고 저승으로 갔으니 진정 비극이 아닐 수 없었다.

오오, 하느님 맙소서! 순희의 말은 옳았다. 아버지가 피해자이고보면 나는 피해자의 피해자였다. 그 상흔이 지금까지 살아 숨쉬고 있었던 것이다.

나는 순희네 집에서 나왔다. 빨강, 노랑, 파아란 전구가 빛의 조화를 자랑하면서 겨끔내기로 명멸(明滅)하고 거리는 전처럼 인파로 북적대었다. 일상은 조금도 변한 게 없었다. 변한 것이 있다면 나의 심정이 전보다 무거워진 거였다. 민대식도 꼭두각시이고 피해자일수 있다는 생각이 나의 머리를 흔들었다. 남북 두 정상이 TV화면에 나타났을 때 제꺽 꺼버린 것은 그 어떤 반발(反撥)에서였을까. 그때 그는 정객들의 놀음이라며 불쾌한 심정을 숨기지 않았다. 고래싸움에 새우가 터진다고 했다. 새우가 억울하게 당한 것은 너무도 뻔한 사실인데 그 새우가 민대식일까? 그는 전쟁터에서 한 쪽 다리를 잃었다. 그 후유증으로 밤마다 악몽 속에서 허덕이고 있었다. 마땅히 참전유공자 대우를 받아야 하련만…

어디로 갈까? 나는 한참 망설이었다. 오고 싶으면 언제든 다시 와유! 민대식의 말이 내 귀전에서 새삼스레 울리었다. 지금에 와서 곱씹어보면 귀에 거슬리는 말은 아니었다.

객 귀

　대지는 지글지글 끓어 번지면서 홧홧 가쁜 숨을 몰아쉬고 밤
새 풋풋했던 나무 잎들도 주눅 들어 맥없이 축 늘어졌다. 땡볕
은 누리를 온통 태워버릴 기세였다. 예나 지금이나 변함이 없는
것이라면 띠처럼 아득히 펼쳐진 송화강, 언제나 물갈기를 흩날
리며 게으름 없이 흘렀다. 세월을 주름잡으며 동으로 동으로 흘
렀다. 그러한 끈질긴 인내에서 일거다. 도도한 물살은 바닥을
야금야금 긁고 훑고 핥았다. 지형이 푹 패이면서 강 양쪽으로
높디높은 언제(堰堤)가 생기였다. 강물은 그만치 회천(回天)의
힘으로 천지를 개변하고 있었다. 언제에는 서로 키돋움을 하듯
이 웃자란 당쑥과 엉겅퀴와 물버들이 촘촘히 뒤덮었고 그 밑으
로 가파르게 경사진 오솔길이 강으로 통하였다. 그런 길을 명홍
만이라는 30 좌우의 사나이가 힘겨웁게 뚫고 있었다. 중등 키
에 얼굴이 너부죽한 그의 어깨에 지게가 걸쳐졌고 지게 양끝에
물통이 달렸다. 거기에 물이 찰랑찰랑 넘쳤다. 강에서 퍼 담은
식수였다. 석림촌에서도 퍽이나 동떨어진 여기 무명나루터에는
인가는 없고 그래서 우물도 없었다. 좋든 궂든 강물을 길어 식
수로 삼을 수밖에 별도리는 없었다. 다행하게도 강물은 사철 마
르지 않았다. 산과 들 모두가 떵떵 얼어붙는 엄동설한에도 강물

은 얼음 밑에서 도도히 흘렀다. 얼음을 끄면 물은 얼마든지 있었다.

이윽고 언제에 이르렀다. 사나이는 허리를 굽혀 물통을 땅위에 내려놓는다. 지게 끈을 어깨에서 내리운다. 허리를 쭈욱 편다. 그는 고개를 들어 강 북쪽에 펼쳐진 산등성이를 힐끔 바라본다. 휘우듬히 누벼진 거기에 자작나무가 울창했고 그 주변으로 군데군데 백양나무와 느릅나무가 끼어있었다. 한갓진 정경(情景)이다. 찌는 듯 무더운 날씨와는 상관없이 수리개가 날개를 펄럭이며 푸른 하늘을 헤가르고 있었다. 사나이는 문득 한숨을 내뿜는다. 고달픈 인생과는 판이한 자연이 부럽다기보다 별스레 여겨졌다.

다소 위안이 된 것은 저기 저 토굴집, 기둥과 들보와 도리가 없이 그냥 산자락의 흙을 파고 거기에다 서까래를 걸쳐놓은 보금자리는 얼핏 보아 어수선하기 그지없었지만 문을 떼고 들어가면 꽤나 넓고 안온한 공간이었다. 하루의 피곤을 풀고 그럭저럭 발편잠을 자고 그리고 뭔가를 절절히 기대할 수 있었다. 뭔가를 기대할 때마다 어김없이 떠오른 것은 새틋하여 투명하고 투명하여 새틋한 쪽빛이었다.

명홍만의 고향은 울진에서 얼마 멀지 않은 죽변이라는 고장이었다. 동쪽으로 바다를 끼고 있었다. 동네사람들은 해해년년 바다에 의해 살아갔다. 바다가 생명을 유지하는 바탕이라고 해도 과언이 아니었다. 그날 사나이는 갯벌로 향했다. 바지락도 캐고 낙지도 줍고 봉합도 얻어 볼 예산이었다.

"오라버니예, 함께 가기이소!"

구럭을 어깨에 둘러멘 그가 동구 밖을 지났을 무렵 금란이가 힐금씨금 달려왔다.

"따라오긴. 왜 자꾸 시끄럽게 구노?"

달갑지 않은 기색이다. 그는 뜨직하게 응했다. 금란이 쩍하면 사달을 저질렀기 때문이다. 어제 뒷산에 갔을 때도 뱀을 봤다고 설치다가 돌에 발부리를 채워 폴싹 엎어졌다. 잡아 주이소, 오라버니! 어서 예! 울상이 되여 애원하는 소녀를 도와주지 않고 어쩌겠는가? 도와는 주었지만 어쨌든 애물이여서 함께 갯벌로 간다는 것이 심히 내키지 않았다. 갯벌은 바다와 인접해있고 바다는 사정이 없는 만큼 무서웠다. 그러나 그것은 사람들에게 많은 것을 주었다. 그러면서도 많은 것을 빼앗아갔다. 원래 바다와 어선과 태풍은 조화될 수 없는 대립물, 명홍만 부친은 배를 타고 바다로 나갔다가 태풍에 휘말려 시체조차 찾지 못했다. 불의에 닥친 천재지변으로 하여 그의 어머니는 며칠을 두고 호곡하다 정신이상에 걸려 평생 실신한 그대로 살았다.

“싫는기요, 지가?”

“그런 건 아니지 만서도……”

금란의 맑진 얼굴에 금세 먹장구름이 스쳤다. 사나이의 어투는 부지중 주춤해졌다.

“또 짐이 될 가봐 그러지예?”

“……”

먹을거리를 찾아 갯벌 여기저기에 흩어졌던 갈매기들이 갑자기 부산을 떨며 공중으로 치솟아 올랐다. 밀물이 들이 닥칠 징조였다. 갈매기는 밀물의 도래와 썰물의 시작을 귀신처럼 알고 있었다. 조금도 틀림이 없었다.

“그만하고 돌아가자.”

명홍만이 저만치에서 바지락조개를 캐고 있는 금란에게 넌짓 소리를 질렀다. 밀물은 언제나 파죽지세로 갯벌을 삼키였다. 사정이 없고 에누리도 없었다. 조금만 지체하다간 큰 봉변을 당할 수 있었다.

"알았어 예!"

대답은 흥쾌했다. 했지만 소녀는 바지락조개를 한 개라도 더 캐려는 욕심으로 갈구리만을 놀릴 뿐 일어설 염을 하지 않았다.

"정말로 말을 안 들을기가?"

씽하니 달려간 명홍만이 다짜고짜 금란의 손목을 휘여 잡고 황급히 뭍으로 이끌었다.

"오라버닌 참!……"

"뭣이 어째여? 저걸 봐라, 닌 겁도 없는기가?"

산더미 같은 밀물이 바야흐로 휘말려오고 있었다. 그렇게도 무지무지한 정경 앞에서 명홍만은 자신의 소행(所行)을 나무랐다. 그렇다할 변고(變故)를 저지르지 않았지만 무엇이든 마구 삼킬 듯이 포효(咆哮)하는 밀물과 접했다는 것은 생각만 해도 등골이 섬뜩해나는 일이었다. 금란이를 갯벌로 데리고 오지 않았을걸! 후회막급이었다. 허나 돌이켜보면 그런 것도 아니었다. 무엇이든 없어서 먹지 못하는, 설령 먹었다 해도 인차 배고파지던 그 시절 바지락조개를 캐어오면 때식(끼니)에 많은 도움이 되었다. 한순간이나마 촐촐한 배를 채우고 허기를 없앨 수 있었다. 인생길에서 먹는 것보다 중한 것은 더는 없었으니 금란이를 무턱대고 나무랄 수는 없었다……

명홍만은 다시 지게를 메였다. 순간 자신도 모르게 두 다리를 움찔거렸다. 두 다리를 제대로 버티지 못해서인지 상신이 휘청거렸다. 안간힘을 써서야 겨우 발걸음을 떼였다. 어느새 식은땀이 이마에서 철철 흘렀다. 왜 그럴까? 언젠가부터 가슴이 답답해지면서 이따금 바늘로 찌르듯이 뜨끔거렸다. 영문 없이 무맥하고 해나른 하였다. 그럼에도 사력(死力)을 다해 물을 져 나른 것은 별다른 용도가 있은 데서이다. 사나이는 추석인 내일 산소에 가야 했고 그러자면 제물을 만들어야 했다. 인가라고는 토굴

집을 내놓고 아무도 없는 여기 무명나루터에 무슨 묘소가 있다
고 제사를 지내려 할까? 이상한 거동이 아닐 수 없었다.

　토굴집에서 동쪽으로 얼마 멀지 않는 곳에 몇몇 묘소들이 간
격을 두고 자리를 잡고 있었다. 풍진(風塵)의 시달림에서인지
위패(位牌)는 하나도 없었다. 신주가 누군지 그것은 누구도 몰
랐다. 그런데도 왜 만주벌 여기 무명나루터에 살고 있는 명홍만
이 해마다 청명이면 묘소에 봉토하고 추석이면 묘소의 풀을 뜯
어주었으니 신주와 무슨 인연이 있다고 그럴까?

　갯벌에서 돌아올 때였다. 마을입구에 돌 각담이 있고 그 돌
각담을 뚫아 오른 나팔꽃이 감나무가지를 타고 주렁주렁 피어
있었다. 금란이 바야흐로 돌 각담을 디디고 올라섰고 팔을 뻗혀
나팔꽃을 뜯고 있었다. 그 찰라, 발이 아래로 미끄러지면서 중
심을 잃었다. 결국 몸의 균형이 찌그러졌고 포물선을 그으며 땅
위로 군드러 떨어졌다.

　"어마나!"

　갸녀린 비명소리가 얄포름한 입술을 헤집고 퉁기쳤다.

　"닌 어쨌다꼬 사고만 저지르노?"

　금란에게로 달려간 명홍만이 대구 핀잔을 퍼부었다.

　"욕하지 마소. 이거나 꽂아 주이소."

　결코 찜부럭을 부린 것은 아니었다. 소녀의 손에 나팔꽃이 쥐
여져있었다. 폴싹 꼬꾸라지면서도 버리지 않은 나팔꽃이었 다.
그것을 받아 쥔 사나이는 소녀의 머리를 포개고 깊숙이 꽂아주
었다. 그랬을 거였다. 푸른빛과 자주 빛이 어울려진 쪽빛이 소
녀의 얼굴을 짙게 물들이었다. 새로운 발견이다. 그러나 나팔꽃
에 흠뻑 취할 줄은 몰랐다. 언제나 떼 질을 앞세워 응석을 부리
던 금란이 일약하여 이성적인 훈향을 뿌리고 있을 줄을. 그랬었
다. 명홍만이 난생처음 느껴보는 야릇하고 애틋한 감정이었다.

그랬던 금란이 잔뜩 흐린 얼굴로 찾아왔다.

"어쩜 좋은거예……"

"뭐라꼬?"

"난……"

"말을 해야 알게 아이가?"

술이 떨어졌다. 밥상에 술잔이 놓여지질 않았다. 금란 아버지의 눈은 진작 찡그러져있었다. "술 없는 기가?" 이윽고 집안이 더렁 울리었다. "오늘만은 진지만 드셔유……" 금란 어머니가 어쩔 바를 몰라 하다 겨우 입을 열었다. "술 당장 떠오지 않을끼가?" 집 안이 또다시 울리었다. "뭘로 떠옵니꺼……" 금란 어머니의 말이 떨어지기도 바쁘게 "뭣이 어째?" 수저가 동댕이쳤고 밥상이 뒤번져졌다. 뒤이어 집 문이 발길에 채여 덜커덩 열리였고 금란 아버지는 그 길로 어디론가 씽하니 나가버렸다. 이렇게 집을 나가면 언제 돌아올지 몰랐다. 며칠 또는 몇 달이 걸릴지 그것은 누구도 몰랐다. 한 번은 일년이 넘어서야 집이라고 찾아왔었다.

꿈결인가 싶었다. 금란은 가슴이 무직하고 답답함을 느끼었다. 무엇이 자꾸 가슴을 만지작거렸다. 잠결에도 이상하게 여긴 그녀는 손을 휘저으며 살펴보았다. 말뚝같이 거칠기 그지없는 것을 촉감하고 꿈틀했다.

"잠자코……"

아버지가 집 문을 차고 나갔는데 언제 돌아왔을까? 분명 아버지의 소리였다. 금란은 소스라쳐 깨여났다.

"잠자코 있으란께!……"

우악진 팔뚝이 금란의 어깨를 지지누르면서 다른 한 손이 그녀의 젖무덤을 어루 쓸었다.

발딱 일어났다. 덮쳐온 몸체를 힘주어 밀어냈다. 금란은 냉큼 어머니가 있는 건너 방으로 뛰어 들어갔다. 생각할수록 억장이 막혔다. 어쩌면 아버지가 그럴 수 있을까? 그럭저럭 새날이 밝았다. 자리에서 일어난 어머니가 아침 때식(끼니)을 준비하려 주섬주섬 옷을 입고 있었다. 어머니에게 여차한 일이 있었다고 말을 해야 할지? 왠지 간밤의 일을 차마 어머니에게 털어놓을 수 없었다. 그러잖아도 겨우 유지해가는 살림살이에 불티를 던지고 싶지 않았다. 사실을 밝히면 가정은 곧 풍지 박산이 되고 말거였다. 그녀는 이불깃을 끄당겨 얼굴을 덮었다. 혼자서 꺼이꺼이 눈물을 흘렸다. 생부(生父)가 없는 서러움을 소리 없이 삼키였다. 오로지 어머니와 하나밖에 없는 동생 그리고 자신의 생계를 위해 꾹 참아야 했다.

끝이 없었다. 수렴(收斂)하지 않았다. 이튿날 밤 계부는 또다시 금란에게 수작을 벌리었다. 더는 참을 수 없는 금란은 와락 일어났고 궁극적으로 집을 뛰쳐나오고 말았다.

인면수심이란 말이 있지만 사람의 허울을 쓰고 과연 그럴 수가…… 사실을 알게 된 명홍만은 주먹을 으스러지게 거머쥐었다. 개보다도 못한 놈을 당장 요정 내려 전신을 치떨었다.

"그러지 마요!……"

금란이 단호히 말리였다. 사나이 앞에 서서 그의 길을 막았다.

"당하고만 있을끼가?"

"욱하지 마요. 엄마와 동생이 쫓겨납니더."

"어쩔끼가, 그럼?"

"거처를 마련해…… 집으로 돌아갈 순 없으니까예."

사정은 딱했다. 너나없이 가난하게 살면서 거처를 장만한다는 것은 극히 어려웠다. 그렇다고 그냥 내버려둘 순 없었다. 명홍만은 궁리를 굴리었고 방법이 없는 방법으로 헛간을 대수 손질하여 자리를 만들었다. 거기에 금란이를 머물게 한 것이 아니라 자신이었다. 편할 순 없었다. 좁은 공간인 만큼 두 발을 웅크리고 쪽잠을 자야 했다. 설상가상으로 앵, 앵―모기가 달려들고 쥐새끼도 시도 때도 없이 바스락거렸다. 쫓아도 소용없었다. 장밤 전전반측하며 잠을 이루지 못했다. 그래도 흡족하게 여겨진 것은 금란이를 노숙(露宿)시키지 않고 자기 집 구들에서 자게 한 것이요 죽이든 밥이든 함께 식사할 수 있은 것이었다.

금란이 계부가 찾아오지 않았다. 그도 속으로 결린 데가 있은 모양이다. 하긴 겁탈미수의 사실이 들통 나면 어디서든 좋을 리 만무했다. 어쨌거나 다행한 일이 아닐 수 없었다.

사태의 진전은 상상과는 전혀 달랐다.

금란 어머니의 얼굴은 퍼르딩딩 부었고 오른쪽 눈귀에 퍼어런 멍이 들어있었다. 보복을 꾀한 계부의 주먹은 사정없었다. 금란 어머니는 그런 얼굴을 해가지고 딸을 찾아왔다. 눈물부터 쏟았다.

"흐흑! 널 볼 면목― 없어야."

금란이 와락 어머니에게 매달린다.

"울지 마요. 어찌 되겠지예……"

"하모……어쨌든 살아야제……집으로 절대 돌아오지 말거라!"

그들 모녀는 서로 껴안고 슬피 슬피 울었다. 갈 길은 그만치 막막했다.

청천벽력이란 별게 아니었다. 난데없이 들이닥친 일본 군인이 금란이를 강제로 끌고 갔다. 왜 그러냐고 나섰던 명홍만은 일본 군인의 발길에 채워 넘어졌을 뿐 아무것도 알아내지 못했다. 무슨 연고로 어디로 갔는지 그 내막은 미궁 속에 깊숙이 파묻혀 알 길이 묘연했다. 그럴수록 미칠 것만 같았다. 영문 모를 불명(不明)의 원인이 자신에게 있는 상 싶어 안달복달이었다. 그러던 어느 날 항간(巷間)에 떠도는 소문에 의하면 만주에 있는 무기 공장으로 끌고 갔다는 거였다. 공장에 어린 계집애를 데려다가 뭘 하려고? 따져볼 수록 납득이 가지 않았다. 계집애들을 데려다가 자기네 노리개로 삼는다는 설도 있었다. 그렇다면 꽃다운 청춘을 망가 먹는 것인데…… 이해가 서지 않는 만큼 계부가 의심스러웠다. 일본군인에게 여차여차한 계집애가 어디에 있으니 냉큼 데려가라고 고자질한 것 같았다. 밀고를 하고도 여남이 있을 위인이었다. 더는 참을 수 없었다. 그 즉시 금란이 집으로 향했다. 두말없이 계부를 끌어내었고 멱살부터 거머쥐었다.

"어떻게 했는디, 금란일?"

"몰라야."

"모른다꼬 잡아떼면 단줄 알았나?"

날렵한 동작이었다. 무쇠 같은 주먹이 면상을 쥐어박았다. 어이쿠! 덴겁한 소리와 함께 계부가 저만치로 벌렁 넘어졌다. 그런 걸 발길로 냅다 갈겼다.

"사람 살려……"

"니깐 놈 누가 살려?"

분통을 사그라뜨릴 수 없었다. 내쳐진 발길을 주체하기 힘들었다. 아무데건 대구 차고 뭉개었다. 그것이 치명적인 일격이 될 줄은 몰랐다. 계부가 으흑! 단말마(斷末魔)의 비명을 지르고 뻐드러졌다. 다시는 일어나질 못했다.

"얘야, 참말로 어야면 좋노……"

명흥만 부친이 부심(腐心)을 털어놓았다. 인명사고를 저지른 아들을 위한 묘책이 섣불리 떠오르지 않았다.

"자수할랍니더."

"정신 있는기가? 자수하면 무조건 총살을 당할기다."

"그럼……"

"우선은 피신하고 보는기다!"

　명홍만은 그래서 만주로 발길을 돌렸다. 만주로 끌리어 갔다는 금란이를 만날 수 있다는 희망도 없지 않았다. 그가 정착한 곳은 송화강이 S자형으로 감돌아 흐르는 길림시였다. 거기엔 이모가 하숙집을 꾸리고 있어 먹고 자는데 별로 문젯거리로 되지 않았다. 단지 생소한 타관 땅에서 많은 것을 새롭게 시작하고 익숙하면서 일상은 하루하루 빨리도 흘렀다.

　누구도 예측하지 못했다.

　명홍만 이모는 전과 같이 조반상을 차려들고 와다나베 형사가 투숙(投宿)하고 있는 방 앞에 이르러 식사해야지예! 라고 인기척을 냈다. 왠지 대답이 없었다. 와다나베상 여적 주무십니꺼? 여전히 응답이 없었다. 밤새 돌아오지 않을 수도 있다는 예측과 더불어 문을 열었다. 돌연 어마지두에 악연이 놀란 이모가 급급히 뒷걸음을 쳤다. 실오리 하나 걸치지 않은 와다나베 형사가 쭉 늘어져있었고 그 옆으로 역시 홀딱 벗은 명월이라는 기생이 입에 피를 물고 뻐드러져있었다.

　경찰들이 와르르 밀려왔다. 하숙집 주인은 물론 손님들을 하나도 빼지 않고 심문했다. 와다나베 형사가 죽게 된 빌미를 하숙집에서 찾으려 혈안(血眼)이 되었다. 그도 그럴 것이 일본형사가 하숙집에서 피살되었다면 그것은 큰 대사였다. 그러나 그렇다 할 단서를 잡지 못했다. 다행하게도 이모가 그 즉시 명홍만이를 석림촌에 있는 친구 집으로 빼돌린 것이었다. 수사에서 제일 먼저 주목하는 것은 새로 나타난 사람인데 젊디젊은 청년이 조선에서 왔다면 의심하지 않을 수 없었다. 치면서 조지면 살인사건을 승인할 수도 있었다. 하느님 맙시사, 그 후과는 무시무시했다.

　이모네와 친구가 된다는 분은 남씨라고 인심 후하기로 석림촌에서 소문이 자자했다. 무슨 일이나 진심을 쏟았고 남을 돕는다면 발 벗고 나섰다. 명홍만의 신원을 알게 된 남씨는 한동안 딱한 표정을 짓다가 천천히 입을 열었다.

"함께 있었으면 좋겠네만 여기는 위험하네……"

요즘 들어 일본수비대들이 항일 연군을 일망타진한다고 눈이 아홉이 되여 날뛰는 판이라 자칫하다간 잡힐 수 있다. 마을 남쪽에 나루터가 있고 거기서 뱃사공 질을 하면 누구든 주목하지 않을 것이다. 그리고 먹을 것을 대줄테니 거기로 가는 게 좋겠다는 의사를 밝혔다.

그리웠다. 사람이 그리웠다. 나루터를 지키면서 뱃사공 질을 하는 것보다 쉬운 일은 세상에 더는 없었다. 어떤 날은 송화강을 건너는 사람이 한 분도 없었다. 산자락과 둔덕과 강사이가 그처럼 넓은 공간이건만 들어가나 나오나 명홍만 혼자일 뿐 다른 사람은 그림자도 얼씬하지 않았다. 한적하고 쓸쓸한 것이 유령처럼 나루터상공을 배회했다. 그날도 그는 고적한 외로움을 털어보려고 쪽배를 몰고 강을 오르내리였다. 실은 할 일이 없어서 그런 것만은 아니었다. 강은 그에게 식수만을 제공한 것이 아니라 생활에 보탬 되는 많은 것을 가져다주었다. 붕어와 잉어와 메기가 많아 심심찮게 잡을 수 있고 특히 홍수가 지면 강물을 따라 오이, 가지, 호박 등등 그런대로 먹을 수 있는 것이 떠내려 왔고 바지와 적삼 같은 옷 견지도 떠내려 왔다. 하나도 빠짐없이 모조리 건져냈다. 모두 유용한 것이었다. 바지와 적삼이 비록 색 바래고 헐망한 것이라도 객지생활에서 가릴 형편이 못되었다.

그날도 명홍만은 배를 몰고 무엇이든 건지려고 눈을 두리번거렸다.

껑, 꺼어엉! 언제를 따라 슬금슬금 따라오던 승냥이가 갑자기 울음보를 터뜨린다. 듣기만 해도 단통 소름을 끼치게 하는 소리가 송화강 상공을 쩌렁 울린다. 그놈이 지금 강 쪽을 향해 목을 잔뜩 치켜들고 있는 것을 보면 강 어느 쪽에 기필코 먹을 수 있는 어떤 목표물이 있었다.

흥, 니가 뭔디? 내가 니 보다 먼저 건져낼기다!

명홍만은 신심 가득히 쪽배를 그냥 앞으로 몰았다. 바로 그 찰라, 수면 위로 거무스레한 무엇이 둥둥 떠내려 왔다.

무엇일까?

그는 다시 살펴보았다.

무어긴 뭐야. 전번 홍수에 미처 떠내려가지 않은 허드레 일테지!

이처럼 자신의 주견을 세웠다. 그러면서도 쪽배를 그 물체가 있는 곳으로 몰았다. 허드레이면 어째서, 쓸 수만 있다면 유용한 거라니께. 생계를 유지해야겠다는 본연(本然)이 욕심을 불러 일으켰던 것이다.

경악스러운 것만이 아니었다. 명홍만은 놀라다 못해 전신을 치떨었다. 거무스레한 물체는 눈을 뜨고 있었다. 그것은 익사체(溺死體)였다. 물살에 부대껴 머리카락이 이마와 눈을 가렸지만 그 어간으로 지릅뜬 눈이 선명히 보이었다. 무엇이 원통해 죽으면서도 눈을 감지 못했을까?

사실은 후에 밝혀졌다. 그때면 송화강 상류인 풍만에서 수력발전소 건축공사가 한창이었다. 수천 명으로 계산되는 인부들은 거개 왜놈들에게 강제로 끌려왔다. 그들의 대우는 짐승을 대하는 것보다도 못했다. 하루 세끼 죄꼬만한 강냉이 떡 하나를 주면서 노동시간은 열두 시간도 넘었다. 일터에서 조금만 태만하면 감독 놈의 채찍이 사정없이 날아들었다. 그러다가도 일단 노쇠해지거나 앓거나 어쨌든 노동력을 상실하면 송화강에 처넣었다. 사정없고 에누리도 없었다.

당시 명홍만은 우유부단(優柔不斷)하면서 딱 잘라 결단을 내리

지 못했다. 성부지명부지한 익사체를 건져 뭘 어쩐다꼬? 아서
라, 모른다카면 그만인 걸 찾아서 고생할게 뭔디?…… 이처럼 뒷
걸음질을 칠 때 문득 떠오른 환영(幻影)—투명한 쪽빛이었다. 금
란이는 지금쯤 어디서 무엇을 하고 있는지…… 나팔꽃을 더는 머
리에 꽃을 수 없다는 예감이 굳어졌다. 저 시체처럼 무주고혼(無
主孤魂)이 되지 않았을까? 그럴 수도 있었다. 남의 일 같지 않았
다. 저 익사체를 그냥 내벼려 두면 강물을 따라 떠내려갈 것이
요, 어디에든 걸려 정착하게 되고 그런 것을 까마귀와 승냥이들
이 모여들어 뜯어먹을 거였다. 뭉청뭉청 뜯겨진 살점…… 까마귀
와 승냥이는 고향에서든 여기서든 한결같이 악착스러웠다.

명홍만은 익사체를 강변으로 끌어내었다.

토굴집에서 산자락을 타고 동으로 가면 고샅이 있고 그 고샅
오른쪽 등성이는 산세가 병풍처럼 둘러져서 바람이 잠풍하고
막힌 데가 없어 항상 양지발랐다. 그리고 앞에서 송화강이 유연
히 흐르고 있어 명당(明堂)자리가 틀림없었다. 명홍만은 익사체
를 거기에다 묻었다. 그렇게 묻은 익사체와 또 다른 시체가 세
월을 따라 어언 다섯이나 되었다.

제물이 그처럼 간소할 수 없었다. 감자를 통 채로 삶은 것과
물고기를 말려 구은 것이 전부였다. 메와 국을 따로 차리고 육
물과 어물과 과실을 따로 차려놓는 한다는 제사상과는 원체 비
교도 안 되었다.

"섭섭해 말거라. 닌 그래도 내가 있어서 제사라꼬 지내주는 게
아니가. 많이 먹으라카이. 먹지 못해 죽은 니가 아니겠냐."

명홍만은 제일 동쪽에 위치한 묘지 위에 감자와 물고기를 던
져주며 혼자소리로 중얼거렸다. 그럴만한 이유가 따로 있었다.

옷은 남루하기 짝이 없었다. 손가락으로 코를 누르고 힝! 코
를 풀고는 소매 깃으로 쓰윽 문질러서인지 팔소매는 때 자국이

덕지덕지 붙다 못해 반질반질했다. 바짓가랑이도 정갱이 위까지 찢어져 걸을 때면 무시로 너덜거렸다. 얼굴은 염병을 앓고 일어난 사람처럼 핏기라고 없이 언제나 까시시해 보이었다. 석림촌 남씨의 말을 빌면 살길을 찾아 산동에서 이곳으로 왔지만 모든 것이 여의(如意)치 않아 궁색한 꼴을 해갖고 다닌단다. 거처도 확정한 곳이 없어 정처 없이 가다가 정착한 곳이 잠자리란다. 대개는 움푹 패인 곳에 검불을 펴고 쪽잠을 잔단다. 그의 이름은 누구도 몰랐는데 단지 겨릅대처럼 깡말랐다고 해서 '써우즈(瘦子: 말라깽이)라고 불렀단다.

"썽판디 메이유?(남은 밥 없수?)"

'써우즈'가 토굴집으로 들어서면 인사처럼 하는 말이었다. 여북했으면 구걸부터 청했을까. 저으기 가긍스러웠다. 명홍만은 먹다 남은 것이 있으면 꼭꼭 사발채로 내놓았고 남은 것이 없으면 하다못해 떡 호박과 풋 강냉이를 삶아서라도 정성껏 대접했다. 다 같이 고향을 떠나왔다는 궁핍한 처지가 동정심을 불러일으켰다.

"야아, 우리 거긴 이런 것도 없어……"

'써우즈'는 언제나 게걸스레 먹었다. 감지덕지한 마음을 내비치면서 맛깔스레 먹었다. 그러는 한편 애수함을 숨기지 못했다. 그럴만한 사정은 따로 있었다.

째지게 가난한 생활에서도 막을 수 없는 것은 생육(生育)이었다. '써우즈'에게 아이는 해마다 늘어났다. 자그마치 8녀 1남이나 되는 연년생들을 제대로 먹이지 못해 한결같이 피골이 상접한데 멀끔한 강냉이 죽이라도 끓여놓으면 먼저 달라고 서로가 아우성이었다. 그러다 맥진하면 멍한 눈길로 바라보았다. 먹을 것을 절절히 갈구하는 애처로운 눈길, 가장으로서 차마 지켜볼 수 없었다.

‘써우즈’는 그렇게 집을 뛰쳐나갔다. 산해관(山海關)을 지나 관동(關東)으로 오면 먹을 것이 흔하다는 소문을 듣고 출타(出他)한 그에게 차례진 것은 산에서 뜯고 캔 나물과 버섯과 약재를 갖고 석림촌에 가서 식량을 바꾸어야 겨우 연명하는 생활, 벌어서 자식들을 배불리 먹이겠다는 타산은 한낱 환상에 불과했다. 그런 그가 하루는 별난 이야기를 꺼내었다.

강 건너 울라개란 곳에서 생긴 일이었다. 울라개 외곽 한 모퉁이에 단층집이 있고 그 집 대문 앞에 일본군인이 장사진을 치고 있었다. 그날따라 그들은 보총 따위 무장을 들지 않았고 차례에 의해 대문 안으로 들어갔다가 이슥하여 되돌아 나왔다. 들어가고 나오고, 들어갈 때 다소 긴장한 표정에 비하여 나올 때는 다분 만족한 기분이었다. 무엇이 어쨌다고 저럴까? 그러던 와중에 뒤꼬리에서 짐짓 서성거리던 한 군인이 “기모찌 와루이!”라면서 두 손으로 사타구니를 움켜쥐었다. 기모찌 와루이란 일본말로 기분 나쁘다는 뜻이었다.

“왜 기분 잡쳤다고 그러노?”

내막을 모르는 명홍만이 상대측을 멍히 바라본다.

“니디, 쩐디 부지도우?(너 정말 몰라 그러냐?)”

“쓰아(그래).”

‘써우즈’와 접촉하면서 간단한 한어를 알게 된 그는 제법으로 응했다.

“니 난런더부쓰.(넌 남자가 아냐). 예쁜 여자를 보아도 그게 살아나는 건 알겠지? 그렇게 흥분하다가 자칫 사정(射精)하고 말지. 기모찌 와루이! 라고 게두덜댄 위인이 바로 그런 양반이었거든.”

“세상에 별일이…… 근디 그 가시나들 매춘부이제?”

잠자코 듣고 있던 명홍만이 천천히 입을 열었다.

152

"매춘부면 매춘하고 돈이나 받지. 그런 게 아니래. 주로 조선 팔도에서 끌려온 그녀들을 보고 위안부(慰安婦)라, 맞어, 그렇게 부른대."

"위안부라…… 그게 무슨 뜻이노?"

들어 어정쩡하기만 한 명홍만이 눈을 데꾼하게 치떴다.

"말로는 일본군인을 위안하는 여자라는 뜻이지만 실은 그런 게 아니었어. 그날 한 위안부가 대문 밖으로 뛰쳐나왔거든. 성교를 더는 할 수 없다고 손이야 발이야 빌었었지. 그런 걸 총을 멘 일본군인이 구두발길로 그녀의 신상을 마구 짓밟아놓았고 결국 죽은 개를 끌어가듯 끌어갔단 말야."

"그게 정말이여?"

명홍만은 정곡을 찔리운 듯 펄쩍 뛰었다. 위안부란 그 속에 혹여 금란이가 끼어있지 않나 싶었다. 의심이 병만이 아니었다. 만주로 끌려간 그녀가 위안부로 전락되지 않았다는 담보는 없었다. 멋대로 아무 짓이나 해대는 일본군인이 아니었던가. 대문 밖으로 뛰어나온 것이 금란이라면…… 생각만 해도 닭살이 돋아나는 일이었다. 간대로 그렇지야 않을 테지. 금란의 그 신성한 몸체를 누구든 감히 다치지 못할 테지! 그럴수록 후회지심이 그의 가슴을 파고들었다. 그때 금란의 의사대로 했으면 어떻게 되었을까?

밤은 어느 때나 되었는지 주변은 고즈넉한 정적만이 무겁게 흐르고 있었다. 어디선가 발자국 소리가 사뿐사뿐 들리었다. 명홍만이 잠결에서 깨여난 것은 헛간 문이 삐걱하고 열리는 소음에서였고 그러자 하야말쑥한 물체가 조츰조츰 이쪽으로 다가오고 있었다. 이 밤중 누구일가? 속옷 바람인 금란이었다.

"무슨 일이고, 니가?"

명홍만이 상반신을 일으키며 다급히 묻는다.

“오라버니……”

입속으로 중얼거린 그녀가 조용히 사나이 곁으로 다가가 앉는다.

“왜 이러는기가……”

얄포름한 속옷에 감긴 여인의 살결을 감촉한 그는 얼결에 뒷말을 맺지 못한다.

“오라버니!……내 모든 것을 가져예.”

“정신 있노? 결혼 전에 이러면 되는기가?”

“안 될 건 뭔 데예. 오라버니에게 모든 걸 바치고 시름 놓겠십니더.”

“니 심정 이해한다만……”

어느 때던지 계부에게 당할 수 있다는 심려가 너무도 무거워 우선 소녀의 순정을 바치고 보겠다는 것을 모르는 그가 아니었지만 혼례절차를 밟지 않고는 차마 그 호의를 받아들일 수 없었다.

현실은 그들의 갈구와 욕망과 례의 범절을 무참히 짓밟았다.

너는 지금 어디서 무엇을 하고 있느냐?

명홍만이 입속으로 천백 번도 더 곱씹어본 그리움이었다.

‘써우즈’의 시체를 발견한 것은 석양이 나루터주변을 붉게 붉게 물들이고 있을 무렵이었다. 그날 명홍만은 토굴집에 누워있었다. 언젠가부터 가슴이 바늘로 찌르듯이 아프던 것이 어제는 기침을 하다가 피 묻은 가래를 토했었다. 어떤 징조일가, 조금만 움직이어도 등골과 목 구비에 땀방울이 질척하게 흘렀고 전신이 해나른해 그저 눕고 싶고 누워야만 편안했다. 그런데 난데없이 총소리가 나루터의 한갓진 정경을 깨였다. 웬 총소리일가? 자리에서 힘겹게 일어난 그는 느직느직 집 문을 나섰고 사방을 두리번거리며 살폈다. 철갑모를 쓰고 보총을 둘러멘 일본군인

몇몇이 둔덕 쪽으로 헐금씨금 달려갔고 뭔가를 지부렁대다가 되돌아갔다. 무엇하려 저처럼 부산을 떨었는지 의심을 풀지 못하며 둔덕 쪽으로 걸어갔다. 그러다가 돌연 뒷걸음질을 쳤다. 차마 눈을 뜨고 볼 수 없는 정경, '써우즈'가 엉성한 잡초 속에 거쿨데리고 누워있었고 그 주변은 온통 피투성이었다. 총탄이 가슴팍을 뚫었던 것이다. 어쩜 이럴 수가…… 무슨 죄를 졌다고 이처럼 처참한 죽음을 당해야 하는지 숫제 이해가 서지 않았다. 아이들을 배불리 먹이겠다고 애면글면 정처 없이 돌아다닌 그의 행적은 영영 종말을 맺고 말았다. 다시는 남은 밥 없수? 하면서 허물없이 찾아올 수 없었다. 자나 깨나 언제나 홀로였던 이 무명의 나루터에 짤막하나마 세상 돌아가는 형편을 소개했던 그래서 다소나마 삶의 흥미를 느꼈었지만 모든 것은 영영 돌아올 수 없는 추억으로 남았고 그를 통해 금란의 소식을 알려고 한 것도 무망(無望)의 허그품으로 되어버렸다.

명홍만은 눈물을 흘리며 그 번 익사체를 묻은 묘지 옆에다 새 무덤을 마련해 '써우즈'를 묻어주었다. 죽어서라도 춥지 말라고 흙을 두둑이 쌓아올렸다.

"하모, 내가 죽지 않는 한 닐 보살펴 줄꺼니 제발 고이 잠들거라."

명홍만은 죽은 사람의 명복(冥福)을 충심으로 빌었다.

알고도 모를 일이 세상사인가보다. 천하에 제밖에 없노라 우쭐렁거리던 왜놈들이 하루밤새 발칵 뒤집혔다. 편벽한 나루터에서도 십여 리 동떨어진 막치기에 일본 삼림경찰대가 있었다. 그것을 신분 불명한 사람들이 야반삼경을 교묘히 이용해 불의 습격했고 그 즉시 당직 경찰을 나포하면서 보총 여러 자루와 탄알 수백 알을 노획해갔다. 삼림경찰만이 아니라 일본군인과 헌병까지 총 동원되어 수사망을 넓히었다. 무명의 나루터도 빠치지 않았다. 삼림경찰 몇몇이 살기등등(殺氣騰騰)해 찾아왔다. 그중 구레나룻이 거무스레하고 콧수염이 놀놀한 위인이 명홍만을 보자마자 늑대처럼 으르렁대었다. 장관인가 싶었다.

"바른대로 말해! 어제 총에 맞은 놈 어떻게 했냐?"

"이미 묻었습니더."

"어디다 묻었냐? 직접 봐야겠다."

어처구니가 없었다. 죽은 사람의 거처를 확인해 보겠다는 것부터가 터무니없었다. 그런데 묘소에 이르러 무엇이 안심 안 되는지 이번에는 무덤을 파헤치라고 했다. 거주지도 없어 떠돌아다니면서 오로지 권속의 생계를 위해 아글타글한 '써우즈'가 무슨 죄를 범했다고 죽어서까지 봉변을 당해야 할까. 무턱대고 일본수비대 습격사건과 연계하고 있는 것이 이해가 서지 않는 만큼 은근히 밸이 꼬이었다. 억울한 것은 저쪽에서 총칼로 위협하는 바람에 결국 무덤을 파헤치지 않으면 안 되었다.

후에 밝혀진 사실을 보면 참으로 억울하기 그지없었다. 약재를 캐느라 산발을 타던 '써우즈'가 일본 삼림경찰대 부근에 이르렀음을 알게 된 것은 정오(正午)가 훨씬 지난 때였다. 아침이라고 머얼건 죽 한 그릇을 들이킨 그의 배는 진작 뒷등에 가드라 붙었다. 허기증으로 눈앞이 아찔아찔했고 그럴수록 눈이 휑해서 먹을 것만을 찾았다. 하다가 대문 앞에 버려진 쓰레기무지에 이르러 기웃거리며 발길로 툭툭 번져보았다. 밥찌꺼기 같은 것이 있었으나 이미 썩어버렸고 그 고약한 냄새에 쉬파리만 득실거렸다. 차마 먹을 수 없었다. 이번엔 대문 안을 기웃거리며 살펴보았다. 먹을 것이 없는 가 바라본 그것이 죽을죄로 낙착(落着)될 줄이야 꿈엔들 알았겠는가. 놈들은 그의 정탐(偵探)에 의해 처참한 습격을 당했다고 그를 추격했고 결국 총탄을 갈겨 목숨을 빼앗아갔다.

사태는 갈수록 별스레 진전되었다. '콧수염'이 끈질기게 따지고 든 것은 석림촌 남씨가 나루터로 자주 오느냐, '써우즈'와 만나 무슨 말을 했느냐는 얼토당토 않는 심문이었다. '써우즈'의 죽음이 비명(非命)이었다면 남씨에 대한 의심도 터무니없는 거라고 명홍만은 여기고 있었다. 돌이켜 보면 남씨와 만난 지도 퍽 오래되었다. 어디로든 종적을 감추었기 때문에 이처럼 추궁을 받는 게 사실이라면 어쩌면 삼림경찰대를 습격한 장본인이 남씨일 수도 있었다. 그런데…… 왠지 그렇다고 믿을 수 없었다. 착하고 인심후한 남씨이고 보면 목숨을 내걸고 싸울 수 없다고 말이다.

재래로 선은 선으로 보답 받고 악은 악으로 보응 받는다고 했다. 명홍만은 전처럼 물통 달린 지게를 지고 강변으로 내려가는데 아름드리 백양나무 밑에 거무스름한 무엇이 눈에 띄었다. 무엇인지 이상한 상념에 사로잡히며 근처로 가보았다가 어마나! 화들짝 놀랐다. 으르땅땅 날뛰던 '콧수염'이 군도(軍刀)로 자신의 배를 가르고 죽어있었다. 세상에!…… 수비대습격사건과 직접적인 관련이 있는 건데 일본 당국으로 말하면 그것은 만구할 수 없는 실패였다. 여북했으면 할복(割腹)자살을 시도했을까. 명홍만은 그것이 분명 악한 짓에 대한 업보라고 속으로 쾌자를 불렀다. 그런 끝장으로 아퀴를 맺은 것이 자못 깨고소했다. '콧수염'의 시신을 못 본체 그냥 내버려두었다. 흥, 네놈들이 관여치 않는디 내가 수습할게 뭔디? 콧방귀를 뀌며 아닌 보살을 꾸며대였다. 시신은 그렇게 처박혀있었다.

한 무리 까마귀들이 몰려왔다. 까욱, 까욱! 허공중에서 배회하다가 때때로 낮게 떠돌았다. 뭔가 먹을 것을 찾아 그런 거였다. 명홍만은 무심코 놈들이 소동을 부리고 는 곳으로 걸었다. 아니나 다를까, 까마귀들이 '콧수염'에게 다닥다닥 붙어 그 뾰족

한 부리로 살점을 쫏고 있었다.

 "이놈 새끼덜!……"

 본능적인 행동이었다. 명홍만은 시신이 누워있는 쪽으로 달려가며 소리를 질렀다. 저놈이 생전에 '써우즈'의 무덤을 파헤치라고집한 만큼 괘씸한 건 사실이되 필경은 이미 황천객으로 된것이요, 그러한 시체를 까마귀가 뜯게 한다는 것은 도의(道義)에 어긋나는 상 싶었다. 저놈이야말로 악은 악으로 보응 받은거였다. 그러나 그렇다고 까마귀가 살점을 뭉청뭉청 뜯어먹고있는 걸 그냥 버려둘 순 없었다. 하긴 원한을 갚으면 다른 아픈원한이 생기는 법이었다. 따지고 보면 경찰대 몇몇 권력자들의탈이었다. '콧수염'이 어떤 오류를 범했다 하더라도 자기네 동포들의 시신을 방치(放置)해 둔다는 것은 인정도 사정도 없는 짓이었다. "콧수염"도 실은 객귀(客鬼)의 신세로 타관 땅에 외롭게버려진 시체였다. 무리들의 동정과 도움을 받지 못하고 군드러진 채 까마귀의 밥이 된다는 것은 가년스러웠다.

 명홍만은 '콧수염'을 '써우즈' 옆에 묻어주었다. 장례에서 치루어야 하는 수시(收屍), 초혼(招魂), 발상(發喪)같은 절차는 없었지만 그래도 수의(壽衣)만은 입혀서 묻었다. 그것이 광목으로 된것이 아니고 넝마 조각을 무어서 만든 수의라 할지라도 말이다.부디 안식(安息)하라는 말을 남기고 토굴집으로 돌아왔다.

 그랬을 거였다. 연이어 두 시신의 장례를 치루고난 명홍만은축 늘어졌다. 꼼짝달싹할 힘도 없었다. 전날 피 섞인 가래를 뱉은 후부터 가슴이 옥죄여들며 숨쉬기도 힘겨웠다. 때때로 신열이 나며 식은땀이 목덜미를 타고 철철 흘렀다. 죽으려고 이러는게 아닐까. 은연중 떠오르는 상념, 그럴 수도 있다는 것은 서글펐다. 한겨울의 수목(樹木)처럼 앙상한 가지뿐인 그런 신세와같았기 때문이다. 실은 그것보다 못했다. 꺼칠한 수목은 그래도 화창한 봄이 있고 봄이 되면 의례히 새싹이 움텄다. 자신에게는 움틀 새싹은커녕 아무것도 없었다. 꿈과 희망은 저 하늘처럼 아득하기만 했다. 부모형제를 멀리한 여기 무명의 나루터에서 누구도 모르게 한생을 마친다는 것은 가슴 아팠다. 그때 그렇게 갈라진 후론 한 번도 만나지 못했던 그래서 오매에도 잊지 못했던 금란이를 그냥 버려두고 간다는 것은 유감이고 원한이었다. 상금도 나팔꽃의 그 쪽빛이 전신에 습배여 있는지? 그리워 보고 싶고 보고 싶어 그리웠다. 그리움에 모대기면 모대길 수록 침잠(沈潛)된 고독이 머리를 쳐들었다. 토굴집을 들어가나 나오나 언제나 혼자였던 명홍만에게 구태여 무엇이 더 있다면 그의 그림자일 뿐. 심장의 박동소리가 들릴 만큼 실내는 한적했다. 고독은 외로움, 지겹고 답답하고 쓸쓸했다. 그런 만큼 사람이 못 견디게 그리웠다. 꼼짝 못하고 누워있는 지금 더욱 그러했다. 금란이가 옆에 있으면야 무엇이 바랄게 없겠지만…… 석림촌 남씨도 전번에 피뜩 들려 '써우즈'의 죽음과 그 후사를 묻고는 급급히 가버렸다. 서운하고 섭섭했다. 갑자기 앵!─ 하는 소리가 들렸다. 그와 함께 무언가가 볼을 스쳤다. 모기였다. 명홍만은 손바닥으로 자기 볼을 번개처럼 갈겼다. 명중이었다. 모기가 맞아죽으면서 손바닥에 피를 남기였다. 그것을 보는 순간 그의 심정은 갑자기 착잡해졌다. 모기를 때려잡았다는 후회였다. 살생(殺生)을 하지 말라는 불교의 주장에서가 아니다. 비록 자신의 피를 빨아먹은 것은 사실이나 토굴집에서 오직 그에게 의탁하고 함께 살았던 모기였다. 그런 것을 없애버렸다는 애달픈 회오였다. 그만치 사람이 그리웠다.

"……계십니꺼?"

바람을 타고 들려온 말소리를 명홍만은 제대로 듣지 못했다. 누구든 찾아 올리 만무하다는 소신(所信)에서였다.

"……저기……계십니꺼?"

누군가 확실히 찾아왔다. 은근히 반가웠다. 애타게 그리던 것이 현실로 다가왔다. 명홍만은 안간힘을 쓰며 상반신을 일으켰다.

"누구신데?……"

"뱃사공이십니꺼……"

"그렇습니더……"

"울라개로 가려는데……좀……도와주이소."

얼굴에 핏기라고는 손톱만큼도 없는 그리고 머리칼이 헝클어져 까시시한 웬 아가씨가 토굴집문 앞에서 쭈물거리고 있었다.

"아―니?……"

와뜰 놀라며 멍청히 서있던 명홍만이 뭔가를 알아차리고 성급히 앞으로 다가선다. 그러면서 혼자소리로 중얼거린다.

"금란아!― 어예된 일이고……꿈은 아니겠제?"

"……예?!"

이번엔 아가씨가 어정쩡해한다.

사나이는 난데없이 나타난 아가씨를 금란이로 착각하고 있었다.

"이게 몇 년 만이가, 어서 들어 오거라."

"금란"의 손목을 이끌어 급급히 토굴집 안으로 들어선 사나이는 그윽한 눈길로 내방자를 이윽히 살펴보았다. 고생을 겪을 대로 겪은 흔적일가. 그야말로 몰라보게 변했다. 가쯘하게 땋아 올린 외태 머리가 아니라 양털처럼 곱슬곱슬하게 뒤꼬인 머리, 동실동실 귀엽던 얼굴대신 볼품없이 삐져나온 광대뼈, 으리으리했던 눈은 어디로 가고 겁에 질린 듯이 정기(正氣)가 없는 눈…… 인생무상이라고 금란이가 추레하게 변한 것이 천신만고(千辛萬苦)를 겪은 거라고 짐작은 갔지만 구경 어떤 우여곡절을 겪었을까? 명홍만은 우선 자신의 경력부터 종잡아 엮었다.

파란만장한 사나이의 경력을 듣고 난 아가씨는 그로서의 타산이 새롭게 이어졌다. 원래는 송화강을 건너 울라개에 도착하면 길림으로 들어가고 거기서 신의주로 가는 기차를 잡아타면 고향으로 가려 했다. 했는데 상상 밖으로 여기 나루터에서 자기를 첫사랑으로 착각하고 있는 명홍만을 만났다. 솔직한 심정으로 첫 연인과 만나 더없이 기꺼워하는 사나이의 그 후더워진 가슴에 찬물을 끼얹고 싶지 않았다. 더군다나 세파(世波)에 쪼들려 그녀 자신의 건강상태가 말이 아니었다. 예산대로 길을 떠나는 것은 버거웠다. 며칠이던 토굴집에 묵는 것도 가히 나쁘지 않았다.

이상했다. '금란'의 행동거지가 별스러워 명홍만은 때때로 의심이 꼬리를 물었다. 그녀가 온지도 어언 사흘이 되었다. 손수 때식(끼니)을 장만한 적은 한 번도 없었다. 오히려 때식(끼니)을 만들어놓으면 제 먹을 것만을 따로 떠서 먹고는 자기가 사용했던 식기만을 씻은 뒤 따로 보관해두었다. 홀아비 3년이면 때가 서 말이라고 모든 것이 더러워 그럴까? 빨래도 살짝 제 것만을 씻어 따로 말리우고 따로 보관했다. 그랬으니까 잠자리도 아예 구석 쪽으로 하고 꽁꽁 꼬부리고 잤다. 누가 범접 할까 봐 철 같은 방어태세였다. 심야에 헛간으로 찾아와 자신의 모든 것을 차지하라던 그 살가움은 어디로 갔는지 가뭇없었다. 여자들은 문턱을 넘으면서도 골백번 고쳐 맘먹는다고 했다. 그간 변해버렸을 수도 있다는 예감은 실은 고통스러웠다.

토굴집에 뒷간이 따로 없었다. 드나나나 혼자일 때 따로 뒷간이 필요 없었다. 그녀가 온 뒤로 상황은 달라졌다. 명홍만은 뒷산에 올라가 가둑나무를 찍어다 뒷간이라고 틀을 짜서 세웠고 거기에다 갈대를 베여다가 물샐틈없이 엮었다. 남녀유별만이 아니라 예의를 지키려한 거였다.

"아무데서나 뒤를 보지 말고 이제부턴 뒷간으로 가는 기라."

"그래예."

그녀는 쉽게 응했다. 실제에선 그러지 않았다. 살펴보면 언제나 뒷산자락 수풀이 우거진 곳에서 뒤를 보았다. 무언가 불편해 저런다면 수상한 거동이 아닐 수 없었다. 꼭 해명하고 싶었다. 한 번은 우여 뒷산으로 가보았다. 명홍만은 급기야 못 볼 것을 본 것처럼 뒷걸음을 쳤다. 그녀가 본 대소변에는 불그스럼하고 누르끄럼한 것이 섞여있었다. 세세히 살펴봐서야 피고름이라고 판단되었다.

"어디가 불편한기가?"

명홍만은 더는 참을 수 없어 캐어물었다.

"와예?"

"어예 피고름을 그렇게도 많이 싸버렸노?"

"그건 예, 그런 게 아니라⋯⋯"

그녀는 한동안 주밋거렸다. 그리고 나서야 정중히 입을 열었다. '금란'의 말은 사나이의 억장을 터지게 하였다.

일본군인에게 끌려 만주로 온 그녀는 무기공장에 간 것이 아니었다. 일본병사들이 집결해있는 곳으로 전전(轉轉)하면서 그들의 성적인 노리개, '써우즈'가 말했던 위안부질을 감당해야 했다. 모든 것은 강제적이었다. 어디로 도착하든 외출이 금지되어 있는 그녀에게 차례진 것은 대체로 움침하고 썰렁하고 퀴퀴한 실내였고 그런데서 매일 수십 명도 넘는 일본인을 접대해야 했다. 그들이 사정(射精)한 것을 씻어낼 새 없이 대구 받아들였으니 성적인 쾌감이란 웬 도깨비 같은 소릴까. 하신은 얼얼하다 못해 아무런 감각도 없었다. 종당에는 기진맥진해 죽을힘도 없었다. 쭉 늘어져 누워있을 수밖에. 산송장이었다. 동물의 짝짓기도 암놈이 응해야만 한다는데 동물보다도 못한 거였다. 설상가상으로 천하에 몹쓸 병인 매독(梅毒)도 그렇게 얻었다. 음부에 피고름이 찼고 언젠가부터 코까지 헐기 시작했다. 궁극에 코가 헐어 떨어진다는 매독으로 더는 성적인 노리개로 될 수 없게 되자 놈들은 그녀를 개 쫓듯이 차버렸다.

"그런 걸 모르고……"

명홍만은 어쨌으면 좋을지 몰랐다. 오로지 매독의 전염을 방지하기 위해 식기도 따로 쓰고 빨래도 따로 하고 뒷간도 따로 사용한 소심과 불편과 괴로움과 그리고 바쳐진 일편단심을 몰라준 자신이 원망스러웠다. 회오해도 만구할 수 없는 사실이라면 날로 심해진 '금란'의 병세였다. 장밤 죽은 듯이 누워 신음소리를 내던 것이 신열로 전신이 불덩이 같았다. 입술은 강말라 쪼글쪼글 보풀이 져있었다.

"오라버니……절 좀……안아주이소."

가녀린 소리가 타 번진 입술로 힘겹게 새어나왔다.

"그래."

사나이는 피골이 상접해 으등카리 같은 '금란'이를 살갑게 끌어안았다.

"절 버리지 않지 예……"

진심에서 우러난 말이었다. 이 며칠 명홍만과 함께 있으면서 정이 붙어서만은 아니었다. 죽음을 눈앞에 둔 사람들은 거개 심약(心弱)해지는 법이었다.

"아무렴, 절대 그럴 수 없제."

"살고……싶어……예. 이렇게…… 안겨서."

가석하게도 이 말은 '금란'이가 이승에서 남긴 마지막 말이었다. 맥없이 스르르 감은 눈을 다시 뜨지 못했고 맥박은 더는 뛰지 않았다.

"금란아, 왜 이러노? 정신을 차리거라!-"

명홍만은 "금란"이를 마구 흔들었다. 무슨 말을 더할 것 같은 그녀였으나 아무런 반응이 없었다.

"니가 혼자가면…… 난 어쩌란 말이가?-"

그는 끝내 어깨를 들먹이며 울음을 터뜨렸다. 믿음으로 굳어졌던 그리움이 돌연 허물어지는 설움과 아픔이었다.

'금란'의 무덤은 그 누구 것보다 크고 호암졌다. 묘소 앞에 푸르디 푸른 청송 두 그루를 심었다. 저승에서라도 계속 젊게 살고 누리지 못한 복을 누리라고 말이다.

장례를 끝내고 돌아올 무렵 먹장구름으로 찐더분했던 하늘에서 함박눈이 펑펑 쏟아졌다. 겨울 들어 처음 되는 하설(下雪)이었다. 눈송이들은 빽빽이 소용돌이치며 산과 들 어디든 떨어져 수북이 싸였다. 강마르고 거칠하던 것이 언제 있었느냐 싶게 누리는 온통 흰 것으로 뒤덮었다. 티 없이 하야말쑥한 소복(素服)으로 '금란'의 넋을 단장하는 것 같아 다소 흐뭇해진 명홍만은 쉼 없이 흘러 흐르는 강 쪽을 바라보았다. 강 위에 떨어지는 눈송이들은 떨어지는 그 즉시 강심(江心)에 함몰되어 소복의 형적마저 사라졌다. 의태 여전한 강물만이 도도히 흘렀다. 시작과 종말이 순간적이듯이 탄생과 죽음도 순간적인걸가.

토굴집으로 돌아온 명홍만은 검붉은 피를 토했다. 요즘 들어 각혈(咯血)차수가 심해졌고 갈수록 양도 많아졌다. 죽을 징조라는 예감이 집착하게 들었다. 그때로 말하면 폐병은 도저히 치유할 수 없는 불치병이었다. 고향에 있을 때 앞집 박 선달이 각혈을 계속하다가 끝내 타계했었다. 한 번 났다 죽는 걸 누가 막는디? 금란이를 따라가면 그만 아니가! 그런데 목에 걸려 내려가지 않는 것이 있었다. 죽음을 각오한 이상 죽음은 별심 상관이지만 정작 죽으면 누가 무덤을 파고 묻어줄까? 명홍만은 무명나루터에서 살며 여러 시신을 손수 묻어주고 때가 되면 제사까지 지내주었다. 죽어 안식하라는 기원을 아끼지 않았다. 그런데 자신의 시신을 묻어주고 건사해줄 사람이 없었다. 유감만이 아니었다. 그렇게 되면 죽어서도 천추(千秋)의 한을 남길 거였다. 물론 고향을 멀리한 객지에서의 죽음은 객귀의 신세였다. 다만 죽은 뒤 까마귀와 승냥이가 쪼아 먹고 뜯어먹는 참상만은 피했으면 하는 절절한 소원일 뿐이었다. 석림촌 남씨가 시신을 관여해주지 않을까. 그럼 즉도 했다. 그가 여기서 살 수 있게 된 것은 남씨의 후원에서였다. 수시로 쌀과 소금과 성냥을 가져다주었고 물고기를 잡아먹으라고 코그물과 낚시공구를 장만해주었다. 그렇게도 고맙고 후더운 남씨가 어디로 형적(形迹)을 감추었기에 감감무소식일까. 명홍만은 이래저래 궁금했지만 그가 항일로 분주하다고는 여기지 않았다. 왜놈들과 대결할 사람이 따로 있지 그만은 절대 아니라고 말이다. 했지만 속심을 털어놓으면 그가 진정 항일을 했으면 했다. 그 이유는 자신도 똑똑히 해명할 수 없었다. 다만 '금란'의 죽음을 에워싸고 가슴깊이에 자리 잡은 절망을 풀 수 있고 지금껏 표출해보지 못한 울분과 회한을 덜 수 있다는 바램 때문이었는지……

그날 밤 자리에 누운 명홍만은 다시는 일어나질 못하였다. 절망과 울분과 회한을 보듬어 안고 염라대왕의 부름에 응한 거였다. 그의 시체는 누가 건사했고 장례는 누가 올렸는지? 그에 대한 기록이 없고 전해진 이야기도 없었다. 다만 묘소에 수풀이 엉성하게 자라 무덤의 윤곽이 점점 왜소해졌다. 유감스럽게도 사람들은 그 점을 외면해버렸다. 역사는 다시 되돌아올 수 없어서일까?

• 단편소설 •

묘 갈 명

　　공산당원 옥성파가 향 화학공장에서 사직했다는 소문은 유동골 방방곡곡에 쫙 퍼졌다. 물은 낮은 데로 흐르고 사람은 높은 데로 오르기 마련인데 옥성파는 자진해서 내리막길을 택했으니 자연 사람들의 주목을 끌었고 또 그만큼 말밥에 올랐다. 평생 땅을 밟고 땅을 파고 땅을 주무르며 알탕갈탕 살아오다 요행 공장의 공급판매를 책임졌던 것을 중도이폐했다는 것은 괴이한 일이 아닐 수 없었다.

　　"당원이면 어째? '로볼세위크'가 언녕 '새부르죠아'로 됐단 거요. 뒷문거래, 억매흥정으로 적어도 이건 벌었을걸."

　　눈초리가 꼬부장해진 소매점 주인 춘식이가 엄지손가락을 곧추 세워 보인다.

　　"만 원이나?"

　　마른 명태를 찢어 술을 마시던 촌민들의 눈이 휘둥글 해졌다.

　　"만 원이 아니라 10만 원이요, 10만원! 등잔 밑이 어둡기로서니 그것도 모르고 있었수?"

　　"아니? 그렇게도 고정한 양반이 돈가리에 앉았다구?"

　　전대미문의 소식 앞에서 촌민들은 이번엔 입을 딱 벌리었다.

　　"고정한 사람일수록 엉치로 호박씰 깐다우, 부즉다사란 말이 있잖소. 많이 해먹으면 꼬리가 잡힐까 봐 선손을 쓴 게 아니고 뭐요, 내원!"

춘식은 구정물을 던지듯 탁 내뱉았다. 그럴만한 사연이 따로 있었다. 향에서 화학공장을 꾸린다는 소식을 들은 그 시작부터 군침을 삼키던 춘식은 공장이 준공되어 정작 종업원들을 모집하자 물고기 냄새를 맡은 고양이처럼 돌아쳤다. 다른데도 말고 공급판매부문에서 일을 보면 영락없이 팔자를 고칠 상 싶었다. 헌데 그렇게 되지 않았다. 각고의 노력은 수포로 돌아갔다. 옥성파에게 밀리고 말았던 것이다. 세상엔 정말 별별 뒷문거래가 다 있었다. 민주련군의 한 연대장의 뒷심으로 그가 무난히 알선될 줄은 꿈에도 몰랐다. 털썩 물러앉은 춘식은 소매점을 꾸리였고 조석으로 분망히 보냈다. 남는 것은 별로 없었다. 그래서 벙어리 냉가슴 앓듯 끙끙거리고 있었는데 옥성파가 반년도 못되어 덜컥 사직을 했다. 오르막이 있으면 내리막이 있다고 잘코사니라고 은연중 쾌자를 부르면서 춘식은 홀 맺혔던 불평불만을 털어놓았던 것이다.

이때 우동골 지부서기였던, 지금은 운수전업호로 고래 등 같은 2층 양옥까지 져놓고 사는 조용만이가 소매점으로 쑥 들어섰다. 소매점에는 몇몇 사람들이 모여서서 서로 수군덕거리고 있었다.

"공급판매업무가 헐한 게 아니라던데. 남의 환심을 얻으려 억지로 미소를 품어야 하고."

"그렇구 말구, 때때로 빌붙어야지, 성파 그 성미에 되기나 하겠소."

"그런 게 아니라우, 그 사람 언제나 왼새끼를 꼬는 걸 몰라 그러우? 그해 농업조리원질을 그만둔 것도 성파가 아니고 뭐유. 원, 쯔쯔!"

촌민들의 여론을 잠착히 엿듣고 있던 조용만이 혀를 끌끌 쳤다. 담배연기가 또아리를 틀며 서서히 피어오른다. 돌개바람이 쏴— 창문을 들었다 놓고 살아진다. 이윽하여 비방울이 후두둑 떨어진다. 옥성파는 윗목에 꺼쿨데리고 앉아 담배만 풀썩풀썩 피운다.

"재간 껏 벌라는 세월인데 어쨌다고 사직을 한다우?"

저녁 설거지를 하던 노친이 감사납게 수저와 그릇을 윙강 뎅강 부딪친다. 그도 그럴 것이 영감이 지난여름에 심양으로 한 번 갔다 오자 장려금을 탔다고 천 원 돈을 척 내놓았다. 지금껏 뭉칫돈을 구경도 못했던 노친은 어쨌으면 좋을지 몰랐다. 하다가 우선 손자 녀석이 언제부터 조르던 전자기관총을 사주었더니 "난 할매가 제일 좋아."라고 하면서 할머니의 뒤를 졸졸 따라다녔다. 돈은 날개였다. 돈이 있어야 살림이 윤택해지고 웃음꽃이 활짝 피게 된다. 그런데도 환장을 했다고 그 좋은 일터를 그것도 자진해 그만둘까. 두상태기가 얄미워 가슴속에 주먹같은 것이 욱 치밀고 있음을 어쩌지 못했다.

그러나 옥성파는 아닌보살 묵묵부답이다. 목석처럼 아무런 반응이 없다고 해서 아무런 생각이 없는 것은 아니었다. 발 없는 말 천 리 간다고 떠들썩 고아댄 시비곡직을 알게 된 옥성파는 그것이 이해되지 않은 만큼 지나온 정한이 골프리치며 곰곰이 따져보지 않으면 안 되었다.

망뉴하 다리 이쪽에서 기관총이 기승스레 연줄을 달았다. 광풍에 수풀이 휩쓸어지듯 다리를 건너오던 전우들이 줄대를 놓으며 쭐 늘어진다. 사신이 살판 치는 처절참절한 사태 앞에서 옥성파는 아—아— 울부짖었을 뿐 그저 쭈쿨데리고 누워있었다.

릴러개를 함락해야 주로 조선사람으로 구성된 민주련군이 아무런 막힘없이 길림시내를 향해 돌진하겠는데 그것을 미리 예방한 국민당 한 개 연대가 다리 이쪽에다 교두보를 설치하고 주야로 삼엄히 지켜섰다. 교두보를 짓부셔야 진격이 순리로울 것은 너무도 뻔했다. 그 과제가 옥성파에게 차례졌다. 한적한 밤을 쌀쌀하게 흔들며 끝이 차가운 바람이 불어옌다. 은회색 달빛이 수면 위에서 부서진다. 강물에 몸을 잠군 옥성파는 으흐 떨며 흐느낀다. 초여름이지만 강심은 얼음처럼 냉랭했다. 그런대로 꾹 참아야 했다. 적들의 지반을 손금 보듯 주도면밀히 파악해야 교두보를 훼멸시키던지 어째볼게 아니겠는가, 적들의 화력점은 확실히 교두보를 제외한 다른 것은 없었다.

"성파동무, 이번 행동의 중요성은 구태여 말치 않겠소만 수류탄 묶음은 여유로 한 묶음 더 갖고 떠나시요."

"알았습니다."

연대장의 지시에 무조건으로 복종한 옥성파는 오밤중에 다시 망뉴하를 건넜다. 둔덕우의 잡초들을 헤가르며 교두보를 향해 살금살금 다가갔다. 실패하면 어쩔까? 가슴이 후두두 떨림을 억지로 눌렀다. 무난히 교두보 근처로 접근했다. 일이 될라고 그랬던지 보초병이 까무룩 조을고 있었다. 그는 손쉽게 보초병을 해치웠다. 교두보도 성공적으로 폭발시켰다. 이때 뽕, 뽕뽕! 천만 뜻밖에도 다리 밑에서 어중이떠중이들이 우르르 뛰쳐나왔다. 탐조등이 밝혀졌다. 놈들은 새로운 기관총을 설치하고 와-와- 고함을 지르며 진격해오는 아군에게 명중탄을 퍼부었다. 옥성파도 예외가 아니었다. 어이쿠 나 죽는다! 어깨박죽을 관통당한 그는 둔덕 밑으로 폴싹 군두러졌다. 아, 어찌하여 다리 밑에 잠복했던 놈들을 정찰해내지 못했을까. 심장이 뭉척 떨어져 나가는 아픔을 느낀 그였으나 속수무책이었다. 기관총소리는 각일각 가심해졌다. 정찰에서의 만구할 수 없는 실수 앞에서 적들을 해치우는 묘책은 없었다. 옥성파는 이빨을 사려 물었다. 다행한 것은 연대장의 분부대로 수류탄 묶음을 여유로 가져온 그것이었다. 그것을 찾아든 옥성파는 젖 먹던 힘을 다 내어 포복으로 기고 딩굴면서 또다시 교두보 쪽으로 야금야금 접근해갔다. 기적이었다. 어디서 그런 용맹이 솟아났던지 수류탄묶음의 심지를 빼어든 그는 호랑이처럼 덮쳐들었다.

"총을 놓으면 죽이지 않을테다!"

천둥 같은 불호령에 오장육부가 덴겁했던지, 팽팽히 조여진 수류탄 심지가 무서웠던지 놈들이 무기를 놓고 손을 들기 시작했다. 그 찰라 옥성파는 심지를 낚아챘고 수류탄 묶음을 동댕이 쳤다. 뒤이어 다리 난간을 날렵하게 뛰어넘었다. 첨버덩! 강물 속으로 체신을 감추었다. 투둥, 탕탕쾅! 강바닥을 진감하는 굉음을 절감한 그는 그제야 사맥이 탁 풀리며 삭신이 저리여 났다. 개구리헤엄 치듯 한 그였으나 물을 꿀꺽꿀꺽 삼키며 요행 강변으로 나왔다. 그리고는 정신을 잃었다. 다시 정신을 차린 것은 야전병원에서였다.

"성파동무, 내 말 알아듣겠소?"

"연대장…연대장동지가 아니십니까."

"옳소, 영웅은 죽음 속에서도 되살아나는 게라오. 기뻐하오. 동무의 입당이 비준되었소."

"……!"

옥성파는 입당했다는 희소식 앞에서 쭈르륵 뜨거운 눈물을 흘렸을 뿐 만감이 교차된 감격을 제대로 털어놓지 못했다. 열 몇 살이 되도록 불중태를 가리우지 못한 알몸뚱이가, 햇볕에 타고 비바람에 끄슬려 '깜댕이'란 별명을 가졌던 그가 민주련군의 의젓한 전사로 된 것만 해도 감회가 깊은데 당에 가입시켜 주었다는 것은 너무도 영광스러워 어떻다고 형언할 수 없었다.

그때는 당원들, 앞으로! 라고 일단 명령이 내리면 물불을 가리지 않고 질풍처럼 내달렸고 또 모든 일이 승승장구로 진척되었다. 한데 언젠가부터 그렇게 되지 않았다. 당성(黨性)을 에누리 없이 고수하면서 당의 지시대로 순종했건만, 걸어온 자국마다 시비의 굴곡이 심했다. 당성과 인성은 무엇이고 당원과 대중의 유대는 어떠한 것이었던가. 밤은 어느 때나 되었는지 세찬 바람이 옥성파에게 외로운 고독을 휘몰아주며 의연히 기승스레 불어댄다.

옥성파가 향정부 농업조리로 일을 보고 있는 어느 날 현장이 그를 찾아왔다.

"제가 옥성파올시다."

현장은 향 식당에서 푸짐한 주안상을 차려놓고 기다리고 있었다.

"만나서 반갑소, 어서 앉소."

현장은 옥성파에게 친히 술을 부으면서 살갑게 굴었다. 왜 그럴까? 갈래판을 종잡을 수 없는 옥성파는 그저 눈치만 살피고 있었다. 하다가 술이 몇 순배 돌아가자 권하는 대로 술을 마셨다.

"영웅의 본색이로군. 듣건대 성파동문 럴러개 전투에서 혁혁한 군공을 세웠다면서? 좀 들어보기요."

"군공이라구요?"

옥성파의 뇌리 속으로 번개처럼 떠오른 것은 광풍에 수풀이 쓰러지듯 수없이 늘어진 전우들의 시체였다. 추억을 거슬러 가슴 아팠다.

"겸손할 게 있소. 그런 업적은 우리 현의 자랑이지, 사실대로 소개하시오."

도량 넓은 사람들이 그러하듯 현장은 만면희색이 되여 잠착히 앉아있었다.

"저 뭐랄까요. 럴러개전투에서 말입니다. 제 실수로 하여 수많은 전우들이 희생했는걸요. 뼈저린 교훈이 아니고 뭡니까?"

"그것뿐이요?"

상상 밖으로 실망한 현장은 자리에서 훌쩍 일어났다. 그 후 현장이 향장보고 여차한 귀띔을 했는지 모르나 어느 날 옥성파를 찾은 향장은 향 정부의 인원이 많아 감소해야할 딱한 사정이니 유동골로 돌아가는 게 어떠냐는 의사를 밝혔다.

"원래 농군인걸요. 그러지요 뭐."

옥성파는 군말 없이 고향마을로 돌아왔다. 동리사람들은 일락천장이된 옥성파를 두고 이러쿵저러쿵 말이 다다했다.

"자넨 현장 앞에서 갑자기 벙어리가 되었댔나? 뼈저린 교훈이라고밖에 말할 수 없었나? 내원!"

유동골 당지부서기 조용만이가 못마땅하다는 듯 비꼬았다.

"사실대로 여실히 말했을 뿐이요."

"왜 수류탄묶음으로 국민당 놈들을 족친 사실은 숨겨 두었수?"

육촌동생 춘식이는 매우 애석해 하였다.

"그것은 내 오유에 대한 보상에 불과한 것이지. 그런 상황에서 누군들 그렇게 못하겠나?"

"지금 세월 그런 식으로 해서 누가 써준다우?"

묘하게 입을 뒤틀면서 회계가 코웃음을 쳤다.

남이야 횡설수설 하던 말든 옥성파는 태연자약한 태도를 취했다. 그러나 가슴에 찬바람이 스치고 지나감을 어쩌지 못했다. 거짓말도 곱씹으면 진말이 된다고 거듭되는 여론 앞에서 은연중 뒤숭숭해졌다. 그렇다고 이미 쏟아진 물을 다시 걷어 담을 순 없는 일이었다.

그때 현장 앞에서 있는 것 없는 것을 몽땅 불어댔으면 운명이 다른 식으로 전개되어 적어도 국장으로 진급되었을 것이고 사람들이 우러러 찬탄을 금치 못할 것이다.

허나 양심을 속이면서 '나으리'로 되면 떳떳할까. 심기가 편할까, 너도 나도 모두 한 자리씩 한다면 농사는 누가 짓고? 옥성파는 추억의 낙엽을 계속 들추었다. 이럴수록 잡다한 상념이 떼구름처럼 어지럽게 휘덮었다.

"고향엔 명태가 흔했는데…씨원한 명태국을 두어 사발 마셨으면 털고 일어날 것 같구나…"

우황든 소처럼 시름시름 앓고 있는 어머니가 고향이 그리워 눈물을 흘린다. 어머니의 병환 앞에서 옥성파는 생각이 많았다. 명태국이 산해진미는 아니지만 그 시절엔 돈이 있어도 생 명태를 구할 수 없었다. 산짐승을 잡아 푹 끓여 대접할까. 마침 그 해는 눈이 많이 내렸다. 사냥에는 절호의 기회였다. 유동골 김 포수한테서 엽총을 빌린 옥성파는 이튿날 날이 푸름해지기 전에 집 문을 나섰다. 무릎까지 푹푹 빠지는 숫눈길을 헤쳐 갔다. 두봉산 중턱에 이르러 아름드리 진대나무에 걸터앉았다. 먹을 것을 찾아 산짐승들이 어슬렁어슬렁 기어 나올 동틀 무렵을 기다렸다. 옥성파가 담배를 말고 있을 때였다. 령쪽에서 우직근 뚝딱! 관목들이 부딪치는 소리가 새벽의 정적을 깨뜨렸다. 짐승들이 벌써 나왔는가? 귀를 강군 그는 단통 엽총을 바로 잡았다. 한데 별스럽게도 헐썩헐썩 가쁜 숨을 몰아쉬는 소리가 엇섞여 들려왔다. 그 소리는 점점 가까워 왔다. 순간 옥성파는 화들짝 놀랐다. 눈앞에 어렴풋이 나타난 것은 곰도 멧돼지도 아닌 춘식이가 소파리를 몰고 산발을 내려오고 있엇다.

"너 이게 무슨 짓이냐?"

벌떡 일어선 옥성파는 그의 앞을 가로 막았다.

"아 저…한 번만…!눈감아주시우!"

춘식이는 더럭 겁을 먹고 말도 제대로 이여대지 못했다. 쥐도 새도 모르게 집 재목을 베여 팔자던 것이 치보위원 옥성파에게 목덜미를 붙잡혔다. 손이야 발이야 빌고 들지 않으면 안 되었다.

“너를 눈감아준다 할세 또 다른 사람이 그러면 어쩌겠니?”

“형님, 친척끼리도 이러기요?”

세상에서 가장 귀중한 것이 혈육지정인데 그것을 몰라주는 육촌형이 괘씸하고 얄미웠다. 억울하고 원통했다.

“친척이라고 당의 원칙을 상실하고 삼림정책을 위반하면 되겠니?”

춘식이가 목재를 몽땅 몰수당한 건 물론 해당한 벌금을 물었고 사원대회에서 톡톡히 검사를 하지 않으면 안 되었다. 그로부터 춘식이는 옥성파와의 인연을 결연히 단절했고 삼엄한 ‘3·8선’을 계선으로 긴긴 세월 막왕막래했다.

춘식이의 위법행실을 모른 척 눈감아주었으면 어떻게 되었을까. 오늘처럼 혀 나가는 대로 활 나간다 촉 나간다 마구 헐뜯지 않을 것이다. 그러나 당지부 치보위원이 그렇게 하지 않고 어떻게 하겠는가.

“여보, 친척에게까지 미움을 받는 치본지 뭔지 그만두면 안 되겠수?”

어느 날 아내가 시름을 털어놓았다. 그 말은 옥성파의 가슴을 박박 긁었다.

내가 너무 지나치게 군게 아닌가? 그러잖아도 근간 당원이란 그것 때문에 마을사람들께 힐난을 들은 그였고 그래서 망망한 창해에서 쪽배타고 뭍을 찾지 못해 헤매는 그런 심정이었다.

“흥, 공산당원이 변절분자의 장례를 도와주는 법이 어디 있어?”

사실이었다. 유격대의 일원으로 활약하다 일제헌병들에게 붙잡혀 자수한 변절분자가 숨을 끊었다. 마을사람들은 그 집으로 누구도 얼씬하지 않았다. 황천객의 외동딸인 복례만이 애간장이

터졌으나 남의 눈이 두려워 속으로 울었지 꺼이꺼이 대성통곡
은 하지 못했다. 이런 때 그녀의 남편이 썩 나서서 앞뒤 일을
처리했으면 좋으련만, 아리숭하고 떨떨한 위인이어서 아무것도
척척 내밀지 못했다. 초상난 지 일주일이 되었어도 장례할 궁리
도 하는 것 같지 않았다.

"용만이, 그 집의 장례 우리 당원들이 거들어 주는 게 어떻소."
딱한 사정 앞에서 옥성파는 지부서기를 찾았다.

"변절분자라도 죽은 이상 장례는 해줘야지. 헌데 지부서기인
내가 나서긴 어떠하니 자네가 책임졌으면 좋겠네."

변절분자의 장례는 그렇게 진행되었다. 당 조직의 비준 밑에
서 처사한 것이기에 세인들의 의견을 못들은 척해도 무방한 일
이나 옥성파는 그것이 단순히 장례에 관한 나무람이 아니라고
여기였다. 왠지 뒤숭숭해 걷잡을 수 없었다.

그것은 향에서 돌아와 농사를 지을 때였다. 옥성파는 그날 밤
낚싯대와 낮에 잡아두었던 개구리 새끼를 챙겨가지고 집 문을
나섰다. 메기를 낚으러 냇가로 향했다. 은쟁반 같은 둥근달이
동산 위에서 해맑게 웃고 있다. 이따금 분망히 움직이는 조각구
름이 둥근달을 덮기도 했다. 냇물은 무성한 물버들로 휩싸였다.
메기를 낚을 만 할까. 그놈은 대낮에는 수심 으쓱진 곳에 숨어
있다가 어스럭 해져야 먹을 것을 찾아 헤매는 것이어서 꼭 밤
에 낚아야 했다. 내가에 이른 옥성파는 낚시에 개구리 새끼를
꿰였다. 이제 그것을 물속에 넣었다 꺼냈다 개구리가 첨벙대는
시늉을 내면 메기가 화닥닥 달려들어 덥석 물게 된다. 팔뚝만한
놈을 잡아야겠는데…그가 이런 생각을 굴리고 있을 때 어디선가
찰랑찰랑 밤의 고요를 깨뜨리는 은은한 물장구소리가 들렸다.
밤중에 뭣이 저럴까. 자신도 모르게 가슴이 섬뜩 해진 그는 발
돋움하고 황새 여울목 넘겨보듯 버들방천너머로 목을 빼어들었

다. 순간 화들짝 놀랐다. 달빛이 부서져 은가루처럼 눈부신 냇물 속에 웬 여자가 실오리 하나 걸치지 않은 알몸뚱이로 몀을 감고 있었다. 보지 못할 것을 보았다는 자책이 그에게 즉시 되돌아설 것을 명령했다. 발이 말을 듣지 않았다. 우거진 저 버들숲을 헤가르면 별천지가 나타난다는 야릇한 심정이 그를 앞으로 냅다 밀었다. 치렁치렁한 머리채, 밋밋하고 포동포동한 살결, 이제 금시 터질 듯한 젖무덤…복례가 혼자서 몀을 감고 있었다. 눈이 데꾼해진 옥성파는 얼어붙은 듯 꼼짝달싹하지 못했다. 변절분자의 딸이라고 평시 께끈하게 보이던 그녀의 체신이 주옥같이 하야말쑥할 줄은 천만 몰랐다. 칠색무지개를 타고 내려온 선녀 같았다. 황홀경에 얼빠진 그는 지렁이통이 털렁 떨어지는 것도 감촉하지 못했다.

"누구얏?"

겁에 질린 목소리가 옥성파의 고막을 후려쳤다.

"나…성파요."

갈앉은 목소리. 난생처음 한 처녀의 비밀을 지지콜콜 훔쳐본 이상 어찌 줄행랑을 치며 모르쇠를 놓겠는가. 승인하고 용서를 구할 수밖에 별도리는 없었다.

"복례!…"

어느새 주섬주섬 옷을 걷어입은 복례가 얼굴을 폭 떨군 채 몸을 휙 돌려 저쪽으로 총총 걸음을 놓는다. 사죄의 말을 해야지 않겠는가. 옥성파는 나직히 불렀다.

"……"

걸음을 무춤 멈춰 세운 그녀는 다소곳이 서있을 뿐 아무런 반응이 없다.

"퍽 놀랐지? 미안해. 미리 알고 따라온 건 아니야."

"더 말 말아요. 부끄러워요…비밀로 묻어두세요."

목구멍에서가 아니라 가슴속에서 우러난 그녀의 속삭임은 하야말쑥한 살갗처럼 맑고 부드러웠고 그녀의 숭굴숭굴한 얼굴처럼 귀엽고 덕성스러웠다.

"비밀로 둘께 뭐야? 기왕 이렇게 된바 우리 결혼하자구!"

옥성파는 어느 결에 그녀 옆으로 다가갔고 또 언제 그녀의 손목을 덥석 잡았는지 몰랐다. 그리고 결혼이라는 것도 미처 예상치 않았던 것이 그녀의 그 나긋나긋한 손목을 잡은 순간 모든 세포가 팽창되고 혈맥이 벅차올라 어망결에 결정한 거였다. 그러나 어디까지나 진정이었다.

"성파 오빤 당원이 아니세요. 저와 어찌…"

"아―"

그녀의 일깨움은 서릿발 비낀 비수가 되여 옥성파의 심장을 푹 찔렀다. 너무도 통절하고 저리여 손목을 빼어든 그녀가 달리다시피 했어도 옥성파는 엉거주춤 서서 망연히 바라보았을 뿐.

인간의 감정은 미묘했다. 참을 수는 있어도 황홀했던 순간만은 영원히 잊을 수 없었다. 언제 어디서 무엇을 하던 하야말쑥한 나신이 짓궂게 떠올랐다. 지금의 아내와 첫날밤을 지낸 그 시각에도 복례와 결혼했으면 어떻게 되었을까고 생각이 엉뚱한 데로 달렸다. 그날 밤 뜸들이지 말고 그녀를 뒤쫓아 가 꼭 붙잡고 결혼할 것을 간곡히 청구했던들 복례가 그런 천치 같은 위인을 남편으로 삼지 않았을 것이다.

"성파 오빠, 수고했어요!"

복례는 약삭빨랐다. 장례를 필하고 산에서 돌아올 때 남들이 눈치 채지 못한 그런 틈을 타서 속삭였다. 그러나 그 말을 들은 옥성파는 되레 가슴이 저미였다. 무엇을 감사하다고 그러는 걸까. 전후인과를 논하면 옥성파 자기가 먼저 사과해야 할게 아니었던가. 아아―복례, 천애고아로 저락된 복례! 무정한 날 용서해다오! 옥성파는 속으로 두 손 모아 빌었다.

세상엔 바람 통하지 않는 벽이 없다고 촌민들이 복례와의 관계를 눈치 채고 안걸이를 걸려고 했다. 옥성파는 나볏하지 못해서가 아니라 사람마다 계급의 낙인을 찍고 무리를 갈라놓은 세상이라 은근히 속을 옥죄이고 있었다.

그런 복례에게 사달이 생겼다. 옥성파가 그 내막을 알게 된 것은 우연하면서도 실은 우연한 것이 아니었다.

유동골은 어둠의 장막으로 숨 막힐 지경이다. 이름 모를 풀벌레들이 찌르륵, 씩씩ㅡ울어옐뿐 사위는 쥐죽은 듯 고즈넉하다. 그날 옥성파는 벼들이 막 잎을 빼어 든 논판을 쭈욱 돌아보았다. 한심했다. 언필칭 '혁명'이요, '충성'이요 꽥딱 고아대면서도 농사를 돌보지 않아 도랑 동쪽의 논배미는 물 바닥이 드러났고 도랑 서쪽의 논배미는 벼들이 물에 푹 잠겨있었다. 옥성파는 물을 대고 물을 빼느라 다리에 쥐가 나도록 돌아다녔다. 서산 능선 위에서 발뼘발뼘거리던 붉은 해가 툴렁 떨어졌다. 마을로 되돌아온 때는 이미 어두컴컴한 칠칠 야밤이었다. 복례는 지금쯤 뭘 하고 있을까. 별안간 뇌리를 스쳐간 상념이다. 전일 조용만이가 그녀의 백치남편을 싸리밭골 옥수수밭을 지키라고 막으로 올려 보냈다. 예감이란 무서웠다. 거기에 어떤 꿍꿍이가 꾸며진 상 싶어 심란한 옥성파는 집으로 향했던 발길을 복례네 집으로 돌렸다. 조각달이 헐망한 초가집을 삭막히 비추고 있었는데 석쉼한 말소리가 두런두런 새어나왔다.

"유격대를 고자질한 자료 누구에게 있는 줄 알어? 내게 있어, 내게!"

"……"

"그래도 못 알아듣겠어?"

“……”

“내 말 들어, 자, 어서! 낭패 없을 거야!”

“이럼 안 되요!…”

말은 여기서 중단되었다. 뒤이어 당기고 밀치는 소리가 들렸다. 예감은 헛되지 않았다. 무중툭 달려들어 담장안의 함박꽃을 꺾으려든 작자는 다름 아닌 조용만이었다.

온몸의 피가 심장으로 왈칵 몰켜든 옥성파는 문을 차고 집안으로 쑥 들어섰다.

“저…마침 잘 왔네. 변절분자의 자료를 증실하려니까 복례가 말을 들어야지? 자네가 한 번 어째 보게.”

임기응변으로 꽤나 어물쩍하게 엮어댄 조용만이는 당황함도 없이 오히려 희득머룩 꺼들꺼들 밖으로 나갔다.

“난 어쩌랍니까!…흑, 흐흑!”

울음보를 터뜨린 복례가 옥성파의 무릎 위에 얼굴을 파묻었다.

“울지 말어. 죄는 지은대로 가고 덕은 닦은 데로 가게 마련인걸.”

옥성파가 그녀의 등허리를 다독이며 극구 위로해 나선 것은 지난날의 회한이려니와 인면수심인 조용만이를 백일하에 까 밝아놓고 그의 기염을 꺾자는 속심에서였다.

현실은 그런 게 아니었다.

이튿날 옥성파가 그의 만행을 들고 나오자 조용만이는 펄쩍 뛰었다. 이런 문제일수록 삼자대면이 필요하다며 ‘홍위병’을 시켜 복례를 대대사무실로 불러오게 했다.

“복례! 어제 저녁 자료를 증실하러 갔지. 겁탈하려 그랬던가? 응? 왜 대답이 없어?”

얼굴이 푸르락 붉으락 해진 조용만이는 억울하다는 듯 책상을 탕 쳤다.

복례는 몽둥개 찜질같이 터무니없는 핍박 앞에서 어떻다고 해명할 수 없는 만큼 설움이 복받쳐 올랐다.

"용만이! 변절분자의 자료를 손에 쥐였다며 순종하라고 협박한건 누구였는가?"

전신이 전율하였다. 가슴속에서 주먹 같은 것이 치밀어 올랐다. 옥성파는 되알지게 내쏘았다.

"내가 그렇게 한 것은 복례의 입을 열자는 것이었지. 결코 성파처럼 복례의 등어리를 쓰다듬어주진 않았단 말이요. 사실 말이지 변절분자의 장례를 주최한건 누구였는데?"

"아니예요. 지부서긴 저를 강탈하려…"

복례는 사실대로 밝히려고 몸부림쳤다. 바로 이때 '홍위병'들이 "변절분자의 딸 박복례를 타도하자!"라고 집이 떠나갈듯 고래고래 외쳤다. 복례가 사실을 여실히 밝힌다는 것은 불가능했다.

대결은 옥성파의 실패로 아퀴를 짓고 말았다. 그 후 옥성파는 변절분자를 동정했고 변절분자의 딸과 치정관계가 있다는 것으로 죽을 고생을 겪었다. 흑백이 전도된다한들 이럴 수 있을까. 덤터기가 너무도 억울해 입에서 신물이 나고 이가 드드득 갈리었다. 뼈가 부서지든 말든 무엇이던 짓밟고 욱질러놓고 억패여주고 싶었다. 허나 온갖 시비가 언거번거 뒤범벅된 그 시기엔 울면서도 겨자를 먹지 않으면 안 되었다.

그해따라 춘삼월 호시절이 소수레에 실려 일찌감치 유동골로 찾아왔다. 호접나비 훨훨, 아지랑이 가물가물, 청제비 지지위 지지—좋은 세월을 반겨 노오란 민들레꽃이 소담히 피였다. 호도거리 생산책임제가 농호마다에 낙착될 그 무렵 집체재산을 처리하는 바람이 함께 불었다. 소형 농기구를 비롯한 우마와 손잡이 뜨락또르 같은 것은 요청자가 분분했다. 서로 다투어 나서는 통에 대가리라도 터질 지경이었다. 방법 없이 제비를 뽑게 되었다. 허나 유독 고무바퀴 뜨락또르만은 원체 값이 엄청나서 가졌으면 하는 욕심뿐 감히 하겠다고 선뜻 나서는 사람이 없었다.

"요구자가 없으면 내가 하겠소. 값은 여러분들이 상의해주시오."

촌민대회에서 통 크게 나선 것은 조용만이었다. 뒤이어 회계가 입을 열었다. 고무바퀴 뜨락또르의 원 값이 1만 2천 원이나 이 몇 해 파손이 이만저만치 않고 또 그것이 제 본전을 빼고도 남음이 있었은즉 3천 원이면 어떻겠느냐고 제의했다. 사원들은 누구 하나 시원히 응하지 않았다. 이때 옥성파가 나섰다.

"내 보긴 너무 헐한 것 같은데 8천 원이면 안 되겠소?"

왠지 헐값으로 처리된다고 애수하게 여겨진 옥성파가 들고 일어났다.

"8천 원? 그럼 성파 자네가 가지게나!"

얼굴을 잔뜩 일그러뜨린 조용만이가 거론거리는 어투로 반박했다.

옥성파는 말문이 막히고 말았다. 조용만이가 희떠운 소리로 언구럭을 부린다는 것을 모른 것이 아니나 목돈 8백 원도 없는 그가 어쩐다는 것은 난감했다. 고무바퀴 뜨락또르는 어러구러 조용만에게 차례졌고 그것으로 돈벌이가 잘돼 유동골에서 제일 먼저 2층 양옥을 짓게 되었다.

수레가 산 밑에 이르러도 갈 길이 나선다던가. 그런 옥성파에게 운명을 개변할 수 있는 천재일우의 기회가 생겼다. 어느 날 향 기업소를 통관하는 김 부향장이 옥성파를 찾아왔다. 향에서 꾸린 화학공장이 자금난 때문에 지금껏 설비를 해결 못해 딱한 형편인데 민주련군의 그 연대장이 지금 기계국 국장으로 있으니까 찾아가서 설비를 외상으로 가져오면 공장의 공급 판매 업무를 맡기겠다고 하였다.

"한 번 가볼까."

귀가 솔깃해졌다. 부유해지라는 당의 시책은 드팀없는 것이고 그래서 옥성파도 돈을 벌어보려 마음을 쓰고 있었는데 주변을 살펴보면 돈가리에 앉은 자들이 거개가 감옥에 들어갔다 나온 치들이거나 집체일을 하기 싫어하던 무지렁이들이었다. 횡재를 얻어 벼락부자가 된 조용만이도 바로 보이지 않았다. 아무튼 감 농군들의 수입이 전보다 높아진 것은 사실이나 그들에게 비하면 천양지차였다. 토지가 제한된 전제하에서 농민들의 출로는 어디에 있고 근로치부의 길에서 당원의 본보기는 어떤 것일까. 자신의 노력과 재능에 의한 돈벌이가 떳떳한 것이라면 부향장이 청구한 그것이 자기의 운명을 개변시키는 것이 되지 않을까. 옥성파는 만사 제쳐놓고 심양으로 떠났고 부향장의 기대에 어김없이 설비도 외상으로 가져왔다.

"이번 길 정말 수고했수다. 이건 규정에 의한 장려금이예요."

부향장이 천 원 돈을 옥성파앞에 내놓았다.

"공장 직원으로 된 것 만도 감사한데 따로 장려할건 뭐요."

"지금은 다 그런 법인걸요. 성파 형이 장려금을 받지 않으면 앞으로 누가 집체일을 위해 발 벗고 나서겠수? 잠자코 받아 두시라요."

부득이한 경우에 돈을 받은 옥성파는 알심을 깡그리 몰부어 공장 일에 달라붙었다. 그는 자재가 떨어질세라 앞뒤로 돌아쳤고 지어 나사못이 결여해도 불나게 뛰어다녔다. 했는데 언젠가부터 원자재공급이 긴장해졌다. 원자재는 길림강남련합화학공장에서 구매했는데 근간 수요자가 급격하게 늘어나 어쩔 수 없었다. 그날도 요행을 바라며 연합공장으로 갔다. 허탕이었다. 이러다간 생산이 정지되지 않을까. 근심걱정이 태산 같아 지척지

척 되돌아섰는데

"저─ 원자재 때문에 그러지요?"라고 웬 중년남자가 난데없이 나타났다.

"그렇소."

"제게 한 백 톤 넘어 있는데 사렵니까?"

"가격은 어떤지요?"

"한 톤에 8백 원이지요. 국가가격보다 십 원 더한 셈입니다."

원자재 때문에 눈이 해감해 돌아치던 옥성파는 귀가 솔깃해졌고 그래서 흥정도 순리로왔다. 그렇다고 길가에서 만난 사람을 믿을 것이 못 되어 중년남자의 인솔 하에 원자재가 있다는 XX공장 창고로 가보았고 그들의 은행예금 구좌번호까지 탐지했다. 틀림없었다. 원자재 50톤에 해당한 자금을 은행을 통해 넘겨주면 원자재를 책임지고 문전 송달한다는 합의를 맺고 돌아온 옥성파는 그길로 향 은행에 들려 4만 원을 대방의 구좌에 넘겼다.

했는데 예정한 기일이 넘었어도 원자재는 무슨 갈래판인지 감감무소식이다. 하루가 석삼추 맞잡이로 조급한 옥성파는 눈 멀쩡 앉아 기다릴 수 없어 XX공장 창고로 갔다. 중년남자도 없고 산더미 같던 원자재도 간데 온데 없이 텅 비었다. 옥성파는 주변사람에게 탐문해보았다.

"그 사람들 우리 창고를 임시로 빌렸댔지요, 어디론지 떠나갔답니다."

"예?!"

옥성파는 그제야 거간꾼에게 속았음을 깨달았다. 이걸 어쩜 좋을까? 애간장이 새까맣게 타들어갔다. 했지만 돈만은 찾아내야겠다는 일념으로 급급히 그들의 예금구좌가 있는 은행으로 갔다.

"예금구좌 이미 취소했습니다."

둥치고 간을 뺐댔지 만 백일하에 남의 생눈을 훔쳐 먹는 놈이 있을 줄은 꿈에도 예측 못했다. 구경 어째야 좋을까? 옥성파는 무거운 다리를 지척지척 옮기며 되돌아섰다. 그래도 부향장의 머리가 빨리 돌았다. 자초지종의 내막을 듣고 난 그는 즉각 공안국에 신고했다. 예상 밖의 효험을 보았다. 수 일 어간에 중년남자를 위수로 한 협잡꾼을 나포했다. 떼웠던 자금을 되찾은 옥성파는 그제야 후유—안도의 숨을 몰아쉬었다. 한데 놀라운 것은 협잡군의 막후지위자가 다름 아닌 조용만이었다. 그것은 옥성파에게 큰 충격을 안겼다. 아서라 한뉘 농민이 무슨 식견이 있다고 주제넘게 공업을 운영한다고 그럴까, 유동골로 돌아가 속 편히 농사나 짓고 말자! 이런 결정을 내린 데는 복례의 가긍한 사정도 내포되어 있었다. 남자로서 제구실을 못했던 천치남편이 재작년에 세상을 뜨자 혈혈단신으로 된 복례는 배당된 토지를 다룰 형편이 못되었다. 그래서 옥성파는 그 토지를 자기가 도맡기로 하고 복례에게 양돈업을 벌리게 했다. 힘만 들었지 수입이 형편없었다. 양계업으로 바꾸면 어떨까, 그로부터 옥성파는 남들이 시야비야 음담패설을 돌리던 말든 삽자루를 척 둘러메고 논판으로 쫓아다니는 한편 복례를 도와 계사를 꾸리느라 눈코 뜰 새 없었다. 그날도 축 늘어진 벼이삭을 흐뭇한 심정으로 바라보다 자기도 모르게 "농부일생 무한일이로세…"란 노랫가락을 흥겹게 뽑아 제끼며 걸성걸성 집으로 향했다. 했는데 집 앞에 이르러 갑자기 눈앞이 아찔해졌다. 와르르 허물어진 초가집이 빙글빙글 돌아쳤다. 땅이 푹 꺼져 디딜 곳을 찾지 못해 갈팡질팡했다. 옥성파는 결국 폴싹 꺼꾸러지고 말았다.

노친이 맨발바람으로 허둥지둥 뛰쳐나왔다. 얼굴이 백지장같이 창백해진 옥성파는 이미 인사불성이었다. 집식구들이 부랴부라 향 병원으로 업어갔고 구급치료를 거쳐서야 눈을 가느스름히 떴지만 뇌출혈에 걸린 그는 한 마디 말도 못했다.

"무엇이라우?"

옥성파가 손을 들어 허우적이고 있다. 무엇을 요하는 상 싶어 노친이 사과를 꺼내 보이고 죽 그릇을 들어보였다. 손을 허우적인다. 무엇을 찾음이 분명했다. 무엇일가? 영감이 찾고 있는 것은 복례가 아닐까. 그래서 복례를 불러왔다. 노친의 예측은 옳았다. 복례가 옥성파 앞에 이르러

"성파오빠, 이게 어떻게 된 일이유?"라고 애달프게 부르짖자 한동안 복례를 켕해 바라보던 옥성파의 눈은 급기야 눈물로 글썽했고 그것은 이윽고 피폐해진 양 볼을 타고 쭈르륵 흘러내렸다.

"성파 오빠!…"

복례가 와락 덮쳐들며 옥성파의 손을 잡았을 그 시각 그는 기구한 삶에서의 마지막 숨을 몰아 쉬었다.

"아이고 하늘도 무정하지…날 두고 먼저 가다니…아이고!"

구곡간장이 터진 복례는 종주먹(북한어: 단단히 쥔 주먹)으로 동가슴(북한어: 앙가슴)(북한어: 앙가슴)을 마구 후비며 대성통곡을 풀어놓았다. 그것은 지난날에 대한 통탄이요 미래의 기대가 요절된 슬픔이었다.

옥성파의 분묘는 유동골 남산 양지바른 곳에 자리를 잡았고 돌비석을 하나 세웠는데 비문은 이러했다.

중국공산당원

옥성파지묘

동생 박복례 세움

• 단편소설 •

귀추 없는 안식처

　현철은 입을 헤벌리고 헐떡헐떡 황소숨을 몰아 쉬었다. 입에서 토해져 나오는 입김은 기관차가 내뿜는 증기처럼 굵고 탁했다. 허나 그는 안도감에 두 눈을 스르르 감았다. 여기 도시변두리에까지 어떻게 빠져나왔는지 스스로도 놀라웠다. 다행천만이었다. 인파가 북적대는 도심에 있으면 어쩔 뻔 했을까. 방금 전의 일은 생각만 해도 자겁(自怯)에 질려 가슴이 후두둑 떨린다.

　후회는 하지 않았다. 뉘우칠 것이 못 되었다. 그래서 윗옷 안에 깊숙이 감추어둔 물건부터 확인해 보았다. 조그마한 손가방은 그대로 있었다. 저으기 안심되었다. 다만 귀가 꽁꽁 얼어드는 건 참기 어려웠다. 처음엔 찡하게 시리던 것이 이젠 그저 얼얼했다. 손으로 그것을 감싸 쥐었다. 얼음덩이를 쥔 듯 섬뜩했다. 시린지 땅땅한 지 무감각이다.

　그의 눈에는 행인들의 털모자밖에 보이지 않았다.

　"자홍색은 싫어. 연분홍으로 잉, 알았제?"

　혜경이의 목소리가 꽁꽁 얼어든 귓바퀴를 때렸다. 지난 가을에 그 가시나에게 털옷을 사주지 않았던들 그 돈으로 털모자를 사 썼을 것이요, 이처럼 귀가 뭉청 떨어질 듯한 동통을 겪지는 않을 것이다. 허구픈 추억은 그의 굵직한 눈썹위에 수심을 날리었다. 그럴수록 치명적인 일격을 가하지 못했다는 자격지심으로 마음이 괴로웠다. 했지만 이 시각 그의 급선무는 식당이든 상점이든 들어가서 동태로 굳어버린 귀를 녹이는 것인데 가석하게도 이곳은 올망졸망 질서 없게 들어앉은 퇴락한 단층집뿐이었다. 내처 머물러있을 곳이 못 되었다. 지척지척 걸었다. 때마침 새길 저쪽에 ××목욕탕이란 간판이 보였다. 거기를 향해 발길을 돌렸다. 문을 열고 그 안으로 쑥 들어갔다. 찐찐한 습기가 열기에 섞이어 확 풍겨온다. 화끈하게 훈훈한 것이 살 것만 같았다. 강추위에 오그라졌던 사대육신(四大六身)이 쭉 펴지고 무감각했던 귀도 근질근질해났다.

흥, 개쌍년! 늙다리에게 몸을 팔어? 국장이면 그것도 좋다던가? 나 얼어 죽지 않을 거. 굶어 죽지도 않을 거니까!

현철은 새삼스레 속셈을 다졌다. 복수의 첫걸음에서 미흡한 점이 없는 것은 아니나 다진 결심을 신지하면서 끈끈히 밀고 나간다면 승승장구하리란 신심으로 매표구로 향했다. 하다가 동전 한 푼 없다는 것을 깨달으며 뒷걸음을 쳤다. 아침 음식도 주머니를 톡톡 털어 겨우 콩물에 꽈배기를 사먹은 신세였다. 돈이 있어야 목욕을 하던지 어쩔게 아닌가. 그때 문득 윗옷 안에 감추어둔 물건을 떠올렸다. 손가방 속에 돈이 부지기수로 수두룩하리란 것을 깜박 잊은 자신을 자조하면서 부랴부랴 윗옷 안의 손가방을 꺼내어 들었다. 쪼르래기를 쭉 열어젖혔다. 일순 승자라는 느긋함이 쥐구멍을 찾아 형적마저 살아졌다. 손가방은 놀부에게 차례진 박이라고 할까, 길쭉하게 생긴 반도체 라디오를 제하고는 아무것도 없었다. 그 값어치가 얼마라고 그런 걸 넣고 다닐까. 수달피 깃의 가죽외투를 입은 국장의 위풍과는 도무지 어울리지 않는, 너무나도 치졸한 것이었다. 이런 줄 알았더라면 애당초 손을 대지 않았을 것을, 벼르고 벼렸던 복수가 허탕을 쳤다는 실망이 궁극에 분통을 터졌다. 뱉김에 반도체 라디오를 동댕이치려고 그것을 냉큼 꺼내었다. 하다가 악연히 놀랐다. 그 밑에 백 원짜리 묶음이 서너 다발이나 되었다.

그럼 그럴 테지, 내 독수리눈을 누가 속일까.

현철은 그중의 한 장을 꺼내어 수납원에게 넌지시 넘겨주었고 표를 떼자 곧 욕실로 들어갔다. 알몸뚱이들이 침상에 제빠듯이 누워있고 더러는 쭈쿨데리고 앉아 담배를 피우고 있었다. 외계와는 완전히 다른 세상이었다. 먹을 걱정 입을 시름없이 태연자약한 알몸뚱이들, 그런 모습으로야 누가 세력을 부리는 권위자이고 누가 골목 밑바닥에서 아글타글하는 평민백성인지 도저히 가릴 수 없었다. 현철이는 부지중 그 어떤 해탈된 자유로움을 뼛속으로 절감하였다. 안도의 날숨을 후―몰아쉬면서 천천히 옷을 벗었다.

놈들, 씨! 승용차가 아니라 비행기로 따라 보라지? 어림두 없는 일. 알몸뚱이인 날 누가 알아봐? 초롱불을 달아도 못 알아볼걸!

그가 흐뭇한 심정에 사로잡혔을 무렵 어디선가 느닷없이 뜨르릉, 뜨르릉! 전화벨이 부산을 떨었다. 욕실에 무슨 전화가 있을까. 내막을 종잡을 수 없이 얼 떠름해 있는데 맞은 켠 침상 위에 누워있던 작자가 전기에 감전된 듯 와닥닥 일어났고 베개 밑에서 뭔가를 꺼내어들었다. 반도체 라디오였다. 그것을 귀에다 대고 요긴한 뉴스를 청취하듯 정신을 가다듬고 있었다.

"어 나야. 기차로 실어 왔다구? 내 곧 역전으로 나갈게."

송수화기를 들고 지부렁대는 어투였다.

현철은 그제야 그것이 반도체 라디오가 아니라 아무데서나 전화를 치고받을 수 있다는 '따꺼따'인지 '핸드폰'인지 그런 거라고 짐작되자 쾌자를 불렀다. 돈 있고 권세 있는 사람들만이

휴대하고 다니는 것이 자기의 소유로 되었다는, 그만치 김 국장에게 가한 타격이 적중했다고 느긋해졌다.

뜨릉, 뜨르릉! 전화벨이 곱다시 어지럽게 울렸다. 맞은 켠에서 울린 게 아니라 자기 침상 밑의 옷궤 속에서 울렸다. 어떻게 할까? 종전까지만 해도 그것이 원한을 갚은 노획물이라고 흔쾌했던 그였으나 정작 전화가 걸려오자 우두망찰 어쨌으면 좋을지 몰랐다. 한동안 을밋을밋 망서리던 그는 받지 않으려고 작심했다. 받았다가 신분이 탄로되면 큰 낭패였다. 그런데 전화벨이 계속 뜨르릉―뜨르릉! 맹위를 떨치고 있었다. 받지 않으면 저 자식 왜 전화를 받지 않는가고 의심할 것 같았다. 에라, 모르겠다. 갑산으로 가든 감옥으로 가든 받고 보자고 작심한 그는 옷궤 속에서 핸드폰을 꺼내어들었다.

"김 국장이죠? 저 매화예요."

"……"

"왜 대답이 없죠?"

"말―하―오."

요피부득(要避不得)했다. 모른 척 꾸며댈 수 없는 그는 허스키한 목소리로 뜨직히 응수했다.

"목소리 변해셨군요. 감기 걸렸나요? 제때 약을 잡수세요, 네?"

"알―았―어."

"어젯밤 약속한 것 어떻게 됐어요?"

"뭐―라…"

땅속의 굼벵이가 어느 쯤에 있는 줄 누가 알가. 어떤 영문인지 걷잡을 수 없는 그는 잊어먹은 것처럼 꾸며대였다.

"아이참. 벌써 잊었나요? 금목걸이!"

"아, 그―거―"

금목걸이가 어쨌다는 걸까. 사연을 알아야 척척 맺고 끊겠는데 그에게는 금시초문이었다.

"제 정조가 그까짓 금목걸이 보다 못한가요, 네? 어서 사줘요!"

"사―줄―게―"

수캐 같은 놈! 현철은 속으로 욕사발을 퍼부었다. 김 국장 그놈은 혜경이를 독점하고도 부족하여 또 매화란 계집과 치정을 나누고 있는 판국이었다.

"저녁 6시 잔디밭 다방에서 만나요. 약속 꼭 지켜야 돼요, 네?"

"그―래―"

총망히 핸드폰을 끊어버린 그는 착잡하고 뒤숭숭한 심정에 사로잡혔다. 정조를 바치고 목걸이를 바꾸겠다는 매화는 어떻게 생겼길래 혜경이를 발바닥으로 짓이기며 득의양양해 할까. 그나저나 잘코사니였다. 혜경이 그 간나 돈에 둔갑하여 동탕한 몸매를 늙다리 김 국장에게 팔았지만, 악은 악으로 보응받는다고 결과는 매화란 계집에게 밀리우는 신세로 저락된 게 아닌가.

돈에 환장한 개쌍년, 돈이 뭣이란 걸 보여주마. 돈의 위력보다 더 무서운 것을 가르쳐주마.

그는 혼자소리로 중얼대며 욕조를 향해 터벅터벅 걸었다.

욕조 안은 자욱한 물안개마냥 수증기가 얼기설기 서리여 앞뒤를 가늠하기가 어려웠다.

그에게는 더없이 안전한 안식처였다. 칭칭 동여맨 오랏줄에서 풀린 듯한 해탈감을 심심히 수감하였다. 그만치 복수지심은 절절했고 신심도 컸다.

욕조의 물은 뜨거웠다. 다만 밀려난 때가 수면 위에 꾸역꾸역 떠돌아 여간만 구접지레한 것 이 아니었다. 고향마을을 감돌아 흐르는 강과는 대조도 되지 않았다. 그 강에서 그는 자주 수영을 했었다. 한 번은 홍수가 사품치는 물속에 뛰어들었다가 죽을 고생을 겪었다. 전년이던가. 일진광풍이 윙, 위잉－쇳소리를 내며 초가집의 퇴락한 지붕을 들었다 놓자 대줄 같은 폭우가 세찬바람에 쭉쭉 날리며 줄기차게 쏟아졌다. 강은 삽시간에 집채 같은 파도를 출렁이며 갈범처럼 울부짖었다. 이럴 즈음 빗물에 푹 젖은 혜경이가 달려왔다.

"흑, 흐흑! 큰일…집이 몽땅 물에…엉엉, 엉엉엉!"

울음부터 터뜨렸다.

현철은 그길로 집 문을 나섰다. 폭우를 무릅쓰고 강 쪽에 있는 혜경이네 집으로 씽하니 달려갔다. 흉용팽배한 장마물이 어느새 돼지굴과 헛간을 삼켜버렸다. 조금만 있으면 가옥마저 덮쳐버릴 위기일발의 사태 앞에서 그는 물속으로 첨벙 뛰어들었다. 집 안에 이르러 이불 등속을 꺼내었다. 타래치는 물결을 헤가르며 그것을 요행 언덕위에 옮겨놓고 휙 돌아섰다. 그때 가옥이 와르르 허물어졌다. 물통, 바가지, 옷견지들이 고패치며 둥둥 떠내려갔다.

"농짝－어쩔거나, 저 농짝…"

물에 빠진 수탉처럼 된 혜경이는 가느다란 체구를 풀잎처럼 떨고 있었다. 현철은 유예 없이 또다시 물속으로 뛰어들었다. 흐르는 물길을 따른 수영은 순풍에 돛단배 같았다. 얼마 가지 않아 농짝을 휘어잡았다. 이제 강변으로 가면 그만이다. 그것이 힘에 겨웠다. 헤엄을 쳐도 자꾸만 아래로 밀려나갔다. 고패치며 휘말려드는 격파는 무엇이든 삼킬 듯한 기세로 강하를 들볶았다. 그 통에 수심 깊이에 함몰된 그는 흙탕물을 푸푸－게워내며 혼신의 힘을 몰부어 수면위로 솟구쳐 올랐다. 농짝은 어느덧 저쪽으로 떠내려갔었다. 다시 따라 잡아야 했다. 그렇게 여러 번 반복해서야 강변에 이르렀다. 그곳은 동리에서 멀리 떨어진, 인가라곤 하나도 없는 허허벌판이었다. 기진맥진하게 탈진해버린 그는 사지를 뻐드리고 모래밭에 누웠다. 비는 그치고 태양이 서천에 걸렸는데 끝이 싸늘한 바람이 술렁거렸다. 턱이 떡떡 마치며 소름 나게 추웠다. 배도 고팠다. 꼼짝달싹 못하고 누워있었다.

"농짝 — 어쩔거나, 저 농짝…"

혜경이의 애처로운 부르짖음이 종소리의 여운처럼 살아지지 않았다. 현철은 자리에서 일어났다. 다리가 후둑후둑 떨리었다. 현훈증이 몰려들어 눈앞이 아찔했다. 했지만 농짝만은 갖고 돌아가야 한다는 일념으로 그것을 둘러메려고 서성거리였다. 어림두 없었다. 그래서 이번엔 허리띠를 풀어 그 한 끝을 농짝고리에 고착시키고 다른 한 쪽으로 끌었다.

"사랑한다 잉 — 니 없으문 나 한 시도 몬 살아!"

장마가 연줄이 되었다고 할까, 혜경이는 그의 품에 얼굴을 비벼대며 속삭였다.

그러나 꿀같이 달콤했던 사랑은 서글픈 회포일 뿐, 현실은 혼탁된 욕조물과 퀴퀴한 냄새밖에 없었다. 현철은 뜨거운 물속에 목만 내어놓고 앉아있었다. 얼굴로 비지땀이 철철 흘렀다. 그런 그에게 안겨온 것은 한 노인이 등허리의 때를 베끼지 못해 꺼칠한 팔을 허우적거리며 모진 애를 쓰고 있는 정경이었다. 불현간 측은하게 여겨진 그는 욕조에서 훌쩍 일어섰다.

"제가 밀어드리지요."

노인에게 다가간 그는 수건을 손바닥에 감아쥐고 목덜미에서 허리를 쭉쭉 문질러나갔다.

"감사하이, 젊은이, 정말 감사하이."

노인은 사례를 아끼지 않았다.

현철은 문득 부친을 떠올렸다. 대채를 따라 배운다고 마을의 남녀노소가 총동원되어 다락 밭을 만들던 그해였다. 부친은 뾰죽산 벼랑바위를 남포로 까부시는 작업을 책임졌었다. 그날도 바위에 구멍을 뚫고 화약을 묻었다. 도화선을 엄폐소에까지 늘이고 불을 달았다. 도화선은 폴폴 연기를 뿜으며 타들어갔다. 헌데 남포가 터지지 않았다. 줄이 다 탔는데도 폭발되지 않았다면 인명사고에 관계되는 엄중한 문제 뿐 아니라 자칫하다간 대채운동을 반대했다는 죄명으로 현행반혁명으로 몰리게 된다. 음폐소에서 무턱대고 기다릴 수 없는 부친은 불발의 원인을 밝히려고 벼랑으로 살금살금 기어올랐다. 그때였다. 꽈르릉, 탕탕! 남포가 연이어 터졌다. 부친의 체구는 허공중으로 핸둥 떠올랐다가 툴렁 떨어져 비폭지세로 쏟아지는 돌사태에 파묻혀 말 한마디 남기지 못하고 즉사하였다.

"어애 살거나, 어이구 내 신세…"

어린 현철이를 등에 업은 어머니는 구곡간장이 찢어질듯이 통곡을 뽑았다. 그 애처로운 넋두리는 현철이의 전신에 잦아들었다. 눈이 오나 비가 오나 사시장철 애면글면한 어머니란 것을 어려서부터 가슴 깊이 인각해둔 그는 크면 꼭 효성을 앞세워 어머니께 충성하리라 맹세를 굳게 다졌다. 고중에로의 진학도 포기하고 고향에 머물러 앉았다. 한 가정의 의젓한 기둥이 되여 향에서 꾸린 벽돌공장에서 밀차로 흙을 날랐고 벽돌가마에 불도 때었다. 그런 그를 공장 부기원인 혜경이가 요소요소에서 동정하고 두둔해 나섰다.

"알맥 빼지 말어, 쉼쉼이 해도 잉—내가 있은께 걱정 말어."

그녀에게 그만한 권한은 있었다. 부기원의 특세였다.

"책임이야 완수해야지, 안 그래?"

어머니에게서 고스란히 물려받은 직성이었다. 무슨 일에나 솔직하고 근직한 그는 그녀의 호의가 전부 수락되진 않았다.

"지금 세월 죽게 일 한다꼬 남달리 많이 버는 건 아니여. 눈치를 살피면서 역게 놀면 그만인 기다."
"하여간에 고맙다."

그는 진속에서 우러난 감사를 보냈다. 그러나 그녀가 왜 살가운 관심을 돌리는지 그 빌미는 아리송했다. 체신이 우람하여 전봇대같이 우중충한 것을 제하고 별로 볼 데가 없는데… 그의 상체와 얼굴은 비바람에 시달리고 땡볕에 꺼슬려 말 그대도 깜둥이었다. 홀어머니를 모신 가정형편도 차면 먼지밖에 없는 빈털털이었다.

"나는 잉, 잘 들어, 사내다운 남자, 알았제? 홋호호…"
하루는 혜경이가 얄포름한 입술을 쫑깃거리며 방긋 웃었다.
"사내답다고 내가? 정말인가?"
노을빛이 향촌 길을 붉게 물들이고 있었다. 퇴근한 그들은 어깨도 나란히 집으로 돌아가는 도중이었다.
"머저리가 있는데 잉 - 호호호, 난 알고 있제."
그녀가 까르르 웃어대며 쫑그르르 앞으로 달려갔다.
"요것 봐라, 누굴 놀려?"
그는 헐금씨금 그녀의 뒤를 쫓았다.

그 후 장마가 졌고 그것이 계기로 되여 그들의 사랑은 무르익었다. 하늘에서 내려온 칠선녀, 현철은 그녀를 그중의 하나로 간주했다. 다시 하늘로 올라가지 못하도록 두 팔로 으스러지게 끌어안았다. 그러다 두 몸이 한데 어울려 뒹굴었다. 무성한 당쑥이 동강나고 바랭이, 명아주, 억새풀이 짓이겨졌다. 들새들마저 어디론가 종적을 감추었다. 시간은 뚝 멎었고 지구는 회전을 중지했다. 했는데 혜경이는 한 달이 못되어 홀 변해버렸다.

"화냥년!"
현철은 게두덜대며 욕조에서 나왔다. 엉기정 엉기정 침상으로 돌아왔다. 젖은 수건을 두 손으로 비틀어 짠 후 팔다리와 어깨의 물방울을 닦았다. 그리고서야 침상 위에 넌짓 누웠다. 홀가분하고 상쾌했다. 조금 전 꼬리가 빳빳해 줄달음을 치던, 누가 따라올세라 쏜 살처럼 달렸던 것과는 전혀 다른 기분이었다. 어디도 가지 말고 여기에 누워있자. 귀천과 상하와 빈부의 차별이 없는, 너는 나를 속이고 나는 너를 협잡하려 얼렁뚱땅 엉너리를 꾸미지 않는 여기 온돌방 아랫목처럼 아늑한 곳에서 떠나지 말자. 그는 눈을 지그시 감았다. 한숨 푹 자려고 맘먹었다.

"김 국장말야, 말이 자자하던데."

"어느 김 국장?"

"향진기업국 김 국장말야."

"여우같은 놈, 한 코 걸렸으면 좋겠다."

눈을 번쩍 뜬 현철은 옆 침상에서 두런거리는 말소리에 귀를 솔깃이 기우렸다.

"그러게 말야. 수뢰금 10만 원도 넘는데."

"종합상사를 건축합네 하고 뜯어 먹은 거지?"

잠착히 엿듣고 있던 그는 어금니를 오드득 갈았다. 김 국장 그놈의 정갱이를 꺾어놓지 못한 것이 심히 후회되었다. 그놈이 뒤에서 모략을 밀모하지 않았던들 그에게 들씌워진 화액이 물도랑에 빠졌다가 나무등걸에 부딪쳐 만신창이 되진 않았을 것이다.

찌는 듯한 무더운 여름의 어느 날, 조 공장장이 현철이를 그의 사무실로 불렀다.

"제일건축공사 알겠지? 벽돌을 실어간지 반년이 넘었어. 받을 돈 54만 원이야, 힘써주게. 꼭 받아와야 하네."

"예!"

그는 흔쾌히 수락했다. 밀차로 흙을 나르는 자기에게 막중한 과제를 맡기는 것이 별스레 괴이쩍었지만 응당 받아야 할 돈을 받으러 가는 데는 별심 상관이라고 군말 없이 떠났다. 상황은 예측한 것과는 엄청나게 달랐다.

"이달 월급 돈을 받아야 지불할 형편인데유."

현철은 찾아온 사유를 말했다.

"돈이 없는 걸 참, 후에 보기오. 난, 바빠, 알았지?"

부기과장이란 사람이 여지가 없다는 듯 창밖을 흥심 없이 내다본다.

"줄 돈은 줘야지유. 빚쟁이가 되려 까박을 부리면 어쩌지유?"

무리라기보다 야질을 떠는데 그는 성칼지게 쏘아붙였다.

"그렇다면 내 목을 떼가오. 어떻소?"

형편없는 아다모끼였다. 그자에게 뭔가를 사정한다는 것은 수탉보고 알을 낳으라는 격이었다. 그는 하는 수없이 되돌아섰다.

"뭣에 쓰겠어? 받을 돈도 받지 못하는 무용지물, 당장 출근하지 말어!"

주먹으로 책상을 탕! 내리친 조 공장장의 얼굴은 험상궂었다. 청천벽력이라 한들 그럴 수 있겠는가. 빚쟁이에게 받은 수모를 사그라뜨리기 전에 설상가상으로 터무니없는 덤터기까지 뒤집어썼다. 현철은 자리에서 벌떡 일어났다. 틀어쥔 종주먹(북한어: 단단히 쥔 주먹)이 부르르 떨고 있었다. 놈의 면상을 호되게 족치려고 앞으로 성큼 나섰다.

"이럼 쓰나?"

사무를 보던 종업원들이 우구구 몰려들었다. 그들은 한결같이 그를 이끌어 문밖으로 내몰았다.

그날부터 집구석에 붙박인 그는 처녀가 남산처럼 된 배가 부끄러워 문밖출입을 꺼려하듯 두문불출이었다. 그랬다고 찾아와 얼굴을 내미는 사람은 하나도 없었다. 혜경이만은 그래도 찾아와 안위할줄 알았는데 오산이었다.

너미랄, 니가 없음 내가 못살 줄 알았나?

그는 치밀어 오른 건가래를 퉤! 창문 밖으로 내 뱉았다. 이때 마실을 갔던 어머니가 돌아왔다.

"니 혜경이와 그만 둔기가."

문을 활 열어젖히면서 다짜고짜 캐어물었다.

"왜 그럽니까, 어머니."

"그 가시나 향진기업국이란가, 시내로 전근한다꼬 소문 자자하더라마."

"소라고 말뚝에 매여두었겠어유?"

"몬난 자슥아, 니 그 가시나와 죽자 살자 했다믄서? 채인 게 아니가, 등신처럼, 그냥 둘기가?"

"……"

어머니는 입가에 거품을 물고 연주포를 냅다 갈겼다. 효성이 극진한 아들에게 언짢은 말 일언반구도 내지 않던 어머니 앞에서 현철은 말문이 막혔다.

그날 저녁. 일락서산 해떨어지고 땅거미 대지를 감싸 안을 무렵, 현철은 슬그머니 집 문을 나섰다. 옥수수가 무성했던 그 언덕에 터를 닦고 새로 지은 혜경이네 집으로 가서 곧장 그녀를 불러내었다.

"D시로 간다며?"

해맑은 만월이 구름에 가리워졌다. 사위는 갑자기 어둠이 짙었다.

"가는덴?"

"우리 관계는 어쩌구?"

뾰죽산 어구지에서 소쩍, 소오쩍―소쩍새가 구성지게 울어댄다.

"혼례식 올렸게? 그랬으면 어째, 니와 일생을 같이 해봤자 그 꼴 그 모양이제, 별수 있는 기가?"

괴팍하고 몽니 사나운 그녀의 어투가 밤하늘을 들썽 울려놓는다.

“정말 그러기가?”

“안 그러면 어쩔끼여?”

“뭣이?”

그의 성깔은 터진 보뚝물. 번갯불이 번쩍 나게 그녀의 따귀를 죽어라 내려친다.

“실컷 잘 살어, 쌍년아!”

현철은 홱 돌아섰다. 총총걸음을 놓았다. 어디선가 컹, 커어컹! 멍멍개가 밤의 고요를 깨드린다. 그는 그길로 D시로 떠났다.

그 후 어떻게 되었던가? 그녀가 김 국장의 후처로 된 사연을 떠올리기 싫은 현철은 모로 돌아누웠다. 침상이 삐걱하고 소리를 내였다. 그와 동시에 누군가 그의 어깨를 흔들었다.

“영업 끝났소.”

목욕탕 종업원이 재촉했다.

“아 그래요.”

자리에서 제꺽 일어난 그는 주변을 힐끔 살폈다. 우왕좌왕하면서 북적대던 알몸뚱이들이 어디론가 뿔뿔이 사라져 가뭇없고 욕실은 그저 휑뎅그렁했다. 안온한 안식처라고 여겼던 여기도 실은 그런 게 아니었다. 주섬주섬 옷을 입은 그는 목욕탕에서 나오지 않으면 안 되었다.

밖은 칠흑 같은 어둠이 지네발처럼 스멀스멀 거리고 있었다. 어디로 갈까. 갈 곳이 없다는 망연함이 그의 가슴을 옥죄였다. 고향으로 돌아가고 말까. 그것은 호박 쓰고 돼지 굴로 들어가는 격이었다. 조만간에 잡히운다는 위험이 머리칼을 곤두 세웠다. 그렇다고 여기서 밤을 지새울 순 없었다. 귀추 없는 길이나마 저벅저벅 걷지 않으면 안 되었다.

D시로 달려온 그날 밤도 갈 곳이 없었다. 현철은 역전 광장에서 방향 없이 배회했다. 늦가을의 소삽한 바람이 휘익! 길바

닥을 훑었다. 게저분하게 널부러진 낙엽이 정처 없이 굴러오고
굴러갔다. 무슨 짓을 하던 돈을 벌어야 만이 몰렴치한 혜경이에
게 가차 없는 앙갚음을 감행 하리라고 찾아온 D시는 강근지천
이라고 하나도 없는 초면강산이었다. 갈 곳이 없었다. 궁여지책
으로 대합실로 가는 수밖에 별도리가 없었다. 날이 새면 어떤
대책이 나서리라는 막연한 기대를 품고 장의자 한쪽 귀퉁이에
쭈쿨데리고 앉았다.

동녘이 푸름해지며 새날이 밝았다. 현철은 일자리를 구하러
D시 바닥 바닥을 모조리 훑었다. 그래서 차례진 것은 건축공사
장에서 자갈을 부리고 벽돌을 운반하는 허드레잡부였다. 했지만
도급제여서 오직 부지런하면 돈벌이에는 절호의 기회였다. 불편
하다면 주숙 조건이 너무나도 열등했다. 천막 같은 데다 널판지
를 대수대수 깔아놓아선지 누워있으면 냉랭한 습기가 전신의
관절을 지긋지긋하게 엄습했다. 그런 걸 타발할 처지가 못 된
그는 꼭두새벽이면 몸을 툭툭 털고 일어났다. 세수할 여가 없이
벽돌을 날랐다. 똥줄이 나가든 말든 남들보다 곱으로 일을 했
다. 그럭저럭 월말이 되여 도시생활에서의 첫 월급을 탔다. 이
렇게 몇 달 견지하면 돈푼이 장만될 것이요 그때면 그것을 밑
천으로 누구누구처럼 장사를 해보리란 흥분을 눙치지 못하면서
월급봉투를 뜯었다. 헌데 이게 웬일일가. 일당수입 5원씩 쳐도
150원은 될 줄 알았는데 주숙비, 회식비, 위생비를 제하고 남은
것은 백 원도 되지 않았다.

"야, 너 여기 규칙 모르지?"

이런 때 함께 일하고 있는 말라꽁이가 꺼들꺼들 다가왔다.

"무슨 규칙?"

그는 눈을 휘둥굴하게 치떴다.

"꿍터우(工頭)에게 공양해야지. 30원씩."

뚱뚱보가 말라꽁이의 말을 거들었다.

"내 돈 내 땀으로 벌었어. 꿍터우가 뭔데? 뭣에 발라 먹은 거야?"

"자식, 맛을 봐야 알겠?"

말에 앞서 주먹이 들이닥쳤다. 뒤이어 발길이 엉덩이를 뭉개놓았다. 현철은 억척스레 달려들었다. 중과부적이었다. 힘장사로 소문난 그였으나 어중이떠중이들을 감당하지 못했다. 코피가 터지고 눈두덩은 시퍼렇게 멍이 들었다. 월급봉투까지 빼앗기고 말았다. 하늘도 무정하고 땅도 무정했다. 골풀이치는 굴욕을 풀 수 없는 그는 긴긴 밤을 뜬눈으로 지새우다가 먼동이 트기 직전의 그 삼라만상이 죽은듯한 정적을 빌어 숙소에서 살짝 빠져나왔다. 말라꽁이와 뚱뚱보의 거처에 감쪽같이 숨어들었다. 꿈나라에서 헤매고 있는 놈들을 미리 준비한 몽둥이로 사정없이 억패여 놓고 공사장에서 나왔다.

설한풍이 발가벗은 가로수를 후려치며 거드름대고 있었다. 못 박혀 어디든 오도 가도 못 하고 무시로 치떨고 있는 가로수가 꼭 마치 자기 같다고 여겨진 그는 눈길을 앙상한 나ant가지에 박았다. 쌩, 쌔쌩—기승치는 바람에도 떨어지지 않고 용케도 가지에 한 쪽 끝을 붙이고 너덜거리는 거미줄이 보이었다. 느닷없이 거미가 떠올랐다. 거미줄을 쳐놓고 고추잠자리, 호랑나비 같은 포식물이 걸리면 으슥진 곳에서 슬금슬금 기어 나오는 음충한 거미, 그것은 김 국장이었다. 그놈이 사처에 거미줄을 쳐 놓았기 때문에 혜경이가 걸려들었고 자긴 직장을 잃고 산 설고 물 설은 D시에서 갖은 곡경을 겪었다. 마감으로 능지처참한 줄 매까지 맞았다. 당장 그놈을 찾아가자. 죽든 살든 결판을 내고 보자.

현철은 그러잖아도 김 국장을 추적했었다. 향진기업국 대문 앞에서 대기하면서 만나기만 하면 그놈의 숨통을 끊어버릴 뚝심이었다. 만날 기회가 쉽사리 주어지지 않았다. 젠장, 멀쩡히 기다릴게 뭔데? 그는 청사 안으로 쑥 들어갔다. 국장의 패쪽이 달린 문을 두드렸다. 반응이 없다. 그곳 직원에게 탐지해서야 회의 중이리라는 것을 알게 되었다. 회의실로 달려갔다. 유리창 문을 통해 고개를 기웃거렸다. 얼굴이 둥굴 넙적하고 몸집이 앙바틈한 작자가 손짓을 해가며 지부렁대고 있었다. 구역질이 울컥! 치밀었다. 인면수심의 위인이 그래도 국장이랍시고 어쩌구 저쩌구 훈계를? 우욱!—심통이 터진 현철은 문을 박차고 들어가 족치고 까부시고 싶어 절절 매였다. 때와 장소는 그런 게 아니었다. 억지로 참은 그는 기신기신 되돌아서야 했다.

설 한풍은 의연히 기고만장한 득세를 뽐내고 있었다.

그러나 얼키고설킨 불행을 한데 묶어 김 국장에게 치명적인 보복을 가하리라 다짐한 결심은 변함이 없었다. 그때였다. 활개 쳐 달려오던 검은색의 승용차가 마주 오는 자전거를 깔아놓았다. 사람들이 일제히 거기로 몰려갔다. 시룽 새룽한 호기심이 그의 발길을 그쪽으로 옮겼다. 원형으로 밀집된 관객들을 비집고 현장으로 접근했다. 자전거는 바퀴가 계란형으로 찡그러져 아무렇게나 팽개쳐져 있었다. 다행히도 자전거 임자는 별로 상한 데가 없었다.

"눈이 멀었어?"

운전수가 먼저 얄망궂게 진공했다.

"누굴 탓하는 거야? 굽인돌이에서 경적을 울리지 않은 건 누군데? 잔말 말고 배상해!"

차 임자는 중년이었다. 녹록치 않았다.

"배상이라니? 무슨 배상?"

승용차 뒷문이 삐익—열리였다. 풍채 좋은 50대의 남자가 차 안에서 나왔다.

화뜰하고 놀란 현철은 빗본 게 아닌가 손등으로 눈을 비비고 자상히 보았다. 원수를 외나무다리에서 만난다고 위불없는 김 국장이었다. 벼르고 벼르던 숙적(宿敵)을 만난 그는 눈에 인광 같은 싸늘한 광염을 날리며 미친 듯이 관객들을 헤쳤다. 놈이 흑백을 전도하며 독설을 난무하는 일우의 기회에 침중한 타격을 가할 작정이었다. 바로 그 찰나 그의 눈확(눈구멍)으로 들어온 것은 차안의 의자 위에 당실 놓여져 있는 조그마한 손가방이었다. 저 속에 무엇이 있을까. 혜경이를 유혹한 금전이 있지 않을까. 돈이 없으면 네놈도 쓸개 빠진 허깨비처럼 위력을 뽐내지 못할게 아닌가. 기실 그놈의 멱살을 쥐고 윽박질러봤자 일순간의 통쾌를 느낄 뿐 근저를 허물어뜨리진 못할 것이다. 그럴 바엔 차라리 저것을 없애버리는 것이 상책이 아닐까. 그는 사람들이 밀고 닥치는 틈을 타서 손가방을 꺼내어 윗옷 안에 개 눈 감추듯 하고 줄행랑을 쳤다. 달리고 달리다가 이른 곳이 목욕탕이었다.

밤은 각 일각 깊어갔다. 목욕탕 앞거리는 한적했다. 가로등마저 깜박깜박 조을고 있었다. 오가는 사람들의 그림자도 보이지 않았다. 고개를 푹 떨군 현철은 지척지척 걸었다. 골목길 굽인돌이를 막 돌아서려는데 웬 사람이 앞을 가로막았다.

"이게 누군가?"

그의 눈앞에 나타난 것은 몽외지사(夢外之事)로 혜경이었다.

"아니?"

얼굴을 강팍스레 일그러뜨린 그는 엉거주춤 서있었다.

"알고 있었지만도…여기로 왔다는 걸…"

왠지 울가망해진 그녀의 말투는 어눌했다.

"내가 뭣을 하든 니가 무슨 상관이여?"

깊은 수렁에서 고패치고 매삼치게 한 요괴 앞에서 어제 날의 원한과 오늘의 억분이 화산처럼 터졌다.

"날 때려. 죽게 때리란 말이여…차라리 니한테 맞아 죽을란다."

"뻔뻔스럽긴!"

그는 종주먹(북한어: 단단히 쥔 주먹)을 높이 들었다. 그런데 더는 용을 쓰지 못했다.

"워쩌다 만났는디…흐흑! 날 용서…않을거가 엉…"

그의 팔소매를 와락 붙잡은 혜경이는 어깨를 무시로 들먹이었다.

"……"

할말이 궁했다. 빌고 드는 자에게 침을 뱉지 말랬다고 은연중 마음이 취약해졌다. 그녀를 떠올릴 때마다 주먹이 불끈 쥐여진 그였지만, 실은 그녀와의 옛정을 망각할 수 없었다. 어떤 지경에 처했길래 때려달라면서 용서를 구할까? 갈라진 후 그녀의 내력이 궁금하기도 했다. 그는 결국 그녀를 이끌어 부근의 식당으로 들어갔다. 형광등에 비추어진 그녀의 모습은 초췌했다. 빗지 않은 머리는 뒤엉킨 북데기 같았고 화장이 지워진 얼굴은 꾀죄죄했다.

"어때 재미가."

주안상이 차려지자 소주 한 잔을 쭉 따르고 난 현철이 먼저 입을 열었다.

"그럭저럭이제."

"그럴 리 없겠는데?"

"억지로 사는 기여."

"국장 어른 바람피우는 걸 알고 있는 기가."

그녀가 그런 식으로 자백할 줄을 몰랐던 그는 뭔가를 더 알고 싶었다.

"어떻게 알았제, 그걸?"

흠칫 놀란 그녀가 이쪽을 경악스레 바라본다.

"내가 머저린가. 금목걸이를 사준다더라. 매화라나, 지도 한 잔 마셔."

그녀는 사양하지 않았다. 따라준 술을 단모금에 쭉 마셨다.

"그 가시나 아이 치가 떨려. 매일 전화로 성화를 부리제. 껍데기만 남은 사랑을 지켜 뭘 하는가고. 물러서라꼬, 어애야 좋을란가, 응?"

"흥, 지위 높고 돈 많은데 시집가면 복을 누릴 줄 알았던가?"

사정을 알게 되자 부지중 심사가 삐뚤어진 그는 탁하게 쏴주었다.

"꼬드기지 말어. 눈이 멀어 그랬는데…"

그녀는 하소연을 활 풀어헤쳤다.

지난여름의 어느 날, 김 국장이 승용차를 타고 벽돌공장으로 시찰을 나왔다. 그날 공장에선 풍성한 연회부터 베풀었다. 국장어른이 광림했다고 올리 뛰고 내리 뛰고 하던 조 공장장이 혜경이를 찾았다.

"국장어른 잘 모셔야 돼. 공장의 출로가 그의 한 마디에 달렸으니까 제발 잘 모셔!"

조 공장장은 그녀를 기어코 국장의 옆자리에 앉혔다. 마뜩지 않으나마 웃는 얼굴로 국장에게 술을 부었다. 술이 몇 순배 돌아갔다. 무엇이 그녀의 종다리를 다쳤다. 얼핏 동정을 살펴보았다. 국장의 무르팍이었다. 술을 마시다보면 그런 우연한 동작도 있을 거라고 여기며 계속 친절을 보냈다. 그런 것이 이번엔 무르팍을 아예 그녀의 허벅지에 붙이고 있었다. 그제야 그녀는 다리를 움츠렸다. 얼굴에는 의연히 미소를 지으면서. 허나 속으로는 은연중 경계망을 높이 쌓고 있었다. 그래선지 별다른 급진전을 보이지 않고 연회는 끝을 맺었다. 했는데 이튿날 승용차가 또 달려왔다. 국장은 없고 운전수만 이었다. 만면희색이 된 조 공장장이 혜경이 보고 김국장의 알선으로 대부금 백만 원이 해 결되었으니 차를 타고 속히 가서 비준서를 갖고 오라고 부탁했 다. 그녀는 자기의 직책이라고 유예 없이 차에 올랐다. 이윽하 여 이른 곳은 향진기업국이 아니라 칸칸을 막은 호화로운 식당 이었다. 뜻밖에도 거기에 대기하고 있던 김 국장이 인품 좋게 웃으며 그녀를 손바닥만한 단칸방으로 안내했다. 혜경이는 급기 야 불안해졌다. 전등 빛마저 어둑시그레하여 불길한 예감이 순 을 뻗었다. 한시도 머물고 싶지 않았다.

"대부금이 된다면요? 비준서를 주세유. 전 속히 돌아갈렵니 다."

"점심때가 됐는데 점심은 먹어야지? 굶는 법이야 없잖어? 원 허허!"

너털웃음을 지은 김 국장은 나름대로 종업원에게 뭐라고 수 군거렸다.

진퇴양난이었다. 하긴 배가 출출해 먹긴 먹어야 했다. 백일하 에 간대루 사람을 죽이기야 할까. 그녀는 자리에 앉았다. 요리 가 들어오기 시작했다. 새우지짐, 게볶음, 뱀고기탕…그녀의 눈 은 삽시에 휘딱 뒤집어졌다. 농촌바닥에선 아에 구경도 못할 산 해진미였다.

"자, 어서 들어."

"예!"

그녀는 배고픈 김에 헌걸차게 먹었다. 권하는 맥주도 적당히 마셨다.

이상했다. 왠지 정신이 흐리마리해지면서 전신이 나른해졌다. 그러다가 그만 정신을 깜박 잃고 말았다.

혼미상태에서 깨어난 것은 이튿날 아침이었다. 커튼 틈새로 부챗살 같은 햇살이 줄줄이 뻗히고 있었다. 실내는 정갈하고 우아했다. 붉은 주단이 잔디밭처럼 깔린 그 위에 소파가 가지런히 놓여져 있고 저쪽으로 텔레비전이 뎅그렇게 놓여져 있었다. 여기가 어딜까? 어떻게 되여 여기로 왔을까? 그러다가 흠칫 놀란 것은 자신의 옷이 홀라당 벗겨져 있는 거였다. 누가 옷을 벗겼을까? 무엇이 잘못된 것을 직감한 혜경이는 황황한 심정 그대로 자리에 벌떡 일어났다.

"미안해. 그러나 난 홀몸이야. 같이 살면 되는 거야."

화장실에서 나온 김 국장이 시물시물 웃고 있었다.

"비루해요!"

되알지게 쏘아붙인 그녀는 몸을 획 돌렸다.

"현철이 그놈에게 시집가면 빈곤밖에 뭣이 있어? 기왕 몸을 바친 바에 여기서 함께 사는 거야. 돈도 맘대루 쓰구. 얼마나 좋아."

"흑, 흐흑…"

설움이 복받친 그녀는 울음을 터뜨렸다. 울고 울었다. 얼마나 울었는지 모른다. 그랬다고 묘책이 생긴 건 아니다. 그만치 눈물은 무용했다. 하긴 현철에게 일생을 맡겨봤자 흙덩이와 씨름할 뿐 별다른 출로는 보이지 않았다. 인생이 얼마라고, 살아 있는 한 돈이나 맘대로 쓰고 보자! 혜경이는 그렇게 주저앉고 말았다.

그런데 김 국장은 여자라면 통 오금을 쓰지 못하는, 절구통에 치마를 씌워놓아도 달려드는 변태적인 색마였다. 그와 결혼한 후 외간 여자들과 치정관계를 나눈 것은 수가 없었다. 전처도 암으로 죽은 게 아니라 더는 함께 못살겠다고 집을 떨쳐나갔다. 맘고생이 여북했으면 생활조건이 뜨르르한 걸 마다하고 떠나겠는가.

"내가 지금 전처의 꼴을 겪고 있는 기라. 벼락 맞아 즉살해도 원망 못 한다 만은 그 사람과는 죽어도 못살기야. 용서해 줄끼여, 날?"

그녀는 이쪽을 안쓰러운 눈빛으로 바라본다.

"용서…"

뼈저리게 후회하고 뭔가를 갈구하는 그녀의 눈빛 앞에서 그는 어쨌으면 좋을지 몰랐다.

"널 찾아가려고 했지만서도 체면이…"

"그래 우리 새롭게 사는 기야, 정말?"

첫사랑이 휘말려든 그는 자리에서 벌떡 일어섰다. 그와 동시에 윗옷 안에 숨겨두었던 핸드폰이 툴렁 떨어졌다.

"그거 어디서 난기야?"

그녀의 눈이 졸지에 퉁방울처럼 커졌다.

"그 놈 거다. 훔쳤다."

이제 그녀에게 숨길 필요는 아무것도 없었다.

"세상에!…"

그녀는 입을 딱 벌린 채 굳어져버렸다.

"잘못한기가, 내가?"

"그런 건 아니고…"

"그놈이 종합청사를 건축합네하고 뜯어먹은 수뢰금이 10만 원이란 걸 모르고 있지?"

그래서 그녀는 그런 돈을 훔쳐갖고 어디론가 멀리멀리 사라지려고 했었는데 김 국장이 오늘 저축소를 가던 중에 손가방을 분실했다는 거였다. 좋은 기회였다. 분실한 돈을 자기의 소유로 만들 욕망으로 신분증과 호적부를 들고 시내 파출소마다 찾아다니며 신고했다. 현철이를 만난 것도 파출소를 경우 해 돌아가는 길에서였다.

"헌데 그 돈 우리가 써서 일 없는 기가."

"무슨 일? 그놈이 수뢰한 금액을 얼마간 빼앗았는데…잔말 말고 우리 여관으로 가자."

"안돼. 민경들 여관부터 수색할 끼다."

"어쩌지 그럼?"

"여기도 위험해. 속히 나가자."

그들은 급급히 식당에서 나왔다. 밖은 추웠다. 한기가 전신을 휘감았다. 어디로 가야 안전할까. 그런 곳이 없었다. 그렇다고 여기에 머물러 있는 것은 장구지책이 못되었다. 어디든 가야 했다. 현철은 그녀의 허리를 꼭 껴안고 귀추 없이 걸었다. 그랬는데 육중한 무엇이 홀연 앞으로 막아섰다. 그것은 높디높은 담벽이었다. 큰 도적은 법에 걸리지 않고 좀도적은 법에 걸려 갈 곳이 없는 현실 앞에서 그들은 벌씬 쓴웃음을 지으며 되돌아섰다. 윙, 위이잉!-하늬바람이 골목을 사정없이 휩쓸었다. 하얀 눈보라가 갈팡질팡 어지럽게 흩날렸다.

돌개바람

고양이는 쥐를 노리고 독수리는 병아리를 살핀다. 민이식위천(民以食爲天)은 하늘을 떠받든 지구덩어리다. 본능적인 욕구 앞에서 삼강오륜(三綱五倫)은 옴짝달싹 못한다. 천석이는 안걸이를 걸어 굶주림을 메쳐야 했다. 굶주림은 배가 등 뒤로 가드라붙은 것만이 아니다. 금전의 굶주림, 로맨스의 굶주림이다. 천석은 나비이고 꿀벌이었다. 천자만홍 별별 조화를 동반한 꽃을 보고 눈귀를 찡그릴 바보가 있겠는가? 그의 눈알은 베어링처럼 돌아갔다. 욕구의 불꽃이 삼단 불길로 되었다. 지체한다는 것은 팔삭둥이 무능아. 손쉽게 꺾일 꽃은 무도청에서 자란다. 무도청에서 꽃을 꼭 꺾어야 하는 만큼 천석은 조급했다.

"홋호호, 제가 어때요?"

"눈귀의 잔주름 뭘 의미하지?"

"서른아홉 살 처녀란 말이예요".

"뭐?"

"여긴요, 가정이 없으면 처녀라구 한다구요."

"그래서?"

"객지생활 적적하지 않으세요? 저와 데이트 하시는 거죠?"

모란다방의 여주인이 조츰조츰 밀착하여 왔다. 피할 곳이 없어 그녀를 와락 끌어안은 것은 법에 걸리지 않았다. 후각을 포로한 향수냄새. 얼을 앗아간 젖우물. 욕정을 유발한 아랫배. 그는 눈에 쌍불을 켜댔다. 서울에서 꺾었던 꽃보다 황홀한 것은 어디에? 눈앞엔 어둠의 장막이 중중첩첩했다. 갑자기 번갯불이 그 장막을 올렸다. 상아선녀가 무지개를 타고 내려왔다. 요염한 체구. 동탕한 얼굴. 하야말쑥한 살결. 무도청이 눈을 휘둥글 하게 치떴다. 절세미인 양귀비는 질투로 심근염에 걸렸고 화용월태 춘향이도 애간장이 타 번져 신경병에 걸렸다. 서울의 아가씨들 울면서 되돌아섰다.

"실례합니다. 춤 함께 출까요?"

천재일우의 기회를 놓친다면 바보천치, 시라소니, 숙맥이었다. 천석은 그녀를 향해 화살을 쏘았다.

"뭐가 실례야요?"

용수철이 튕기었다. 샘물이 솟구쳤다. 화산이 터졌다. 그녀는 그네를 잡아타고 허공중으로 뛰어올랐다.

"알고 지냅시다. 전천석이라 합니다."

"월향이라 불러주세요."

잔디밭. 실바람. 물안개. 그녀는 가볍고 부드럽고 다정스러웠다. 그것만으로는 부족이었다. 흐드러지게 핀 꽃 눈 깜박할 새 숨지고 젊음의 패기 영원한 것이 아니리라. 돈의 굶주림과 사랑의 굶주림 앞에서 가치법칙은 언제나 금전에게 세배를 한다. 하다면 월향에게 바랄 것은 무엇?

빚쟁이: 한국까지 갔다 오고 왜 그 모양이오?

천석: 이자의 이자를 물면 안 되겠소?

빚쟁이: 그걸 말이라고 하오?

천석: 난 내 몸밖에 없소.

금전을 앞세운 남녀간의 연정은 재래로 일견종정(一見鐘情)이

다. 백 번이 아니라 한 번 찍어도 넘어갈 월향이를 해부해보았
다. 금은보화가 뱃속에 잉태되었을까? 오장육부 으슥진 곳에 은
폐되었을까? 그것만이 흡인력이고 매력이었다.

　"선생님 무슨 사업을 하세요?"

　"하늘을 찌를 듯한 고층건물."

　"높은 자리에 있겠네요?"

　"국장은 내 손자요."

　"잘 산다고 뽐내지 말아요. 저도 한국에 갔다 오면 벼락부자
가 될 겁니다.

　벼락부자가 된다는 희소식이 천둥을 불러와 고막을 터쳤다.
서울에서의 로맨스는 영원한 추억의 기념품. 가석하게도 비자기
한이 그를 중국으로 추방했으니 말이지 죽어 진토가 되여도 원
없을 생활이었다. 그것이 다시 실현될 가망성은 이미 정탐해낸
월향이의 금은보화에 있었다.

　"언제 출국하게 되오?"

　"부친의 몫으로 땅이 있대요. 저쪽에서 험상궂게 찌프린답니
다."

　"내게 맡기오, 구름을 태워 보내겠소."

　"그 은혜 오매불망 뼛속에 새겨 두겠어요."

　결혼은 사랑의 무덤만이 아니었다. 엉치뼈가 분열된 진통이
수족을 얽매여 세파에 뒹굴고 세태에 엎으러졌다. 시체옷을 눈
멀쩡히 구경하면서 김치 쪽과 된장국으로 배를 채워야 하는 인
생은 쓰레기통이었다. 여유작작 배포유한 것을 보면 질투심이
부글부글 끓는 팥죽이 된다. 모모네가 비디오를 샀다는 그녀의
부러움에 텔레비전도 없는데 그걸 해선 하등의 소용없다는 얼
음장 같은 남편의 말이다. 남편은 보통노동자. 그의 수입으론
좁쌀도 쪼개 먹어야 했다. 아내와 자식을 시대의 돛배에 앉히지

못하면서도 쩍하면 기관총에다 불협화음을 연발했다. 조물주가 남녀를 분별한 것은 걸레, 빗자루, 가마목을 여인에게 준다는 것이고 헌헌장부의 일 따로 있다고 엇세웠다.

모기가 윙윙. 파리가 앵앵. 까마귀가 까욱까욱. 미친 듯 불어 대는 얼친 말이 그녀의 귀 밖에서 총살당하고 말았다. 아무튼 남편이 물이라면 그녀는 콩기름-융합되지 않았다. 남편이 하늘 이라면 그녀는 땅-공간은 까마득했다.

남자들의 일 따로 있다구? 터질듯 포만한 젖우물을 깔고 유 들유들한 아랫배에 올라타면 입 밖으로 겻불을 홧홧 토한다. 뒤 이어 폴싹 뒹굴어 떨어진다. 쿠-쿠쿡! 적진 깊숙이 돌진하여 명중탄을 퍼부었다고 곯아떨어진 물렁코가 나팔을 냅다 불어댄 다-무골충.

그런 주제에 뭣이 어쩌구 어쨌다구? 코끼리가 장대 코를 휘 두른다. 남편의 코는 드세었다.

"젠장, 막치기 골 안에서 썩는 걸 데려다가 직장까지 마련해 줬으니 감지덕지할 일이 아냐?

참을 인자가 사전에 밝혀졌다. 한 번 보면 어리둥절하고 두 번 보면 아리송하다. 그것이 뉘 아들이더냐. 불교에서 일컫는 욕계(欲界), 색계(色界), 무색계(無色界)가 프로이드의 성애론이 무색계만을 생포해버렸다. 화창한 봄이면 싹이 움트고 소슬한 가을이면 낙엽이 진다. 인간본능에 따라 그녀의 세포마다에 물 욕과 애욕이 시시각각 두각을 헨둥 쳐들었다. 꽈르릉! 천지를 진감하며 화산이 터진다. 녹아 돌물이 철철 흐른다. 뜨거운 포 옹에 입술이 째지고 젖가슴이 풍비박산이 되여도 죽어 한이 없 겠다. 물안개가 서서히 감돈다. 가볍고 부드러운 애무에 배꼽이 짜릿하고 하신이 주실되어도 죽어 눈을 감겠다. 옥중의 춘향이 이 도령을 고대함은 깡말라버린 시래기. 정조와 수절의 가치는 먼지보다 못했다. 욕정의 절정에서 디스코가 꼬리를 흔든다. 광기가 지랄병을 초청할 지경이다.

남편과의 도화선은 물욕에서 불이 달렸다. 월향아, 지금이 어느 때라고 그런 바지를 입고 다녀? 홀태바지가 귀띔한다. 월향아, 날씬한 몸매에는 굽 높은 구두가 격에 맞는 거야. 시체구두가 권고한다. 월향아, 젊어 멋을 부리지 않고 언제 부려? 가죽잠바가 비양거린다.

귀띔과 권고와 비양이 버선짝을 홀딱 뒤집었다. 돈지갑은 몇 원도 없는 빈털터리. 돈은 개도 먹지 않는단다. 돈은 종잇장에 불과하단다. 돈은 태어날 때 가져오지 못하고 죽으면서도 가져가지 못한단다. 그놈의 돈이 뭔데? 호의호식, 2층 양옥, 텔레비전…등가교환이 금전 앞에서 쩔쩔 매며 그녀의 동가슴(북한어: 앙가슴)을 박박 긁는다.

"부산 이모한데 갔다 왔으면 하는데요."

"금강산도 식후경이오. 한약이 팔리지 않는 이상 돈 팔러 가겠소?"

"부친 몫으로 땅이 있다고 하잖았어요."

"수십 년 전의 일 누가 알아주오? 유산이고 뭐고 갔다가 허탕 친 사람 한두 사람이오?"

"가서 막노동을 하죠 뭐!"

"매춘부로 몰락된다는 걸 몰라 그러오?"

목석은 감각이 없고 바위는 무표정이다. 맹물에 맹물을 타면 무엇이었던가. 맹물에 간장을 타면 그저 찝찔하다. 그런 남편이 남편이노라 남편으로서의 특세를 피운다.

쥐를 노친 고양이는 보람이 있었고 병아리를 살핀 독수리는 수확이 있게 되었다. 천금을 주고도 살수 없는 것이 한국의 땅값이다. 전자계산기가 천석이의 운명을 점쳤다. 뭉칫돈이 하늘

에서 뭉척 떨어진단다. 헌데 계승권이란 문제의 고리가 풀리지
않았다. 부친의 땅이 딸에게 계승되고 딸의 남편이면 동일하게
계승할 수 있다. 으흠! 전자계산기는 여기서 멎었다. 벼락부자
와 아내 어느 쪽이 무게가 더할까. 지금은 사람이 돈을 버는 게
아니라 돈이 사람을 삼킨다. 금전의 굶주림이 군침을 삼키며 오
장을 발칵 뒤집는다. 삼십육계 이혼만이 상책이다. 아내 봉련이
가 말을 들을까. 듣던 말든 그물에 든 잉어를 놓쳐선 안 된다.
천석이의 마음은 차돌로 되여 진공을 늦추지 않았다.
　"망 계승권 근심 마오. 난 서울에서 이미 수억의 유산을 물려
받았단 말이요."
　"얼마나 좋겠어요!"
　"그런들 무슨 소용이요? 금전으로 살수 없는 게 뭔지 아오?"
　"몰라요."
　"사랑, 사랑, 사랑이란 말이요."
　월향은 망설였다. 절절한 욕구가 눈앞에서 급정거 되자 도리
어 어정쩡해졌다. 눈 감고 아웅 한다고 천석이의 얼림수에 든
게 아닐까. 그러나 인생팔고(八苦)와 인간본능이 그녀의 말초신
경을 추등긴다. 결국 거추장스러운 굴레가 천야만야한 낭떠러지
로 툴렁 떨어졌다. 철옹산성의 방어선이 돌파구를 포기했다. 천
석에게 사로잡힌 그녀는 연골증에 걸렸다. 꼼짝달싹할 수 없었
다. 사탕 알은 달고 깨알은 고소하고 코카콜라는 시원했다. 포
옹이 키스를 삼키고 정욕이 애무를 억눌렀다. 인생 최고 쾌락
속에서 전 남편은 헌신짝이 되었다. 천석이와의 생활은 천당!
한 발자국을 내디뎌도 택시가 문을 열고 창자 속에 산해진미가
다방을 불렀다. 금전은 부귀영화의 친동생. 인격과 존엄의 안식
처. 부러움을 담은 눈길들을 끌어안고 그녀를 창공높이로 치솟
게 했다. 매지구름 속에 감춰진 귀동자가 보이지 않았다. 볼 여

가가 없었다.

북소리 둥둥. 꽹과리 챙챙. 천석은 너털웃음에 미쳤다. 인간은 고고성을 울리면서부터 죽음을 향해 총진격한다. 일장춘몽 같은 인생이라 순간순간의 쾌락을 후려잡아야 영웅호걸이리라. 그의 거머리와 그녀의 살점이 달라붙어 떨어지지 않는다. 떨어져선 안 되었다. 세월이 허송을 잡아타고 날 보란 듯 순유(巡遊)한다.

그러나…그러나가 뭔데? 물은 흐르고 지구는 회전하고 달력은 떨어졌다. 언젠가부터 천석은 심기염에 헐썩임을 동반했다. 삭신이 모조리 뽑힌 듯 흐물흐물 했다. 그놈을 제대로 쓰지 못했다. 월향이의 볼쾌가 달음박질을 쳤다.

“그게 왜 삶은 배추 같아요?”

“글쎄 말이요.”

“너무 용을 써서 탈진한 게 아니예요?”

“글쎄 말이요.”

“아이참, 기분 상해.”

“글쎄 말이요.”

보리죽에 물을 타면 무엇이 되는가? 그런 쾌락이 없으면 깡마른 것이 무미건조함을 힐책할 뿐. 동침동품하면 그만이 아니었다. 독수공방 애별이고(愛別離苦)에 애간장이 산지사방으로 흩어졌다. 막무가내가 수수방관을 제지시켰다. 병원의 문을 열지 않으면 안 되었다.

“발기불능이요?”

“그렇습니다. 충격 같은 것 받은 적 없소?”

“있을 리 만무하지요”.

“불중태가 왜 이 모양이요?”

“모르겠는데요.”

"CT를 해봐야겠소."

이윽고 의사가 도수가 높은 안경을 빌어 묵즙으로 백지에다 술 취한 놈 비칠거리듯 갈겨놓았다.

진단결과: 암에 걸려 사형을 선포함.

범에게 물려도 정신만은 차리라고 했다. 청천벽력이 월향이를 까무룩하게 만들었어도 방향만은 잃지 않았다.

나무아미타불 관세음보살이여! 전생에 무슨 죄를 범했다고 불치의 고질을 안겼나이까! 행운아를 잃게 되면 전 어쩌랍니까! 제발 바른 길로 인도해주옵소서!

일장춘몽이 막을 내렸다. 만사필이 이제부터 시작되었다. 막후의 일은 태산같이 높고 바다같이 깊었다. 그녀는 남 먼저 닭똥 같은 눈물을 흘렸다. 눈물은 서러움의 쌍둥이 동생. 그런 것만은 아니었다. 동정을 전제로 한 눈물. 구걸을 기탁한 눈물. 기편을 동반한 눈물. 그녀의 눈물 속에는 천석이가 물려받았다는 유산밖에 없었다. 혼인법에 얽매여진 아내는 나 월향이, 법률 앞에서 사람마다 평등한거야. 내가 유산을 계승하지 않고 누가 받어?

"저금통장 어디 있어요?"

"허공중에 올려놨소."

"정말 어디 있어요?"

"미로의 저쪽에 있소".

"아이참, 어디 있어요"?

"당신 상상 속에 있소."

일각이 여삼추 같았다. 늦잡 죄인인 것이 지체를 배척했다. 천재일우의 기회를 바싹 거머쥐고 들볶았다. 가마 안의 콩이 튀다 못해 시커멓게 타 번졌다. 재밖에 남지 않았다. 그랬다고 낙심이 안달복달을 데리고 일락천장이 될 그녀가 아니다. 요지경이 변화무쌍하면 어쨌단 거야? 쳇! 높은 영이 깎아질렀으면 무슨 상관이야? 흥! 깊은 골이 가파로우면 하등의 필요야? 힝! 유산은 내 이마에 붙은 우표─내가 찾지 않고 누가 찾어?

눈 멀쩡히 뜨고 남편을 빼앗긴 봉련은 귀여운 딸이 없었던들 생명을 송화강 푸른 물결에 던졌을 런지 모른다. 하늘같이 믿었던 남편의 배반이 안겨준 상처가 망각의 곬을 찾아 아물기 시작했다. 누가 누굴 믿고 누가 누구에게 기탁하겠는가, 제 손으로 제 삶을 개척할 수밖에 다른 묘책은 없었다. 몸져누웠던 그녀는 초연히 일어났다. 엉망진창 게저분하게 된 집 안을 손질하려 서성거리고 있는데 누군가 문을 두드렸다. 누굴까? 괴이쩍게 느끼며 문을 열었다. 진한 화장품냄새가 코를 찌름과 동시에 장발머리가 실내로 쑥 들어선다.

"아니?"

봉련은 황급해 놀랐다. 남편을 홀려간 월향이가 찾아올 줄은 천만 몰랐다.

"놀랄 거 없어. 부탁을 받고 왔으니까. 천석씨 이름으로 입금한 저금통장을 가지러 왔어."

세상의 남자들을 믿는 것부터가 어리석고 황당했다. 수요 되면 얼렁뚱땅 언구럭을 아끼지 않았고 그럴 필요가 상실되면 언죽번죽 거짓을 꾸며 댄다 돈 한 푼 없는 주제에 무슨 저금통장?

"무슨 잠꼬대를 하고 있어?"

이가 드드득 갈린다. 앙증스러워 구역질이 난다. 파렴치한 비위를 먹고도 평생 살아갈 개쌍년이 무슨 미친 수작을 꾸미고 있을까. 갈보년들 낯반대기부터 철면피하다더니 참! 허나 홍두깨 같은 터무니없는 탐문에 봉련은 되레 어리둥절해졌다.

"서울에서 물려받은 유산 몰라?"

"출국할 때 꾼 돈 갚지도 못했는데 무슨 유산이야?"

218

“그게 정말?”

월향은 난생처음 할말이 궁했다. 천석이가 불어대던 녹상기, 비디오, 다용녹음기도 보이지 않았다. 언거번거한 얼림수에 눈이 먼 게 아닌가. 무엇인가 미주리 고주리 캐어본다는 것은 부질없었다. 그러고 보면 암에 걸린 천석이는 무용지물이었다. 그를 시중하긴 덧정 없었다. 죽기보다 싫었다. 간호의 책임을 본처에게 맡기면 만사필이었다.

“천석 씨 불치증에 걸렸어. 입원중이야.”

월향은 구정물을 내던지듯 내뱉고 총총히 문밖으로 나섰다.

혼자 남은 봉련이는 웃어야 할지 울어야 할지 그저 착잡하고 심란했다. 하느님이 책벌을 내린 게 아니고 뭐야, 잘코사니! 죄는 지은대로 보응을 받거든, 쌍통! 병마가 괴롭히던 병원에서 죽어가든 나와 하등의 상관이야? 법적으로 이미 남남이 된 이상 내 책임은 뭔데? 그런 게 아니었다. 필경은 처녀의 순정을 고스란히 바쳤던 남편이요 딸자식의 부친이었다. 어떤 고질병에 걸렸기에 입원하지 않으면 안 되었을까. 가슴속 한 구석에 짓궂게 자리를 잡은 것은 은근한 근심이었다. 결국 딸애를 앞세워 병원으로 갔다.

“와주니 감사하오만…”

낯색이 백지장처럼 된 천석은 뜨물처럼 흐린 눈길을 모녀에게 돌린다.

눈두덩이 푹 꺼져 들어갔다. 양 볼이 홀쭉해져 광대뼈가 두드러졌다. 천석은 시체처럼 누워있었다. 점적대에 이어진 주사바늘이 그의 피폐해진 손등에 꽂혀있었다. 가녀스러운 상념이 그녀의 전신으로 쫘악ㅡ퍼졌다.

“죄를 받아…”

눈물이 그의 양 볼을 스쳐 침상위에 퉁렁 떨어진다.

“도대체 무슨 병이예요?”

“암…암에 걸렸소.”

“무슨 암?”

“저…뭔가, 고환암이라오.”

“예?!”

불현간 그녀의 눈앞으로 더는 함께 못살겠다고 잡히는 대로 박산내면서 표변해버린 천석이의 독살스러운 모습이 새삼스레 나타났다. 그놈이 성해 지랄을 치던 것이 그놈을 얼마나 못살게 굴었으면 더럽고도 칙살스러운 그런 병에 걸렸을까.

“싸다 싸요, 싸단 말이예요.”

분하고 원통함이 굴뚝처럼 치솟았다. 감사납게 내뱉고 씽하니 병실 문을 나섰다.

별 총총한 밤하늘엔 초승달이 설핏한 빛을 뿌리고 있을 뿐 도심은 어둠의 장막으로 가쁜 숨을 몰아쉬고 있다. 창밖을 물끄러미 바라보던 봉련이의 뇌리 속으로 흘러간 세월이 한 장 한 장 뒤번겨졌다.

“여보, 빈손으로 갈수 없고 어쩌면 좋을까?”

“외삼촌이 좀 부조하겠지요 뭐.”

“내 쪽의 체면은 내가 차려야지 않겠소.”

천석은 출국을 앞두고 두루 떠날 준비를 했다. 시원치 않는 만큼 근심걱정이 가슴을 후비였다. 묘책이 나서질 않았다. 아침이면 제시간에 출근했다가 때가 되여야 퇴근하면서 근근이 월급으로 간소하게 살아온 그였다. 그러나 눈에 뜨이면 부럽고 부러우면 갖고 싶은 물욕은 유혹의 미로였다. 최신식 가정용 전기제품을 비롯해 수천 달러를 갖고 귀국한 사람들에게서 받은 충격이 드센 만큼 그의 담량은 엄청나게 커졌다. 3푼 이자로 2만원을 꿔온 그는 어디선가 주먹만한 아편을 구해왔다.

"당신 정신 있수?"

봉련이는 펄쩍 뛰었다. 그것은 비매품만이 아니라 들통 나면 영락없이 징역살이다. 제아무리 돈에 둔갑했다고 한들 범법을 저질러서야 되겠는가. 남편이 우둔하기 짝이 없었다.

"이번 기회에 가난을 벗어보기요."

"그렇다고 어쩜 그런 걸 갖고 가겠수?"

"지금 세월 모험 없이 돈을 번다우? 나같이 고지식하게 살다 간 죽어 변성해도 돈가리에 앉지 못할 거요, 안 그렇소?"

"하긴 그렇지만…"

돈깨나 벌었다고 꺼들꺼들 우쭐대는 자들은 거개 전과가 있었던 건달패가 아니면 일하기 싫어 빈둥빈둥 놀아리를 치던 무지렁이들이었다. 남편의 의사가 옳은지 몰랐다. 담소하고 청빈한 생활이 올차고 돌돌한 결심을 내리게 했다면 이해해주고 지지해나서야 아내로서의 부덕(婦德)이 아닐까. 봉련은 딱 부러지게 막지 않았다. 가난을 둘러메쳐 보겠다는 말이 그녀의 귀를 솔깃하게 만들었다.

방법은 강구하면 생기고 그렇게 채택된 조치는 물샐 틈 없었다. 남편은 구두 뒤축의 안쪽을 끌로 석냥곽 만하게 파헤쳤다. 거기에다 아편을 넣고 신 깔창을 깔았다. 감쪽같았다.

"부디 잘 다녀오세요."

"염려마우!"

외삼촌을 만나고 또 돈을 벌수 있다는 희망으로 봄 아지랑이처럼 아롱지게 피어오른 천석은 역전까지 배웅 나온 아내의 손목을 굳게 잡았다. 신심 가득히 기차에 올랐다. 실은 그런 게 아니었다. 위해에 이르러 어마어마한 세관청사를 바라본 순간 가슴이 섬찍해졌다. 발각되면 패가망신은 물론 경가파산(傾家破産)이 아닌가! 아편이고 뭐고 그냥 떠났을걸! 후회막급이었다. 세관

검사를 앞에 두고 간이 녹두알만 하게 되었고 가슴속에서 방망이질이 심해 전신이 후두두 떨리었다. 허나 세상에는 다행이라는 것이 있었다. 일이 될라고 그랬던지 무사통과였다. 안도의 날숨을 후─몰아쉰 천석의 심정은 안개 걷힌 산촌의 아침처럼 상쾌해졌다. 대운이 텄다고 날 듯한 기분으로 세관 문을 나섰다.

"야하─이게 정말 몇 십 년 만이가!…"

"사람은 죽지 않으면 만난다고 했단디!…"

부둥켜안고 울었다. 얼싸안고 웃었다. 인천부두는 상봉의 희열과 감회로 들끓었다. 남의 일 같지 않았다. 천석은 외삼촌을 찾아 두리번거렸다. 마중 나오겠다던 외삼촌이 왠지 보이지 않았다. 갑자기 긴요한 일이 생겨 지체된 게 아닐까. 기다렸다. 이윽하여 찾아온 사람과 마중 나온 분들이 끼리끼리 떼를 지어 뿔뿔이 사라졌다. 시간이 얼마나 흘렀는지 저녁노을이 횡뎅그렁해진 부두를 진붉게 태우고 있었다. 외삼촌은 의연히 나타나지 않았다. 어찌된 영문일가? 천석은 풀 수 없는 곤혹으로 무거워진 발길을 엉기적엉기적 옮기였다. 전철역에 이르러 안내원에게 탐문해서야 외삼촌이 거주하고 있는 동대문으로 통한 지하철을 잡아탔다.

"찾아보니 반갑다만, 마중가지 못해 참 미안하다."

외삼촌은 집에 있었다. 수염이 꺼칠하고 눈정기가 흐리멍텅한 것이 꼭 마치 염병을 앓고 난 것 같았다. 그래선지 실내의 분위기는 침울하고 스산했다.

"몸이 편찮으시유?"

"그런 게 아니다…뭐랄까, 참─"

외삼촌은 무거운 한숨을 몰아쉰다. 어떤 액운 속에서 딩굴고 모대긴게 아닐까. 상서롭지 못한 예감이 천석이의 뇌리를 깊이깊이 파고들었다.

"우리 집 쫄딱 망했어. 부도란 걸 알어?"

울상이 된 외숙모가 그 내막을 밝혔다.

농민의 아들로 태어난 외삼촌은 감 농군이었다. 그런데 주변에 위치한 도회지가 확충되면서 누에가 뽕잎을 야금야금 먹어들어가듯 촌락을 먹어들었다. 막부득이한 경우랄까, 농토를 팔지 않으면 안 되었다. 물론 땅값은 엄청나게 비싸 수억의 금전을 받았다. 그것으로 서울에다 세 칸짜리 아파트집을 사게 되었다. 도시생활은 편리했다. 했지만 농사일에 잔뼈가 굵은 외삼촌은 어칠비칠 놀면서 덧없는 세월을 보내기가 지겹고 무미건조했다.

"석유 값이 폭등할건 뻔하지 않습니꺼. 지금 석유를 대량 구입해놓으면 한몫 톡톡히 벌게 될겁니더."

그러던 어느 날 같은 아파트단지에서 살고 있는 김씨가 자기도 1억 원을 출자하겠으니 합심해서 한바탕 크게 해보자고 찾아왔다. 그때면 걸프전쟁초기였다. 석유공급이 불현간 긴장해졌다. 자동차들이 공급소에서 장사진을 이루어 기다리는 형편에서 김씨의 타산은 됨직 했다. 그러잖아도 땅 판 돈이 쌀독의 쌀이 줄어들듯 날따라 줄어들었다. 무엇이든 벌려놓지 못해 안달복달하던 외삼촌은 흔쾌히 수락했다. 그런 것이 재앙으로 될 줄 누가 알았으랴. 김씨는 무서운 협잡군이었다. 수억의 자금을 거머쥔 그놈은 밤새 행방불명이 되었다. 외삼촌은 억매흥정으로 거액을 떼인 것이 아니라 어디 가서 해볼 데가 없이 폴싹 주저앉고 말았다.

딱한 사정이었다. 고춧가루를 팔러 갔더니 바람분격이 되었다. 외삼촌에게 의거한다는 것은 불가능했다. 고군작전하면서 되레 외삼촌을 도와주어야 했다. 그것은 힘에 겨웠다. 더없이 난감했다. 구경 누구와 연줄을 달아야 할까? 불행 중 다행이라면 어쩌다 요행 길림시에서 왔다는 교포 한 분을 만나게 되었다.

"검뎅이를 가져왔다면서? 그것을 파는 곳은 따로 있소."

천석은 교포의 인솔 하에 도심에서 퍽 동떨어진 어느 구멍가게로 갔다. 아편을 내어놓자 가게주인은 그것을 좁쌀알만큼 떼여냈고 성냥불에 태워 코로 맡아본다.

"이게 뭐여? 가짜요, 가짜!"

"그럴 리 없겠는데요?"

주인의 시답지 않는 언동에 천석은 자신만만하게 응했다.

"뭣이 그럴 수 없다는 거야? 가짜가 진짜로 변하겠어?"

"……?!"

2만 원이나 때려 넣은 것이 가짜라구? 도통 믿어지질 않았다. 천석이의 뇌리 속으로 문득 외삼촌을 몰락에로 몰아넣은 협잡꾼이 떠올랐다. 여기는 산사람 눈알을 빼먹는 위인들로 욱시글득시글 하는 건가. 그는 교포와 함께 다른 가게로 갔다.

"이런 걸 갖고 누굴 속이려구? 덜 되먹게 썩 물러가!"

욕설을 한가득 안고 쫓겨나온 그는 이번엔 죽지 부러진 새가 되고 말았다. 모든 희망을 몰부었던 그것이 가짜라고 재확인 되자 눈앞이 아찔해졌다. 돈을 벌기는커녕 귀국할 노비도 없다. 앞길이 탁 막히어 그저 막연하고 망막했다. 허넓은 고비사막 한복판을 홀로 헤매는 초조한 심정이었다. 그러나 역시 고마운 것은 교포였다.

"근심마오. 나와 함께 건설장에서 품팔이나 하기요."

살아가노라면 어쨌든 살게 마련인가보다. 그로부터 집짓는 공사장에서 막노동을 하게 되었다. 아침 8시에 출근하면 저녁 8시까지 연속작전을 해야 하는 고된 노동이었다. 해종일 시멘트를 반죽하고 벽돌을 나르고 나면 눈앞이 해감해지면서 사맥이 탁 풀렸다. 지금껏 주산 알을 튕기고 장부를 정리했던 부기원인 그로선 힘에 겨웠다. 죽을 맥도 없었다. 한 번은 벽돌장이 무중 툭 발등에 떨어졌다. 쑤시고 저리여 미동하기도 난감했다. 이를 악물었다. 절룩거리면서도 계속 벽돌장을 날랐다.

"그따위로 하려거든 즉시 그만둬!"

남의 사정이야 어떻든 업주는 노발대발 속도만을 재촉했다.

"양해해주시유…"

존엄과 인격은 무엇이었던가. 수모의 울분 같아선 업주의 따귀를 갈기고 씽하니 떠나고 싶었다. 그렇게 되지 않았다. 돈의 노예란 별게 아니었다. 존엄이고 인격이고 돈을 벌어야 귀국할 수 있고 2만 원 빚을 갚을게 아닌가. 천석은 만사 제쳐놓고 일에 꾸준했다. 궂은 일 힘든 일을 가리지 않았다. 헛되지 않았다. 호주머니 속에 돈이 점점 늘어났다. 이제 한 달만 더 고생하면 빚을 갚고도 여유가 있게 된다. 고행성사라고 다행천만이었다. 아내에게도 떳떳할 수 있었다. 봉련이는 지금쯤 뭘 하고 있을까. 저녁 식음 때면 손수 술을 부어주던 아내가 못 견디게 보고 싶었다. 그래저래 술 생각이 부쩍 떠올랐다. 한국의 음식은 원래 기름기가 적었다. 그마저 돈을 아끼겠다고 라면만 먹는 그의 위장은 언제나 텅 비어있었다. 썰썰했다. 에라, 한 번 배불리 먹고 보자! 막노동에 전신의 뼈마디가 지긋지긋해난 천석은 술집으로 발길을 옮겼다…

봉련이의 추억은 여기서 종지부를 찍었다. 밤은 어느 때나 되었는지 정적만이 구석구석을 감싸고 있었다. 외로운 고독의 반발이랄까, 고심참담하면서 천신만고를 겪은 남편이 가긍스러웠다. 그런 환경 그런 심정에서 술집출입은 가히 이해해야 할 게 아닌가. 하다면 무슨 연고로 갑자기 인정과 의리라고는 꼬물도 없는 냉혈동물로 급변했을까? 봉련이의 밸이 또다시 탈탈 꼴리었다. 울분을 참을 수 없었다. 내막을 꼭 파봐야 했다. 비극을 초래한 원인을 밝히지 않고는 견딜 수 없었다.

장밤 전전반측하면서 우뭉자웅 뜬눈으로 날을 지새운 봉련은 일찌감치 병원으로 갔다.

"당신 볼 면목이…"

"이제 면목을 따져 무슨 소용이유?"

천석의 모습은 여전했다. 죽음이 눈앞이란 측은함이 그녀의 격해진 심정을 눅잡았다.

"죽음 앞에서 뭘 숨기겠소…"

천석은 피골이 상접한 손으로 봉련의 손목을 꼭 잡고 천천히 입을 열었다.

"어서 오세요!"

함박꽃처럼 피어난 아가씨가 깍듯이 인사를 한다.

"뭘 좀…저─"

타지에서 멸시만을 받았던 천석은 예절 깊은 언동이 별스레 느껴진 만큼 말이 막혀 그저 꺽꺽거렸다.

"불고기에 동동주를 가져올까요?"

"동동주가 뭐요?"

"아저씬 참─막걸리가 아니고 청주아시죠? 그것보다 월등한 걸 동동주라고 한답니다."

"소주는 없소?"

청주보다 좋으면 어째? 소주를 마셔야 거나하게 되는 거지! 담이 커진 그는 언성을 높였다.

"자, 어서 한 잔 드세요."

이윽고 주안상이 차려졌다. 아가씨는 술잔을 두 손으로 받쳐 들고 친절히 권한다. 그는 살가운 열정에 감전되며 단숨에 쭈욱 마셨다.

"첫 상봉을 축하해 저도 한 잔요."

빈 술잔을 천석이 앞에 넌짓 내어 놓는다. 술은 권하는 멋에 마신댔다. 해갈숙하고 예쁘장하게 생긴 젊은 여인과 언제 술을 마셔보았던가. 술잔이 넘어나도록 따라주었다. 권커니 받거니 어느덧 거나하게 되었다. 숯불 위의 소갈비는 계속 바직바직 타고 있었다. 무심코 그것을 바라보던 그는 무엇이 흉벽을 탁 침을 깨달았다. 저것이야말로 피땀으로 벌어진 내 돈이 타고 있는 게 아닌가! 순간 취기가 가뭇없이 사라졌다.

"아저씨, 왜 이러세요? 남아의 술량은 도량이라는데 그냥 가는 법 어디 있어요?"

그가 훌쩍 일어서자 아가씨가 빌붙으며 아양을 떤다.

"그럼 어찌라는 거야?"

급급히 돈을 지불한 그는 밀착해 매달리는 여인을 뿌리치고 술집을 횅하니 나섰다.

서울의 밤은 수시로 명멸하고 있는 칠색의 조화가 찬연한 만큼 황홀했다. 가라오케에서 흘러나오는 여인의 노랫소리가 그의 귀청을 후비였다. 야속한 남자들을 공소하는 듯한 그것은 고통과 절망을 부르짖고 있었다. 내가 아가씨에게 너무한 게 아닐까? 잠순간에 떠오른 후회와 함께 눈확으로 척 안겨온 것은 붉고 푸른 네온등으로 아로새겨진 대동강여관이란 간판이었다. 여기 여관은 욕실이 따로 있고 푹신푹신한 침상이 신선 같다던데… 공사장의 헐망한 천막에서 항상 돼지처럼 엎어져 잤던 그는 단 하룻밤이라도 발편잠을 자고 싶었다.

"손님, 혼자세요?"

천석은 어떻게 호실로 안내되었는지 모른다. 뜨근뜨근한 온돌 위에 침상이 있고 비단이불이 구김살 없이 펴져있었다. 거기엔 한 쌍의 베개가 나란히 붙어있었다. 그제야 그는 안내원이 혼자세요? 라고 의아쩍어하던 참뜻을 깨닫게 되었다. 문득 봉련이의 표상이 우렷이 떠오른다. 연분홍주단을 깔고 멋진 소파로 단장한 여기서 동품했으면 별미련만, 샤워를 마치고 홀가분해진 그때까지 그리움이 집착스레 떨어지지 않았다.

이때 노크소리가 울렸다. 중국에서처럼 숙박등기를 하려는 것이라고 예사롭게 여기며 흔연히 문을 열었다.

"아저씨, 제가 싫어요? 그렇게도?"

호실 안으로 쏙 들어선 것은 술집의 그 아가씨였다.

"……?"

향수냄새로 그윽한 그녀는 정찬 눈길을 던지고 있었다. 급기야 어정쩡해진 그는 얼어붙은 듯 서있었다.

"여기 남자들은 하나도 믿을게 없다구요."

걸음걸음 그에게로 다가온 그녀는 혼자소리로 새살거린다.

"그래서 어쨌단거야?"

"단 하루 밤이라도 진정한 애무를 받고 싶어요."

어느새 천석이의 목을 꼭 끌어안은 그녀의 두 눈은 절절한 애욕으로 불탔다. 포동포동한 살결과 터질듯 두드러진 젖우물이 그의 혼백을 깡그리 빼앗았다. 무엇을 고려할 여지를 주지 않았다. 객지생활에서 굶주린 욕정을 주체하긴 어려웠다.

천석은 곯아떨어지고 말았다. 어떻게 잠이 들었는지 모른다. 이튿날 아침 심한 갈증을 느끼며 눈을 떴다. 알몸으로 딱 붙어 전신을 비틀던 그녀가 온데간데없다. 창졸간 섬뜩한 예감이 등골을 스치고 지나갔다. 벌떡 일어난 그는 부랴부랴 호주머니부터 살펴본다. 수백만 원의 수표가 들어있는 돈지갑이 없다. 가슴이 철렁! 내려앉았다. 갈보년에게 깜쪽 같이 속았다는 격분이 부글부글 끓었다. 상심욕절이 술집을 향해 호랑이처럼 달리게 했다. 그년의 정갱이를 꺾든지 팔목을 분질러 놓든지 요정을 내고야말 잡도리였다.

"그 아가씨, 이미 사직했수다. 이제부턴 우리와 아무런 상관이 없다우."

술집주인은 흥심없이 창문 밖을 바라본다.

심장이 서릿발 비낀 칼끝에 푹 찔렸다. 통절하고 원통했다. 그렇다고 하늘을 원망할까. 땅을 통탄할까. 가짜아편을 진짜로 팔아먹은 사기군, 외삼촌을 몰락에로 처넣은 협잡꾼, 돈지갑을 통째로 훔쳐간 화냥년…인생은 본시 감언이설로 얼리고 속이면서 남의 등을 치고 간을 빼어먹는 것인가? 그렇게 못하는 놈이야말로 세상에 으뜸가는 머저리이리라! 천석은 그로부터 덜렁수캐가 되어 다방, 카바레, 나이트클럽으로 쏘다니며 아가씨들을 홀려냈고 혼자만자 환락을 즐긴 후에는 재물을 빼돌렸다. 중이 고기 맛을 알면 이도 잡아먹는댔다. 여색을 알게 된 그는 결국 허랑한 구렁창에 빠지고 말았다. 불법체류자로 몰려 길림으로 다시 돌아왔어도 그 모양 그 본세, 월향이를 홀긴 것은 너무도 자연스러웠다. 돌개바람은 멈출 새 없이 그렇게 뱅뱅 돌아쳤다.

"우린 우리로서의 윤리도덕이 따로 있었건만…"

천석은 마감으로 이렇게 덧달았다. 죽음을 눈앞에 두고서야 속악한 인간으로 저락된 자신을 뉘우쳤다.

잠착히 엿듣고 있었던 봉련은 착잡하고 뒤숭숭했다. 얼친 사람이 빚어낸 악과는 수습할 수 없었다. 애초에 아편은 금품이라고 한사코 막았으면 방탕한 구렁창으로 빠지지 않을 수 있었다. 아아—어찌하여 그렇게 못했을까?

"치료나 잘해요. 살아 새 출발을 한다면 얼마나 좋겠어요?"

여인들의 힘과 지혜는 사랑에 있었다. 그것은 또한 그네들의 치명상이기도 했다. 사랑이 깊을수록 고통도 깊었다. 봉련이가 그러했다. 칠성판 위에서 모대기고 있는 천석이를 구원하지 못해 안타깝고 초조했다.

"나 같은 게 살아 뭘 하겠소?…약값이나 들었지."

"그런 것 근심 말아요. 제가 꿔서라도 델 테니까요."

"고맙소…"

자책 속에 파묻힌 그는 뜨거운 눈물을 흘렸다.

자책감에 잠긴 것은 그만이 아니었다. 월향이도 속으로 눈물을 하염없이 떨구었다. 유산계승을 포기하지 않은 그녀는 그들의 대면에서 단서를 잡으려고 암암리에서 미행했다. 밝혀진 내막은 상상 밖이었다. 옛정을 잊지 못해 폭포같이 쏟아진 지성 앞에서 호된 충격을 받았다. 향락과 향수 그리고 금전에 정신을 팔린 자신이 민망스러운 만큼 한심스러웠다. 이제 누굴 믿고 살까? 찬바람이 스치고 지나간 가슴은 텅 비고 쓰라렸다. 고독의 빛이 얽히고설킨 얼굴은 까시시 했다. 괴로운 양심의 가책이 못 살게 굴었다. 전남편에게 용서를 구할까. 그제야 아들애가 보고 싶어 환장할 지경이다. 그녀는 옛집을 향해 천천히 걸었다. 집 앞에 이르러 발길을 무춤 멈춰 세웠다. 술을 끊고 마작에도 손을 씻겠다며 빌고 들던 전남편이 과연 도량 넓게 용납해줄까? 엉거주춤 망설이는 그녀는 참아 문을 열고 들어갈 수 없었다.

섭생의 곤혹

나는 가끔 A시로 출장을 나갔다. 배달겨레들이 집결해있는 그곳에는 기자로서의 나의 목표물, 내가 취급해야 할 사연이 너무너무 많았다. 집 떠난 나그네에겐 이래저래 불편하다는 것을 잘 알고 있는 나였지만, 그래도 한 달에 두어 번씩 그리로 갔었다.

가면 꼭 연꽃여관에 투숙하였다. 뜨르르한 호텔을 마다하고 초라한 여관을 골라잡은 것은 손님들이 들쑹날쑹 북적대지 않는, 조용하고 아늑한 점을 고려해서였다. 보금자린 정하기에 달렸다고 그곳에 투숙한 차수가 늘어나자 경리를 위수하여 접대원들과도 익숙해졌다.

그들은 친절을 보여주었다. 객지생활에서의 빈곤을 미봉할 수 있었다. 더운물을 맘대로 쓰고 이불도 더러워질세라 새것으로 바꿔주었다. 저녁식사를 필하고 한가할 때면 그네들과 한자리에 앉아 트럼프로 '홍스'를 놀기도 하였다. 객지에서의 그것은 흥미진진한 소일거리이기도 하거니와 흡족히 보내고 난 후 글을 쓰게 되면 거개 일필휘지로 지어졌다. 일거양득이었다.

"손님, 까치우세요."

그날 저녁도 '홍스'를 놀고 있었는데 내 뒤에서 구경하던 웬 낯모를 여인이 여간 안타깝지 않은 듯 참견했다. 내 손에는 A

자 트럼프장이 석장이나 있었다. 원자탄 맞잡이로서 누구의 공세든 얼마든지 밀막을 수 있었다. 문제는 공격한 상대측이 적수가 아니라 한편이면 큰 낭패였다. 나는 용단을 내리지 못하고 주춤거리고 있었다. 우려가 용단을 내리지 못하게 하였다.

"어서요!"

그녀가 곱다시 재촉했다. 당사자보다 구경꾼의 시야가 넓다고, 승패의 요점을 간파하고 그렇게 재촉하는 것이라고 여겨진 나는 그녀의 의사에 따랐다. 상대측에서 별안간 미간을 찡그리며 눈을 슴벅여보였다. 나의 소행이 타당치 않다는 비난이었다. 일단 실천에 옮겼으면 그것이 오류투성이라 할지라도 종래로 후회하지 않는 나는 그랬으면 어째? 하고 태무심한 태도를 취하였다. 상황은 그런 게 아니었다. 판을 끝내고 보니 한 팀일 줄이야! 제길, 훈수를 할라면 제대로 할 것이지? 순간 불쾌한 심정이 가슴을 후비였다. 난 부지중 몸을 훌쩍 돌려 그녀를 힐끔 바라보았다. 키꼴이 껑충하고 얼굴이 기름한 30초반의 여인이었다. 흥, 키 큰 사람치고 싱겁지 않은 사람 어디 있어? 이래저래 언짢게 여겨졌다.

그런데 그 이튿날 저녁 그녀가 여관에 또다시 나타났고 '훙스'를 놀자고 남 먼저 설레발을 쳤다. 미운 놈 떡 한 개 더 주라고 나는 내색 없이 그녀와 마주앉았다. 이상하다. 그녀와 한 팀이 될 때면 영락없이 패배의 고배를 마셔야 했다. 그도 그럴 것이 한참 열을 올려 놀다가도 그녀의 눈빛이 왠지 얼 나간 것처럼 멍해지군 하니까. 적수가 번연히 알려졌어도 까치우는 게 아니라 검실한 눈을 말똥말똥거리며 내처 망설이는 통에 번마다 실패로 돌아갔다.

"저 때문에 또 졌는가요?"

눈두덩을 아래로 살포시 내리깔며 그녀가 뇌까렸다. 실패의 원인은 알고 있는 모양이나 미안한 감정은 전혀 표시하지 않고 있었다. 허우대가 껑충한 여자 그럴 테지. 그녀에 대한 흥미는 총체적으로 담소한 것이었다.

"기자선생, 오늘 많이 떼웠죠?"

놀이를 필하고 호실로 돌아오려고 서성거릴 무렵 2층 접대원인 옥경이가 시물시물 웃으며 물었다.

"떼운 건 아깝지 않소만…그 여자 누구요, 도대체?"

남아로서 20여 원 잃었으면 별심상관이랴만, 정체를 딱히 모르는 그녀에게 향한 불만이랄까, 께름칙한 상념을 묻어둘 수 없었다.

"서순희라고 가무단의 무용배우랍니다."

"무용배우?"

나는 흠칫 놀랄 만큼 이해가 서지 않았다. 무용가라면 거개 남달리 쪽 빠진 체격과 우아한 스타일을 뽐내며 도고하기 짝이 없다. 그런 신분에 '홍스'놀이에 흥취를 갖고 있다니? 그 미궁에 깊숙히 포박된 내막이 너무너무 미묘하여 그저 얼떠름 할 뿐이었다.

"왜 놀라죠?"

"그런 게 아니라 무용가가 어쨌다고 '홍스'에 미쳐 그럴까요? 여관에까지 와서 노는 게 이상하다 그겁니다."

"그럴 사정이 따로 있어요. 시집살이 엉망이거든요. 남편이 잡혀 들어갔답니다."

"그랬어요? 무슨 일로?"

미처 예측치 못한 사연이었다.

"그 여자 속마음 허망에 떠있거든요. 오죽 답답하겠나요."

　순희를 에워싸고 옥경이의 소개는 누루하였다. 그것이 내 마음의 대문을 활짝 열었다고 할까, 그녀의 경력은 기구하고 불운하였다.

　물욕에 남다른 집착을 보이던 그녀의 남편은 뭉칫돈을 곽쟁이로 긁어모을 수 있다는 거간꾼의 꼬드김에 쫄딱 미쳐 아편장사에 발을 붙였다. 그 거간꾼이라면 전과가 있어 입공속죄할 의무를 받고 암암리에 아편장사라는 덫을 놓은 것인데 그런 줄 모르고 발 들여 놓았던 순희 남편은 변복한 공안원에게 나포당하고 말았다. 수중의 4만 원을 몽땅 몰수당한 외 독품매매죄로 수감되어 모진 고충을 겪고 있다고 했다. 그러나 죄의식만 있었을 뿐 실제적인 죄를 범하지 않은 이상 지금 같은 세월에 돈만 푹 찔러주면 풀려나올 수 있으련만 그렇다 할 강근지친의 도움이 없고 권위자의 뒷심도 없는 순희는 속수무책으로 한탄 속에서 애간장만 푹푹 썩이고 있다고 했다. 약자인 여자 홀몸으로 살아가긴 실로 난감한 세상이라고 덧달았다. 그런 것이었구나. 나는 그녀가 쩍하면 넋 잃은 것처럼 멍청해있는 거동을 이제야 다소 알 것 같았다. 한 가정의 기둥이 뭉청 끊어졌을 때 아내로서 겪는 울민과 고심을 짐작할 수 있었다. 심란함을 눙치지 못해 사람들로 북적대는 여관에서 구겨진 마음을 균형 잡으려 한 게 분명했다. 그 말똥말똥거리는 눈길은 아리숭한 것이 아니라 짭짤한 비애가 충일(充溢)한 게라고 새삼스레 느껴졌다. 나는 문득 기자의 양심, 말하자면 불공평한 처지의 가긍스러움을 동조하여 헌헌장부로서의 수완을 뻗치고 싶었다. 실은 부질없는 동정만이 아니었다. A시에서 부시장으로 활약하고 있는 동훈이로 말하면 대학시절의 나의 동기동창이었다. 순희 남편의 그 욕망에 불과할 뿐 실제상의 범법을 저지르지 않은 상황을 밝히면 풀려나올 상 싶었다.

그러나 나는 동창생을 찾지 않았다. 공리가 역작용을 놓았다고 할까. 그녀의 경력과 성격과 취미 따위 됨됨이를 아직은 모르고 있었고 그렇다할 교분이 없는 형편에서 도와 나선다는 것은 객 적고 멋 적고 무모한 짓이었다.

그날 저녁 나는 여관식당에서 혼자 식사를 하면서 맥주를 마시고 있었다.

"아 저…오 선생이구만요."

채랑채랑한 목소리에 나는 제꺽 고개를 돌렸다. 국밥을 들고 있는 순희가 을밋을밋 주춤거리고 있었다.

"식사 여기서 하나요?"

나는 입을 떼자 곧 윤척없는 물음이었다고 후회하였다. 여인인들 외식 못하라는 법은 없으니까. 그래서 함께 식사하자고 덧붙었다.

"그럴까요…"

뭔가 쭈밋거리던 그녀는 조용히 내 맞은 켠 의자에 앉았다.

"자, 변변치 않지만 함께 듭시다."

나는 그제야 그녀의 모습을 자상히 살펴볼 수 있었다. 붓초리 같은 눈썹 밑의 그윽한 두 눈이 별찌처럼(북한어: 타격을 받거나 어지럼증이 일어날 때 눈앞에 번쩍하고 어른거리는 불빛을 비유적으로 이르는 말) 신비로운 빛을 뿌리고 밋밋한 코가 유별하게 오똑했으며 양 볼은 유달리 말쑥하고 부드러웠다. 상큼한 목이 숱 많은 장발머리에 감싸져있었다. 싱그러움이 훈향처럼 확 풍겨왔다. 저렇게 흐드러진 함박꽃을 두고 무슨 아편장사를 한단 말일까? 불현듯 자신도 알 길이 묘연한 호기심에 붙잡히며 오징어생회와 명태볶음을 그녀 쪽으로 내밀었다.

"맥주 한 잔 주시겠어요?"

머리를 다소곳이 숙인 채 미동도 하지 않고 있던 그녀가 문득 제기해 나선다.

"……?!"

여인들의 음주를 아니꼽게 여기는 내가 아니나 이렇듯 당돌한 제기에 우두망찰 어쨌으면 좋을지 몰랐다.

"술을 마시면 세상만사 모든 것을 잊을 수 있다면서요?"

"하긴 그렇지만…"

뒷말이 궁했다. 허나 속생각은 뻔했다. 일순간이나마 지긋지긋한 심려를 망각해보겠다는 그녀에게 맥주를 따라줘야 한다고. 나는 결국 그렇게 했다.

"감사해요."

고뿌를 두 손으로 받아든 그녀는 부글부글 끓어 번지는 거품을 이윽히 바라보다가 갑자기 눈을 질끈 감고 단숨에 꿀꺽꿀꺽 삼킨다.

"자, 어서 안주를 집어요."

술꾼이 아니면서 주한처럼 마셔대는 것이 우려되어 살갑게 권했다.

"속이 뜨끈해지네요. 아이참! 손님은 기자선생이라죠?"

조갈이 든 듯 눈망울이 거나해진 그녀가 속살거린다.

"옳아요."

"선생은 잘 아시겠죠? 세상물정, 맥주 한 잔 더 주시겠어요?"

"급히 마시면…천천히 마십시다."

"인생은 본시 고달픈 건가요?"

그녀의 양 볼은 드디어 홍당무처럼 발가우리해졌다. 흥분된 만큼 무엇이나 내쏘고 싶은 모양이었다.

"뭐랄까요…저, 그것은…"

나는 어떻게 응수해야 할지 일시 궁리가 서지 않았다. 우리의 담화가 실질적인 문제를 향해 급진전을 할 줄은 천만뜻밖이었다. 어느 집엔들 불화가 없고 속을 썩이는 일이 없으랴.

나의 집형편도 예외가 아니었다. 나는 아내와 그만하면 화목하게 산 셈이었다. 내가 출장 갔다 돌아오면 아내는 가방부터 받아놓고 나에게 확 안기였다. 당신 없으면 무인고도에서 사는 기분 쓸쓸해요, 왜 이제야 돌아오세요? 이와 같이 우리 집 곳곳에는 잔잔한 벽계수만이 잔잔히 흘렀다. 그러던 것이 아내가 간혹 창밖을 멍청히 바라보며 가녀린 한숨을 호-몰아쉬곤 했다. 신역의 고달픔-자식들의 뒷바라지를 대느라 신고한 후유증이리라.

나의 이렇듯 신지무의(信之無疑)한 믿음에 쯤이 생긴 것은 아내가 전화를 받으면 낮이고 밤이고 간에 부랴부랴 옷단장을 새롭게 하고 집 문을 나서곤 하는 그때부터였다. 있잖아요, 조선 사람들의 모임, 갔다가 곧 돌아올게요. 아내는 늘상 이러루한 이유를 달았다. 곧 돌아오긴, 맘껏 놀고 와요. 나는 집구석에 칩거해있는 아내가 넓은 세상에 나가 바람을 쏘이면서 즐겁게 지낼 것을 진솔하게 바랐다. 그리고 연지곤지를 바르고 새틋한 옷으로 단장한 아내가 마치 신혼 후의 요요작작한 모습을 되찾은듯하여 은근히 기뻤다. 하다가 문득 별난 상념이 내 흉벽을 쳤다. 돈이 어디서 나서 저렇게도 호화로운 옷을 샀을까? 외출 시마다 새것으로 바꿔 입는 데는 의혹을 세우지 않을 수 없었다. 당신 이 목걸이 언제 샀수? 햇볕처럼 유난히 반짝이는 금장식을 목격한 나의 물음에 아내는 펄쩍 뛰었다. 제게 금목걸일 언제 사줬어요? 남들은 차고 다니는 데, 어쩌겠나요, 싸구려 액세서리라도 사서 걸 수밖에. 그랬소? 나는 어깨를 힘없이 늘어뜨리고 서있었다. 뭐라고 명토를 박을 수 없는 자책감이 내 가슴을 갈기갈기 찢었다. 기자라면 사회적으로 명망 높은 것이나 그 생활은 박봉에 의한 근근득식이었다. 나는 아내에게 결혼반지를 사주지 못했고 그래서 사 준다 사 준다 벼르면서도 이날까지 빈말로만 위안했었다. 아내의 불평이 지당한 만큼 남편으로서의 참괴지심은 무거웠다.

그날 저녁도 아내는 모임이 있다면서 집을 나갔다. 혼자 남은 나는 잡지들을 뒤적이며 시간을 보내고 있었다. 갑자기 전화벨이 어지럽게 울렸다. 벌떡 일어난 나는 송수화기를 제꺽 집어들었다. 인호 옳지? 나야. 철석이다.

우렁우렁한 목소리가 내 고막을 꽉 채웠다. 대학을 졸업한 후 처음 만나는 철석이는 푸른숲 다방에 있다면서 곧 거기로 와달라는 부탁을 거듭하였다. 유예할게 못 되었다. 졸업 후의 그의 진전과 형편이 궁금한 나는 만사 제쳐놓고 다방으로 향했다.

다방은 조용하고 아늑한 곳이었다. 모조품이긴 하지만 아름드리 수양버들이 기둥처럼 서있는 그 주변으로 소파들이 일정한 간격으로 놓여져 있었다. 소파의 등받이가 높아 겉으로 가보지 않고서는 누가 누군지를 알아낼 수 없었다. 난 고개를 기웃거리며 철석이를 찾았다. 그러다가 소스라쳐 놀랐다. 설마? 나는 나의 눈을 의심했다. 그러나 그것은 엄연한 사실이었다. 검정색의 코드를 입은 아내가 상반신을 약간 숙이고 어떤 남자에게 뭔가를 열심히 말하고 있었다. 세상에 원, 원! 속히우고 배반을 당했다는 격분이 전율을 앞세웠다. 그렇게 사랑하고 그렇게 믿었던, 그리고 기쁘게 해주지 못해 자책을 심심히 느낀 나의 마음을 마다하고 한 남자와의 상봉을 꾀하여 모임운운을 어물쩍하게 꾸며댄 아내를 요정내지 않고서는 도저히 참을 수 없었다. 했지만 난 욱해진 심정을 강경히 억제하지 않으면 안 되었다. 뭇사람들 앞에서 기자로서의 존엄과 품위를 손상시키고 싶지 않았다. 후에 밝혀진 사실은 허무맹랑하기 짝이 없었다. 전 금목걸이가 부러웠어요, 시체옷도 수요됐어요. 당신을 믿다간 언제나 그 꼴 그 모양이지 별수 없잖아요. 아내의 변명이었다. 실은 변명이 아니라 실제적인 것이었다. 날고뛴다 한대도 난 돈 많은 그 남자처럼 할 수 없었다. 상황이야 어찌되었든 아내와의 금실은 그것으로 종지부를 찍고 말았다. 그러한 나였기에 순희의 하소연은 내 심금을 짜르르하게 울렸다. 그녀가 가긍스레 여겨지며 무엇이든 돕고 싶었다. 아내가 돈에 둔갑하여 돈을 물쓰듯 하는 개체업자에게 쫄딱 빠졌다면 순희는 허랑한 생활에 물젖은 남편으로 하여 고통과 울민 속에서 눈물과 한숨으로 세월을 보낸 게 아닌가. 그런 여인을 수렁 속에서 끌어내지 않고 내처 방치해둔다면 천추에 죄를 범하리라.

"남편이 수감 되었다지요? 내일 당장 모모한 분을 찾아 어째 달라고 부탁해볼 예정입니다."

"필요 없어요."

뜻밖이었다. 일언지하로 거절한 그녀는 두 팔을 식탁 위에 얹고 거기에 얼굴을 파묻었다. 불쾌하였다. 하늬바람이 내 등골을 훑는 것을 섬뜩하게 절감했다. 남의 호의를 이렇게 예절 없이, 냉랭히, 되알지게 거절하다니. 나는 자리에서 훌쩍 일어났다.

"가지 마세요, 선생님!"

나는 못들은 척하고 내처 걸어 나왔다.

침실로 돌아와 털썩 소파에 주저앉은 나는 담배를 꺼내 물었다. 오리오리 피어오르는 담배연기를 바라보면서 따져보았다. 그녀가 답답하고 불안한 마음을 술로 마비시키려는 심정은 가히 짐작되어도 남의 호의를 차갑게 거절하고는 가지 말라고 붙잡는 것은 또 무엇 때문일까. 안팎이 부동한 음충한 계집일까. 허나 인생은 고달픈가고 질문하면서 던진 곤혹으로 그윽한 그녀의 눈빛만은 지워버릴 수 없었다. 그것은 형언하기 어려운 어떤 신비와 마력으로 나를 꼬드기었다. 가늠할 수 없는 그녀의 속내를 파고 값싼 동정 따위 애시당초 용납하지 않겠다는 그녀의 도고함을 기필코 꺾어보리라.

시장 사무실은 내방자들로 북적대었다. 앙바틈한 체구에 군살이 비대한 동훈이는 테이블에 마주앉아있었다. 모두들 그에게 이런저런 연고를 여쭙느라 어떤 이는 내놓고 떠들썩했고 어떤 분은 허리를 굽혀 귓속말로 소곤거렸다. 지도자다운 패기와 숭엄한 자태로 묵묵히 듣고 있던 그는 이따금 그러기오, 그러면 안 된다고 결단성 있게 맺고 끊었다. 그러면서도 전화벨이 울리면 제깍 수화기를 들어 여차한 것은 어떻게 하라고 지시를 내렸다. 실로 눈코 뜰 새 없이 분망하였다.

나는 그의 사업을 방해하지 않으려고 소파에 살며시 앉았다. 동정을 살피면서 담배를 연이어 바꾸어 대였다. 내방자들은 연속부절이었다.

"어느 분이 시장 어른입니꺼?"

문을 살며시 열고 들어온 것은 얼굴이 꾀죄죄한 50대 초반의 여인이었다. 그녀는 못 들어올 곳에 들어온 것처럼 한식경 주춤거리다가 나에게 물었다.

"저분입니다."

나는 테이블 쪽을 손짓으로 가리켰다.

"감사합니더."

여인은 시장을 확인하자 비상한 결심을 내린 듯 종전의 조심스런 태도와는 달리 씽하니 다가갔다.

"시장 어른잉교?"

"그렇습니다. 무슨 일인지 말씀하세요."

동훈이는 초라한 여인이라고 홀시하지 않았다. 되레 누구보다도 괄목상대(刮目相對)하는 친절을 보였다.

"다른 게 아니라 예, 아들놈이 자동차에 칭긴게 아닙니꺼. 그

런데 예, 운전수는 뺑소닐 쳤고 직장에선 그런 사고책임 몬지겠
다꼬, 목숨 살려놓고 봐야제, 무서운 세상이라지만 이런 법 어
디 있능교?"

여인은 눈물을 좔좔 흘리며 넋두리를 퍼부었다.

"진정하십시오. 아드님 직장 어디지요?"

"기계공장이라요, 어해 꼭 해결해주이소. 그 은정 죽어도 잊
지 않겠습니더."

"알았습니다."

동훈은 곧장 전화다이얼을 눌렀다. 이윽하여 기계공장의 공장
장을 찾은 모양이었다. 아무리 개혁개방이래도 우리의 당성은
변치 않았소. 공장장의 도량과 품위는 어디 갔소? 동훈이는 목
에 핏줄을 곤두세웠다.

"됐습니다. 박 공장장을 찾아가십시오. 해결해 줄 겁니다."

송수화기를 놓은 동훈이는 여인에게 위안의 꼬리를 달았다.

"감사합니더, 시장 어른. 은혜 꼭 갚겠습니더 예ㅡ"

여인은 절을 굽신하고 되돌아섰다.

순간 동훈이가 그 어떤 우상처럼 돋보였다. 지도자들 모두가
그처럼 사업에 헌신하면서 정력과 알심을 몰붓는다면 해결하지
못할 것이 없고 불평불만의 원성이 항간(巷間)을 누비지 않을
것이리라.

'무법천지'라는 풍파를 겪은 일이 문득 떠올랐다.

난산의 임신부를 병원 수납원은 입원비 선불이 없다고 입원
을 안 시켰고 무장부에서 사업한다는 임신부의 남편은 급히 병
원으로 달려오느라 돈을 준비 못해온 대신 손목시계와 금목걸
이를 저당 잡히며 입원시켜달라고 애걸했다. 그러나 차가운 거
절밖에 못 받자 격분을 참지 못해 당장에서 총으로 수납원을
쏴죽이고 자신의 명도 날렸다. 놀란 임신부도 태아도 그 자리에

서 숨을 거두었다.

나는 사건현지로 달려가 취재했고 「누구의 책임인가?」라는 기사를 써서 신문에 실었다. 환자가 칠성판 위에 올랐든 말든 입원비를 바쳐야 치료가 허용된다고 결정한 병원측 지도부를 추궁했다. 그러나 병원지도부는 그런 결정을 한 일이 없다고 잡아떼며 모든 책임을 수납원에게 들씌웠다. 공안국과 법원에서도 사건을 미미하게 처리했다.

나는 치밀어 오르는 분노를 주체할 수 없어 이번엔 「무법천지」라는 잡문을 썼다. 법관들이 수중의 권위로 제 잇속을 채우는 집법범법(執法犯法)행위를 폭로하는데 역점을 두고 예리한 묵즙을 흥건히 쏟았다.

"사법기관과 엇서 이길 것 같소. 달걀로 바위를 치는 격이지. 잠자는 범을 건들었다가 괜히 큰 코 다친다니까."

「무법천지」는 총편의 손에서 사형선고를 받았다. 후에 다른 신문에서 빛을 본 「무법천지」는 수많은 독자들의 호평을 일으켰다. 총편은 얼굴이 먹장구름으로 덥혔고 주택을 주지 않는 것으로 나에게 보복을 했다.

도대체 공평이란 것이 무엇인가. 나는 마음에 심한 충격을 받았지만 어디 가서 하소연하지 못했다. 용기가 부족하다기보다 그것을 들어줄 사람이 없었다. 짓밟힌 지혜와 억압된 욕구가 아까울 것은 꼬물도 없었다. 달걀로 바위를 짓부실 게 아니라 나 좋고 너 좋고 둥글둥글하게 살아가야 현명할 것이요 산부인과 원장처럼 변고가 생기면 슬쩍 발뺌할 수 있는 거미줄관계망을 쳐놓고 살아야 상책이 아닐까. 나는 시대의 보조에 걸 맞춰 살려고 작심했다.

그러한 나였기 때문에 이처럼 시장사무실로 왔고 동창의 옛 정분을 빌어 순희의 곡경을 어째보려고 하는 게 아닌가. 한데 동훈이의 그 볼세위크다운 사업기풍에 만감이 교차된 나는 부지중 뒷걸음을 쳤다. 아편장사와 연루되어 수감된 사건을 귀띔해 동조를 받을 수 있을까. 자신이 없었다.

"어─인호, 언제 왔지?"

내방자가 하나 둘 사라지자 그제야 나를 발견한 동훈이가 얼굴에 미소를 지으며 자리에서 천천히 일어섰다.

"온지 며칠 돼."

"재미 어때?"

동훈이는 내 곁에 앉으며 탁기 위에 담배를 꺼내놓았다.

"그럭저럭이지 뭐."

"자네 열정 지금도 대단하던데? 「무법천지」란 글 읽어봤어."

"어때?"

"대단히 훌륭한 문장이지. 그런데…"

"그런데 어쨌단 거지?"

나는 제깍 되물었다.

"자네가 신랄하게 공격한 해당자들 어떻게 됐어? 그들의 털 한 오리 뽑아내지 못했지, 그렇지?"

"세월은 정말이야, 어떤 꼴로 변하는지 모르겠어. 그런 세월에 순응 못하는 놈이 머저리겠지."

"그런 것만은 아니지만, 지금 세월 너무 참담게 굴어도 안 되는거야. 가령 한 사람의 뿌리를 샅샅이 파헤쳐봐. 그 사람의 주변에 또 수많은 사람이 있다는 걸 생각해봤어?"

"알았어. 실은 오늘 부탁할 용건이 있어 왔어."

알고 보니 동훈이는 실제적인 인간이었다. 사업의 매개 정절을 준칙에 따라 처리하면서도 현실의 이모저모를 꿰뚫고 있다는 그 점이 나의 신심을 북돋우었다. 나는 순희 남편이 수감된 경과를 소개했고 어떻게나 힘써 달라고 역점을 박았다.

"공안국 국장에게 말해 보겠어. 사실이 그런 정도라면…"

이때 출입문이 덜컥 열렸다. 깃 제긴 라사 옷에 꽃무늬 화려한 넥타이를 맨 30대의 젊은이가 실내로 쑥 들어섰다.

"마침 계시는군요, 남 시장."

긴요히 대면해야 할 사항이 있는 듯 씽하니 다가온다.

"어떻게 됐어, 그 일은?"

동훈이의 어성은 다급하고 절절하다.

"저…"

나를 힐끔 바라 본 젊은이가 쭈밋거렸다. 동훈이는 훌쩍 자리에서 일어나 테이블 앞으로 성큼성큼 걸어간다.

"…250평짜리면…백화상점 앞거리예요…"

젊은이는 허리를 굽혀 의자에 앉은 동훈의 귀에다 대고 속삭였다.

"좋은 지점이요…"

동훈이의 얼굴에는 만족스러운 기색이 흘러넘쳤다.

"…4천5백 원씩…남 시장께야 뭐…어떨까요?"

"…고맙네."

무슨 일인데 고맙다고 할까. 오랜만에 만난 동창과의 담화보다 더 중요하게 여기면서 고맙다고 사례를 표시하는 내막은 도대체 무엇일가. 불청객의 신세로 저락된 나는 불쑥 치솟아 오른 괴리감을 억제하지 못해 애꿎은 담배만을 피워댔다. 시장이니까, 처리해야 할 사무가 많을 테지. 그리고 그런 것은 또 내가 관여해야 할 필요가 없는 게 아닐까. 이런 상념을 굴린 나는 의식적으로 허허로운 소외감을 애써 억눌렀다.

"돌아가겠어요."

협상할 일이 완료된 듯 몸을 바로 세운 젊은이가 원래의 목소리로 말하였다.

"그럼 요량해주오."

"염려마시란데요."

젊은이는 물러서 나갔다.

"미안해, 시장이란 게 이렇다니까, 소변볼 새도 없거든."

동훈이가 혼자소리로 두덜대며 내 쪽으로 다시 돌아왔다.

"방금 부탁한 것 뭐드라?"

"벌써 잊었어?"

어처구니가 없었다. 시장어른의 사무가 아무리 복잡다단해도 금방 있은 일을 까마득히 잊을 수 있을까. 그러나 별수 없는 나는 그런대로 중복해 말하지 않으면 안 되었다.

"그 아편장사를 어떻게 알았지?"

"그런 게 아니라 우연한 기회에 그의 아내를 알게 됐지. 순희라고."

"뭘 하는 여자든가, 순희란 그 여자?"

"가무단에 있다고 들었는데, 성이 고가라든가?"

지금 와서 보면 순희에 관해 아는 것이 많지 않았다. 나는 떠름하게 대답하였다.

"보아하니 절친한 사이가 아닌 것 같은데…인호, 지금 세월 제 코나 깨끗이 씻으면 그만이거든."

동훈이의 눈이 갑자기 휘둥굴해졌다. 내 쪽을 흘끔 바라보는 눈빛은 영문 없이 매우 의혹적이었다.

"글쎄…난 왠지 순희가 가엾게 여겨져 그런 걸세."

"가엽다고 원칙을 상실해서야 안 되지, 그런 일을 내가 어떻게 국장에게 말하겠나?"

"그렇다면…그만두세."

180도로 돌아서버린 그에게 구구히 청구하기엔 내 자손심이 허락되지 않았다. 나는 자리에서 일어섰다. 순희를 도와나선 나의 신심은 그렇게 튀고 말았다.

A시는 소비수준이 아주 높은 곳이었다. 돈푼이 생기면 우선 먹고 마시고 보자는 배달겨레들의 응고된 습벽을 고스란히 본받은 탓인지 식당, 술집, 나이트클럽, 가라오케들이 한 집 건너라고 해도 과언이 아니다. 그런데다 근간에는 사우나, 노래방에서 호스티스들의 서비스가 이만저만하지 않단다. 에라, 술집으로 가볼까, 찬연한 등빛이 수시로 명멸하며 불야성을 이룬 황홀함이 나의 발길을 봇나무 술집으로 이끌었다. 실은 그런 것만은 아니었다. 순희와 절친한 사이가 아니라고 오늘의 처세울을 강요하던 동창의 태도가 가슴에 안쫑 잡혀 내려가지 않는 것을 술로 마취시키지 않고는 견딜 수 없었다. 동훈이를 찾아가기 전만 해도 변한 시대의 조류에 적응해야 한다고 작심한 나였다. 그런데 그가 꼭두각시극을 놀았다고 할까, 젊은이와의 밀담이 의심스러운 만큼 우상처럼 느꼈던 것이 모래성 허물어지듯 와르르 허물어졌다. 현실이 그렇게도 무정하다면 그에 적응한다고 해서 만사필이 될게 아니었다. 사주팔자에 타고난 돈후하고 정직한 나의 본성이 두각을 핸둥 쳐들어 반발을 불어왔다.

"어서 오셔요."

어둑시그레한 불빛을 쪼르르 헤가르며 진한 화장의 호스티스가 내 앞으로 다가왔다.

"술을 마셔야겠어. 요리 뭐가 있지?"

"요리는 없구요, 땅콩, 호박씨, 호두알 그런 거예요. 맥주를 마시는 데는 제격이 아니세요?"

"아무려나."

"손님, 이방으로 들어가세요."

나는 그제야 알았다. 허줄한 하숙집처럼 칸칸이 막은 것이 술집이었다. 방은 콧구멍만하여 둘이 앉으면 무릎이 서로 잇대일

정도로 그렇게 좁았다. 이윽고 그 아가씨가 도리상을 들고 들어
왔다.

"자, 드세요."

아가씨의 솜씨는 재빠르고도 능숙했다. 캔맥주의 꼭지를 뚝
따서는 술잔에 붓는데 거품이 조금도 부풀어 오르지 않았다. 나
는 미묘한 감정에 사로잡히며 술잔을 들었다.

"손님은 술집 첨 오시죠? 그렇게 마시면 얼마나 적적해요?
교배주라고 있답니다!"

아가씨의 오른팔이 어느새 내 어깨를 휘감았다. 그리고는 다
른 팔로 술잔을 들어 내입에 가져다대는 것이었다. 나쁠 것은
없었다. 나는 벌컥벌컥 단숨에 들이켰다.

"좋아요?"

"아, 시원하다."

아가씨는 호박씨를 까서 내 입에 넣어주었다. 내가 비록 동문
서답식으로 응수했지만 기분상태가 야릇한 것만은 사실이었다.
양심과 아량과 덕목(德目)의 값은 얼마나 될까. 마시자. 즐긴
오늘은 내 것이요 내일을 고려할게 뭔가. 나는 아가씨가 붓는
대로 맥주를 마시고 또 마셨다.

"제게도 한 잔. 혼자 마시면 재미없잖아요."

"어 그렇지."

나는 순희가 술을 청하는 것을 떠올리며 맥주잔을 아가씨에
게 넘겼다. 그녀는 그것을 헌걸차게 꿀꺽꿀꺽 마셨다.

"녹두알만한 세상 얼마나 좋아요? 근심걱정 없이."

"그래그래. 전엔 근심 많았어?"

"전 이혼했어요. 도박을 아시죠? 남편은 가산을 탕진했거든
요. 마감엔 저를 도박꾼에게 팔았답니다."

"그랬어?"

“절 동정해주세요.”

그녀의 동작은 민첩했다. 윗옷단추를 벗긴다고 감촉했는데 어느새 검은색의 젖싸개에 숨겨진 봉긋한 젖무덤을 드러내었다. 팁을 젖싸개 속에 넣어달라는 뜻이었다.

“어서요, 손님!”

눈을 지그시 감은 아가씨가 내게로 밀착해오고 있었다. 순간 나의 뇌리를 스친 것은 비가 개면 어디선가 꿈틀꿈틀 기어 나오는 뱀이었다. 내 정신은 단통 맑아졌다. 가살을 피워대는 아가씨가 징그럽게 여겨졌다. 매일 수십 번씩 접대하는 손님들에게 번마다 이런 수단으로 돈을 구걸한다는 것이 못내 께름칙했다. 도박꾼에게 팔렸다는 것도 어쩌면 언죽번죽 꾸며낸 감언이설인지도 모를 일이다.

“됐어”

추파를 떠는 그녀를 밀어버린 나는 씽하니 술집에서 나왔다. 밤이 깊어선지 오색의 등빛은 백화가 만발한 듯 찬란함을 한껏 뽐내고 있었다. 저것이 현대문명을 여실히 밝혀주는 걸까? 휘황한 각광 속에 숨겨진 것은 서낭당에 붙어있는 두억시니, 오로지 남자들의 돈지갑에 아양을 떨며 정조 같은 건 대수롭게 여기지 않는 종전의 그런 호스티스들만이 이 밤을 즐기리라. 허허, 내가 미친놈이었지, 그런 델 뭐 하러 찾아가?

동훈이가 괘씸스럽게 얄미웠다. 처음엔 도와 나설 것처럼 그러던 것이 표변해버린 통에 기분이 잡쳐졌고 그래서 술집으로 향한 게 아닌가. 한데 그 친구가 젊은이와 쑥덕거린 4천 5백 원하고 고맙다는 것은 어떤 꿍꿍일까. 저 황홀한 등빛에 가리워진 그것은 알고도 모를 일. 뭐니 뭐니 해도 숙맥은 바로 나 인호였다. 나의 선심에 그럴 필요 없어요 라고 정나미라곤 꼬물도 없이 냉수를 퍼부은 순희를 위해 동분서주한 소행이 맹랑하기 짝이 없었다. 순희도 술집의 그 호스티스처럼 안팎이 다르다면? 허허허, 싱거운 놈, 내가 싱거운 놈이 아니고 뭐야? 머저리, 세상에 둘도 없는 멍청이! 나는 여관을 향해 비칠비칠 걸었다.

눈을 떴다. 심한 갈증으로 목안이 텁텁하고 씁쓰름했다. 나는 자리에서 일어났다. 어디라고 딱 찍어 아픈 데는 없었지만 전신이 지긋지긋하여 운신하기 힘들었다. 물을 마시려고 보온병을 들었다. 가벼웠다. 마개를 열었다. 더운물은 한 방울도 없었다. 어쩐다?

내가 엉거주춤 서있을 무렵 노크소리가 났고 뒤이어 옥경이가 보온병을 들고 들어왔다.

"선생님, 어제 술 많이 드셨더군요. 어서 더운물 마시세요."

"감사합니다."

나의 갈증을 신통히 알아맞히고 제때에 더운물을 갖고 온 옥경이가 고마웠다.

"기억나세요? 저보고 한 말씀. 순희는 그런 여자가 아니예요."

"무슨 말을 했게요?"

시물시물 웃고 있는 옥경에게 되묻지 않을 수 없었다. 술집에서 술을 마신 건 사실이요 밸김에 술집을 나온 것은 기억이 생생한데 그 후의 일은 아리숭했다.

"순희가 고약한 여자라면서요, 그런 것도 모르고 시장어른을 찾아갔는데 퇴자를 맞았다고, 술을 잔뜩 마신 것도 그 때문이라고 했지요."

"그랬던가요?"

"그럼요."

"제가 부질없게 놀았지요."

"순희 그 잘난 남편, 어이 무서워. 그런 남편이 차례질까 봐

몸서리가 나요."

"그래요?"

순희가 남편의 사랑을 받지 못한다는 상황은 대략 예측하고 있었으나 상세히는 모르고 있는 나였다.

"한 달 전인가요, 주먹으로 친 게 순희의 눈두덩이 다 시퍼렇게 멍들었답니다."

"저런?"

"뭣때메 그랬는가 하면요…"

순희의 친정이라면 젊어 청상과부로 된 연로하신 어머니뿐이었다. 그러한 어머니가 농촌의 퇴락한 초가집에서 살고 있었다. 설상가상으로 자식이란 모두 딸뿐이었다. 장녀로 태어난 순희는 언제나 어머니일로 근심걱정이 태산 같았다. 그래서 결혼 전에 남편과의 약속도 친정어머니에게 매달 생활비로 20원씩 월급에서 떼여 부송하겠다는 조목을 세웠다. 결혼 후 일년 어간 약속대로 집행했었다. 그러나 그 후 남편은 이 핑계 저 핑계로 송금하기를 꺼려했다. 계속 이러다간 우리 아무것도 차려놓지 못하겠소. 내달부턴 그만두기요! 남편이 아다모끼로 나오자 이쪽에서도 양보하지 않았다. 이제 와서 약속을 저버리려고요? 안돼요, 그것만은 안 돼요! 그리하여 송금은 겨우 지속되었다.

그러던 중에 가무단에서 직원들에게 석탄을 무상으로 나누어 주었다. 아파트단지에서 살고 있는 순희네는 석탄이 불필요했다. 순희는 그것을 친정어머니에게 보내었다. 그런 내막을 알게 된 남편은 다짜고짜 따지고 들었다. 돈을 붙이는 것만도 대단한데 비싼 석탄을 두 톤씩이나 그냥 보낸단 말이오? 순희는 처음부터 차근차근 해석했다. 어머님 해마다 땔나무 때문에 고생이 막심하단걸 모르세요? 사위도 자식이 아닌가요, 땔나무를 손수 장만해주지 못할망정 공짜로 생긴 석탄을 보냈는데 왜 이러세요? 그러나 그것은 소귀에 경읽기였다. 출가외인이란 걸 몰라? 석탄을 당장 되 신고 와. 남편이 갈범처럼 으르렁댔다. 당신 그것도 말이라고 하세요? 가무단에서 나온 석탄이에요, 간섭치 말아요. 오는 말이 고와야 가는 말이 곱다고 녹록치 않게 고집을 드세웠다. 뭣이 어째? 말이 떨어지기도 전에 주먹이 날아들었다.

"그런 남편이예요, 남은 찌개를 먹지 않고 버렸다고 타발이요, 수돗물을 함부로 쓴다고 야단이요, 옷견지를 사면 입던 건 어쩌구 샀느냐고 성화구요. 아이참, 남자로 생겨 왜 그리도 째째할까요?"

옥경이가 혀를 끌끌 찼다.

"그런 남편이었군요…"

나는 문득 고달픈 인생이라고 개탄하던 순희의 말을 떠올렸다.

"주제넘게 떠벌린 것 같아요, 실례했어요."

"아니 뭘, 실례될 건 없지요."

나는 옥경이한테서 뭔가 더 듣고 싶었다. 했지만 물러가는 그녀를 제지할 수 없었다. 주책없이 놀고 싶지 않았다.

그날따라 나는 이것저것을 취재하느라 뻔질나게 설구쳤다. 그런 속에서도 이상하게 순희 남편의 그 종주먹(북한어: 단단히 쥔 주먹)이 눈앞에서 사라지질 않았다. 불운한 순희, 그 인물 그 직업이면 사회적으로 대단한 존경을 받을 텐데, 치한 같은 남편에게 학대를 받고 있다는 것이 가슴에 홀 맺혀 내려가질 않았다. 세상 모든 아내들이 사무치게 바라는 것은 남편의 바다처럼 허넓은 너그러움과 지고지순한 돈후함— 미소어린 눈빛이고 부드러운 음성이고 뜨거운 손길이리라.

취재를 필한 나는 전처럼 여관식당으로 갔다. 뜻밖에도 거기서 순희를 만났다.

"저녁 식사 제가 사겠어요."

종종걸음으로 내 곁으로 다가온 그녀가 말했다.

"축하할 일이라도 생겼나요?"

"저 때문에 선생님 남 시장을 찾아갔다면서요?"

바람이 새지 않는 벽은 없다. 그녀가 옥경이와 언녕 어떤 내통이 있었다는 것이 뻔했다. 아니나 다를까, 식당아가씨들이 맥주와 통닭 삶은 것을 가져왔다.

"공연히 시간만 허비했죠?"

"벌써 알고 있었던가요?"

"천천히 이야기해요. 먼저 술을 들어요."

나는 맥주를 마시기 시작했다. 헌데 그것이 목구멍으로 시원스레 넘어가지 않았다. 천천히 이야기를 나누자는 것은 사연이 굴곡심해 그런 것이라는 예감이 갈마들면서 그 사연이 저으기 궁금했다. 그렇다고 그녀에게 어서 털어놓으라고 강요하고 싶지 않았다. 그런대로 술을 마셨다.

"함께 한 잔 들어요."

나는 맞은켠에 앉아 식사할 염은 않고 나만 쳐다보는 순희에게 한마디 권했다. 내가 그녀의 시야에 잡혀있는 것이 좀 옹색스러워서기도 했지만 그보다는 뒤숭숭한 심태에서 벗어나려함이었다.

"남 시장과는 동창이라죠?"

"옳아요."

"그분 학교 때 공부 잘했는가요?"

"물론이죠, 비상히 총명했으니까."

"그랬길래…"

"남 시장과 아는 사이인가요?"

"네. 그런데 저…"

그녀는 무슨 말을 엮으려다 무춤 끊어버렸다.

"아는 사이인 걸 내가 주제넘게 헤덤빈 게 아닌가요?"

"아니에요, 그런 게 아니에요. 저…선생님, 믿고 말할 테니까요, 나무람마세요…"

남 시장을 알게 된 것은 작년 국경절 전야였어요. 명절을 맞아 우리 가무단에서 새로운 절목으로 공연을 가졌답니다. 저는 그날 독무 장고 춤을 췄지요. 관중들의 한결같은 박수갈채를 받았답니다. 무용가로서 행복한 순간이었지요. 그만큼 저의 심정은 흐뭇했어요. 공연이 끝나자 남 시장이 무대 위로 올라왔더군요. 꽃다발을 저에게 안기면서 저의 손을 굳게 잡아 흔들어주는 게 아니겠습니까. 감개가 무량했죠. 생각해보세요, 시장어른께서 뭐라고 말은 하지 않았지만 굳게 잡아준 그 손길에 고무와 격려가 넘친 게 아니겠나요.

그러던 어느 날 수위실 박 아바이가 저보고 전화를 받으란 거예요. 전 총총걸음으로 수위실로 달려가 잔화를 받았어요. 뜻밖에도 남 시장이더군요. 북경에서 귀한 손님이 광림했는데 영빈호텔로 와서 접대를 했으면 좋겠다는 거에요. 승용차를 파견했으니 그걸 타고 오면 된다는 것이었어요. 전 두말없이 수락했고 그길로 승용차에 몸을 던졌죠. 승용차는 호화스러웠어요. 도어는 버튼만 누르면 자동으로 열리고 시트는 푹신푹신했답니다. 신선 같았죠.

"저 – 순희씨죠?"

제가 영빈호텔에 이르자 미니스커트를 입고 문켠에 오두카니 서있던 호스티스가 제 앞으로 다가오더군요.

"예, 그래요."

"절 따라오세요."

전 아가씨의 뒤를 따랐어요. 남 시장이 사전에 포치해놓았구나! 저의 이런 상념은 수양버들처럼 흐드러지게 늘어진 주렁등과 교묘한 조화를 이루었어요. 험상궂게 찌푸린 남편의 얼굴과는 전혀 다른 세상이었거든요.

"오느라 수고했어."

남 시장은 병풍으로 둘러싸인 아담한 독칸에서 절 기다리고 있었어요.

"뭘요."

"인사하지. 이분은 북경에서 오신 귀한 손님이야."

전 남 시장의 뜻대로 중년이 훨씬 넘은 분과 인사를 나누었고 스스럼없이 오찬을 함께 들었죠. 별미였어요. 식탁 위에는 온통 해산물이었어요. 해삼볶음, 큰새우지짐 같은 것은 간혹 먹어봤지만 물고기 뼈로 만들었다는 요리는 사박사박하고 깨 고소한 게 감칠맛 유별했거든요. 만년을 산다는 자라를 아시죠? 자라탕도 있었답니다.

"맹자는 성과 식이 인생의 기본이라고 했어. 먹고 죽는 것은 원이 없거든. 자, 많이 들어."

남 시장은 친히 요리를 집어 제 접시에 담아놓았죠. 정말이에요. 남 시장이 이상분 되는 근친으로 느껴지더군요. 어려서부터 부친의 보살핌을 모르고 자랐고 성인이 되여선 남편의 사랑을 받지 못한 저예요. 전 허물없이 미식가답게 이것저것 집어먹었죠. 그럴수록 세상엔 이렇듯 흔전만전한 삶도 있구나! 하는 새로운 발견은 저를 야릇하게 만들었어요.

식사 후 돈이 나온걸 보니까 2천 원이 넘었답니다. 어마나! 전 속으로 흠칫 놀랐죠. 셋이서 한 시간 어간에 소비한 것은 너무 엄청난 거액이었지요. 우리 평민들의 월급 얼마나 되는데요?

"놀랄 거 없어. 어디 제 돈을 쓴다구?"

남 시장이 저를 보면서 시무룩이 웃어 보이더군요.

그것은 사실이었어요. 그가 호텔의 누군가와 쑥덕쑥덕 하던 것이 돈 한 푼 내지 않았거든요.

아무튼 전 남 시장과 자주 만나게 됐죠. 노래방, 나이트클럽의 호화로운 장소는 전적으로 우릴 위해 준비된 것 같았지요.

그는 일단 맘을 먹으면 못해내는 일이 없었어요. 가무단에 전화를 걸어 절 찾기가 시끄럽다고 저의 집에 전화까지 놓아주었답니다. 그러던 어느 날 우리는 함께 길림 송화호로 갔답니다. 전용승용차를 타고말예요. 참 멀고도 가까운 곳이었죠.

"어때 순희? 산천경개 아름답지?"

"아―자연은 정말 아름다워요. 별천지에 온 것 같아요."

"순희 저길 좀 봐."

남 시장이 불현간 저의 손목을 이끌어 송화호 저쪽 편을 가리키더군요.

"푸르른 물결을 헤가르는 저 돛배, 로맨틱하잖어?"

"그래요."

"정말야. 이젠 시끌벅적 떠들어대는 도시생활이 싫증났어. 이런데서 살면 여북 좋을까, 우리 그렇게 할까?"

"농담하지 마세요."

우리란 말에 제 신경이 곤두세워지더군요. 산 좋고 물 맑은 경치에 매료되어 일순간이나마 타성으로 물젖었다가 현실로 돌아온 전 그의 손을 슬그머니 뿌리쳤어요.

"시장도 인간이야. 별다른 게 아냐, 인간으로서의 욕구는 마찬가지거든."

"……"

뭔가를 암시하는데 전 침묵을 지키지 않으면 안 되었지요.

"순희가 내 심정을 알아주면 그만이야. 자, 돌아가자구."

그날 우린 그렇게 A시로 돌아왔어요. 그로부터 전 인간으로서의 그를 새로운 차원에서 평가하지 않으면 안 되었지요. 너그러운 근친처럼 여기면서 무람없이 대해선 안 된다고 말예요. 전 어디까지나 유부녀의 덕행을 지키려했지요.

그런데 돈이라면 오금을 못 쓰는 남편 때문에 그와의 연줄은 점점 엉켜졌거든요. 자나 깨나 벼락부자로 될 단꿈만 꾸던 남편이 그를 찾아가 어떻게 사정했는지 몰라도 아무튼 그의 알선으로 은행에서 대부금 5만 원을 꺼내왔답니다.

생활은 급격히 바뀌었답니다. 저의 집은 수라장이 됐다고 할까요, 어중이떠중이들이 문턱이 닳도록 들락거렸어요. 홍송 한 입방에 천원이면 싸구려가 아니겠소. 천이백 원에 사겠다는 사람이 지금 은행 행표를 갖고 여관에 들어 있소. 백 입방만 사서 팔아도 20만 원이 뭉텅 떨어진단 말이요. 그런 게 아니란데, 강재가 더 돈을 번다오. 러시아에서 수입된 것을 취급하면 한 톤에 적어도 3천 원은 떨어진다오. 홍송, 강재 같은 소리 그만해. 운반만 하재도 얼마나 힘이 드나? 왜 저 밀수로 들어온 중고차 있잖아, 앉아서 돈을 번다니깐…사야비야 옴니암니 실내가 떠나갈듯 법적 고아대다가 그들은 택시를 잡아타고 어디론가 가버리곤 했지요.

그렇게 떠나간 남편은 매번 행방불명이 되었다가 오밤중에 그것도 술이 만취되어 돌아왔거든요. 수 일 어간에 만 원 돈이 뭉청 거덜 났답니다. 돈을 쓰자고 그래보세요, 만 원이 다 뭡니까. 10만 원도 강물 흐르듯 흔적 없을게 아닌가요.

남편도 몹시 덩달아 하는 모양입디다. 장밤 뒤치락거리며 잠을 이루지 못하더군요. 그러던 것이 웬 사람이 자주 드나들었지요. 그럴 때마다 거실의 문을 안으로 닫아걸고 단둘이서 이야기했죠. 그 사람은 이마빼기에 칼을 맞은 흔적이 뚜렷했답니다. 그런 사람이면 거개 깡패로 돌아치면서 남의 돈을 협잡하고 그것이 순리롭지 않으면 칼싸움을 해대며 물불을 가리지 않거든요.

"무슨 장사를 하기에 저런 사람과 접촉해요?"

"모르면 가만있어, 이제 곧 뭉칫돈이 떨어질 거야."

남편은 저의 귀띔을 아예 들어주려 하지 않더군요. 후에 밝혀진 사실이지만, 그 사람은 아편을 밀매하다가 공안국에 나포된 자였어요.

남편은 결국 감금되었답니다.

불덩이가 갑자기 발등에 떨어지자 전 어쨌으면 좋을지 모르겠더군요. 엎친 데 덮친다고 은행에선 기한이 넘은 대부금을 갚아야 한다고 저에게 매일 빚 재촉이었답니다. 어떤 날은 서너 번씩 찾아와 성화를 부렸거든요. 어쩌겠나요, 전 남 시장을 찾아갔죠.

"그럴 줄 알았어."

남 시장이 꼬리대가리도 없는 말을 불쑥 던지더군요.

"무슨 뜻이죠?"

"순희 남편 그닥잖어. 그게 무슨 남자야? 난 벌써 알고 있었어."

"그러면서 왜 대부금은 알선해주셨죠?"

그런 줄 번연히 알면서 한 사람을 재앙 속으로 몰아넣을 건 뭐예요? 심히 불쾌했지요. 저의 언사가 유순할리 만무했죠.

"뭘 오해하고 있잖어? 실은 순희를 위해서였지."

"저를요?"

간접적이나마 남편을 감금시킨 것이 남 시장이라고 할 수 있잖아요? 그런 주제에 저를 위한단 도리가 어디 있어요? 괴상한 섭리가 아니고 뭡니까?

"그 남자와 살면 순희 불행해. 이혼하고 말어."

"제가요?"

"아픈 이빨을 빼게 되는 거야. 그래야 상처도 아물고."

"너무하잖아요?"

이혼문제를 고려해보지 않은 제가 아니에요. 전 남편과 한시도 함께 살고싶잖았습니다요. 그런 저였지만 남이 권고해 나서는 데는 역반심리랄까요, 받아들이기 힘겨웠거든요.

"그럴 줄 알았어야지, 총명하다면 유예 말고 이혼을 해치워야지. 금후의 생활은 음, 그래 순희에게 2백 평쯤 되는 영업집을 장만해 줄 테니까. 그래도 내 심정 모르겠어?"

"몰라요."

전 앙칼스레 내쏘았지요. 권력이란 뭘까요? 세상 모든 것을 자신의 비위에 맞게 좌우지하려는 욕심, 그 욕심을 만족시키는 수단이 아니고 뭡니까. 왜곡된 결론인진 몰라도 남 시장의 소위는 그것을 증명하고도 남음이 있는 게 아닐까요. 구역질밖에 나지 않았지요. 저를 도와준다는 이면에 저를 독점하겠다는 음충한 심보를 제하고 뭣이 또 있나요. 자기 것이 아닌 나라의 돈을 탕진하면서 자기향락을 도모하는 권력자, 정말 더럽고 칙살스러워요. 금의옥식을 마련해주고 금덩어리를 준대도 달갑지 않아요. 그런 위선자에게 무엇을 더 부탁하겠나요? 전 획 돌아서고 말았습니다.

그날 밤, 여관방에 누운 나는 궁싯거리면서 잠을 이루지 못했다. 푸르스름한 달빛이 창턱위에서 부서졌다. 나는 자리에서 일어나 창가로 갔다. 은하수가 칠흑 같은 하늘을 밝히며 신비롭게 흘렀다. 우리 인간들도 저 은하수처럼 빛만을 발산하고 아무런 보수를 요구하지 않으면 얼마나 좋을까. 드세차게 휘몰아치는 회오리바람에 쫓기어 정처 없이 떠돌아다니는 가랑잎이 바로 순희라는 것은 대략 알고 있었으나 그 회오리바람이 동훈일 줄은 천만 몰랐다. 동아줄을 죄여도 그렇게 앞길이 뭉척 끊어지게 죄일 수 있을까. 비루하고 철면피한 자식, 인간의 허울을 쓰고 청렴결백한 채 연극을 놀아대는 표리가 부동할 자식, 동창의 옛 정도 공리 속에 불태워버리며 현실의 이익만을 앞세우는 동훈이를 내처 묵과할 수 없었다. 암암리에서 남몰래 호박씨를 까고 있는 그의 허울을 쫄딱 벗겨 적나라한 모습을 세인에게 보이고 싶었다. 일시적인 충동인가? 그럴 수도 있었다. 「무법천지」란 문장으로 총편에게 무참한 꼴을 먹은 나로선 심중하게 대하지 않으면 안 되었다. 법원원장의 털끝 하나도 불가침범인 오늘의 세태 속에서 감히 시장의 감투를 어루만지는 자체부터가 주책없는 짓이 아닐까. 내가 이렇게 우유부단할수록 회오리바람에 몸부림치는 가랑잎이 내 신상 위에서 이리 구르고 저리로 흩어졌다. 뜨거운 사랑만을 집착스레 천착해왔으나 그것을 보상받지 못한 그래서 고통 속에서 매삼치는 순희를 그냥 내버려둘 수 없었다. 그녀를 도와 그녀에게 천만 갈래로 휘감긴 악마의 손길을 끊어줘야 했다.

나는 장밤을 지새워가며 동훈이의 죄장을 샅샅이 적었다. 권력만용이 조성한 피해를 하나하나 열거하면서 부정비리의 위해성에 모를 박았다. 그리고 「무법천지」처럼 무맥하고 무효했던 뼈저린 경험을 되살려 이번엔 문장을 직접 성기율검사위원회에 보냈다.

나는 모든 문제가 조속히 시정되기를 손꼽아 기다리며 지겨운 나날을 보내었다.

그렇게 한 달이 지난 어느 날이었다. 총편이 나를 찾았다.

"당신 순희라는 여자 어떻게 알았소?"

"어떻게 알다니요, 기자들이 이런저런 사람과 대면하고 친숙해진다는 건 총편께서 잘 아실 건데 왜 그러지요?"

"그런 게 아니라 당신 그 여자와 내연(內緣)의 관계가 있었더구만. 소문이 자자하던데.”

나를 바라보는 총편의 퉁방울 같은 눈은 비아냥을 노골적으로 드러내고 있었다.

“그건 오해지요. 와전에 의한 덤터기란 말입니다.”

“그렇다면 한 가지 묻기요. A시의 남 시장 말이요. 순희 그녀와 어쨌다는데 그건 와전에 의한 덤터기가 아니요? 확실한 근거는?”

“순희 본인이 겪은 사실을 의심합니까?”

성에 보낸 나의 문장이 이곳저곳을 순유하다가 총편의 손에 들어온 게 분명했다. 나는 그렇다고 위축을 받고 소침해진 것은 아니었다.

“가무단에서 춤을 추고 있다며? 그런 여인이 한 남자를 물고 늘어지면 무섭다는 걸 모르오?”

“그럴 수 없습니다.”

나는 딱 잘라 끊었다.

“중요한 것은 순희 자신의 구술로는 법적으로 아무런 증거물로 될 수 없다는 점이요. 법률상식 인호가 모를 리 만무한데 왜 외고집을 꼴까?”

“우리 까놓고 시비곡직을 나눠봅시다.”

도적이 도적 잡으라는 식으로 도무지 얼토당토치 않게 꾸며대는 총편에게 나는 결패 사납게 대들었다.

“그럴 필요 없게 되었소. 시조직부의 결정이요. 내일부터 취재를 중지하오.”

“뭐라구요?”

청천벽력이었다. 취재를 중지하라는 것은 기자신분을 박탈하는 것이다. 20여년 기자생활의 경륜을 갖고 있는 나에게 이것은 사형선고나 다름없다. 어쩜 이렇게도 지독한 결정을 내릴 수 있을까. 그것은 편견도 아니요 독선도 아닌 후안무치한 자들이 권력남용으로 내리는 치명상이었다. 일말의 운명적인 비애가 망연자실과 더불어 나를 괴롭혔다. 내 가슴은 동공이 뚫어지듯 아프고 통절했다.

나는 며칠간 침식을 잊으며 출로를 모색했다. 신통한 해결책이 나서지 않았다. 어디 가서 해볼 데가 없었다. 도리어 비꼬는 말만 들렸다. 착한 인간이 살아가긴 진짜 험난한 세상이었다.

나는 물론 순희를 잊고 있지 않았다. 내가 훼멸된 잿더미 위에서 깊은 한숨을 짓고 있다면 그녀는 어떻게 되었을까. 시장나으리를 고발한 장본인이 그녀였다고 재앙의 심연은 천야만야한 것이 아닐까. 공연히 긁어 상처를 낸다고 내가 소뿔을 휘둘러대지 않았던들 그녀에게 불행을 가첨하지 않았을 게 아닌가. 전처럼 동정만을 경주할 것이 아니라 지금은 으레 책임을 저야 했다.

"흥, 두고 보니까 당신도 성인군자는 아니군요!"

아내가 넌짓 비꼬아댔다. 그것은 여태껏 묵비권(黙秘權)으로 냉대한 나에 대한 보복임이 틀림없었다. 불미스러운 외도를 발견한 나는 아내에게 정을 줄 대신 침묵을 지켜왔다. 이혼을 에워싸고 결심을 다지고 또 다졌다. 나의 말이 순탄할 수 없었다.

"성인군자는 아니요. 그렇다고 돈에 눈이 멀어 정조를 상실할 그런 지경에 이르진 않았소."

"당신 순희라는 여자와 살림까지 차려놨다면서요?"

"그랬으면 어째?"

나는 성을 발칵 내였다. 살지 않은 것을 살았다고 긍정하는 아내가 얄미웠다.

"맘대루 해요. 한 가지만은 알아둬요. 이혼만은 절대 안 되요."

"이혼하겠소. 떳떳이 순희와 살겠소. 당신 관계할 체면 어디 있는데?"

나는 대구 퍼부었다. 이 시각 북받친 심정 같아선 순희를 끌어안고 뜨거운 애무로 과녁처럼 구멍 숭숭한 그녀의 마음을 후덥게 해주고 싶었다.

생각이 외곬으로 몰리자 한시도 지체할 수 없었다. 나는 그날 밤으로 A시로 떠났다. 기차 안은 바늘 끝 하나 꽂을 틈도 없으리만큼 초만원이었다. 그렇게 많은 여객을 싣고도 기차는 의연하게 오로지 목적지를 향해 어둠을 헤갈랐다. 그것은 나에게 힘과 용기를 안겼다. 순희를 만나면 꼭 실팍한 가슴으로 안아주리라고. 남아로서의 애무로 고통을 덜어 주리라고. 감안해보면 나에게 남은 것은 오직 그 길뿐, 그 외의 선택은 없었다.

A시에 도착하자 역전앞 공중전화박스에 들려 그녀에게 전화를 걸었다. 택시를 잡아타고 곧장 연꽃여관으로 달렸다.

"안녕하세요, 선생님? 순희가 308호실에서 기다리고 있어요."

옥경이 반갑게 마중하였다. 나는 헐금씨금 가쁜 숨을 몰아쉬며 충계를 톺아 올랐다. 곧 만날 수 있다는 희열이 조급증을 더더욱 가첨시켰다.

"선생님!…"

"별일 없었소, 순희?"

침대 위에 다소곳이 앉았던 그녀가 흠칫 일어섰다. 나는 와락 덮쳐들어 포옹해주고 싶었다. 그렇게 되지 않았다.

"선생님을 걱정했는데요."

"왜?"

무슨 감투 끈일까. 자기는 풍파를 이미 겪고 있었으니까 덮쳐진 곡경은 대수롭지 않다는 걸까.

"철직 당했다죠? 저 때문에. 선생님 앞으로 어쩌죠?"

"그걸 어떻게 알았소?"

"남 시장이 말했어요. 철직당할 거라고."

"그랬소?"

순간 나는 종주먹(북한어: 단단히 쥔 주먹)을 으스러지게 거머쥐었다. 동훈이와 총편은 담벽이 아니라 철벽이라는 것을 심심히 느낀 만큼 그것을 지리멸렬되게 박산내고 싶었다.

"진정하세요, 선생님. 그런 위인과 엇서봐야 손해만 봐요."

순희의 목소리는 가라앉은 것이었다. 차분하고 안온하였다. 그것이 싫었다. 나는 목청을 돋궜다.

"그렇다고 굴복하겠소, 순희는?"

"그런 뜻이 아니에요, 회피하면 그만 아냐요?"

"회피?"

"그래요. 똥이 두려워 피하는 줄 아세요? 더러워 피하죠."

"지독해. 너무너무. 도저히 참고 견딜 수가 없어."

"제가 있잖아요. 참으세요."

"순희가 있으면 어째?"

난 격해진 심정그대로 내쏘았다.

"사랑의 힘 무엇도 당해내지 못 한다구요."

"사랑의 힘?"

난 그제야 참뜻을 알게 되었다. 오늘따라 그녀의 몸단장은 각별했다. 알락달락한 블라우스가 유별히 새뜻했고 숱 많은 머리를 동그랗게 쪽 지어 뒤통수에 붙여놓은 것이 자못 청초해보였다.

"동병상련, 우린 서로 의지해야지 않아요? 선생님—"

그녀가 나에게 와락 안겼다. 어째야 좋을까? A시로 오기 전부터 그녀에게 불같은 연정을 쏟으려고 작심한 나였지만, 정작 눈앞에 나타나자 나는 되레 뒷걸음 쳤다. 그녀는 사랑의 힘이 무엇이든 이겨낸다고 했다. 현실에서 그것이 가능할까. 삶의 길에서 거듭 패배의 고배를 마신 나 인호라는 인간이 순희에게 과연 행복을 넝쿨째로 장만해줄 수 있을까. 사랑이 인생의 최고 가치라지만 복잡다단한 오늘의 현실에서 남녀의 사랑으로 모든 것을 이겨낼 수는 없었다.

"순희, 이러지 말어. 우린 냉정한 사색이 필요해."

"선생님마저 마다하면 전 죽어버리겠어요. 흐흑!"

순희는 뜨거운 눈물을 쭈르륵 흘렸다. 그것은 힘없는 자기 인생에 맞서는 표현만이 아니었다.

이윽하여 그녀는 손등으로 눈물을 훔치며 나를 정면으로 오래오래 바라보았다. 그 눈빛은 간곡한 청구라기보다 곡진한 애원이었다.

"절 사랑해주세요."

"알만해, 허지만…"

내가 무정한 현실의 위압에 숨 막혀 최후결정을 짓지 못하고 을밋을밋 서성거리고 있을 무렵 나로서는 전혀 상상 밖의 일이 발생하였다. 호실 문이 탕하고 열리면서 느닷없이 나타난 것은 동훈이었다. 호랑이처럼 문 앞에 버티고 서있었다.

"이제 보니까 순희가 도고한 것은 글쟁이의 술수에 쫄딱 홀려 그랬구먼?"

"그랬다. 그런 것을 똑똑히 알아두란 말야."

동훈이가 제 딴에는 으름장을 찡하게 박는다고 그랬겠지만 나에게는 느끼한 목소리로 밖에 들리지 않았다. 나는 당당히 순희 곁으로 다가갔고 드디어 그녀를 힘주어 끌어안았다. 세상 어떤 악 세력이든 그녀의 손톱 하나 얼씬 못하게 꼭 포옹하였다.

웅크린 꿈

그것이 사실일가. 마인선은 믿으려고 해도 도시 믿어지질 않았다. 오직 한 남자에게 일편단심을 바쳤던 은경이가 갑자가 타계로 갔다는 것이, 어떤 경우에도 살아야 한다는 집착으로 아글타글하다 요절했다는 것이, 병마에 시난고난 앓다가 황천객이 된 게 아니라 타살에 의했다는 것이.

그녀의 죽음은 인선에게 격랑 같은 충격을 안겼다. 그만큼 상처는 깊어 아픔이 엄청나게 증폭(增幅)되면서 후유증이 갈수록 심해졌다.

삶이란 변덕 많은 장마철의 구름 같은 것일까. 동시장파출소의 왕 수사관이 느닷없이 마인선을 찾아왔다.

"라은경이와는 셋집에서 함께 자취했다면서?"

"예!"

은경이 실종된 지 사흘이나 된다. 으리으리하게 정복한 경찰의 도래 앞에서 그녀는 왠지 조마조마했다.

"은경이 피살됐소!"

"예?!…"

그녀는 악연히 놀랐다.

"우리 함께 시체를 확인해야겠소."

　시체는 용담산 뒤쪽의 그 울연한 수림 속에 있었다. 그녀는 처음 친구의 얼굴을 알아보지 못했다. 혀를 입밖에 내밀고 눈을 잔뜩 지릅뜬 것이 꼭 마치 목매여 죽인 개 같았다. 떼를 지은 쇠파리들이 퉁퉁 부은 시체주변에서 앵앵 맴돌고 있었다. 입술 밑의 검은 짐이 없었던들 은경이라고 확인하기 어려웠다.

　아, 은경이, 너는 어쩜 이렇게도 비참한 죽음을 당해야 하는 거야. 도대체가?

　슬픔에 젖은 울부짖음이 가슴저변에서 태동 치면서 인선은 한 달 전 그날로 성큼 다가선다.

　꽃샘추위를 하는 4월의 어느 날, 밤이 깊어지면서 대합실의 여객들이 하나, 둘 어디론가 뿔뿔이 사라지자 긴 의자에는 나그네들이 가물에 콩 나듯 듬성듬성 성기게 앉아있을 뿐이었다. 저쪽 구석 편에 군살 없이 갸름하고 포실 포실한 조금은 숫되어 보이면서도 숭굴숭굴하게 생긴 20대 초반의 여자가 쭈그리고 있었다. 이따금 고개를 쳐들어 멍하니 바라보는 눈빛은 어쩔 바를 몰라 수심으로 짙은 호수를 이루고 있었다. 몹시 황황해하는 눈빛에서 인선은 자신의 처절한 신세를 새삼스레 깨달았다고 할까, 자기처럼 들가방 하나만을 달랑 든 여자에게 자연 주목이 응결되며 그에게로 다갔고 슬쩍 말꼭지를 뗐다.

　“어디로 가는 길이야? 밤중에.”

　“여기까지 왔는데 갈 곳이 없어. 거기선?”

　민족잡거지구인 길림에서 동족을 만난 친화감, 은경의 얼굴이 그 어떤 기대로 금시 환해진다.

　“한 가지야, 나도.”

　“그으래?”

　종전의 그 기대가 사라진 실의(失意)라기보다 우연의 일치로 유류상종의 친구를 만났다는 희열이 은경의 얼굴에서 넘실거린다.

“마땅한 일자리가 없어.”

입에서 김빠진 소리가 흘러나올 줄은 자신도 몰랐다. 부친에게 얽힌 실망그대로 집을 떨쳐나설 때 인선은 당당한 희망을 품은 것은 아니나 그래도 조선족이 많이 살고 있다는 길림으로 오면 무슨 직업이든 구할 수 있다고 여겼었다. 그것은 상상에 불과할 뿐 실상은 소소리 높은 담벽에 부딪쳐 잠자리마저 차례지지 않았다.

“어쩌지 우리는? 무슨 일이든 찾아야지 않겠어.”

울가망해진 은경이 피를 토하듯 울민에 젖어 말한다.

“정 없으면 술집 아가씨 노릇이라도 해야지 않을까.”

“아가씨? 그 짓을 어떻게 하지?”

은경의 양 볼로 먹장구름이 스쳐 지난다.

“막다른 골목인걸. 이제 집으로 돌아갈 순 없잖아.”

그것은 사실이다. 객사하여 무주고혼이 될지언정 기왕 내친 걸음이라 어떤 일이든 찾아 기반을 닦아야 했다.

인선은 인텔리 가정에서 무남독녀로 태어났다. 어려서부터 귀여움을 받을 대로 받으며 자랐다. 부친은 문단에서 명망 자자한 소설가이고 어머니는 소학교 교원이다. 문화교양으로 흠뻑 젖은 그녀는 동창들 앞에서도 떳떳했다. 졸업을 눈앞에 두고서도 상당수 여우들이 대학으로의 승진여부를 집념할 대신 연정의 수렁에 깊숙이 함몰되어 모든 것을 잊고 있지만 그녀만은 긴긴밤을 톺아가면서 입시를 위한 만단의 준비를 하고 있었다. 지식이 금전에 짓밟힌 현실이지만 인간은 그래도 지식이 있어야 하고 그러자면 오직 대학으로 진출해야 한다는 신조만은 드팀없었다. 그럴 즈음 해괴망측한 소문이 교실 구석구석을 유령처럼 감돌았다.

월향이 어떻게 된 줄 알어? 임신한 걸 까치웠대!

월향이라면 이과(理課)는 과목마다 불합격이나 글짓기만은 학급적으로도 손을 꼽았다. 지난학기에는 전 시적인 글짓기콩쿠르에서 「화사한 꿈」이 입선되어 신문에까지 발표되었다. 문학가로 되려는 꿈을 보듬어 안은 그녀는 인선이네 집으로 자주 놀러왔고 그럴 때마다 소설가인 부친과 문학에 관한 담론이 다다했다. 입선된 「화사한 꿈」도 실은 인선 부친의 지도 밑에 거듭 수정된 거였다. 그런 그녀가 연애라면 몰라도 뻔뻔스레 임신까지 하다니? 의문이 구름을 타고 어지럽게 떠돌고 있을 무렵 인선의 흉벽을 탕! 친 것이 있었다.

기다렸던 일요일 인선은 서점에 들려 입시준비에 필요한 서책을 사갖고 집으로 돌아오는 도중 산부인과병원 앞에서 서성거리고 있는 부친을 발견하고 거기로 갔다.

여기서 뭘 해요, 아버지?

어 저…친구 딸이 해산한다고 해서… 한사코 같이 가보자고 해서…

체면 깎이지 않으세요? 어서 집으로 가요.

그렇구나, 정말…

그때 부친의 어술한 어투를 괴이쩍게 여겼지만 그 외의 의심은 품지 않았다. 소설가로서의 덕망이 그녀의 가슴에 천만갈래의 뿌리를 내린데서였다.

허나 오리무중속의 사연은 엄청난 것이었다.

만원이요? 어이구…어디 있어유?

어쩌겠소…꿔서라도 대가를…무사하게…

흐흑!…당신 늙어가면서 환장…으흐흑!…

화장실로 가다가 엿들은 부모들의 대화였다. 일순 인선의 신경이 깨진 유리조각처럼 날카로워졌다. 난생처음 들어보는 어머니의 울음소리였다. 부친이 뭔가 실수를 저질러도 큰 실수를 저지른 게 분명한데 어떤 것일까? 풀길 없는 곤혹 앞에서 당장 침실의 문을 열고 들어가 미주알고주알 캐고 싶었지만 참았다. 자식으로서 부모의 일을 간섭한다는 것이 주제넘고 주책없다고.

참는 것도 한계가 있었다. 부친이 월향이와 내연(內緣)의 사이라는 조짐이 끈끈하게 갈마들자 그녀는 등교하지 않고 있는 월향이를 찾아갔다.

부친의 일로 왔지?

속옷 바람으로 침상에 누워있던 월향이 뜨직이 일어나 앉으며 태연자약한 태세를 취한다.

야, 너 그게 무슨 짓이야? 그것도 사랑이야?

무엇이든 부시고 까무느고 폭탄처럼 행하고 싶은 인선이다.

사랑? 진정한 사랑이 있는 줄 알어? 문학가로 되려는 내 꿈을 실현하면 그만이야!

그것도 말이라고 해?

억이 찼다. 인선의 입술이 풀잎처럼 파르르 떨고 있었다.

지금 세월 미쳤다고 사랑을 속삭여? 목표를 위해 종횡무진으로 활주하는 거야. 뭘 가려? 제 앞길 스스로 개척하는 거야!

뭣이?

미움과 분노로 일그러진 그대로 대방의 뺨을 호되게 갈기고 난 인선은 쿵쿵 잡문을 나섰다.

초봄의 소삽(蕭颯)한 바람이 그녀의 목깃을 파고든다. 어디로 갈까. 부친의 우상이 모래성처럼 허물어진 처절함은 어디다 하소연할 수 없는 부끄러움이었다. 무덤덤한 괴로움이 발끝에서 정수리에까지 스며든 그녀는 집으로 들어가긴 죽기보다 싫었다. 그저 방향 없이 길바닥을 누비며 터벅터벅 걸었다.

인선아, 어딜 가는 길이야?

누군가의 부름에 고개를 쳐든 그녀 앞으로 동기동창인 길성이 헐금씨글 달려왔다.

소풍 중이야.

그래? 너 점심전이지? 우리 식당으로 갈까?

마침 잘되었다. 시간을 소모할 수 있는 곳이라면 어디든 가고 싶은 그녀는 군말 없이 그의 뒤를 따랐다.

우리 맥주 좀 할까?

호화로운 술집이었다. KTV라는 독방에 안내되자 길성이 이쪽의 의향을 탐문한다.

처음은 망설이었다. 그녀는 자신의 내부에 숨어있는 또 다른 자신에게 묻는다.

너 언제 자포자기한 적이 있니?

자존심보다 강한 것은 이 세상에 더는 없는 걸까. 의리감에 의한 반발은 물불을 헤가르지 않았다. 인선은 선뜻 결단을 내린다.

맘대루!

이윽고 갖가지 요리와 맥주가 차려졌다. 오직 술에 취해야만 오뇌와 울민을 깡그리 잊을 수 있다는 일념으로 그녀는 맥주를 헌걸차게 벌컥벌컥 들이킨다.

너 언짢은 일이라도 생긴 게 아냐?

묻지 마. 술이나 뭐!

알짝지근한 취가가 전신의 모세혈관에 퍼지자 그저 울고 싶은 심정을 그것을 달랠 길 없어 맥주만을 정신없이 마신다. 월향의 처세술이 옳은지 몰랐다. 대학으로의 진학만이 성공의 첩경은 아니지 않는가. 지식이 불감증에 걸려 신음하는 현실 속에서 그의 위상은 어떤 것이고 그 이미지는 구경 무엇일까. 부친은 소설가로서의 사용가치를 충분히 이용했고 월향은 몸을 바치는 것으로 공리를 따내었다. 격변된 세월의 요소요소가 애매

모호한 그녀에게 뭔가 뿌리치고 싶은 강한 반란이 고개를 번쩍 쳐든다. 술을 한껏 마시고 관능의 욕구대로 내어두고 싶었다. 그렇게 몇 고뿌 바닥을 낸 후의 일은 안개발처럼 몽롱했다.

땅거미의 스멀스멀한 발이 그녀의 입술을 포갠다. 혀끝은 온통 홍등가의 황홀한 빛깔 뿐 사탕 알을 문 것처럼 달콤하다. 어디서 나타났는지 택시가 호텔건물을 가로 질러 질주했을 일순 그녀는 솜무지에 묻혀 전신이 나른해진다. 사막의 모래언덕처럼 끊임없이 움직이는 곡선, 그 위에서 명아주를 문 거룡이 꿈틀거린다. 장님이 코끼리를 어루 듯 뭔가가 겉돈다. 어둡고 춥춥한 그리고 끝없이 깊숙한 동굴이 점점 팽창된다. 숨 가쁘다. 거룡이 토해낸 것은 헉, 허헉! 기가 짤리는 비명소리, 그녀의 전신으로 쾌감 비슷한 전율이 신들린 것처럼 흔들린다…

술에서 깨어나면서 바닥에 널부러져 있는 팬티와 브래지어를 일견한 그녀는 갑자기 눈앞에 깎아지른 절벽을 느끼며 숨이 멈출 정도로 놀란다. 여태껏 지켜오던 신조가 영혼의 훼멸과 함께 몸부림친다. 산산이 부서진 유리조각신세로 저락되었다는 것은 수정 불가능한 사실이다. 먼지얼룩같이 불투명한 버캐가 머릿속에 입력되면서 타는 듯한 목마름이 입안에 가득히 깨물린다.

어찌된 거야, 이거?

꿈결이었으면! 진속으로 바란 그녀는 이불깃으로 알몸이 된 상체를 가리면서 곯아떨어진 길성이를 성급히 흔들어 깨운다.

뭐가? 아, 그것…아주 자연스러운 거지.

눈을 비비며 그가 시틋하게 응수한다.

뭉클!

가슴 밑바닥에서 무엇이 치밀어 오른다. 하루밤새 소름끼치는 변고가 생겼다는 공포로 그는 온몸이 무겁게 가라앉음을 절감한다. 그렇다고 그렇게 내처 있을 순 없었다. 솟아올라야 했다.

치유할 수 없는 상처를 치유하는 방법은 그것을 훌쩍 건너뛰는 것이다.

우리 어디로든 떠나가자. 응, 그러는 거지?

위험 없는 도전이 없듯 안전한 모험도 없다. 당하고난 이 시각 길성이가 마음에 들든 말든 별심상관이다. 어디로든, 그것이 천애지각이든 지옥이든 부모와 동창들을 멀리할 수 있으면 족한 거였다.

생뚱같이 어디로 간다구? 난 부모슬하를 떠날 수 없어.

왜?

돈을 제멋대로 쓰는 게 누구 덕분인데?

그녀는 어이없는 눈길로 그를 뚫어지게 응시한다. 제 인생을 제 주견대로 마름질 못하면서 부모들의 금전에 무릎을 꿇은 그가 다시 보이었다. 그의 부친은 부시장이다. 한 자리 톡톡히 해먹는 부친의 세력이 학교에까지 뻗쳐 학기마다 낙제생인 그였으나 낙제를 면했다. 그런 부친의 뒷심이 귀중하고 또 그런 부친으로 하여 자호감을 느끼는 것은 사실이되 그렇다고 부친의 신변을 영원히 떠나지 않을 순 없는 게 아닌가.

그럼 우리 결혼해, 응?

실추(失墜)된 역경 속에서 다른 방도는 없다. 그녀는 진속에서의 절원을 토한다.

시체청년이 왜 이래? 남자들은 여자배우에서 내리는 순간 다른 여자를 물색한다는 걸 모르고 있어?

그는 창밖을 무심히 내다본다. 뭣이 그리 중대한거라고 끈질기게 달라붙느냐는 막무가내의 태도였다.

너, 너, 너…

말이 제대로 나가지 않는다. 시체청년이면 성을 순수 놀음으로 대해야 할까. 난 월향이가 아니라 인선이야! 배반을 당한 억분을 참지 못한 그녀는 그에게로 와락 덮쳐들며 앙탈을 부린다.
필경은 애리잠직한 여자의 반격이다. 우악진 그의 팔심에 동댕
이쳐진 그녀는 구석 쪽으로 군드러지고 말았다. 설움이 북받쳤
다. 바닥에 그대로 허물어진 채 꺼이꺼이 울었다. 가슴에 여울
목을 만들면서. 객기가 아니라 망발이라고 자책하면서. 질증과
증오가 무엇이라는 것을 새롭게 터득하면서.

강박했어, 내가?

그는 옷을 걷어입으며 게두덜댄다.

강박은 아니라도 홀린 건 분명하잖아? 그런 법이 어디 있어?

패배로 물러설 순 없었다. 그녀는 이빨 새로 앙심을 사려 물었다.

우린 자원이야, 서로가.

그의 말을 탓할 것은 못되었다. 처녀의 순결을 그렇게도 수월
하게 빼앗겼지만 자기도 자신을 포기했던 게 아닌가. 부친이 패
가망신의 추악상을 저지르지 않았던들 타락의 심연에 빠지지
않았을 거였다. 하느님은 하필이면 아담을 에덴동산에 내려 보
냈을까. 그렇게만 안했어도 이 지상에 남자들이 없을 것이요.
피살, 강탈, 강간 따위가 존재하지 않을 것이다. 음충하고 요령
부득의 모략으로 그들먹한 것이 남자들이라면 부친을 포함한
그들에게 호된 일격을 가해야만 골풀이치는 원한이 풀릴 상 싶
었다.

"알만해, 여기로 온 사연. 실은 나도 곡절 많았어. 우린 손을
맞잡고 어떤 곡경이든 뚫고나가자!"

운명의 기구한 장난을 잠착히 엿듣고 있던 은경의 눈빛이 별
처럼 반짝인다.

그런 그녀가 까닭 없이 죽었다.

"은경이와는 함께 메아리술집으로 온 친구라며?"

"……"

수사관의 물음에 인선은 눈시울이 뜨거워진다. 셋집을 얻어 함께 자취하면서 친자매처럼 지냈던 은경이가 그렇게도 참담한 죽음을 당했다는 것이 슬펐다. 삶과 죽음은 원래 종잇장처럼 얇은 간격이었던가. 그날 그녀가 언제 술집에서 나갔는지 인선을 모르고 있었다. 영업이 끝난 것은 밤 11시경이었다. 셋집으로 함께 돌아가려고 그녀를 찾았다. 언제나 손을 맞잡고 셋집으로 돌아가곤 했었다. 그날따라 어디로 갔는지 가뭇없었다. 술집의 칸막이를 모조리 훑어보았다. 주방과 화장실에도 가보았다. 그녀의 그림자도 없다. 종래로 혼자 외출하지 않았고 혹시 어디로 가면 인선에게 무슨 무슨 일이 있다고 사전에 알리고 떠났었다. 어떻게 된 영문일가. 카운터에서 수납을 책임진 아줌마의 말은 은경이가 저녁 편에 누군가에게서 걸려온 전화를 받고 자못 흥겨운 표정이었다고 그 외는 모른다는 거였다.

"은경이와 평소 가깝게 지낸 사람은 없소?"

수사관 왕모의 눈총은 의혹으로 가득 찼다. 어떤 단서이든 쥐자는 태세였다.

"여기로 온지 한 달 좀 넘었어요. 손님을 접대한 외 별로…"

갸름하고 오종종한 은경의 양상(樣相)이 눈앞에서 아롱거릴 뿐 다른 사람은 떠오르지 않는다.

"손님들 중 은경에게 각별한 관심을 돌렸던 남자는 없었소?"

꼬치꼬치 캐어묻는 수사관 앞에서 그녀는 손등으로 보송보송 돋아난 이마의 땀을 씻는다.

"글쎄요…"

"잘 생각해보시오. 범죄자를 수색해내는데 단서를 제공해줄 사람은 거기밖에 없잖소."

인선의 뇌리 속에 피뜩 떠오르는 모습이 있었다. 어깨가 딱 버그러지고 앙바틈하게 생긴 남자, 관자놀이에 칼자국이 뚜렷한

사나이, 광일이라고 했던가? 아니, 광섭이라고 했었지. 그 사람
은 언제나 술이 거나해서 술집으로 왔다. 현관문에 들어서면서
누구를 보던 은경이 있어? 라고 콩밭에서 두부를 만들려는 듯
성급히 물었다. 은경이 혹시 손님들을 접대하고 있는 중이면 구
석 쪽의 의자에 앉아 뻑뻑 담배만 피웠다. 그녀가 술상에서 물
러날 때까지 한 시간이고 두 시간이고 그렇게 앉아 있다가 은
경이와 술을 마시고야 돌아갔다.

"그 사람 팁을 백 원씩 줘. 무직업이래. 돈이 어디서 나서 물
쓰듯 할까?"

언젠가 은경은 찬양도 아니고 비난도 아닌 말을 한 적이 있었다.
호스티스들이 바라는 건 팁의 여부였다. 메아리술집 마담은
호스티스들에게 식사 한 끼도 공짜로 먹이지 않았다. 월급은 당
연 한 푼도 없었다. 모두 손님들의 등을 쳐서 간을 빼 먹으라는
거였다. 팁은 자연 호스티스들 생계의 바탕이요, 그래서 은근한
관심사로 되었다.

"오광섭 무직업 아니래. 무슨 회사의 총경리라나. 부친은 공
안국 국장이고."

알면서도 속고 모르면서도 속는 것이 남녀관계라면 섣불리
실속을 토로하지 말아야 한다는 인선의 취지는 요지부동(搖之不
動)이다. 생면강산인 여기서 경거망동했다가 큰 코를 다칠 수
있다는 방어태세를 항상 잊지 않고 있었다.

"요즘은 왜 그림자도 안보일가, 그 사람. 오늘은 50원밖에 차
례지지 않았어. 오광섭이 왔으면 백 원은 더 벌었겠는데."

"하루 50원 대단하잖아? 한 달이면 1,500원인데 만족해야지."

은경의 입에서 자주 오광섭의 말이 흘러나왔다. 들어보면 어
딘가 범상한 상태의 한계를 넘은 것 같았다. 너무 욕심을 부리
다 그 어떤 구렁에라도 빠질까 봐 은근히 근심되어 차근히 타

일렀다. 실은 그녀의 처사가 이해하지 못해 그런 건 아니다. 어디까지나 동정하면서 극력 도와주고 싶은 인선이었다.

은경에게는 사랑하는 남자가 따로 있었다. 그들의 로맨스를 들으며 인선은 뜨거운 눈물을 상처 깊은 가슴속에 뚝뚝 떨구었다.

그들은 보석이 박혀있는 듯 무시로 반짝거리는 별무리를 바라보고 있었다. 조병욱이라고 대학교 3학년생인 그는 별무리를 바라보는 것이 무한한 행복이라면서 별에 관해 이야기도 많았다.

은하수, 오작별, 북두칠성 같은 것은 알고 있잖아. 헤라클레스라면 그리스신화에 나오는 영웅이야. 역시 영웅인 하우스와 유부녀 사이에 낳은 아들이거든. 그는 전적이 혁혁한 일대영웅이 되었어도 자기를 낳아준 어머니를 보지 못한 거야. 괴견(怪犬) 케르베르스와 싸우면서도 밤이 되면 어느 별이 제 어머니일가고 하늘만 쳐다봤대. 그런 연고로 명명된 것이 헤라클레스별이야.

외국 별 말고 우리별도 많잖아. 직녀와 견우 같은 것 말야.

서로 지극히 사랑하면서도 칠석날에야 만난다는 견우직녀, 세습의 굴레가 그들을 그렇게 만든 거야.

우린 그렇지 않잖아. 밤마다 이렇게 만나는데.

은경이 자기의 상반신을 그의 어깨에 기댄다.

밤이 깊었어. 너 집으로 돌아가야지 않어?

그녀를 꼭 끌어안으며 그가 말한다.

아냐, 오늘밤 난 집으로 안갈 꺼야. 갈라졌다가 직녀와 견우의 신세로 저락되면 어떤 거지?

결혼 전인데 그럼 되니?

우리 별무지를 두고 약속했잖아. 살아도 같이 살고 죽어도 같이 죽자고 그러다 정말 죽으면 서로 꼭 붙어있는 병욱별과 은경별로 되자고 그러잖았어?

그녀는 끝내 님을 따라 그가 투숙하고 있는 셋집으로 갔다.

셋집은 2층인데 반드시 식당 집을 통해서야 올라가게 되었다.

뭐 이런데서 살어?

잠만 자면 되는걸. 상관없잖아.

하긴 그래.

그런데 한밤중 영업집에서 불이 났다. 난생처음으로 여광여취(如光如醉)의 환열을 만끽하고 꿈나라로 곯아떨어진 그들은 그것도 몰랐다. 창문유리가 삼단불길에 쨍그랑! 깨져서야 화들짝 깨여났다. 주변은 온통 불천지였다. 황급히 층계에 이른 그들은 기회를 엿보았다. 타버린 기둥이 뭉청 끊어지면서 천정이 물러앉은 그곳을 통과한다는 것은 곧 죽음이었다. 위기일발의 시각, 다시 2층으로 올라간 조병욱은 이불 짐을 쌌던 밧줄을 타고 창문으로 내려가라고, 자기는 후에 혼자서 얼마든지 내려 갈 거라고 은경에게 엄령을 내렸다. 지체할 여지가 없는 그녀는 그의 말대로, 또 그의 도움에 의해 밧줄을 탔다. 거의 바닥에 다다를 무렵 줄이 불에 타 번지며 툭 끊어졌다. 허공에서 포물선을 그으며 폴싹 꺼꾸러진 그녀는 그래도 목숨을 건졌지만 혼자 남은 그는 옴짝달싹 못하고 불에 타죽을 판이었다. 은경은 훨훨 타오르는 불길을 바라보며 발을 동동 굴렀다. 죽을 수 없어, 죽으면 안돼. 네가 죽으면 난 어떻게 살어? 이때 소방차가 달려왔고 순식간에 불이 꺼졌다. 허나 옷이 타고 머리카락마저 타버린 조병욱은 보기조차 끔찍스러웠다. 입도 코도 눈도 모두 오그라들었다. 그 즉시 병원에 호송되어 구급치료를 받았으나 상처가 너무 너무 심해 혼미상태에서 깨여나지 못했다. 입과 눈만 내놓고 얼굴 전반을 붕대로 칭칭 동여맨 환자는 숨을 할딱이고 있으니 아직은 살아있다고 여겨질 뿐 시체와 다름없었다. 그렇게 한 달이 지나서야 퇴원하게 되었다. 그때는 병욱의 얼굴이 으등카리 같이 구겨져 완연히 다른 모습이었다.

다른 데로 시집가라구, 내 걱정 말고. 우린 혼례를 올리지 않았잖어.

눈을 지그시 감은 병욱이 고통스레 입을 연다.

살아도 함께 살고 죽어도 함께 죽자던 약속 잊었어?

무시로 반짝이는 별무리를 향해 굳게 다짐한 언약을 저버릴 수 없었다.

병신이 됐잖아. 어떻게 평생 고생하겠어?

그런 말 다시는 꺼내지 마. 정형수술 2만 원이면 된다고 했잖아. 내가 벌어올게. 기다려.

정형수술을 하자면 돈만 수요되는 게 아니었다. 산 사람의 살가죽이 필요했다. 은경은 자기 엉덩이 살을 떼 낼 타산을 하고 있었다.

"그는 말야 내 표정과 목소리의 변화에서 나의 욕구와 갈망 그리고 불안과 우울을 체온기처럼 측정했고 내 비위에 알맞게 행동을 취했어. 나를 기쁘게 하고 그 기쁨이 행복이란 것을 일깨워준 남자. 내가 그를 저버리면 돼? 어떻게 저버려?"

은경의 눈에는 어느덧 눈물이 글썽했다.

아, 세상에는 그래도 진정한 사랑이 있구나!

마인선은 감탄을 금치 못한다. 지극하면서도 지고지순한 그들의 사랑이 부러웠다. 자기에겐 언제야 춘정으로 들끓는 사나이가 나설까. 미래를 더듬어보니 지평선 저쪽처럼 아득했다.

그러던 어느 날 은경이 뚱딴지같은 제의를 들고 나왔다.

"변리돈 주지 않을래? 한 달에 3푼 이자래. 우리 3,000원 벌었잖아. 그걸 주면 한 달에 90원 들어오잖아."

뭔가를 동경하고 있는 눈빛, 은경은 은연중 들떠있었다.

"그랬다가 본금까지 떼우면 어쩔려구?"

"왜 떼워? 믿을만한 사람인데."

자신만만한 품이 꽤나 파악이 있는 상 싶었다.

“오광섭이 돈을 꿔달라던?”

“그 사람 돈을 물 쓰듯 하잖아.”

“그 말고 그럼 누구야?”

바투 들이대서야 은경은 한동안 쭈뼛거리다가 사실을 밝힌다.

“그 사람 옳아. 자기가 꾸는 게 아니고 남인데 내게 돈을 벌어주려고 그런다는 거야.”

“오광섭 너와 무슨 관계야? 네 친오빠야?”

어리석고 한심했다. 몇 번 술을 같이 마신 그것으로 그를 얼마나 안다고 애써 모은 돈을 단번에 내놓을까.

그 후 그네들은 누구도 변리돈 말을 입 밖에 내지 않았다. 그러나 사흘이 못되어 은경의 돈지갑은 텅텅 비어있었다. 변리돈을 꿔준 게 틀림없었다.

인선은 그들의 전후사연을 거두절미하여 왕수사관에게 알려주었다.

“알았소. 그를 심사해본 후 다시 찾겠소. 기다리요.”

수사관은 떠나갔다. 인선은 범죄자를 속히 잡아내리란 기대를 품고 수사관의 도래를 학수고대하였다.

은경의 장례를 앞두고 호스티스들이 돈지갑을 털어 백 원, 이백 원씩 내놓고 있을 때 난데없이 오광섭이 나타났다. 상황을 알게 되자 펄쩍 뛴다.

“뭐, 타살이라구? 아까운 여자가…그럴 리 없겠는데…”

그렇게 한 식경 애통에 잠겼던 그가 선뜻 5백 원을 내놓는다. 이용만 하다가 변고가 생기자 버림치처럼 아예 관여치 않는 술집마담과는 대조적인 거동이었다.

진속에서 우러난 걸까. 인선은 이맛살을 찌푸린다. 연극을 꾸몄다면 너무도 신통한 것이었다. 혹시 연극이 아니고 진짜일수도 있다. 은경이가 돌아올 것을 손꼽아 기다리는 병욱에게 자기가 찾아가려고 한 것처럼. 그녀를 대신한 자기가 그를 살뜰히 보살피려고 한 것처럼. 그의 얼굴상처를 치유하면서 꿀같이 달콤한 사랑에 취해보려고 한 것처럼.

오광섭이 범죄자가 아닐 수도 있다. 흉범이라고 단언할 근거가 없는 만큼 무턱대고 의심할 수 없는 거였다. 수사관의 예리한 눈총과 사리에 맞는 질문을 넘어온 그가 아닌가. 그런 그가 슬금슬금 인선이 곁으로 다가왔고 애석한 표정을 지어보이면서 말을 걸었다.

"친한 친구가 피살되어 참 섭섭하겠어. 우리 그런 의미에서 술 한 잔 나눌까?"

"감사합니다. 몸이 좋잖아요. 미안합니다."

그가 비록 살인자가 아닐 수 있지만 왠지 한상에 앉고 싶지 않았다.

"훗날로 미루지 뭐. 기회야 얼마든지 있으니까."

그의 말이 귓속으로 들어오지 않았다. 인선은 그저 한잠 푹 자고 싶었다. 그녀의 간절한 소원은 일년 내내 아니 일주일이 아니라 단 하룻밤이라도 시름 놓고 잠을 자는 거였다. 그랬으면 죽어도 원이 없을 것 같았다. 주객들은 알코올의 농도가 짙어질수록 자존심도 체면도 없이 그저 끈덕지게 놀았다. 밤이 깊어갈수록 세월아, 네월아, 끝이 없었다. 인선은 간밤 새벽 2시에 셋집으로 돌아왔다. 집에 들어서자 이불속에 몸을 던진 그녀는 언제 잠이 들었는지 기억마저 아득하다. 이튿날 깨여보니 전자벽시계의 시침이 9시를 가리키고 있었다. 은경이 살아있었으면 벌써 깨웠을 것이요, 아침식사를 장만해놓고 그녀를 재촉했을 건만. 아, 은경이, 너는 어찌하여 참담한 죽음으로 구천에 가지 않으면 안 되었을까.

똑, 똑똑! 노크소리에 인선은 흠칫 놀란다.

"누구세요?"

아직은 잠에서 깨여나지 않은 허스키한 목소리가 이빨 새로 겨우 빠져나간다.

"나요."

석쉼한 남자의 목소리가 저력 있게 들린다.

누굴까. 이불을 부랴부랴 포개어놓고 옷을 주섬주섬 걷어입은 인선이 문켠으로 다가가 안고리를 벗긴다.

문안으로 쑥 들어선 것은 검은 색안경을 낀 오광섭이었다.

"무슨 용무로…"

거처를 어떻게 탐지하고 찾아왔을까. 선입견(先入見)이란 무서웠다. 은경의 죽음이 그의 조작인지는 확인할 수 없어도 어쩐지 승냥이를 만난 듯 온몸에 닭살이 돋는다.

"다르게 생각지 말어. 은경이를 모해한 범죄자를 아직 붙들어내지 못한 게 아냐. 어떤 대책이라도 취해볼가 해서 우정 찾아왔어."

"그래요?"

도적이 도적이야 하는 그런 식은 아니나 달갑지 않았다. 앉으라고 인사하기도전에 제사 스스럼없이 의자에 앉는다. 눈꼴사나웠다.

"식사 전이지? 그런 줄 알고 이걸 사갖고 왔어."

제법 주인행세다. 그가 내놓은 것은 비닐봉지에 담은 우유와 기름에 튀긴 빵이었다.

"먹었어요. 미안하지만 전 곧 술집으로 가야 돼요."

그녀는 한시바삐 그와 헤어졌으면 했다. 뭔가를 두고 그와 걸버무리고 싶지 않았다.

"10시에 가면 되잖아, 술집에야. 아침식사나 함께 들자구."

"정말 먹었어요."

"정 그렇다면 나 혼자래두 먹어야겠어."

비닐빨대를 우유주머니에 꽂은 그는 쫄쫄 빨아먹다가는 빵을 아귀아귀 씹는다.

"우유라도 마시지? 속이 컬컬하겠는데."

오광섭이 먹다 말고 이쪽을 힐끔 바라본다.

그녀는 우유를 마시고 싶었다. 간밤 술을 많이 마신 탓으로 입안이 텁텁하고 씁쓰름했다. 그러나 기왕 먹었다고 한 이상 참아야 했다. 체면도 생의 의욕 중 일부분이었기 때문에.

"먹었단데요, 왜 자꾸 이러세요?"

먹고 싶으면서도 먹지 말아야 하는 심리상의 갈등으로 그녀의 억양은 가시가 돋쳐 있었다.

찰거머리. 은경은 속으로 욕사발을 퍼부었다. 술상에 앉으면 찰거머리처럼 짓궂은 그의 손이 어느새 그녀의 허벅지를 어루쓸고 있다고 투덜댄 적이 한 번만이 아니다. 허나 그가 나타나지 않으면 그 사람 왜 얼굴을 내밀지 않는가며 은근한 금심을 털어놓았다. 이처럼 시망스럽게 빌붙기 때문에 실풍해 하면서도 정작 만나지 못하면 속절없이 기다리는 그 속에 어떤 감정이 흐른 것이라면 은경의 그 허약한 감정이 결국 그녀를 죽음에로 몰아넣은 게 아닐까. 인선은 경계망을 잔뜩 높이고 있었다.

"늦었어요. 속히 술집으로 가야 돼요!"

결단적으로 말한 그녀는 말코지에 걸린 블라우스를 벗겨 입는다.

"은경의 죽음 그냥 내버려 둘 거야?"

"그러잖으면 어떻게 해요? 파출소에서도 어쩌지 못하는걸."

하긴 그러했다. 반달이 푼히 지났어도 파출소에선 아무런 소식도 없다.

"말 잘했어. 누군가 파출소에다 나를 고발했어. 은경이를 살해

했다고. 어떻게 됐어? 오광섭이 이렇게 아무 일 없는 게 아냐?”

“……”

누구를 믿을까. 세상에는 비밀이 없다. 여우같은 그는 이미 자초의 내막을 알고 있었다.

“왜 말이 없어? 인선은 누가 밀고했는지 잘 알고 있겠는데?”

“알고 있어요. 어쨌단 건가요?”

수세(守勢)에 처해선 나약할 뿐이다. 그녀는 결패 사납게 쏘았다.

“무함죄라고 알어? 왜 공연한 사람을 잡으려는 거야?”

먹던 빵을 동댕이친 그가 의자에서 벌떡 일어난다. 얼굴은 험상궂게 일그러져있었다.

“수사관이 탐문하기에 사실대로 말했는데 뭣이 무함이예요?”

반박하지 않고는 얕잡아 볼 것이란 예감이 그녀를 날카롭게 만든다. 여자들의 취약한 심경이야말로 공격의 목표라고. 불행을 자초할 수 있는 바탕이라고 몽니사납게 엇섰다.

“내가 누군 줄 알어? 태양을 몽땅 삼킨 남자, 백두산의 층암절벽도 녹인 사나이야.”

“저와는 상관없어요.”

“왜 상관없어? 그만한 대가를 치러야지. 가만있을 거야?”

힐끔 이쪽을 바라본다. 그의 눈빛은 뭔가를 만끽 못한 야하고 걸신들린 것이었다. 그 대가란 무엇을 요하는 걸까. 알듯하면서도 자상히 모르는 그녀는 우선 으름장에 억눌리지 않으려고 작심한다.

“태양과 층암적벽 따위가 뭔데요? 전 원자탄을 짓밟았어요. 미사일 아세요? 미국이 이라크전쟁에서 사용한 위력 막강한 유도탄을 전 제지시켰어요.”

그의 눈이 금시에 휘둥그래진다.

“녹록치 않은데. 허허! 실은 도우려는 참이야. 아가씨질 그만하고 직접 술집을 운영하는 게 어떨까? 영업집은 내가 책임지고 얻어 줄 테니까 선불금 4,000원만 내면 되는 거야, 생각 있어?”

그러한 제의를 들고 나올 줄은 꿈밖이나 4,000원이란 돈 말에 그녀는 신경을 곤두세운다. 은경이 보고 변리돈을 주라고 한 것과 다를 바 없다는 판단이 은연중 경각성을 높이게 하였다.

“4,000원이요? 40원도 없어요.”

“그럴 수 없겠는데…”

이쪽을 퀭하니 바라보는 그는 의혹과 실망으로 뒤범벅된 듯 눈을 슴벅이고 있었다.

“전일 집에다 몽땅 부쳤다구요.”

“그래?”

뭔가를 결심한 듯 그의 얼굴이 단통 굳어진다.

“어이구 벌써 열시네요. 전 당장 가야겠어요.”

그녀는 신을 신으려고 문켠으로 향한다. 그에 앞서 문을 막아선 그가 두 팔로 그녀를 와락 끌어안는다.

“왜 이래요?”

허리를 뒤로 제끼며 대방을 힘껏 밀어낸다. 그의 몸은 바위처럼 드팀없고 억센 팔목이 그녀를 자기에게로 밀착시키면서 얼굴이 귀밑을 더듬고 있다. 찜찜한 숨결이 귓바퀴에서 어지럽게 감돈다. 송충이 목안으로 들어온 것처럼 징그럽다.

“내숭떨지 말어. 내가 뭐 아무 여자와 다 이런 줄 알어?”

그의 팔목이 갈수록 죄여진다. 이번에는 거칠한 입술이 그녀의 얼굴 아무데고 핥고 있다.

“좋게 상론해야죠. 강다짐을 하면 어떻게 돼요? 억지로 딴 참외 단줄 알아요?”

유혹의 미끼를 던졌던 길성이와는 달리 강다짐을 벌리고 있는 그를 슬슬 얼려 뗄 예산이다.

“좋아.”

상상외로 그가 흔쾌히 수락한다. 그의 몸에서 풀려나온 그녀는 할딱이는 숨을 몰아쉬며 의자에 앉는다. 사냥꾼에게 쫓기는 사슴? 아니면 갈범에게 질겁 먹은 사냥꾼? 사유의 흐름은 엉망이다. 그녀의 정서를 상관할게 없다는 듯 담배를 꺼내 문 그의 얼굴은 그 어떤 집념으로 오히려 태평스럽다. 등골이 오싹할 만큼 두렵다. 강간에 뒤이어 살인일가? 그렇다면 은경이가 못 다한 책임을 자기도 실현할 수 없다. 그것이 애석한 만큼 병욱이가 걱정된다. 한 번도 만나보지 못한 그에게 스펀지처럼 흡인되는 것이 허망하다고 그녀는 자신을 깨우쳐본다. 이상하게도 새벽의 참신한 공기와 천자만홍의 꽃밭에서 흘러넘치는 향기가 그녀의 가슴을 시원스레 그리고 향긋하게 훑는다. 그것은 꿈이다. 누구도 몰래 마음속에 보듬어둔 꿈, 날을 따라 새록새록 그 잎이 짙어지는 꿈, 혼자서 눈을 꼭 감고 만나보는 감미로운 꿈, 그 꿈을 이룩하지 못하고 패잔병이 되고 싶지 않았다. 인간이라면 꿈을 품고 살아가리라. 산다는 것이 고달픔이라 해도, 역경으로 겹친 기구함이라고 해도.

“자, 그러지 말고 우리 서로 사랑해 보자구.”

타다 남은 담배꽁초를 신발로 눌러 끈 그가 이쪽으로 늘쩡늘쩡 다가온다.

“사랑을요? 우리 피차 모르고 있잖아요. 서로 요해하는 시간적인 여유, 참사랑이란 세월을 두고 무르익어가는 과일이란 걸 모르세요?”

설교가 그에게 마이동풍(馬耳東風)격이란 걸 번연히 알면서도 혹시나 하고 일루의 희망을 걸어본다.

굶주린 승냥이의 눈총이 그녀의 젖무덤과 하초 밑을 파고든다. 무지무지한 징그러움이다. 상황이야 어쨌든 악마의 손에서 벗어나자면 최대한 지연작전 밖에 다른 수는 없었다.

"전 오늘 몸이 좋잖아요."

"어디가?"

"생리 왔어요."

"생리? 으흐흐! 그것 좋지. 어서 벗어봐."

"사정을 밝혔는데도 우격다짐이세요? 점잖은 분이."

"무슨 잔소리야?"

일순 그녀의 턱이 비틀어진다. 몸이 저쪽 벽에 부딪치면서 코에서 선지피가 철철 흐른다. 대단한 주먹이다.

"으흐!"

비명소리를 지르며 쓰러진 그녀를 그가 죽은 개 끌듯 침상으로 끌고 간다. 끌리어가면서 그녀는 정신을 바싹 차려야 한다고 고삐를 단단히 쥔다.

"옷 벗기 전에 있는 돈 몽땅 내놔."

그의 목울대가 떨리면서 짐승의 울음 같은 괴성이 목구멍을 빠져나온다.

"실은 돈을 몽땅 저금했어요. 수중엔 정말 몇 십 원밖에…"

순간 잔꾀가 생긴 그녀는 사실대로 말했다. 은경이 조우를 당한 후 만일의 경우를 염려하여 백 원짜리 한 장 한 장 모아 두었던 것을 전부 저금했었다.

"저금했다구? 그럴 수…"

반신반의한 그는 말의 꼬리를 흐린다.

"통장 채로 줄께요. 그것으로 끝나는 거죠? 약속해야 주겠어요."

그것은 낚시에 낀 미끼다. 저금소에 가서 저금할 때 인선은 호스티스들에게 들은 말대로 무기명으로 했다. 단 저축소의 통장

대본에는 영어로 마인선을 대표한 MIS로 되어있었다. 그것은 암호이다. 누구든 그 통장을 갖고는 암호를 모르기 때문에 돈을 꺼낼 수 없고 자칫하다간 남의 통장을 훔쳤다는 혐의를 받게 되고 사실이 들통 나면 법에 의해 처벌된다. 그녀는 속으로 쾌자를 불렀다. 나는 은경이와 달라. 섣불리 놀다간 덫에 걸려 콩밥을 먹을 줄 알아. 그때 가서 손이랴 발이야 빌어도 소용없을걸.

"그러자구."

광섭의 입가에 미소가 어린다.

그녀는 식장 안 접시 밑에 치워둔 통장을 꺼내어 든다. 그 일순 그녀의 눈확으로 들어온 것은 도마 위에 달랑 놓여져 있는 식칼이었다. 비상시기 그것을 사용할 수 있다는 상념이 그녀를 다소 위로해주었다.

"저금통장 왜 무기명이야?"

통장을 이윽히 살펴보던 그가 눈을 데룩거린다.

"무기명이면 찾는데 더 좋잖아요?"

"안되겠어. 당장 옷을 벗어."

통장을 주머니에 넣으면서 천둥 같은 소리를 지른다.

"끝난다고 약속했잖아요."

"너 누굴 속이려구 그래?"

성난 사자처럼 덮쳐든다. 팔목으로 그녀의 목덜미를 휘감으면서 옷을 벗기기 시작한다. 블라우스가 벗겨지고 속옷이 찢어진다. 상체는 완연히 알몸으로 노출되었다.

"건포도 같은 요것 꽤나 뭉툭한데? 으하하!…섹시하다고 하던가, 성감적인 걸?"

손끝으로 젖꼭지를 튕기며 그녀의 청바지 지퍼를 아래로 밀어내고 있었다. 그녀는 두 다리를 움직이며 애써 저항했다. 무효한 반항이다. 그녀의 목을 깍지 낀 그의 오른팔이 죄여들면서 바지를 밀어냈고 끝내 팬티까지 밀어냈다.

"뭐야 이게, 무슨 짓이야?"

약이 오를 대로 오른 그녀는 그의 상판대기에 침을 뱉으면서 발굽으로 그의 하신을 냅다 찼다.

"누구 앞에서 요게?"

암고양이의 발톱에 긁힌 수고양이처럼 으르렁대던 그가 이번에는 숨통을 조르기 시작한다. 그녀는 목에 격렬한 고통을 느끼는 것으로 앙갚음을 당한다.

"내 말대로 해야지. 안 그러다간 어떻게 되는 줄 알지?"

그녀를 침대 위에 동댕이친 그가 주먹을 휘둘러 보인다. 은경에게도 강압했겠지? 그녀는 자신의 앞을 가로막은 높은 벽을 느낀다. 그것을 뛰어넘든가 벽에 머리를 찧으며 쓰러지든가 하는 문제만 남았다. 만약 쓰러지면 그녀의 꿈은 질적으로 변하고 만다. 겉으로는 똑같을지 몰라도 보이지 않는 내면은 엄청난 단절이 올 것이다. 절대 그렇게 되면 안 된다고 그녀는 굳게 다짐한다.

"알았어요. 먼저 소변을 봐야겠어요."

화장실로 가는체하다가 주방에 들려 식칼을 집어들 예산이다.

"좋아."

침대에서 겨우 일어난다. 실오리 하나 걸치지 않은 나체로 된 것이 부끄럽다기보다 숨통을 잔뜩 죄였던 탓인지 두 다리가 후들후들 떨린다. 기신기신 간신히 발걸음을 뗀다. 그나마 그가 뒤를 따르지 않았으면 행동에 편의하겠건만 여우같은 놈이 어언 주방문 어구에 버티고서있었다. 식칼을 집어 든다는 것은 불가능했다. 그녀는 하는 수 없이 화장실에 들러 소피만 보고 나왔다. 그런데 그의 손에는 쥐도 새도 모르게 카메라가 쥐여있었다. 뭘 하려 저걸 들고 있을까. 강간을 당할 줄로만 알고 있는 그녀에게 의혹이 아닐 수 없다.

"어이, 저기 창 옆에 서라구. 오른손으로 오른쪽 젖가슴을 누르고 서 있으라구."

알몸으로 나타난 이상 그게 무슨 상관일가. 그의 말에 순응하는체하면서 어떤 기회라도 놓치지 않으면 그만이다.

"야아, 정말 통째로 삼켜도 성차지 않겠다!"

중얼거리며 그는 카메라의 표준렌즈를 조절하고 있다. 그도 그럴 것이 렌즈를 통해 들어온 것은 곡선미 유별한 쪽 빠진 체구인데 밋밋한 어깨와 봉긋한 젖우물 그리고 포동포동한 둔부는 그야말로 육감적이었다.

"두 손으로 양쪽 젖을 받쳐 들어."

"팔을 들면서 몸을 약간 돌려."

"허리를 굽혀. 엉뎅이는 쳐들고."

그는 부단히 자세가 변할 것을 요구했고 그럴 때마다 셔터를 누르느라 여념이 없다.

그가 지금 나체사진을 찍고 있다는 것을 그녀는 그제야 알아차렸다. 그것을 대량으로 씻어 암시장 으슥진 곳에서 고가로 팔아먹는다는 것을. 그럼 어쩌지? 그런 창피가 어디 있어? 그것은 일순간의 우려였다. 그럴수록 그에게 죄장만 남을게 아닌가. 처음에는 찰칵! 셔터소리가 천둥처럼 귀가에서 요동쳤으나 그러한 결론에 이르자 태무심해졌고 그가 시키는 대로 동작을 취했다. 죽는 한이 있더라도 자기의 얼굴의 증거만은 남겨둘 일념으로.

"허허, 첨부터 고분고분 처사했으면 얼마나 좋아? 안심하라구. 젖가슴, 허벅다리, 둔부만 찍었어. 얼굴은 필름에 넣지 않았어."

뭔가 뭉턱 잘려나가는 아픔을 느꼈다. 그녀는 어금니를 드드득 갈았다. 여우이면서도 승냥이인 저놈을 어떻게 대처할까?

“자, 이제부터 진짜로 즐겨 보자구.”

카메라를 창턱에 놓은 그가 그녀를 이끌어 침대로 간다.

“강도!—사람 살려!—”

새된 소리가 실내에서 메아리칠 뿐 응하는 것은 아무것도 없다.

“소릴 쳐봐. 목이 쉴 때가지.”

손바닥으로 그녀의 입을 막은 그는 드디어 그녀 몸 위에 덥석 올라탄다. 거칠한 손이 밋밋한 사타구니를 더듬다가 국부 쪽으로 향한다. 구렁이가 지나가듯 섬뜩해진 그녀는 혼신의 힘을 다해 몸을 비틀고 다리를 마구 버둥거린다. 태양을 삼켰다는 그도 악쓰고 발악하는 그녀 앞에서 어쩔 수 없는지 그저 씩씩거린다. 그녀는 몸속에 놀라운 힘이 숨어있다는 것을 처음으로 깨닫는다. 몸에 대해 더없는 긍지를 느낀다. 그것이 그토록 자랑스러웠던 적은 한 번도 없었다. 성폭력에 대한 대응은 순응이 아니라 날카로운 응징이여야 한다는 것을 새삼스레 절감한다.

“정말 이러기야?”

그녀의 머리카락을 움켜잡고 마구 흔들어대는 그는 광적이다. 솥뚜껑만한 손바닥으로 그녀의 뺨을 후려친다. 숨이 꺽 막히면서 살점이 떨어져 나가는 듯 아프고 저리다.

“제발…이러지 말아요.”

“닥쳐!”

그는 곱다시 그녀의 뺨을 후려갈긴다. 그녀는 궁극에 사지를 쭉 뻗어 뜨리고 만다. 그러자 독사처럼 꼿꼿이 고개를 쳐든 물건이 그녀의 음부주변에서 서성거린다.

아, 이렇게 당해야 하는가? 당한 후에는 은경이처럼 값없는 죽음밖에 없다. 죽으면 병욱이를 누가 보살필까? 어떤 일이 있어도 죽어선 안 된다. 언제나 낮은 데로 흘러내리다가 죽음의 바다에 이르는 냇물의 비참한 일생을 닮고 싶지 않았다. 어디건

솟아오르고 싶었다. 썰렁하고 축축한 곳이 아닌 밝은 빛발 속으로, 흐뭇한 웃음이 넘치고 향기 그윽한 곳으로 솟아오르고 싶은 그녀는 두 발을 사나이의 사타구니께로 올려 그를 차내려고 몸부림치면서 오른손으로 침대 밑을 어루 쓴다. 나체사진을 찍을 때 그녀는 동작을 바꾸는 순간 창턱에 놓여진 분무살충제 용기를 떨구었고 그것을 발길로 밀어 침대 옆으로 굴렸었다. 이 시각 그녀는 그것을 찾고 있었다.

"상체를 드세요. 몸을 바로 잡을게요."

요행 그것을 잡아 쥔 그녀는 말을 듣는 체 살갑게 굴었다.

"섹스는 죄가 아니야. 인생 최고쾌락인걸. 언녕 그럴 거지."

중얼거리며 상체를 약간 일궈 세운 그는 닥쳐올 환열을 떠올려선지 짐짓 흥분되어있었다.

"절 똑똑히 보세요. 제가 광섭씰 기억해둬야죠. 그렇죠?"

하면서 그녀는 살충제약물을 그의 면상에 대고 뿌린다.

"어이쿠!"

눈에 독한 약물이 들어가자 그는 두 손으로 눈을 마구 비벼대다가 침상에서 쿵 굴러 떨어진다. 날렵했다. 그새 주방에 들려 식칼을 들고 온 그녀는 증오의 극치인 살의에 떨며 그의 가슴팍을 사정없이 찔렀다.

"으아악!—"

비명소리가 벽에 부딪쳤다가 산산박산된다.

눈을 감은 채 그녀는 미동도 않고 서있었다. 자기 손에 의해 죽은 시체를 눈뜨고 차마 볼 수 없었다. 그런데 으흐흥! 신음소리와 함께 버둥대는 소리가 들렸다. 그제야 눈을 번쩍 뜬 그녀는 식칼이 그의 어깨박죽에 꽂혀있음을 일견한다. 피도 눈물도 없는 저놈이 일어날 경우 모든 것이 끝장이라고 감득되자 걸상을 들어 그의 면상을 냅다 갈긴다. 생명은 끈질긴가보다. 어깨

주변이 선지피로 낭자한 그였으나 의연히 죽지 않고 꿈지럭거린다.

오, 그렇지. 저놈이 죽기 전에 은경이를 살해한 경과를 들어 둬야지!

옷을 대수 걷어입은 그녀는 문밖으로 나가 뜰 안에 쳐놓았던 빨랫줄을 풀어갖고 집 안으로 들어와 그의 팔과 다리를 꽁꽁 묶어놓는다.

"야, 말해봐. 은경일 누가 죽였어?"

"그건 저…몰라."

"너 사실대로 말 않을 거야?"

빼어든 식칼을 그의 얼굴에 가져다대며 살기등등한 눈총을 쏘았다.

"찔러봐…내가 하지 않은 걸…승복할…"

버얼겋게 충혈된 눈알을 슴벅이며 쏘아대는 품이 아직은 기가 죽지 않았다. 그 점이 그녀를 날카롭게 만들었다. 억울하게 죽은 은경이를 위한 복수와 인정사정도 없는 길성이에 대한 앙 갚음, 그리고 고립무원의 병욱에게 끌리는 그리움그대로 그의 볼을 찔렀다.

"식칼은 사정없다는 걸 알고 있겠지?"

벽력같은 불호령에 폴싹 주눅 든 그는 휘몰아치는 설한풍에 떨고 있는 문풍지처럼 파르르 떨며 꺽꺽거린다.

"목숨만 제발…내가, 내가 그랬어."

"3,000원 돈은?"

"그것도…"

"너같은 거 죽어 마땅해!"

다시 식칼을 번쩍 쳐든다. 여태 참고 참았던 비분강개가 둑 터진 물처럼 사품 친다.

"내 말…죽더라도 꼭 할말이…제발 들어줘."

"무슨 말, 어서 해봐."

"난…난 백수건달…회사의 총경리도…공안국 국장의 아들도 아니야. 조실부친한 나에게는… 풍 맞아 반신불수로 된 어머니가…누워계셔. 나 같은 건달이 무엇으로 생계를…어머니 병을 치료해? 다른 방도는 없었어…부득이한 경우라는 걸…"

그의 어머니가 풍 맞아 몸져누워있다는 말이 그녀의 가슴을 저민다. 무남독녀인 자기가 말없이 출타한 지금 어머니는 어쩌고 있을까? 추억을 거슬러 가슴 아팠다.

불효한 이 자식을 용서하고 관용해줘요, 어머니!

속으로 외친 그녀는 마음을 독하게 다잡는다. 네가 죽지 않으면 내가 죽는 사활적인 극히 긴요한 시각, 섬약해져서는 절대 안 된다고.

"그렇다고 생명을 죽이면서 돈을 빼앗아? 살인강도, 너 같은 건 법적인 처벌을 받아야 해!"

씽하니 밖으로 나간다. 해는 어느덧 서켠으로 퍽 기울어져있었다. 조속히 행동을 취하지 않다간 살인범을 처단할 수 없다는 초조감에 그녀는 발길을 다그친다. 부근의 전화박스에 이르러 총망히 동시장파출소에 전화를 건다.

십여 분 걸렸을까, 오토바이소리에 뒤이어 왕 수사관이 조수인인 듯한 나젊은 경찰과 함께 나타났다.

"수사관님!…보셨죠. 칼에 찔렸어요…으흐흑! 옴짝달싹 못하게 묶어놓고 은경이를 죽였다고 승인…어이구 억울해. 으흐흑!…"

지금껏 살려줍시사 빌고 들던 광섭이 눈물을 뚝뚝 떨군다.

"방금 자인하구서. 개자식, 뻔뻔스럽게!"

기가 막혀 말이 제대로 나가지 않는다.

"강박하는걸!…어어엉, 자인할 수밖에…엉, 어어엉!…"

성난 갈범처럼 날뛰던 오기와 용맹이 언제 있었느냐싶게 대성통곡을 터뜨린다.

"저 사람을 혼자서 묶었소?"

수사관은 고개를 기우뚱거리며 인선이를 미심쩍게 바라본다.

"아닙니다. 거구의 남자와 함께 절…"

그녀가 응할 새 없이 그가 급급히 꾸며댄다.

"그 청년 어디로 갔소?"

"거짓이예요. 저 사람의 말. 제가 혼자서 해치웠어요."

"정말이요, 그게? 그럴 수 없겠는데?"

여자 혼자의 힘으로 불가능하다는 듯 수사관의 말은 의문부호가 붙었다.

"살려주십시오. 어서…지체하다간 전, 전 죽습니다!"

총에 맞은 짐승처럼 애처롭게 울어댄다.

"저 사람 병원에 데리고 가오."

나젊은 경찰에게 분부한 왕수사관은 얼굴을 인선에게 돌리며 재촉한다.

"파출소로 가야겠소."

"갑시다!"

흔연히 수락해 나선다. 푸줏간에 걸린 고깃덩이처럼 아무 판단 없는 허깨비가 겁나지 않았다. 아무리 음충하고 교활한 광섭이라 할지라도 모래알처럼 그녀의 손가락사이로 빠져나갈 순 없었다. 세월은 언제든 진상을 까밝힐 것이다. 단 웅크린 꿈의 실현이 연체된다는 것은 애석했다. 그만치 가슴이 저리게 아팠다.

인각된 잔상

바라만 보아도 천야만야 아슬한 벼랑. 드세찬 바람이 휘익 기승을 부리자 그는 그곳으로 툴렁 떨어졌다. 악은 악으로 보응된다는 걸 알어, 이 빌어먹을 자식아! 부리가 송곳 끝같이 날카로운 독수리가 눈을 지릅떴다. 한데 깎아지른 낭떠러지로 군드러 고패 친 것은 그가 아니라 호호백발의 여인이었다. 사지의 각이 뭉척 떨어져나갔고 선지피가 시내물이 되여 도도히 흘렸다. 사람 살려!—그는 목청껏 외쳤다. 누구도 응하는 자가 없었다. 개새끼들, 사람이 죽어가는 데 뭣들 하고 있어? 그는 죽마고우들에게 욕사발을 퍼부었다. 그들은 한 놈도 보이지 않았다. 보이지 않은 게 아니라 줄지어 서있었어도 미동도 하지 않고 있었다. 그런데 그 시체 위로 두리뭉실한 돌들이 사태되어 날렵한 동작으로 산더미같이 쌓인 돌무지로 달려갔고 개새끼들, 이런 때 동고동락하지 않고 언제 하지? 혼자소리로 게두덜대며 그것을 하나하나 치우느라 아등바등 혼신의 힘을 깡그리 몰부었다. 헌데 홀연 그 돌무지가 살아 움직이며 그에게 화락 덮쳐왔다. 막무가내였다. 젠장, 한 번 났다 죽는 것은 인간의 정한 이치인데 죽으면 무슨 상관이냐! 에라, 죽어버리자! 그래서 그는 그냥 그대로 뻐드러져있었다…

또 그 괴로운 꿈이었다.

동철은 간밤 그녀와 은방울가라오케에서 흔전만전 한껏 마시고 흙이 되여 어떻게 귀가했는지 모른다. 심한 갈증을 절감하며 땀투성이 되여 자리에서 일어나 팬티바람에 부엌에 나갔다. 수도꼭지에 입을 대고 찬물을 꿀꺽꿀꺽 마시려고 꼭지를 틀었으나 이상하게도 꿈에서 목격한 돌덩어리가 목구멍을 꺽 막아서 마실 수가 없었다. 그는 종종 그런 꿈을 꾸곤 했다. 그때마다 그는 미칠 지경이었다.

다행한 것은 그런 꿈과는 상관없이 장사만은 일진월보로 도약과 창달을 가져왔다. 여기 상업중심거리인 동시장에 으뜸으로 꾸려놓은 쥬리아복장점을 증축(增築)하고 호화롭게 장식도 했고 또 지점 세 개나 증설하기도 했다. 따라서 공급판매과와 부기과와 같은 부서도 내오고 자신은 또 총경리로 승진하게 되었다.

하지만 긍지와 자호대신 내내 영문모를 압력에 눌려 발편잠을 못자는 그였다. 그런 줄을 모르는 동고동락의 친구들은 부러운 눈길로 언제면 저 친구처럼 될까하고 은근히 애간장을 태우기도 했다. 하긴 그가 어떻게 치부하게 되었는가를 모르고 있는 친구들이니까 그럴 만도 했다.

배우자 선택 때문에도 그는 늘 울적 심정이었다. 상점을 일떠세우느라 알탕갈탕하던 그 시절 그는 양고기 꿰점의 은실이와 은근히 정을 나누는 사이었다. 단골이었던 그는 양고기를 질겅질겅 씹으며 저 뭐야, 나와 어째보지 않을래? 하고 농담 절반 진담 절반으로 시시덕거리기가 일쑤였고 그럴 때면 그녀는 두 볼이 능금 알처럼 익어가지고 어쩔 줄을 몰라 쩔쩔매었다. 그러면서도 양고기는 더 정성스레 많이 구워주곤 했다. 지금의 그의 눈이 높아졌는지 아니면 저쪽에서 총경리로 된 그를 저어하는지 좀체로 정분이 그 이상 더 두터워질 수가 없었다. 그는 그놈의 꿈속의 돌무지가 작간을 놀아 그런 게라고 생각하고 있었다. 실은 그런 것도 아니었다. 벼락부자가 된 그에게 청혼자들이 문턱이 닳도록 들락날락했던 것이다.

"흥, 돈가리 황금가리면 어째. 전엔 남재여모라고 했지만 지금은 그런 게 아냐. 앙바틈한 것이 꼭 마치 돌덩이 같은 자와 일생을 어떻게 함께 살아?"

뭐 돌덩이 같은 딱딱한 사람이라구? 청혼자들 거개가 방정맞게도 꿈에서 본 그 돌덩이와 연관시켜 말하는데 화가 나는 동철이었다.

헌데 인연이란 참 이상했다. 그날은 일요일이었다. 북적대던 손님들이 하나 둘 사라지고 마침내 호젓한 기분이었다. 그는 기회를 놓치지 않고 점심을 먹으려고 훌쩍 일어섰는데 공교롭게도 몸매가 날씬한 웬 아가씨가 문을 살짝 열고 들어섰다. 벽에 걸린 상품들을 조심스레 훑어보던 것이 물빛 블라우스가 걸려 있는 곳으로 조츰조츰 다가갔다. 그녀는 깐깐했다. 블라우스의 곁을 손으로 이리 만져보고 저리 뒤져보고 또 안을 홀딱 뒤집어 살펴보기도 했다.

"이것 얼마죠?"

"백 원이요."

점심을 못 먹게 한 분풀인 듯 동철은 무뚝뚝하게 내뱉았다.

"어마나, 그렇게도 비싼가요?"

"시체옷 백 원이하로 살려고 했소?"

사지 않겠으면 당장 돌아가라는 탁한 어투였다.

"그런 게 아니예요. 전 농촌에서 이곳 의과대학에 붙었어요. 돈이 그렇게 유족하지 않단 말이예요."

"그렇소?…"

구구한 소개를 듣고서야 그는 그녀의 옆구리에 두꺼운 책이

끼여져있고 또 어딘가 모르게 청순하면서도 애잔하게 생겼다는 것을 느끼게 되었다.

"그럼 실례했어요."

그녀가 홱 돌아섰다.

"아니, 저─아가씨!"

그는 엉겁결에 다급히 불러 그녀를 되돌려 세웠다.

"생활형편이 넉넉지 못한 것 같은데 자, 돈이고 뭐고 그냥 가져다 입소."

그때 그가 무상으로 그녀에게 블라우스를 선사한 거동은 왜 그랬던지 지금까지도 딱히 해명할 수 없었다. 구태여 밝힌다면 그런 선심을 씀으로써 꿈결에 찾아드는 그 돌덩어리를 물러치우려는 타산에선지 몰랐다. 혹은 돌덩이니 뭐니 콩팥칠팥 거론조로 논하는 청혼자들에 대한 반발심에서 그렇게 한 듯도 싶었다.

"이럼 되나요?"

그녀는 쌍겹진 눈을 데꾼하게 치떴다.

"내게 백 원쯤 뭐 대단한 게 아니요. 자, 어서!"

그저 그렇게 시작된 것인데 저쪽에서 못내 사양하자 그는 되레 진심으로 선사하고 싶어졌다.

"감사해요. 제 이름 순선이예요. 알고 지냅시다."

네온등에 비쳐진 그녀의 속눈썹은 촉촉했었다.

인연의 연줄이 블라우스라면 그것은 미묘한 조화를 일으켰다. 그녀는 일요일이면 그것도 아침 일찌감치 쥬리아상점으로 와서는 구석구석 먼지 하나 있을세라 번쩍번쩍하게 청소를 했고 영업이 시작되면 판매원이 되여 상품을 파는데 열을 올렸다. 영업원들 찜 쪄 먹을 수완과 재주로 손님이 어떤 상품에 주목을 하기만 하면 기필코 팔아내고야 말았다.

"입어보세요. 자, 보세요. 꼭 맞죠? 아주머닌 목이 좀 바틈하니깐요. 목이 헐렁한 옷을 입어야 목이 길어 보인답니다.”

체대가 자그마한 웬 중년부인은 청산유수 같은 그녀의 말에 두말없이 사갖고 돌아갔다.

“이 실뜸 봤어?”

키꼴이 장대 같은 사나이가 잠바 팔소매를 그녀에게 넌짓 보이었다.

“손님두 정말! 원숭이도 나무에서 떨어질 때가 있답니다. 실뜸쯤 건넌거야 손질하면 되는 게 아니예요? 집 부인께서 탓할 양이면 제가 손질해드리겠어요.”

“아니 뭐…그럼 그냥 줘.”

장대 같은 사나이는 더 군말 없이 잠바를 입고 상점에서 나갔다.

뿐만 아니었다. 그녀는 상점경영에서도 남달리 독특한 견해를 보여주고 있었다.

“그것 보세요. 신사복은 더는 팔리지 않죠? 우선 저그만치 구입해 팔아봐야죠. 그러다가 안 팔리면 제꺽 새로운 제품을 들여와야 하거든요. 자금이 깔린 손해를 따져봤어요?”

“하긴 그래.”

사실 앞에서 동철은 뭔가를 승인하지 않을 수 없었다.

“그런데 말예요. 올 겨울엔 검은색이 아니라 담홍색 가죽잠바가 유행될 것 같아요. 회색깃털이 달린 것 말예요. 참작해보세요.”

“정말 그렇군.”

그러잖아도 단골손님들이 그보고 그런 류의 가죽잠바가 없는가 문의했었지만 그는 그것을 시장수요의 동태로 느끼지 못했었다. 그녀의 귀띔을 되씹어보면 볼수록 앞길이 탁 트이는 상 싶었다. 그러면서 문득 의심이 뇌리를 탁 쳤다. 의학공부를 한다는 순선이가 언제 장사에 눈이 저렇게 텄을가? 엉킨 의문을 풀지 못할수록 호기심이 신비로움을 데리고 그의 가슴을 싱숭생숭하게 들볶았다. 허나 그녀가 무엇을 배우든 간에 장사에 남다른 솜씨가 있는 것은 난득(難得)한 것이고 또 그런 여인과 일생의 배필을 맺게 된다면 영업이 승승장구로 흥청거릴 것이다. 고개를 잔뜩 쳐든 미련이 그의 흉벽을 쳤다. 하긴 그녀와 알게 되고 접촉하게 되면서부터 두억시니 같은 꿈을 꾸지 않았고 자연 그 억척스러운 돌덩어리가 이런저런 방애를 놓지 않았다. 아무튼 천생배필 앞에서 그의 마음은 봄볕아래의 빙설마냥 스르르 녹았다. 그러던 것이 근간에 들어서선 그 사모지정이 마구 끓어 번지는 바람에 미칠 지경이 되고 말았다.

더는 참을 수 없어 어젯밤 그녀에게 감사의 뜻을 표한다는 핑계를 어물쩍하게 꾸며대면서 식당으로 갔던 것이고 몇 잔 소주의 힘을 빌려 사모지정을 숨김없이 털어놓았다.

"저도 동철씰 배우자로 따져봤어요. 그래서 어머님께 그 뜻을 슬쩍 여쭤봤더니 어머닌 그만 질색하더구만요."

"왜?"

"우린 나이차이가 너무너무 현저하거든요. 어머닌 자기보다 열 살 위인 저의 부친 때문에 젊어서부터 집 안팎 일을 도맡아 하시며 숱한 고생을 다하셨대요. 하지만 그 보상은커녕 되려 새파란 나이에 과부로 되었거든요. 그 후의 인생은 말로 형언할 수 없이 그렇게 처절 참절했답니다."

"아, 그랬구만…"

장미꽃을 꺾으려다가 가시에 찔리고만 격이었다. 크게 실망할 수밖에 없었다. 그 역시 지난날 그녀처럼 부친 없는 서러움을 씹으며 눈물 속에서 살아왔었다. 부친이 살아계셨던들 고중을 중도이폐하고 장사의 길에 들어섰을 게 아니고 외국유학은 몰라도 대학에 가 석사연구생쯤은 했을 것이었다. 동병상련이랄까. 침통한 교훈을 잊지 않으려는 그녀를 탓하고 원망할 아무런 이유도 없었다. 상황이야 어쨌든 간에 이래저래 속이 상할 대로 상한 그는 술에 곤드레만드레 취하여 어떻게 집으로 돌아왔는지도 몰랐다. 엎친 데 덮친다고 불길하기 짝 없는 그 꿈을 또다시 꾸었다.

그는 어머니가 마련해준 조반을 먹네 마네하고 집 문을 나섰다.

동시장은 여전히 싸구려소리가 드높고 그에 보조를 맞춘 듯 인파들로 북적댔다. 여느 때 같았으면 그 소음을 압도하고 그 인파를 인솔해보겠다는 욕심 그대로 쥬리아상점으로 급급히 발걸음을 옮겼으련만 오늘따라 어젯밤의 일들이 되살아나며 그럴 흥미가 전혀 없었다. 동철은 지긋지긋해진 몸을 겨우 움직이며 늘쩡늘쩡 걸었다.

"한 경리, 그간 왜 그리도 뜸했죠?"

조금은 채랑채랑한 목소리가 귀청을 울렸다. 그는 부지중 고개를 돌렸다. 은실이가 양고기 꿰임을 굽다말고 천막에서 나오고 있었다.

"총경리로 됐다고 이젠 초라한 이곳은 얼씬도 안한다 그거죠?"

깔끔한 눈빛과 어울려 토라진 음성에는 정이라곤 전혀 담겨지지 않았다.

"그런 건 아니고 저 뭔가…"

상황이 이쯤 되자 그는 소원이든 소원이 아니든 천막 안으로 들어가 앉아야 했다. 그렇지 않으면 은실이와의 옛정마저 잃고 말게 된다. 그렇게 되면 정말 꿩 잃고 알 깨치고 둥지까지 날려보내는 판국이 되고 말 것이다.

"캔맥주 있어?"

그는 장의자에 걸터앉으며 그녀를 슬쩍 처다 보았다. 근간 몰라보게 변했었다. 버들잎을 똑 떼여 단 듯한 눈썹 밑의 두 눈이 형형하면서도 어리무던함을 보여주고 있었고 안성맞춤한 코 주변의 양 볼은 발가우리한 것이 부드러운 훈향으로 그윽했고 알락달락한 적삼 깃이 또한 유혹적이었다.

"총경리가 오셨는데 없으니까 천애지각에 가서라도 구해와야죠. 홋호호!"

그녀는 이미 구워놓았던 것을 한쪽 귀퉁이로 밀어놓고 새것을 굽기 시작했다. 양고기를 이리 번지고 저리 번지고 하는 품이 각별한 정성을 경주하고 있음은 두 말할 나위도 없었다. 그런 정경을 넌지시 바라본 그는 마음이 가라앉으며 미련의 옛정이 되살아남을 어쩌지 못했다. 한편 순선이와의 관계를 새삼스레 따져보지 않으면 안 되었다. 두꺼비가 학을 보고 침을 꿀꺽 삼킨다고 학이 말을 들을게 아니었다. 대학생인 순선에게 미련을 둔 것부터가 틀려먹은 것이라고 심심히 느끼게 되었다.

"어이, 아가씨! 이게 뭐야?"

이때 색안경을 끼고 구석 쪽에 앉아 맥주를 마시고 있던 시체청년이 양고기 꿰미을 간이식탁 위에 동댕이치며 탁하게 말을 내뱉았다.

"뭣이 어쨌길래요?"

뎁겁해진 그녀가 구석 쪽으로 달려갔다.

"생걸 어떻게 먹어? 이따위로 굽는 법이 어디 있어?"

맞은켠에 앉아 먹던 터벅머리의 청년이 함께 들고 나왔다.

"미안해요. 당장 새것으로 바꿔드릴게요."

하지만 막무가내였다. 그들은 자리에서 훌쩍 일어났고 밖으로 나가고 있었다.

"계산은 하고 가야지 않아요?"

"그따월 팔고 뭘 계산? 설사에 약값 받아내지 않는 것 다행인 줄 알어!"

"아니?!…"

그녀는 기가 막혀 어쩔 바를 몰라 했다.

동철은 가만 보고만 있을 수 없었다. 어디 저따위 알건달들이야? 뒤틀린 밸 그대로 자리에서 벌떡 일어났다. 놈들의 멱살을 거머쥐고 한바탕 패주고 돈을 제대로 받아내려고 천막을 뛰쳐나갔다. 하다가 무춤 발걸음을 멈춰 세웠다. 그렇게 할 용기가 결여했다. 중과부적의 두려움 때문에 후퇴한 것인가?

그것은 10여 년 전의 일이었다. 고중에서 중퇴한 동철은 모 상점의 짐을 부려주거나 모 식당의 육류 남새를 사다주거나 이러루한 허드레 잡일을 하면서 돈푼이나 얻어 썼다. 직장을 구하자니 마땅한 데가 없는 게 아니라 요하는 데가 없고 장사를 꿈꾸어보았지만 밑천이 없었다. 잡일이든 말든 그런 일이 많았으면 만족이라고 여기고 있었다. 그러던 어느 날, 저녁을 먹으려고 동시장어구지의 샛길에 접어들었을 때였다. 초라하게 차린 웬 중년여인이 열두어 살 되어 보이는 계집애를 데리고 그를 막아섰다.

"생원이, 생원인 조선족이지?"

"예, 그렇습니다."

"아이구, 이제사 살길이 나지누만. 난 용정부근의 동성이란 데서 왔소."

"무슨 일이 있습니까?"

"아, 글쎄 이곳에도 조선사람이 많다고 하길래서 사과배 한 자동차를 싣고 왔재이겠소. 한족들은 사과배가 무스겐가고 살 궁리도 안하고… 조선족을 만나야 팔든지 어쩌든지 하겠는데 당초에 만날 수 있어야 팔지비?"

동철은 그제야 내막을 알게 되었다. 길섶에 트럭 한 대가 서 있었고 적재함에는 배광주리가 층층이 쌓여져있었다. 운전수는

50대 초반의 사람인데 운전대에 앉은 채 시름없이 담배만 피우는걸 보아 삯전을 받고 여기로 온 것이 분명했다.

"한 근에 얼마씩 하겠습니까?"

"조선사람끼리 뭘 비싸게 받겠소. 60전이면 안될까?"

"전부 몇 천 근이나 되나요?"

"8천근."

"그럽시다. 제가 몽땅 살 테니까 50전씩 합시다."

부르는 값대로 하면 매매가 아니란 것을 그는 너무도 잘 알고 있었다.

"50전? 그렇게 되면 실루 본전도 안되지비…어쩔까?"

근심스레 서켠 하늘을 바라보던 여인은 서산마루에서 뉘엿뉘엿 안타까워하고 있는 일몰직전의 석양처럼 안절부절 못했다.

"안된다면 돌아가겠어요."

장사에서 누가 누구의 사정을 보아줄까.

그가 당돌히 맺고 끊은 것은 여인이 더없이 초조해하는 그 점을 되도록 한껏 이용해보려는 심산에서였다.

"이제 다시 싣고 가재도 실루 아름찬 일이고…그렇게 하기요."

"그럼 여기서 조금 기다려요. 일손들을 데리고 오겠으니까."

그는 속으로 쾌자를 불렀다. 한것은 조선족유치원에서 사과배를 구하지 못해 안달아 하는 것을 목격했고 또 이곳의 시세가 80전씩 팔기는 배부른 흥정이었던 것이다.

그는 친구들을 찾아갔고 여차여차한 일이 생겼으니 도와 나서야겠다고 신신당부를 한 후 그길로 은실이를 찾아갔다. 돈을 융통해 쓸 예산이었다. 뭉칫돈을 벌수 있는 절호의 기회인데 좀 차용해달라고 사정사정해서 꾼 것은 천 원밖에 안되었다. 태반도 더 부족했다. 그것 가지고는 택도 없었다. 별도로 묘책이 없는 상황 하에서 집에 여유 돈이 없는 줄 번연히 알면서도 이번에는 어머니를 졸랐다. 너 그러다 본전까지 까먹으면 어쩔려구 그러냐? 어머니는 게두덜댔으나 궤짝 밑에 숨겨둔 돈을 꺼내었다. 허나 그것은 2백 원밖에 안 되었다. 어떻게 한다? 이제 차용할 곳은 더는 없다. 그렇다고 수천원이 뭉척 떨어질 횡재 앞에서 물러서긴 너무 애수했다. 이럴 즈음 그의 뇌리를 치면서 당돌한 고안이 맴돌아 쳤다. 왜 미처 생각하지 못했을까? 자신을 탓하며 트럭이 정거해있는 곳을 향해 터벅터벅 걸어갔다. 친구들이 어느새 그 많은 사과배광주리를 몽땅 부려 놓았다. 이제 흥정의 절차는 사과배 흠집을 잡는 것이었다. 그는 사과배광주리 주변을 어슬렁어슬렁 에돌며 지지콜콜 살폈다.

"이거 너무합니다. 밑에는 형편없는 걸 담았군요. 이런 걸 어떻게 팝니까? 사지 못하겠습니다."

시비를 걸 근덕지가 생기자 으르땅당 을러멨다.

"어머니, 팔지 못하면 외상으로 가져온 걸 어떻게 도루 물려요?"

여태 어머니 곁에서 눈치만 살피던 계집애가 발을 동동 굴렸다.

"실어주는 대로 가져왔지비, 참!…"

진상을 친히 확인한 여인은 무거운 한숨을 후─몰아쉬면서 다시 서녘을 바라본다. 각혈하듯 진붉은 노을을 토하던 석양도 어느덧 서산능선에서 사라져가고 있었다.

"생원이, 어쩌겠소. 40전씩이라도 가져가오. 먼먼 길을 도루 싣고 가다가 썩으면 쫄딱 망하는 게 아니겠소? 좀 사정을 봐주오."

울가망해진 여인은 사정이 아니라 빌붙다시피 하였다.

"그렇다면…그럽시다. 그런데 우선 식사를 하셔야지 않겠나요. 시장하실 텐데."

동철은 여인 앞에서 자신의 마음이 약해짐을 느꼈다. 그러나 그 즉시 마음을 다잡았다. 여인의 약점을 간파한 이상 그것을 이용해야지 물러서선 절대로 안 된다고 말이다.

"저…"

"엄마, 나 배고파."

여인이 주춤거릴 때 계집애가 진속을 털어놓았다.

"저의 집으로 갑시다."

기회를 놓칠세라 바싹 다그쳤다. 그다음 절차가 저녁식사를 잘 대접시키는 것이었다.

"어디서건 식사는 해야지유. 마침 잘된 것 같수."

이윽고 운전수가 참여했다. 그래서야 망설이던 여인이 발걸음을 떼었다. 동철은 사전의 계획대로 골목길을 택해 걸었다. 거기에는 널빤지로 울타리를 한 퇴락한 집들이 올망졸망하였는데 대문이 비쭉이 열려있는 웬 집에 이르러 걸음을 멈췄다.

"우리 집이예요. 초라하지요?"

이렇게 말한 동철은 뜰 안으로 쑥 들어서서 재빠른 동작으로 창문 앞에 다가가 집 안의 동정을 흘끔 살피고 나서 입을 열었다.

"어머니가 안계신 모양인데…우리 아예 식당으로 갑시다."

그렇게 되여 그들 일행은 부근의 식당에 이르게 되었다. 동철이는 이것저것 한 상 푸짐히 차렸다. 몇 끼나 굶었는지 모르는 모녀는 걸탐스레 먹었고 그러는 사이 그는 운전수와 맥주를 마셨다. 운전수가 취해진 기미를 봐가지고 이번에는 소주를 권했다. 술이 몇 순배 돌아가자 동철은 천천히 입을 열었다.

"저, 한 가지 상론할 일이 있는데요. 오늘저녁은 여기서 주무시고 내일 떠나면 안 될까요? 실은 돈이 준비되지 않아 그럽니다. 이건 먼저 2천 원입니다. 받으시라요. 나머지 돈은 내일 꼭 해결해드리겠어요. 우리 집도 아셨겠다. 근심 마시라요."

"밤길이라도 떠나자고 했는데…어쩔까?…"

여인은 떨떠름해가지고 어쨌으면 좋을지 몰라 했다.

“내일 갑시다. 허기찬김에 술 몇 잔 마셨더니 그저 한잠 푹 자고 싶은걸 어쩌지유?”

운전수가 그의 제의에 동조해 나섰다.

그들은 그렇게 되여 M시에 묵게 되었다. 여관은 동철이가 찾아주었고 또 식당에서 나와 여관으로 갈 때 자기 집이라고 재차 알려주는 것을 잊지 않았다.

그날 밤, 동철은 또래들을 총동원하여 사과배를 조선족 유치원으로 운반했고 그 이튿날 한 근에 80전씩 받고 팔았다. 그리고는 입을 쓱 씻었다. 여인이 어떻게 되었는지 관계하지 않았다. 자기 집이라고 대여준 것은 성명조차 모르는 남의 집이였으니까 그는 감쪽같이 3천여 원을 벌수가 있었다.

그 후 그는 그 돈을 밑천으로 보따리장사를 떠났다. 돈이 돈을 번다고 그의 주머니에는 갈수록 돈이 많아졌다. 몇 달 사이 제꺽 만 원호로 되고 그것이 새끼를 쳐 일년 어간에 수만 원이 되었다. 해볼 바에는 한 번 크게 해본다고 쥬리아복장점을 꾸렸다. 했지만 그의 뇌리에서 내내 짓궂게 맴돌며 도시 사라지지 않는 것은 울상이 된 그 여인의 영상이었다. 구경 그 여인은 어떻게 되었을까? 그녀의 곤경을 이용하여 쥐도 새도 모르게 협잡해낸 불의지재(不義之財)가 이젠 목에 걸린 뼈다귀가 되여 그의 마음을 괴롭히고 있었다. 여인의 거처를 알았으면 보상으로 그만한 금액을, 아니 그 갑절액수를 부송하련만 알 길이 묘연했다. 돈이 없을 땐 돈만 있으면 무엇이든 척척 해치울 것 같았고 아무런 근심걱정이 없을 줄 알았다. 그런 게 아니었다. 부즉다사(富則多事)라고 이런저런 일로 생각이 많았다. 돈가리에 앉게 된 자초의 원인이 그런 협잡과 공갈에 있었다는 것을 세인이 알게 되면 어쩔까? 동철은 문득 꿈결에서의 그 무시무시한 돌덩어리가 다름 아닌 사과배라는 것을 새삼스레 깨닫게 되었다. 비록 그것이 까마득한 옛날에 있은 한낱 잔상에 불과한 것이나 세포마다에 깊이 인각된 그것을 그는 떼어버릴 수 없고 망각할 수도 없었다. 깎아지른 듯한 벼랑에서 떨어져 만신창이 되고만 꿈속의 호호백발의 그 여인은 곧 중년여인의 화신이었다. 꿈에서 죽은 사람은 실제에서는 건재해있다고 했다. 어떻게 해야 찾아낼까. 찾아서 진정으로 사죄하고 곱절의 돈을 안기면 과연 용서해줄까.

이래저래 기분이 잡쳐진 동철은 은실이가 그깟 놈들 상관 말아요. 시원한 맥주나 어서 들어요. 라고 하는 것도 마다하고 그길로 상점으로 돌아왔다.

"김 경리 왜 이제야 오셔요?"

부기과 과장이 몹시 기다렸다는 투로 말했다.

"무슨 일이 있었소?"

"방금 공상국과 세무국에서 왔다갔어요."

"왜?"

"상점의 성립과정과 오늘의 영업상황을 전면적으로 알아보겠대요."

"뭐라구?!"

순간 그의 가슴은 철렁하고 내려앉았다. 그때 그 일을 누가 고발했다는 예감이 써늘하게 동가슴(북한어: 앙가슴)을 훑었다.

"그런 게 아니라 선진사적을 작성하여 신문에 소개하겠답니다."

"그래?"

그가 그제야 안도의 숨을 후 내쉬는데 이번에는 공급판매과 과장이 눈이 휘둥그레 그의 앞에 나타났다.

"큰일 났소. 적수가 나졌소."

"적수라니?"

그 중년여인이 무서운 복수를 꾀하고 나타난 게 아닐까? 그의 가슴은 다시 철렁해졌다.

"시장입구에 나붙은 광고를 못 봤소?"

"광고? 사람 찾는 광고?"

그는 악연히 놀랐다. 중년여인이 자기를 찾으려고 방법수단을 가리지 않을 수 있었다. 정말 그래서 발각되는 날이면 하느님, 맙시사! 모든 것은 으등그려지고만다.

"자, 나와 함께 가보면 알게 아니요?"

과장이 그의 손목을 끄당겼다. 구경 어떤 갈래판인가 알고 싶었던 그는 마침 묵묵히 그의 뒤를 따랐다.

동시장입구 사진관 벽 쪽에 과연 가마니짝 같은 광고가 나붙어 있었다.

본인은 동시장에다 현대적인 상점을 꾸릴 계획이오니 2백 평 이상의 영업집을 임대할 의향이 있는 분은 강성여관 106호로 찾아오십시오. 직접 상담하기를 바랍니다.

다행이었다. 동철은 자기를 찾지 않는 광고임을 확인하자 조마조마했던 마음의 탕개가 확 풀림을 감수했다. 그런데 뭔가 상서롭지 못한 위압감으로 속이 꿈틀해짐을 어쩔 수 없었다. 돈이 돈을 벌지만 반면 돈에게 돈을 먹히울 수도 있었다. 며칠 전 그는 웬 개체업자가 국영기업을 매입했다는 소식을 들었다. 현실은 엄청 변하고 있었다. 쥬리아상점 맞은편의 인삼꽃복장점도 바로 자기의 흥성으로 하여 파국의 상태에 직면한 게 아니었던가. 뛰는 놈 우에 나는 놈이 있다고 혹시 강성여관에 투숙한 위인에게 자기도 밀리우고 말게 아닐까? 시장경제의 흥성에 뒤따른 것은 이익을 앞세운 적나라한 생존경쟁이란 것을 모르는 그가 아니었다. 그러고 보면 근간 흘러가버린 과거를 반추해보면서 후회하고 자탄(自嘆)한 자신이 가소롭고 민망스러웠다. 그런 시시껄렁한 일로 소침할 것이 아니라 미래의 발전과 번영을 두고 적수들을 일일이 물리쳐버리자! 그것만이 실업가다운 웅심이고 자태이고 바탕이 아니겠는가.

그렇게 며칠이 지났다. 일요일도 아닌데 순선이가 난데없이 그를 찾아왔다.

"공부는 어쩌고 이렇게 왔지?"

"급한 일이 생겼어요. 은행으로 같이 갑시다."

"거긴 왜?"

"글쎄 가면 알게 아냐요. 어서 함께 가요."

동철은 영문도 모르면서 그녀를 따라나섰다.

은행에 이른 그녀는 다짜고짜 공백 취급표에다 20만 원의 액수를 적어 넣었고 저금통장과 함께 은행사무원에게 주는 것이었다.

"아니?!"

그녀에게 그렇게도 엄청난 돈이 있을 줄 천만 몰랐던 그는 그저 어정쩡해졌다.

"그래서 함께 오자고 한 게 아니겠나요."

"한데 그 많은 돈을 꺼내어 어쩌자고 그러지?"

"솔직히 말하면 전 대학생이 아니구요 장사꾼이예요. 쥬리아로 드나든 것은 이곳의 실정을 알아보려 한거예요."

"그래?"

그는 뜻밖의 고백 앞에서 소스라쳐 놀랐다. 허나 장사에서 남다른 미립으로 재치 있는 수완의 소유자란 것을 감안해볼 때 믿지 않을 수도 없었다.

"인삼꽃복장점 있죠? 그걸 임대하려고 이미 계약을 맺었거든요."

"동시장 입구에 광고를 붙인 게 다름 아닌 순선이였구만?"

영문 모를 위압감을 느낀 그의 목소리는 갈앉은 것이었다.

"옳아요. 꼭 10년 전의 일이였어요. 전 그때 어머니와 함께 사과배를 싣고 여기로 왔다가 웬 무치한 협잡꾼에게 걸려 쫄딱 망했거든요. 그때 전 비상한 결심을 내렸어요. 이를 사려 물고 억차게 벌어 자본이 있게 되면 꼭 여기 동시장에다 뜨르르한 상점을 꾸리는 것으로써 인정도 사정도 모르는 인면수심의 그 협잡꾼에게 복수를 가하리라고 말이예요."

순선이의 말은 함부로 줴친 것이 아니었다.

그녀의 치부과정은 기적이면서도 기적이 아닌 것이었다.

사과배를 몽땅 날려 보낸 순선 어머니는 땅을 치며 통곡했다.

"아이고, 아이고오! 내 무슨 죄를 졌다고 이런 봉변을…어이고고!"

동성으로 돌아와서도 분하고 억울함을 새길 수 없어 꺼이꺼이 호곡을 털어놓았다. 그렇게 사흘을 울고 난 여인은 살아갈 길이 망연하여 순선이가 꿈나라로 간 칠흑 같은 오야에 두부를 만들고 남았던 서슬을 마시고 한 많은 세상을 하직하고 말았다.

"어머니! 어-머-니!"

어린 순선이는 모친의 가슴 위로 엎으러진 채 구곡간장이 터졌다.

운다고 황천객으로 된 어머니가 되살아날리 만무했고 우선은 의탁할 데를 찾아 의식주를 해결해야 하였다. 마침 이웃 동리에서 살고 있는 그녀의 이모가 소문을 듣고 이모부와 함께 허겁지겁 달려왔다.

"이모!-"

어린 순선이는 이모 품에 와락 안겼다.

"울지 말아. 네 에미 사후처리를 하는 즉시 우리 집으로 가자!"

가는 정 오는 정은 후더웠다. 순선이는 이모 내외의 조력으로 살던 집을 팔고 이모네 집으로 갔고 향 정부 민정조리원인 이모부가 현으로 올리 뛰고 내리 뛰면서 구차한 사정을 여실히 밝힌 데서 외상으로 가져왔던 사과배 값도 면제하게 되었다.

그럭저럭 세월이 바뀌었다. 초중을 졸업한 그 해였다. 순선이는 고중으로 진학하라는 이모의 간곡한 기탁을 마다하고 흔연히 장사에 나섰다. 세상물정을 딱히 모르는 순선이었으나 돈 때문에 어머니가 세상을 떴다면 돈만 있으면 언젠가는 뜯고 물고 허비여 죽여도 성차지 않을 그 협잡꾼 놈을 찾아 뼈에 사무친 원한을 복수에 담으리란 기대만은 잊지 않고 있었다. 그래서 집 판돈 3천 원을 가지고 현소재지 시장거리에 유동매대를 꾸리고 복장을 운영했다. 밑지지 않을 만치 이득을 붙여 판매해선지 성실하고 돈독한 처녀애여선지 손님들이 순선에게 물려들었다. 장사는 상상 밖으로 흥성흥성 잘되었다. 그에 따라 수중의 돈은 점점 많아졌다.

"이모, 난 천성이 장사를 하란 모양이야. 그럴 바엔 차라리 연길로 진출할 예산인데 어떨까?"

"그래라. 할 바엔 크게 해보렴. 돈가리에 앉게 되면 평생 어렵사리에서 모대기던 네 에미도 황천에서 눈을 고이 감고 있을 게 아니냐."

"감사해, 이모!"

그녀는 그해 가을에 연길서시장 2층에다 복장매대를 꾸렸다. 현소재지에서처럼 그녀에게로 손님이 끌렸고 그러는 동안 자본금이 새끼를 쳐서 어망간에 수만 원으로 급상승하였다.

그 이듬해 그녀는 택시운전술을 배워 면허증을 얻게 되었고 5만 원을 주고 라다표 승용차를 샀다. 그로부터 손수 택시를 몰았다. 그렇게 하게 된 동기는 시장구석에 칩거해 원수를 기다릴 게 아니라 사처로 나돌아 다니며 찾는, 막연한 것 같지만 실은 오돌찬 타산이었다. 벼락 맞아 죽을 놈을 찾고야말겠다는 하나의 집념만은 올방자를 틀고 있었다.

그러던 어느 날이었다. 천진-도문행 기차에서 내린 50대 초반의 중년사나이가 그녀의 택시에 올랐다.

"어딜 가시죠?"

"연길이 처음인데 어느 호텔이 제일 좋지?"

"백산호텔이죠. 손님은 어디서 오셨죠?"

"M시에서."

"예?!"

순간 그녀의 눈썹이 파르르 떨리었다. 철천지원수가 거주하고 있는 M시라는데 깜짝 놀라 온몸이 굳어졌다.

"왜 갑자기 미간을 찡그리지?"

"속이 좋잖아 그랬어요. 이젠 일없어요."

눈썰미 유별한 손님에게 거짓을 끄며대지 않으면 안 되었다.

"그럼 됐어. 그런데 날 싱겁다고 여기지 말어. 난 말야, 딸은 없구 아들이 셋이나 돼. 사람구실을 할 놈은 하나도 없어. 그래서 아가씨들을 보면 왠지 그저 귀엽거든."

"홋호호-그러세요? 그래도 자제분이 더 귀하겠죠, 안 그래요?"

"아니야, 세 놈 다 세간을 냈는데 큰 놈은 술고래고 둘째 놈은 알건달이고 막내 놈은 시체청년이랍시고 밤낮 가라오케요 나이트클럽이요 돈을 물 쓰듯 하거든. 믿을 것은 한 놈도 없다니까."

"그렇다구요?"

가가호호를 살펴보면 옥신각신 불협화음이 귀청을 때리지만 손님같이 자식들을 내놓고 원망하는 것은 들으니 처음이었다. 호기심이 은연중 두각을 쳐들었고 자신도 모르게 동조가 갔다. 했지만 더 이상 관심을 돌리지 않았다.

"연길에서 며칠 묵을 거야. 이건 내 명함장이고, 여가 있으면

314

놀러와.”

백산호텔에 이르러 하차하면서 손님이 살갑게 말했다.

“안녕히 가세요.”

혼자 남은 그녀는 참 싹싹한 손님이라고 여기며 명함장을 힐끗 들여다보았다. 성명은 이암이고 직장은 M시 소형자동차 공장 판매과 과장이었다. 그것은 신비로운 호기심을 데리고 그녀의 가슴을 파고들었다. 그와 사귀게 되면 혹시 악랄한 그놈을 찾아낼지 모른다는 절절한 염원으로 이튿날 일찌감치 백산호텔로 갔고 카운터에서 그의 호실을 탐지한 후 곧 거기로 달려갔다.

“아, 아가씨! 반가워. 어서 들어와.”

그들의 인연은 이렇게 맺어졌다. 호텔식당에서 아침식사를 같이 하며 그가 의논조로 제기한 것은 그녀로서는 뜻밖이었다.

북경에다 소형자동차 열 대를 그곳 운전수들에게 일일 임대비 3백 원씩 받기로 하고 임대해주었고 그것을 아들놈들 보고 관리를 하랬더니 망태기를 캤고 하는 수없이 비교적 친한 친구에게 위임했더니 중간에서 숱한 금액을 잘라먹었다고, 순선인 얼핏 보아도 믿을만하고 또 차에 대해 익숙하기 때문에 양딸의 신분으로 북경에 들어가 차를 관리하는 것이 어떠냐는, 수익금의 삼분의 일을 순선에게 주겠다는 청탁이었다.

이 사람이 히떠운 소릴 치는 게 아닐까? 허나 그것은 밑져야 본전이었다. 그래서 그녀는 그와 함께 북경으로 갔다. 그의 말은 사실이었다. 그리고 순선에게 진짜 대운이 텄다. 일년간 돌아치고 나니까 비용을 제하고도 순익금이 170만 원, 그녀에게 해당된 것은 56만 원이었다. 큰돈을 손에 쥐게 되자 복수지심이 여느 때보다 더 부글부글 끓어올랐다. 그녀는 여차여차한 사정을 이암에게 실토정했고 M시에 큰 상점을 꾸릴 예정이라고 덧달았다.

“지금 세상일 그렇다니까. 그럴수록 그런 놈을 꼭 처단해야 해.”

이암은 그녀의 웅심을 극구 지지해 나섰다.

M시로 온 순선이는 두루 형편을 살폈다. 처음 동철이를 만났을 때 가슴이 뜨끔해졌다. 그때 목격한 협잡꾼의 코가 매부리코였는데 동철이가 그러했기 때문이다. 그러나 접촉하면서 세세히 관찰한 결과는 그런 게 아니었다. 성부지명부지한 자기에게 블라우스를 공짜로 준다든가 매번 수고를 끼쳤다고 예절 깊은 인사라든가 그만하면 성실한 편이었다. 순선이는 결국 자기 눈을 부인하고 말았다…

동철은 소스라쳐 놀랐다. 그때 발을 동동 구르던 계집애가 순선이었던가? 내속 깊숙이 묻어둔 처절한 사연과 그를 대처할 복수의 일념으로 절절한 그녀 앞에서 그는 눈앞이 아찔해졌다. 뒤통수에 전류가 닿은 듯 황황해졌다.

"왜 갑자기 주눅이 들었나요? 제가 쥬리아를 압도할까 봐 그러세요?"

"그런 게 아니고…어제 술을 한껏 마셨더니…"

그는 어물쩍하게 꾸며댔다. 허나 가슴을 치는 두려움과 그로 인한 당황함을 주체할 수 없었다. 돈에 둔갑하여 치졸하기 그지없는 그 인각된 잔상이 현실로 되돌아올 줄은 꿈에도 예측 못했다. 쥐구멍이라도 있었으면 당장 숨어버리련만 그럴 형편이 못되었기에 어쩔 바를 몰랐다.

"이젠 돌아갑시다."

백 원짜리 뭉칫돈을 들가방에 넣은 그녀가 재촉했다.

그는 어떻게 은행에서 나왔는지 그녀와 갈라진 후에도 그렇게 되었는지 몰랐다.

그 후 동시장 항간을 떠돌고 있는 소문은 동철이가 상점을 두루 정리해가지고 영문 없이 행방불명이 되었다는 거였다.

북두칠성

아리숭하고 서로 반죽이 된 꿈이었다.

험산준령이 아니고 그저 고만고만한 산들이 줄줄이 뻗은 그 언덕바지에 자잘한 푸나무들이 건성건성 들어선 곳에서 호호백발의 여인이 무딘 낫으로 푸나무를 베고 있다. 관목림을 하나도 남김없이 모조리 베여내고 민둥산을 만들 그런 척당불기의 기세였다.

갑자기 노인의 깡마른 손가락에서 피가 흐른다. 낫에 상했다고 보면 그게 아니고 송곳같이 예리한 가시에 찔린 것이다. 너무도 통절하여 어쩔 줄 몰라 하는 여인은 어머니였다. 옥희는 허겁지겁 달려간다. 그러다가 엉성한 나무등걸에 발부리가 부딪친다. 보기 좋게 군드러지면서 곤두박질을 친다.

"어머니-"

둔부가 얼얼하고 복사뼈가 저리도록 아프다.

"니 이거 웬 일이가?"

폐경기를 훨씬 지내버린 파파 늙은 어머니가 어느새 왔는지 푸나무를 산더미같이 해 이고 그녀에게 팔을 내민다.

"어머니!…"

그녀는 일어서려고 혼신의 힘을 다 냈다. 왠지 지지부진이다.

일어선다는 것은 헛되고 무모하다. 희나리 같이 어설프고 피폐한 손등 위의 그 두두룩하고 퍼어런 핏줄이 한 눈에 안겨온다…

갑자기 퉁방울 같은 눈을 지릅뜬 남편이 나타난다. 밥상이 발길에 채여 허공중으로 날아올랐다가 떨어지며 깨여진다. 콩나물 고사리 채가 지저분하게 널려지고 미역국이 질퍽하게 흐른다.

남편이 분명 집 문을 탕! 차고 나갔는데 또 그녀의 멱살을 잡고 몽니사납게 욱박지른다.

"오늘 또 마실 나갔댔지? 그 새끼와 눈이 맞아 어쨌지?"

그녀는 숨이 꺽 막혀 눈 뿌리가 튕겨 나온다. 남편은 그녀의 목을 옥죄인다.

"아내를 그렇게 무지하게 학대하는 법이 어디 있어?"

그분이 느닷없이 나타났다. 어디서 그런 괴력(怪力)이 생겼는지 남편이 어느새 저만치 동댕이쳐 얼을 잃고 있었다.

"선생님, 선생님과 결혼하고파요. 안아주시겠어요?"

그녀는 그렇게 중년기를 넘은 그 신사 같은 선생님에게 안긴다…

식당 외각에 장치된 네온등의 연한 불빛만이 어슴푸레 스며들고 있는 뒤 고방은 어수선하고 썰렁하고 음침했다. 영문 모를 허탈감이 실내 구석구석을 유령처럼 에돌고 있었다. 삭막하고 살벌한 그 끝 간 데 없는 고비사막에서 홀로 헤매는 상 그저 막연했다. 그녀는 호—한숨을 길게 몰아쉬었다. 종전 그렇게도 무지무지하고도 끔직스러운 꿈속에서처럼 목이 꽉 막히지 않고 있다는 것은 다행천만이나 입안이 쌉tm름했다. 그만큼 남편이 질중스러웠다. 허나 그녀는 자신의 그 사춘기에 미쳐 눈봉사가 된 것을 탓할 수밖에 없었다. 친척방문 편으로 이도하자촌으로 나들이를 온 헌헌하고 준수한 표상에 쫄딱 반해 결국 그 남자를 따라 심양 교외의 한 농가로 시집을 갔다. 알고 보니 주벽과 학

대를 업으로 삼는 건달이었다. 궁극에 이혼하지 않으면 안 되었
다. 보기조차 역겨운 그가 하필이면 꿈결에서까지 되살아날까.
그럴수록 어머니가 못 견디게 그리웠다. 어머니, 어머닌 지금
어떻게 살고 계시나요? 70을 눈앞에 둔 어머니는 여전히 집 안
팎살림을 혼자서 도맡아 일사불란하게 해치우느라 지금도 아글
타글하고 있나요? 그런 고령에도 산에 가서 손수 풋나무를 해야
하는 신세, 모든 책임은 오른팔이 뭉척 떨어진 부친에게 있었
다. 부친이 남아로서의 중책을 의젓이 감당한다면. 그러나 반추
해보면 그런 것만은 아니었다. 저수지공사장에서 대대장의 지령
에 따라 남포로 거암절벽을 깨다가 무엇이 어떻게 고장이 생겨
급작스레 돌사태에 묻혀버린 부친이 팔만 잃고 목숨을 유지한
것만도 실은 천명이었다. 그때 부친이 세상을 떴으면 그 후의
생활이 어떻게 되었을 런지 그것은 상상할 수도 없는 일이었다.

옥희는 가녀린 신음소리를 내며 살며시 몸을 돌려 눕는다. 중
고(重苦)에 찢기고 할키고 째여진 지난날이 타래 쳐 고패쳤어
도, 전신의 각이 물러나듯 지긋지긋한 이 시각 한숨 더 잘 수
있다면 자는 것만이 무엇보다도 절절한 욕구였다. 잠을 자도 잔
듯 만듯한, 그렇게 피곤이 풀리지 않는 이곳─서울에서의 나날
이 지속된 지 어언 석 달이 넘은 터였다.

그녀는 눈을 지그시 감았다. 만사 제쳐놓고 잠을 청했다. 했
지만 이곳으로 떠나오기 전의 일들이 시나브로 또 지며리 떠오
름을 어쩔 수 없었다.

"어애할거나, 집구석에 처박혀 있으믄 정말 어쩔거요?"

한숨 반 시름 반으로 어머니의 밭고랑 주름살이 더 깊어졌다.

"어떻게 되겠지 뭐."

그녀는 시답지 않게 응했다. 실은 어머니보다 더 상심 속절하
며 안달복달하고 있는 그녀였다. 이제 한 해만 지나면 학교에 보

내야 할 딸애를 데리고 친정집으로 온지도 어언 반년이 넘었다. 그간 재글재글 끓어 번지는 땡볕을 고스란히 받아 안으며 이랑을 내고 김을 매면서 친정집 농사를 도와주었으나 그것은 장구지책이 아니었다. 꿈 많고 포부가 컸던 시절은 아득한 자평선 너머로 가뭇없이 사라져 기억에도 까마득했지만, 이제 33세밖에 안되는 터에 소털처럼 많고 뱀꼬리 같이 긴 앞날을 여하히 홀로 살아갈까. 근심이 태산 같았고 굽어보면 가슴이 갈기갈기 찢기였다. 줄창 친정집에 칩거해 있다는 것은 허무맹랑했다.

그러던 와중에 그녀는 어느 날 시내로 갔다가 식당에서 우연히 그분을 만났다.

"어떨까, 공사장 막노동을 할만한가?"

비운(悲運)으로 뒤범벅된 딱한 사정을 귀담아 엿듣고 있던 그분이 뭔가 도와 나서려고 했다.

"무엇이든 소개해주세요. 그 은정 꼭 갚을게요."

걸신들린 처지에서 뭘 꺼리고 타발하랴.

그녀는 이러구러 공사장에서 날품을 팔게 되었다. 모래를 치고 벽돌을 나르고 시멘트를 반죽하는 시시껄렁한 잡일이었다. 그랬지만 그곳에 끈덕지게 붙어있는 것은 그분의 상황을 소상히 알게 된 데서였다. 그분은 상처한지 수년이 되었어도 내처 홀아비 생활을 하고 있었다. 한개 건축공정회사를 좌지우지하고 있는 총공정사란 지위를 갖고 뭣이 부족해 재취를 안 하고 있을까? 속내를 몰라 궁금할수록 그녀는 자신도 모르게 그분에게 내밀해가고 있는 집착스러운 탐닉을 주체하지 못했다…

아아, 그만 생각하자! 뭐니 뭐니 해도 잠을 자야 일을 할게 아냐? 그녀는 다시 눈을 감았다.

"어서들 일어나야지, 일어나!"

　식당마담의 열적은 목소리가 고즈넉한 실내를 들썽하게 울렸다. 흠칫 놀란 그녀는 붙였던 눈을 데꾼하게 치떴다. 창문이 희끄무레할 뿐 새날이 밝자면 아직 멀었는데 마담은 어둑새벽부터 부산을 떨었다. 그랬든 말든 그것은 법령이었다. 그녀는 그 지령에 의해 움직이는 로봇이었다.
　“탕수육 하나!”
　“예─”
　“빈대떡 한 사발에 동동주 한 병!”
　“알았어요!”
　“냉면은 왜 이리도 늦지?”
　“이제 곧 돼요.”
　서울 식당들은 거개 상오 아홉 시 무렵에야 문을 열었다. 유독 영빈식당 만은 여덟시가 되기 전에 문을 활짝 열어젖혔다. 한 것은 주로 주객들의 아침해장을 위한 설렁탕을 끓이었고 출타한 싸구려나그네들의 조반을 위해서였다. 한 무리 주객들이 한상 차려놓고 흔전만전 마시고 먹는데 비하면 그 수입이 천양지차였으나 마담은 가뭄에 콩 나듯 그렇게 성긴 손님들도 놓치려 하지 않는, 곽지로 흠타구니의 북데기마저 긁어모으려는 욕심꾸러기였다. 그래서 낮밥 때가 다가오면서부터 색객들이 꾸역꾸역 몰리기 시작하면 나가고 들어오고 끝이 없었다. 일몰과 더불어 어둠이 지네발을 스멀스멀거리는 무렵이면 식객들이 빼곡히 모여들었고 부어라 마시어라 시끌벅적 흥청대는 사이 부지중 밤이 깊어진다. 침취(沈醉)된 마지막 분을 보내고 나면 거리에는 사람의 그림자도 없다. 가로등도 피로에 못 이겨 꾸벅꾸벅 졸고 있었다. 그제서야 식당은 문을 닫게 되는데 사발과 수저를 씻고 소독하고 식탁과 구석구석을 먼지 한점 있을세라 깨끗하게 닦고 나면 야밤중에야 이불 속으로 몸을 묻게 된다. 상신이 쑤시고 저리여 자리에 누웠어도 전신이 자구만 꺼져 들어가는 듯 숫제 평온을 잡을 수 없었다. 국내에서 농사일에 허리와 팔목과 어깨가 지긋지긋하고 막노동에 사지가 탈진해진 것과는 엄청나게 다른 고행이었다. 신역의 고달픔은 그런대로 견디어낼 수 있었으나 연속부절히 겹쳐오는 수면실조로 하여 눈알의 핏줄이 오를한 선을 긋고 눈두덩이 천근무게로 되여 지지누르는 것만은 진정 참기 어려웠다. 한 번은 점심을 먹다말고 폴싹 꼬꾸라져 드렁드렁 코를 골았다.

"손님이 보면 어쩌자고 그러지? 원, 원!"

마담의 그 헌 양철통을 두드리는 듯한 악청에 화들짝 놀라 깨여난 그녀는 질타와 매도를 몰붓던 말던 달콤한 숙면(熟眠)에서 깨여났다는 애수한 심정에 사로잡히며 눈을 부비였다.

"힘들잖아? 힘들겠지. 며칠 후 직종을 바꿔 줄 테니 좀 참어!"

공사장에 왔다가 고된 상황을 알게 된 그분의 말이 문득 그녀의 귀청을 울리며 메아리쳤다. 부드러움 속에 은은히 담겨진 그분의 순진무구한 품위가 못 견디게 그리웠다. 너그러운 그의 품에 포근히 안기고 싶었다.

그나저나 간밤은 왜 그런 불길한 꿈을 꾸었을까. 이제 그 어떤 불상사가 덮쳐들 징조가 아닐까. 그녀는 불안한 심정을 사그라뜨리지 못한 채 주방으로 나갔다. 쌀을 씻으려고 물함박을 집어든 그 순간 난데없는 사발이, 그것을 다쳤던지 어쨌든지 가늠할 새도 없이 세멘바닥위로 와장창 쨍그랑하고 떨어졌다.

"여자란 게 왜 그렇게도 설레발을 칠가? 이러다간 식당까지 박살낼 게 아냐?"

마담의 앙칼진 목소리가 찢어짐과 동시에 반달 같은 눈썹이 급기야 삼각으로 표변(豹變)해버린다.

그녀의 등골로 차디찬 바람결 같은 섬뜩한 예감이 휘말아들었다. 사퇴를 당하지 않을까? 그녀가 한국으로 온지도 3개월이 넘었다. 체류기한 초과라는 그 불법으로 하여 이곳 순경들의 추적은 물론 여러 회사에서도 쩍하면 사퇴를 놓았다. 또다시 그런 봉변을 당하면 생계의 목줄이 끊어지려니와 인천세관에서 차압 당한 중약재를 사느라 3푼 이자로 꾼 2만 원은 죽어도 갚지 못하게 된다.

재수가 없으면 맹물을 마셔도 목에 걸린댔다. 그날은 이러구러 시빗거리만 생겼다.

"원, 소태처럼 짜거워 어떻게 먹지?"

두어 번 온 적이 있는 뜨내기손님이 비빔밥 그릇을 앞으로 밀어놓으며 게두덜댔다.

"손님, 아 이거…미안해요."

마담은 칠면조 같았다. 종업원들에게 언제나 찌푸린 낯으로 으르땅땅 행호시령(行號施令)하던 마담이 만면희색이 되여 가살을 붙어댄다.

"주방에서 일하는 아가씨 중국교포예요. 여기 솜씨 아직은 미숙하거든요. 양해하세요."

간이라도 빼어 줄 그런 아양을 감언이설에 발라 장황히 늘여놓는다.

"주인마담, 내 비빔밥은 짜지 않고 깨고소한 데 왜 그럴까?"

이때 단골손님인 박 사장이 넌짓 시비곡직을 갈라놓는다.

"손님, 다시 만들어 드릴가요?"

마담은 박 사장의 권장을 못들은 척 뜨내기손님에게 계속 아양을 떨었다.

"중국교포? 흥, 할 수 없지."

뜨내기손님이 뜨지기 응한다.

　옥희는 벙어리 냉가슴 앓듯 혼자 끙끙거렸다. 뜨내기와 단골 손님의 비빔밥은 동시에 만들었기 때문에 조미료가 각기 다르지 않았다. 짜다고 트집을 부리는 것이 귀에 거슬리고 가슴에 안쫑잡혀 도시 내려가질 않았다. 다행히도 박 사장이 즉각 해명해 나섰으니 말이지 그 일을 두고 마담이 찧고 까불고 들볶을 것을 상상만 해도 소름이 쫘악-퍼졌다. 남을 억누르면서 살아온 관습이 고질로 되었다고 할까, 마담은 성질이 팩하고 괴팍한 여인이었다. 눈귀에 잔주름이 얼기설기 금을 치고 귀밑머리가 희끗희끗한 것을 모두어 보면 40 중반인 듯한데 손님들 앞에선 언제나 젊은 척 꾸며대였다.

　"주인마담 묘령 어떻게 됐죠?"

　박 사장이 영빈식당으로 처음 왔을 때였다. 술 몇 순배에 전신이 거나해진 그가 마담에게 물었다.

　"서른아홉, 아직은 요조의 미스라구요."

　"서른아홉의 처녀라구? 아앗하하!"

　박 사장은 앙천대소를 털어놓았다.

　"사장님두, 가정을 이루지 않았으면 미스란 걸 모르세요?"

　"오오-하긴 그런데…그러니까 마담은 이혼을 하고 혼자 산다 그거지?"

　"그렇다구요. 마땅한 데가 있으면 중매를 서줘요. 사장님같이 그런 인격 그런 재산 그런 인물이면 족하거든요. 자, 제가 술 한 잔 부어드릴께요!"

　마담은 그러면서 박 사장 옆으로 바싹 밀착해 앉는다.

　옥희는 힝! 하고 콧방귀를 뀌었다. 남편이 집구석에 눈 멀쩡 엄연하게 살고 있다는 것을 들어 알고 있는데 어쩜 백일하에 언죽번죽 거짓을 꾸며델까? 어쨌거나 마담은 하루가 새롭게 별식의 복장으로 자신을 단장했는데 단 한 가지 그녀의 윗옷은 거의 천편일률로 목이 헐렁하게 틔운 것이었다. 그래서 봉긋하고 유들유들한 젖우물이 반쯤은 드러나 있었다. 손님들의 호기심을 나꾸자는 면밀하면서도 치졸한 심산이란 것을 옥희는 뒤늦게나마 깨닫게 되었다.

그러했던 마담이 언젠가부터 변하고 있었다.

"내가 왜 밤낮없이 식당놀음을 하는 줄 알어? 집이라고 돌아가면 방긋 웃으며 마중하는 얼굴대신 정적만이 날 기다리고 있다 그 말이요. 집엔 그래도 와이프가 있어야 하는데 에익 참, 날 두고 먼저 저승으로 갈건 뭐겠수?"

마담의 돌변은 확실히 박 사장이 취중에 털어놓은 신세타령에 귀가 솔깃해진 후부터였다. 휴식과 호식과 강장식품의 혜택으로 얼굴이 희여 멀쑥하고 체통이 굵직굵직하게 생긴 50초반의 충택(充澤)한 사나이를 이해하고 동정한 나머지 사모지정을 품을 수 있다고 옥희는 여겨졌다. 마담의 남편이 두 다리를 제대로 쓰지 못하는 불구자였기 때문이다. 어머니가 부친의 불완전한 육신으로 하여 인생무상 산전수전을 모조리 겪은걸 감안해보면 어머니 보다 젊디젊은 마담이 왜 밤이면 밤마다 독수공방과 진배없는 애별리고에 동가슴(북한어: 앙가슴)을 애태우며 모대겨야 할 이유는 없다고 말이다. 그들의 접촉이 치정이든 말든 내연의 관계가 깊어지면서 제 나름대로 쾌적한 나날을 보낼 것을 진심으로 축복했다.

한데 상황은 옥희의 축원과는 달리 이상하게 발전되었다.

"교포아가씨, 중국은 형편없이 가난하다며? 여기서의 두 달 봉급이면 거기서 집 한 채를 짓는다는 게 정말이여?"

어느 날 박 사장이 호기심으로 그윽한 눈길을 옥희에게 돌렸다.

"글쎄요…제가 지금 월 40만 원씩 받거든요. 두 달이면 80만 원인데 중국 돈으로 6천 원이예요. 중국에선 엄청난 것이지만 집을 짓기엔 어림도 없답니다."

"그렇구먼?"

박 사장은 그제야 내막을 알았다는 듯 이쪽을 퀭해 바라보다가 "40만 원이라구? 한심하군, 한국 사람들은 60만 원을 준대도 식당일이라면 아주 질색인걸!"하고 덧달았다.

"전 그래도 만족인걸요."

그녀는 진정으로 대꾸했다. 인건비가 한국 사람들보다 싸다는 것을 언녕 알고 있는 데서였다.

망망한 바다.

일망무제한 창해와 가없이 넓은 창공은 모두가 푸르러 그것들이 연접된 지평선은 어디에 있는지 집채 같은 격랑만이 뱃전을 사정없이 후려친다. 파도가 얼마나 드세었던지 거대하고 둔중한 기선도 힘에 겨워 움찔움찔 흔들리고 있다. 옥희는 자신도 모르게 으흐! 소름이 전신으로 흩어지는 것을 절감하며 무시로 전율했다. 영문 모를 공포감이 그녀를 칭칭 얽어매며 심란함을 초래했다. 대련에서 위해를 향한 기선에선 그래도 출국한다는 긍지와 자부로 그윽했고 넓고 푸른 바다의 황홀경에 감개가 무량했었다. 이제 한국으로 가면 명주올 같이 흘러간 불운의 자국을 메꾸면서 운명이 그 어떤 획기적인 전환을 일으키지 않을까. 뒷집 순이네는 한국행에서 벼락부자가 되어 2층 양옥을 짓고 없는 것 없이 여유작작하게 살고 있지 않는가.

"노경웅담 있재이요. 인천세관에서는 무조건 몰수한다이. 세퍼트까지 내세워 아편 같은 금품을 밝혀낸다고 미친년 널뛰듯 날뛴답데."

3등실에 동승한 T의 소개였다. 그녀는 배초구 어느 촌에서 농사를 짓다가 연길로 진출하여 식당봉사원이요 여관안내원이요 가라오케 아가씨로 전전하다가 어쩌다 요행 한국 손님을 만났고 이래저래 출국수속이 되여 서울로 가는 중이었다.

"정말 그러면 어쩌지?"

옥희는 가슴이 철렁하고 내려앉았다.

"난 뭐 빈손이라이, 제는 뭘 많이 갖고 가재이오?"

사람마다 보따리가 미여지게 많은 것을 들고 메고 가는 판에 유독 T만이 빈손으로 가는 그 빌미를 따질 겨를이 없었다. 옥희는 트렁크 속의 노경과 멜가방 속의 웅담을 두고 불안이 순을 뻗기 시작했다. 그 불안 속에서 드디어 인천에 도착하였다.

"교포 분들, 왜 이렇게도 난잡해요? 줄을 서서 대기하시오!"

인천세관청사는 엄엄했다. 옥희의 어마어마한 심정은 검사원의 째지는 듯한 쇠된 목소리에 은연중 떨리고 있었다.

T의 말은 근거가 없는 게 아니었다. 검사원은 옥희의 트렁크를 휘딱 뒤집었고 귀중한 중약재는 우황청심환 몇 알을 남겨놓고는 몽당 압수했다.

"박 양, 이분 좀 어째봐."

검사원이 저만치에서 오똑하니 선채 눈을 말똥말똥 굴리며 뭔가 깐깐히 눈치만을 살피고 있는 여검사원을 불렀다.

"미안하지만, 몸수색을 해야겠어요."

여검사원이 옥희의 아래위를 깔끔히 살피며 되알지게 입을 열었다.

"제 몸엔 아무것도 없어요."

"규정이에요."

여검사원은 여지가 없다는 듯 두 손으로 그녀의 젖우물로부터 하초(下焦)를 거쳐 허벅지와 국부까지 지지콜콜 어루만졌다.

이 시각 옥희는 귀중품을 차압당했다는 원통보다 격분의 불기둥이 우뚝 치솟았다. 고국이라고 불원만리 찾아왔는데 불신임의 불손으로 굴욕을 가하다니!

"절 따라와요."

"예?!"

무엇을 또 어쩌자는 걸까. 욱하고 터진 화통 같아선 모든 것을 물리치고 홱 돌아서려 했으나 이곳은 이미 국경을 넘어선 한국이었다. 속수무책이었다. 그녀는 늘쩡늘쩡 뒤를 따랐다. 도착한 곳은 화장실이었다.

"옷을 벗어요."

"왜요?"

"속곳 속에 뭘 감췄어요?"

"같은 겨레끼리 너무 하지 않아요?"

인격을 발바닥으로 짓밟고 지나려는데 그녀는 성을 발칵 내였다.

"누구에게 으름장이여요? 그 속에 걸 어서 내놔요."

"이건 너무한데요."

"어서 내놔요."

"자, 그럼 실컷 봐요."

그녀는 스커트를 걷어 올리면서 팬티를 활 벗어 제꼈다.

"피 묻은 월경대 보기 좋지요?"

그래서야 여검사원은 주춤하고 물러섰다. 했어도 뭣이 안심이 안 되는 듯 앞으로 다가섰고 허리를 얄쭉거리며 월경대를 이리저리 뒤져 보는 것이었다.

"아 실례했어요."

허허바다 속에서 아무것도 찾지 못한 여검사원은 대수롭지 않게 중얼거렸다.

"말로만 때면 단가요, 네?"

"그럼 어쩌란 말인가요?"

“아니?”

억이 차고 기가 막혔다. 이 시각 집착스레 뼛속으로 내밀해가는 격분은 치한(癡漢)에게 강간을 당한 그런 것이었다. 믿음과 인정과 인격은 무엇이었던가. 무지무지한 절망을 절감했을 뿐, 하늬바람이 스치고 지나간 가슴은 냉랭하고 그래서 서글프고 덧정 없었다.

사맥이 탁 풀린 옥희는 어기정어기정 걸었다. 원래의 타산은 외삼촌께 인삼노경을 보신용으로 얼마씩 내어놓고 나머지는 팔아 노자를 보태고 그 외 막노동에서 번 것을 합해 변리돈을 갚고 남는 것으로 국내에서 자그마한 밥점을 꾸리려고 했었다. 나무아미타불, 모두가 허망한 환상에 불과했다. 외삼촌은 외숙모가 시난고난 앓다가 저승으로 가게 되자 재취한 형편이었다. 지금의 외숙모가 빈털터리 적수공권으로 찾아들어 반가와 할까. 발걸음은 뜨직뜨직한 게 좀체로 활개 칠 수 없었다. 이럴 줄 알았으면 어머니와 함께 왔겠는걸, 원래 외삼촌은 어머니와 자기를 초청했었다. 네 아버지를 혼자 남겨두고 내가 떠나면 어쩔 거여? 어머니가 굳이 사양하는 바람에 혼자 떠났더니…

그래도 외삼촌이었다.

“아 증말 반갑다. 마, 니를 본께 누님을 본 것과 같다고마.”

눈시울이 축축해진 외삼촌은 옥희를 얼싸 껴안았다.

“인천세관에서 삼촌께 드릴 물건을 몽땅 떼우고 이렇게 빈손으로 왔어요.”

“그게 뭔 상관이여? 이렇게 상봉했으면 그만이재, 그보다 더 기쁜 일 어디 있어?”

그 며칠 옥희는 외삼촌의 인솔 하에 하늘을 찌를 듯 높이 솟은 남산타워에 갔었고 갖가지 월등한 상품으로 화려한 롯데백화점을 위수하여 조잡한 싸구려소리가 드높은 남대문시장에도 갔었다.

“너네 중국엔 이런 건물이 없재? 이게 동아에선 제일 높은 건물이여!”

외삼촌은 아찔하고도 웅위로운 6·3빌딩 앞에서 개탄을 금치 못한다.

그러나 옥희는 뭐가 자꾸 졸리는 것 같아 황홀경에 흥심을 불러일으키지 못했다. 그 모든 것이 그림의 떡이어서 만은 아니었다. 서울의 그 호화롭고 번거로움 앞에서도 달그락달그락 외숙모의 바가지 긁는 소리만이 가슴을 파고 헤쳤다.

“우얄고, 쌀이 떨어졌는디!”

“참 무시라, 쇠고기 한 키로에 5천 원인께 굶어죽으라는 그재?”

“돈이 있어야 어쩌다 만난 질녀를 대접하든지 어찌든지 할게 아니여?”

외숙모의 불평은 윙강뎅강 그릇이 부딪치고 수저가 떨어지는 그런 불협화음과 동반했었다. 그것은 자발없는 짜증이 아니라 군더더기 식구 때문에 고의적으로 지어진 투정이었다. 외삼촌도 묵묵히 뻐끔 담배를 피워댔고 한숨을 또아리 친 담배연기 속에 섞었다. 옥희는 벼랑 끝에 맨발로 서서 홀로 싸늘한 바람을 맞는 그런 외로움과 외소감을 수감했다.

“삼촌, 제가 이렇게 할일 없이 빈둥빈둥 놀아 되겠나요. 일자리가 있으면 당장 일을 하겠어요.”

없이 굴게 아니었다. 그녀는 주동적으로 제기했다.

“하긴 그래여, 일자릴 마련해줄 텐께 그곳에서 주숙하며 일하는 게 좋을 상 싶다.”

외삼촌의 말은 무겁고도 침울했다. 옥희는 그렇게 외삼촌네 집에서 나오게 되었다. 일자리가 맞갖지 않았다. 게다가 중국교포라고 싸구려 인건비 때문에 부평초처럼 떠돌아다니다가 정착된 곳이 영빈식당인데 그때면 체류기한초과라는 불법체류자에 대한 추적이 바싹 뒤를 따르고 있어 꿩 대신 닭이라고 그만하면 흡족한 직장이었다. 꾹 참고 이제 두 달만 견디어 내리라. 돈만 되면 지체 없이 귀국할 예정이었다.

"교포아가씨, 좋은 일터 내가 마련해주겠소. 일도 헐하고 인건비도 높은데 말이요."

"어딘데요?"

박 사장의 호의에 귀가 솔깃해진 그녀는 즉각 되물었다.

"글쎄 내가 알선해줄 테니깐 잠자코 있어요."

이때 마담이 씽하니 나타났다. 그녀의 얼굴은 거무칙칙 잔뜩 일그러져있었다.

"두고 볼라니깐 그런 문서구만? 가, 인건비 높은 데로 당장 가란 말이여!"

"노여워 마세요. 말이 오갔을 뿐, 제가 떠나려 한건 아니잖아요."

옥희는 빌고 들었다. 인천세관에서 세상에 유례없는 수모를 당한 것에 비하면 아무것도 아니라고 말이다. 물론 호의를 표시한 박 사장을 나무람 할 것도 없었다.

그런데 상황은 갈수록 엉망이었다.

그날 박 사장은 여느 때와 달리 보라색 스커트 한 견지를 들고 들어왔다.

"사장님, 이것 제게 주는 선물이죠? 고마워요!"

그것을 눈썰미 빠르게 발견한 마담이 박 사장께로 쪼르르 달려갔고 스커트를 제 몸에 대고 앞뒤로 가늠하느라 여념이 없었다. 괴이쩍은 것은 박 사장의 그 미간을 찌푸리고 자못 난처해하는 표정이었다. 그러던 그가 옥희에게 슬그머니 한 쪽 눈을 슴벅여보이었다.

"그런 게 아니고 교포아가씨의 부탁을 받고 사온 게여."

"그렇다구요?"

마담의 눈빛이 홀연 실망으로 주눅 들었고 스커트를 식탁 위에 팽개치다시피 했다.

옥희는 진퇴유곡이었다. 어떤 태도를 취해야 할 지 일시 궁리가 서지 않았다. 박 사장이 때때로 던진 그 짓궂고 검질긴, 그러면서도 정찬 눈길을 촉감하지 못한 그녀가 아니다. 왜 저럴까? 관능적인 방어지심이 소소리 높은 담벽을 쌓고 있었음이 분명하나 뼈 빠지게 진맥을 빼도 제 실속만 채우는 마담이 갑자기 소침해진 것은 깨고소했다. 실은 마담보다 젊음의 훈향이 팽팽하고 동탕한 자기에게 호감을 갖고 있는 박 사장이 싫지 않았다. 그녀는 짐짓 박 사장과 짝짝꿍이를 지었다.

그렇게 며칠이 지난 어느 날, 박 사장이 이번엔 보기조차 뜨르르한 화장품 세트를 들고 식당으로 왔다. 전번 스커트를 주던 그런 식으로 옥희에게 넘겨졌다. 그녀는 심란해짐을 어쩌지 못했다. 향수, 루즈, 지분이 들어있는 그것이 연고 없는 예물이라는 우려보다 꼬리가 길면 잡힌다고 들통이 나는 날이면 마담의 그 은근한 연정을 중간에서 가로챈 것으로 될 것이고 그러잖아도 우락부락 성깔을 부릴라치면 물불을 가리지 않는 마담이 다짜고짜 그녀에게 사퇴를 선포할 것은 너무도 뻔한 사실이었다. 다행하게도 마담은 무표정이었다. 기미를 채고도 모른척하는지 속내가 심층 깊어 짜장 가늠할 수 없었다.

그날 해질 무렵이었다. 암울한 이내가 내리면서 항간은 어둠이 깃들기 시작했는데 난데없는 순경들이 쭈르르 몰켜 들었다.

"누가 김옥희요?"

"접니다."

"패스포트를 내놓으시오."

"저…"

사맥이 탁 풀린 그녀는 지구덩어리가 온통 뒤집히는 듯한 현훈증을 느꼈다. 마음속에 홀 맺혀 조마조마하던 시름은 결국 불덩어리가 되여 그녀의 발등에 떨어지고야 말았다.

"옥희, 이젠 해임해야지 별수 없어!"

순경들이 그녀의 패스포트를 압수하여 뿔뿔이 사라지자 마담은 즉시 엄연한 통첩을 선포했다.

그녀는 영빈식당에서 쫓겨나오지 않으면 안 되었다. 잿빛 하늘 밑에서 걸레쪽처럼 찢어진 먹장구름이 어디론가 급급히 흘러가고 있었다. 쌀쌀한 밤바람이 그녀를 휘몰아갈듯 길게 불어쳤다. 분노도 원망도 아닌 허탈과 허구함이 그녀의 전신을 휘감았다.

"웬 일이요?"

박 사장이 마중 걸어오다가 트렁크를 손에 든 그녀를 발견하고 깜작 놀란다.

"저…사퇴를 당했어요."

고마왔던 박 사장을 만난 그녀는 눈시울이 뜨거워났다.

"걱정 마오. 내일 당장 직장을 얻어주겠소. 패스포트도 별문제요. 이혼하고 홀몸이라면서? 여기서 영주하려면 그 수속도 내가 책임지겠소. 자, 상세한 것은 내일 상의토론하고 먼저 여관을 잡고 쉬도록 하오."

박 사장은 그녀를 안위하고 재촉하면서 걸성걸성 걸었다.

세상에 공짜가 없다고 지나친 배려여서 믿음이 가지 않았다. 박 사장이 무슨 목적으로 이렇듯 자선을 베풀까? 그녀는 문득 자애롭고 돈후한 그분을 떠올렸다. 그와 박 사장은 모두 자상한 분이 아닐까. 비록 한국에 발을 디딘 그 순간부터 천대와 멸시를 받은 그녀였으나 박 사장만은 소탈하고 활달하고 믿을만한 분이라고 여겨졌다. 하긴 이 밤중 여관으로 가지 않고 네거리에서 정처 없이 떠돌아다닐 순 없었다. 쫓겨난 버림치의 신세로 외삼촌네 집으로 가기는 죽기보다 싫었다.

그녀는 그를 따라 여관으로 갔다.

"자, 그럼 잡념 말고 푹 쉬오."

현관 맞은켠의 카운터에서 주숙 절차를 밟은 그는 곧 돌아갔다.

여관방은 단아하고 호화로왔다. 주단을 깐 바닥은 가스관이 통한 탓으로 화끈 열기가 떠오르고 화장실의 욕조에는 더운물이 찰찰 넘치고 있었다. 목욕할 새도 없이 바삐 설구쳤던 그녀는 시원히 목욕을 하고 자리에 누웠다. 비단이불의 부드러움이 차분히 살갗을 감싸고 있었다. 식당 뒤고방에서 밤마다 새우잠을 잤던 그녀는 천당에라도 온 듯싶었다. 홀로 아늑히 누워있는 상쾌함을 만끽하면서 숙면에 잠겨 모든 것을 잊으려고 눈을 살포시 감았다. 이때 옆방에서 이상한 소리가 간헐적으로 들려왔다.

"아흐, 아이좋아, 으흐으, 아아악!"

그것은 쾌락을 견디지 못해 흘러나온 여인의 흐느낌이었다. 그 교성은 잔잔한 벽계수로 흐르다가 높은 낙차를 만난 듯 끝내는 단말마의 악청으로 급상승하였다. 그녀의 귀는 저도 모르게 솔깃해졌다. 오르가즘에 오른 여인의 행운, 그런 쾌락이 언제 있었던가? 꿈결같이 아득히 뻗어간 추억을 따라 그녀의 회포는 서글프게 맴을 돌았다. 문득 그분의 표상이 뚜렷이 떠올랐다. 이제 귀국하면 그분은 자기를 꼭 껴안아 줄까? 떠올리기만 해도 가슴이 짜릿하게 그리운 것이었다. 아서라, 눈앞의 생계가 파밭인데 그 무슨 황당한 환상일가. 그래도 고마운 것은 박 사장이었다. 그의 후더운 배려가 없었던들 오늘저녁 서울바닥 그 어디서 헤매고 있을는지 그것은 모를 일이고 또 내일부터는 그의 알선에 의해서야 직장이 마련될게 아닌가. 생각이 여기에 이르자 왠지 군말 없이 표표히 돌아간 그가 야속하기도 했다. 그나저나 오늘밤은 편히 자고보자! 그녀는 이불을 끄당겨 얼굴을 푹 덮었다. 스스로 잠이 들었다.

뻐꾹, 뻐억꾹, 뻑뻑꾹!

울창한 수림을 꿰뚫어 뻐꾹새의 구슬픈 울음소리가 간간히 들려온다. 옥희는 뒷집의 순이와 앞 남산에서 도라지 더덕 따위를 캐느라 여념이 없다. 반찬거리로 만들고 남은 것은 시내에 가져다가 돈푼이나 받고 파는 재미에서였다.

' "야아 — 참 덥다. 한 숨 쉬고 할까?"

순이가 손등으로 이마의 땀을 훔치며 제기한다.

"그러잠."

옥희는 흔쾌히 응한다.

그들은 잡초 무성한 수풀 위에 사지를 퍼드리고 벌렁 눕는다. 티 없이 맑은 하늘이 한눈에 안겨왔다. 지글지글 끓어 번지는 해살이 눈썹 밑으로 거미줄 같이 갈라져 눈부시다.

"그런데 말야. 니 젖꼭지는 밤알만하니?"

"갑자기 그건 왜 물어?"

"내 그건 말이야, 바짝 가드라 붙은 게 볼품없어 그러지 뭐, 보겠니?"

순이가 적삼을 훌쩍 제껴 올린다. 젖무덤은 소복한데 젖꼭지는 움푹 박혀있어 뚜렷하지 않다.

"그건 니 엄마가 널 낳고 그걸 쪽 짜주지 않은 탓이야."

"그래? 니건 어떻냐, 좀 보자!"

"안돼!"

여태 그 누구에게도 보여주지 않은 그렇게 은밀하고 귀중한 것이다.

"내걸 보구 뭣이 안돼?"

순이가 와락 덮쳐들어 그녀의 적삼을 강압으로 제껴 올린다.

"니건 정말 오동통하구나. 근데 말야. 젖은 자꾸 주물러야 커진다는데 누가 니껄 자주 주물러 줬지?"

"앤 못하는 말이 없구나."

순이가 그녀의 젖꼭지와 그 주변을 만지작거리자 간지럽다기보다 하신이 짜릿해지면서 말로는 도저히 표달할 수 없는 쾌감을 난생 처음 감지하게 되었다.

그녀는 지금 그런 쾌감을 어렴풋이 느꼈다. 그리고 뭔가 묵직한 것이 지지눌러 숨 막힐 지경이었다. 비몽사몽 같은 것이나 수상쩍었다. 눈을 번쩍 떴다. 꿈은 꿈이로되 또한 현실이었다. 바로 자기 옆에 누군가 누워있었다. 옥희는 담장으로 스르륵 기어 올라가는 구렁이라도 본 듯 악연실색하여 일어났다. 천만 뜻밖에도 박 사장이었다.

"물러나세요!"

야멸차고 암상스럽게 내뱉았다. 이 시각 그녀에겐 감언이설 속에 감쪽같이 숨겨진 얼림 수에 속아 넘어갔다는 자실감이 혹심한 아픔으로 벌붙지고 있었다.

"사람이란 다 그렇구 그런걸. 오늘만을 즐겨야지 내일을 걱정할게 뭐여?"

"표리가 부동한 인간!"

능구렁이 같은 소리로 능글대는데 구역질이 난 그녀는 자리에서 퉁기 치듯 일어난다. 옷을 부랴부랴 걷어입고 침실 문을 걷어찬다.

이때 웬 여인이 그녀를 담벽처럼 가로막는다.

"갈보 같은 년!"

"내가 갈보라구? 저 후안무치한 작자에게 물어봐요."

옥희는 되알지게 내뱉는다.

"당신 정말…치한이 뭔 줄 아우?"

그 여인은 그제야 실내에서 엉거주춤 어쩔 바를 몰라 하는 박 사장에게 야멸차게 찔렀다.

그의 아내임이 분명했다. 옥희는 아내이든 뭐든 그 여인을 밀치다시피 하고 총망히 여관 문을 나섰다.

방향 없이 발걸음이 내키는 대로 버르적버르적 걸었다. 갈수록 첩첩한 산이라고 심한 괴락(壞落)을 느꼈다. 솔직한 심정으로 이 순간처럼 슬픔이 깊어진 적은 없었다. 가라오케에선지 나이트클럽에선지 우수 짙은 노랫소리가 그녀의 허허로움과 적막함과 절망감을 가첨했을 뿐이었다.

"너 옥희아냐?"

세상은 넓고도 좁았다. 인천으로 향한 기선에서 사귄 T를 만날 줄은 꿈에도 예측 못한 일이었다.

"잘 지냈어?"

"그래. 그간 잘 지냈어?"

"물론이지. 거긴?…"

"그저 그래. 돈벌기가 왜 이다지도 힘들까?"

"그 몸집 그 용모를 갖고 왜 돈을 못 벌어? 여자들의 밑천이라면 그거면 단데 바보 같으니라구! 그걸 주옥같이 아끼면서 여태 식당일을 했다구? 마침 잘됐어. 나하고 함께 가는 거야."

T의 그 함경도 말씨는 어느새 유창한 서울투로 변해있었다. 촌티가 다닥다닥했던 복장대신 화려한 시체옷을 입었고 루즈와 지분을 짙게 바른 것이 불야성인 서울의 황홀한 정서와는 꼭 걸맞았다.

"어디로 가자는 거야?"

"금전이 눈 쏟아지듯 하는 술집으로 가지 어디로 가?"

"감사하다만…"

"그런 짓 한강에 배지나간 것 같은 건데 뭘 꺼리지?"

"난 갈 데가 따로 있어."

“진짜? 정 그러면 할 수 없지 자, 그럼 안녕!”

T는 뭔가 계속 타협할 여지가 없다고 여겼던지 택시를 잡아 타고 어디론가 사라졌다.

밤은 어느 때나 되었는지 그저 막연한 그녀는 무심코 밤하늘을 쳐다보았다. 북두칠성이 퍽이나 기울려져 있었다.

“저기 저 북두칠성은 손잡이가 달린 바가지가 아니고 뭐가. 상아선녀는 저것으로 은하수의 맑은 물을 떠다가 밥을 짓곤 한 거여.”

소싯적이었다. 찌는 듯 무더운 여름밤, 뜰 안에 망석을 펴고 별 총총한 하늘을 쳐다보며 한 어머니의 말씀이었다. 아아, 저 북두칠성을 따라 바다를 건너 북으로 가노라면 나서 자란 고향 땅 이도하촌이 타나날것이다. 거기에 노심초사로 평생을 살아온 어머니가 계시고 거기서 얼마 멀지 않은 곳에 그분이 있다. 언제야 고향으로 돌아갈까? 북두칠성을 하염없이 바라보는 그녀의 양 볼로 눈물이 방울져 쪼르륵 흘렀다.

소　풍

　　광섭에게서 걸려온 전화였다.

　　찌는 듯이 무덥잖아. 소풍할 겸 백두산으로 가보지 않겠나? 벌개들과 언약한 것을 실현할 겸 말야.

　　벌개라는 건 대학시절의 동창생들을 일컫는 것이요, 언약이란 지난 ‘3·8절’ 동창생 모임에서 백두산 관광을 조직하겠다고 말한 것이었다.

　　언제 가려구?

　　내가 물었다.

　　토요일에 갔다가 일요일에 돌아오면 되잖아.

　　나야 뭐 대찬성이다.

　　희사가 아닐 수 없었다. 촬영가인 나는 일상에서 듣는 것보다 보는 것이 더 중요했다. 솔직히 백두산은 여러 번 갔었고 여러 곳을 누비면서 촬영도 많이 했었다. 허지만 무진(無盡)한 것이 그곳이다. 매번 새로운 착상으로 내 가슴을 언제나 부풀어있었다.

　　경비는 내가 마련할 테니까 그저 빈 몸으로 떠나면 돼.

　　그러지 말어. 그렇게 혼자서 부담하다간 뽕 빠지겠다.

　　쓰려고 버는 게 돈이 아닌가—

　　나를 반박하는 그의 이유는 당당했다.

돈을 벌어 저축만하고 쓰지 않으면 그것은 죽은 돈이다. 그 자신은 또 돈을 아끼느라 근근득식을 하다보면 자초(自招)한 어렵살이다. 좋은 세월 속에서 하필이면 봉폐적인 생활을 하겠는가.

갈 사람 많어?

우리의 반장 홍 재원이와 또 몇몇 여성들이 있어. 너 여적 애인 없냐? 있으면 이번 기회에 데리고 오렴.

네가 얻어주었으면 하는데, 기다리고 있잖아.

야, 너 발기불능 아냐? 약방에 정욕제 많잖아, 사먹지 그래.

사먹으라 하지 말고 사줄 거지? 나 좀 바뻐, 다음에 보자!

하면서 그가 일방적으로 전화를 끊어버렸다.

광섭의 운세는 확실히 승승장구였다. 처음엔 골목 한 어구지에서 식품상점을 경영하던 것이 겨울 아이들이 눈을 굴리듯이 갈수록 커져 지금은 으리번쩍한 ××유한회사로 탈바꿈했고 그는 당연히 총경리란 보좌에 앉게 되었다. 동창생들이 그를 자랑으로 내세우고 있는 데는 그가 이러구러 성공했다고 해서만은 아니다. 지난날의 우정을 잊지 않고 누구든 가리지 않고 열정적으로 대해준데 있었다.

무슨 곤란이든 서슴지 말고 말해. 친구를 뒀다가 뭣에 쓰게?

동창생들 앞에서 그는 자주 이러루한 말을 한다. 아무렇게나 뛰겨나간 말은 아니었다. 나의 부친이 뇌졸 증으로 갑작스레 타계했을 때 그가 어디서 소식을 들었는지 어쨌거나 제일 먼저 조문을 왔다.

정정하시던데 참 안됐다. 상심 말어. 어느 때건 꼭 가야 하는 길이니까. 화장사항 연계됐어? 알았어. 내가 할게.

그렇게 고마울 수가 없었다. 돌연적인 사태 앞에서 나는 얼마간 사람처럼 멍해 해야 할 절차를 잊고 있었는데 때마침 그가 도래했고 오자 바람으로 지휘자적인 수완으로 친구들을 모이게

하는 한편 수의를 입혀 화장하고 골회를 강물에 띄워 보내는
등등 모든 절차를 무난히 진척시켰다.

광섭의 전화를 받은 나는 궤 안에서 촬영도구를 꺼내 두루
살펴보았다. 촬영가기 전에 한 번씩 점검해야 시름을 놓는 나였
다. 이럴 즈음 뜻하지 않던 홍재원이 느닷없이 찾아왔다.

통지 받았겠지? 광섭에게서 말야.

그래. 할 일도 없는데 가보지 뭘.

그 친구 아직도 그렇게 살고 있나?

그런 것 같아.

큰일이야. 바람을 피우고 싶으면 젊은것들과 어쩔 거지. 어쩜
유부녀와 치정을 나눠?

홍재원이 비난할 만도 한 일이었다.

광섭의 주변에 여자들이 많았다. 흔히 말해 다방에도 있고 노
래방에도 있고 디스코청에도 있고…… 어디든 없는 데가 없었
다. 그런데 그가 집착하게 추구하고 있는 것은 유경이라고 사십
대 초반의 유부녀였다.

글쎄 그 점에 대해선 나도 생각이 없지 않지만 광섭이라고
그냥 그렇게 살순 없잖아.

솔직한 심정으로 나는 광섭의 처사를 보고도 못 본 척 묵과
하는 편이었다. 부친의 장례를 고맙게 도와준데 대한 보답 같은
건 결코 아니었다. 그를 동정할만한 이유는 따로 있었다.

그의 처는 의부증(疑夫證)이 심한 여자였다. 총 경리인 그였
으니까 활동범위가 넓고 접촉하는 사람도 많았다. 그런 상황을
이해해줄 대신 도이어 의심을 품었다. 혹시 걸려온 전화를 광섭
이 받으면 아내가 어느새 쫑드르 달려와 귀를 강구고 들었다.
일단 여자의 목소리라고 판단되면 누구냐, 왜 전화를 걸었느냐
따지고 들었다. 출근 넥타이를 새것으로 바꿔 매도 여자와 데이

트 약속이 있다며 트집을 잡았다. 남편의 일 거수 일 투족에 이르러 끝없이 캐고 들었다. 의심이 의심을 낳는다고 의부증은 갈수록 심해졌다. 하루 이틀도 아니고 날을 두고 매냥 걸고드는 시달림을 누군들 받아 내랴만 해결책이 쉽게 나서지 않았다. 죽어도 이혼은 안하겠단다. 흥, 살림을 풍족하게 꾸린 게 누구 덕분인데 내가 나가? 방법이 없었다. 그는 가정집물을 몽땅 남겨둔 채 알몸으로 집에서 뛰쳐나왔다.

그의 처지 모르는 게 아니야. 그렇다고 후배의 처와 죽자 살자 하면 어떻게 돼? 패륜(悖倫)이 아니고 뭐야!

홍재원의 입장은 추호의 변함이 없었다. 그가 이처럼 완고하게 나오는 데는 광섭이를 위하는 것 외 또 다른 무엇이 있었다.

학교를 졸업하고 사회로 진출하여 유망(有望)한 것은 그래도 우리의 반장이었다. 일 년도 안 되여 정부계통의 무슨 과장으로 승진했으니까 말이다. 그래도 날 테지, 누가 날 따른다구? 당시 홍재원 자신은 아마도 이러한 자태였을 것이다. 했는데 돌연 돈바람이 불었고 돈이 있어야 어른노릇을 하게 되었다. 언젠가부터 동창생들은 광섭이를 내세우면서 무슨 일이든 우선 먼저 그를 찾았다. 하긴 돈이 있어야 무엇이든 해결되었으니 돈 많은 그를 찾지 않고 누굴 찾겠느냐 만은 홍재원이로 말하면 자기중심이 부지중 광섭에게 쏠린다는 것이 적어도 기분 잡친 일이었다.

‘3·8절’ 동창생 모임에서였다. 술 몇 순배 돌아가자 재원이 먼저 입을 열었다.

야, 광섭이, 어쩔 거냐. 그냥 그 여자와 살거야?

어쩌긴 사랑하기 때문에 아름답고 아름답기 때문에 떨어질 수 없는걸! 믿음과 기약을 어떻게 저버리라는 거야?

그러다가 혼날 줄 알어. 계집 때문에 망하지 않는가 두고 봐. 그들의 대화 속에 나도 한몫 끼였다.

사랑하는데 무슨 죄가 있어.

아무리 성 개방이라고 해도 그럼 안 돼지. 부정부패라는 게 뭐 별건가. 돈 갖고 지랄피우면 그런 거지.

재원의 아유는 당당했다. 승복을 시키지 않고는 물러날 기세가 아니었다.

내가 그렇게도 엄중한가? 그렇게도 몹쓸 사람인가?

광섭이도 숙어들려 하지 않았다.

하긴 나도 그 어불성설(語不成說)의 이유를 찬성할 수 없었다.

부정부패에 연결시킬 건 없잖아. 연결시킨다고 해서 연결되는 것도 아니고, 안 그래?

이제 보니 저도 한 여자를 숨겨놓은 게 아냐?

재원이 지릅뜬 눈으로 나를 오래오래 바라보았다.

약속한 날 아침 나는 일찌감치 동북아터미널로 갔다. 야외로 관광을 떠나기는 안성 맞춤한 날씨였다. 하늘은 구름 한 점 없이 맑고 푸른데 어디선가 시원한 바람이 간간히 불어오고 있었다. 터미널 그라운드에는 대형 관광버스가 차례로 쭉 늘어져있었고 그사이로 관광객들이 오구작작 오가고 있었다. 관광계절이라 그럴 법도 한데 관광객 중에는 한국 사람들이 많았다. 언제 보아도 그들은 백두산을 민족의 성산이라면서 흥분된 기분이었다. 그런 정서만은 이해할 수 있겠다.

어이 촬영가, 벌써 왔어?

골똘한 사색에서 깨여난 나는 고개를 들어보았다. 재원이 내 앞으로 걸성걸성 다가오고 있었다.

또 누가 왔어?

저기 저 ─ 못 봤어?

나의 말에 그가 가리킨 것은 광섭이와 유경이 떨어질세라 나란히 서있는 모습이었다. 빨간색 유니폼에 검은색 선글라스를

344

긴 그녀가 꼭 마치 패션모델같이 각별히 유표했다. 남자들이 반할만한 스타일이었다. 순간 나는 그녀에 대한 광철의 평가를 떠올렸다.

사십대의 여자는 가을과 비교되거든. 가을은 오곡백과가 무르익는 계절이 아닌가. 그만치 풍만하고 완만하단 말야. 애송이 소녀들에게서는 절대 볼 수 없는 성숙함, 그들은 또 그만치 남자를 알고 있다는 건데. 섹스도 그렇지, 고사포만 넙다 갈리면 단줄 알어? 말로서는 도저히 형언할 수 없는 문세가 많은 거야. 전희(前戲)라고 알어? 모르면 사전을 찾아봐. 한 가지 부언할 것은 해 볕을 따르는 해바라기의 그 환한 얼굴, 그것이 곧 유경의 얼굴이거든.

광섭이 그녀를 떨어질 수 없는 이유는 얼마든지 이해되었다.

어쩜 저렇게 뻔뻔할까?

재원이 내 앞에서 또 반기를 들었다.

서로 지극히 사랑하니까 그렇지.

아니야. 남자는 돈이 있으면 변하고 여자는 변해야 돈이 생긴다는 말은 옳겠지?

사랑에 빠지면 자신으로서도 어쩔 수 없다 잖아. 자구 엄중하게만 보지 말고.

정 그렇다면 각자 이혼하고 다시 결혼하면 될 걸. 명실상부한 부부가 되는 게 아니냐 말야.

그건 뭐랄까……

나는 뒷말을 흐리었다. 그 점에 대해서 딱히 몰랐기 때문이다.

유경은 나의 후배였고 자주 도서관에서 만났다. 그녀와 독서 여가에 이러저런 이야길 나눈 데서 나는 그녀의 내력을 잘 알고 있었다.

그녀는 부모의 생김생김이 어떤지 전혀 모르고 자랐다. 한 번도 본적이 없었으니까. 사생아는 아닌데 기아(棄兒)였다. 태어난 지 얼마 안 되여 남의 집 문 앞에 내쳐버린걸 심성 착한 분이 들어온 복을 어찌 도루 내버리겠느냐며 길렀던 것이다. 양부모의 슬하에서 자라서인지는 몰라도 그녀는 매사에 먼저 의심의 눈길을 앞세워 따지고 들었다. 까다로워 접촉하기 어려웠다. 그러다가도 일단 진상이 밝혀지면 자신의 속심을 들어냈다. 그로부터는 진솔이었다.

그런데 사람의 인연은 각자의 소망대로 이룩되지 않는 모양이었다. 그녀의 남편은 의족(義足)을 하고 다니는 불구자―골결핵으로 수년을 앓고 난 결과이고 현대과학으로 아직은 치유할 수 없는 불행이었다.

그들은 동기동창이었다. 피차의 상황은 대략 알고 있었지만 깊이 묻어둔 은사(隱事)는 서로 모르고 있었다. 그날 유경은 죽으려고 독한 마음을 먹고 학생숙사 옥상에 올라갔다. 하늘과 땅처럼 믿고 일생을 기탁했던 믿음은 남자의 배신으로 하여 밤새 처절히 허물어졌다. 실련의 고배를 한껏 마신 그녀는 살아 재미없고 바랄 것도 없었다. 원래가 사고무친(四顧無親)한 그녀는 죽는다고 해서 우려될게 없고 유감도 없었다. 그저 독한 결심으로 옥상변두리를 향해 조츰조츰 다가가는데 난데없이 유경이! 라고 천둥처럼 울리었다. 누가 날 부를까? 그녀가 돌아서는 그 찰라 한 남자가 그녀의 허리를 껴안아 안전지대로 이끌었다. 사선에서 구해준 자가 바로 지금의 남편이었다. 그렇게 결합된 그들은 딸 하나 아들 하나를 낳아 기르면서 남부럽지 않게 살았다. 했는데 누구도 예측 못했던 변고(變故)로 오른쪽 다리를 절단하는 불행을 겪어야 했던 것이다.

그로부터 집 살림의 모든 짐이 그녀에게 지워졌다. 그 짐이 무겁고 버거워 허리를 펴지 못할 때가 많았다. 그렇다고 그 짐을 부릴 순 없었다. 어떤 방법을 써서든 짊어지고 가야 했다.

우리 일행을 실은 관광버스가 어느새 이도백하를 지나 그 유명짜한 미인송 숲을 꿰뚫고 있었다. 나는 문득 '송풍나월'이라는 민담을 떠올렸다.

송풍이와 나월은 죽마고우였다. 자라면서 사랑이 싹 텄고 그것은 세월을 따라 무르익어갔다. 서로 이해하고 아껴주는 그들을 사람들은 천상배필이라면서 부러워했다. 유독 지주의 아들만이 그들을 눈의 가시처럼 여겼다. 송풍이를 나월에게서 떼 와야 나월을 손에 넣고 쥐락펴락 마음대로 할 수 있었다. 그래서 당시 관가를 매수하고 송풍을 강제로 노역봉사를 보내었다. 그로부터 지주의 아들은 나월을 가로막으며 못살게 굴었다. 자기와 결혼하자고 안달복달이었다. 나월은 갖은 방법을 대면서 응하지 않았다. 송풍이가 돌아올 것을 손꼽아 학수고대했다. 해와 달은 지겨운 기다림 속에서 바뀌었다. 송풍의 소식은 눈곱만큼도 없었다. 방법이 없었다. 나월은 자결하는 것으로서 송풍에 대한 일편단심을 보여주었다. 그런데 나월의 무덤주변으로 미인송이 자라기 시작했고 그것이 퍼져 숲을 이루게 되었다. 사람들은 송풍과 나월을 기리는 마음으로 그 숲을 송풍나월이 라고 불렀다 한다.

그것보세요. 여자들은 언제나 약자거든요.

언젠가 내가 유경에게 사진에 담은 미인송 숲을 보여주면서 송풍나월의 고사(故事)를 이야기했더니 곧장 자기의 식견을 털어놓았다.

여자들의 생존수단을 미소와 눈물과 성(性)을 제하고 또 무엇이 있겠나요? 시장경제의 도약과 걸음을 같이 한 것은 각박해진 인정세태거든요. 지금 세월 여인들의 밝은 표정과 뜨거운 눈물 따위 동정하고 포용해줄 사람 없답니다. 그런 것에 절대 매료(魅

了)되지 않는답니다. 오다가다 성을 이용할 수밖에 다른 묘책은 없었거든요. 남녀평등을 주장한지도 어언 수십 년이 넘었습니다만 상하좌우로 살펴보세요. 권력과 재산과 명예는 누가 소유하고 있는가요? 물론 여자들도 차지하고 있습니다만 그것은 어디까지나 상징적이고 상대적일뿐 실권은 남자들이 틀고 도저히 내주질 않았거든요. 여자들의 팔자 뒤웅박 팔자란 말 아세요? 그래요, 여자들은 나팔꽃 신세, 남자들에게 붙지 않으면 생계마저도 힘들답니다. 알속만을 골라 말한 유경은 웬 일인지 어줍은 웃음을 지으면서 나를 흘끔 바라보았다. 무엇을 속 시원히 털어놓지 못한 애달픔이랄까. 인간이라면 공개 못할 것이 있고 그래서 남몰래 깊이깊이 묻어두는 거였다. 유경이 묻어둔 것은 구경 무엇일까? 나는 자연 나의 그 여자를 떠올렸다.

나에게는 숨겨놓은 여자가 따로 있었다. 혜정이라고 혼자 살고 있는 나젊은 여자였다. 남편이 한국에 간지 5년이 넘었으니까 혼자 산다고 해도 과언은 아니었다. 우리의 결합은 순수 예술적 감수의 일치에서랄까. 그녀는 예술사진을 무척 좋아했다. 우리는 적어도 일주일에 한 번씩은 만났다. 예술을 담론하며 즐기었다. 데이트 장소는 다방이었다. 그날도 나는 근간에 찍은 사진을 갖고 약속한 곳으로 갔다.

선생님, 이 사진을 보노라면 인생이 비참하게 느껴지네요.

사진을 보던 그녀가 고개를 약간 쳐들며 천천히 입을 열었다.

백두산 동쪽으로 해서 ××기상대를 향해 올라가노라면 펑퍼짐하게 경사진 산발이 보인다. 거기에 봇나무들이 총총히 자라고 있었다. 그런데 그것들은 한결같이 꼿꼿하게 자라지 못하고 꼽추처럼 허리를 동쪽으로 굽히었다. 세월을 두고 서북풍을 맞받아 자란 탓이었다. 봇나무의 생명력이 강해 서북풍을 이겨냈지만 자신의 상처는 치명적이었다. 나는 이 예술사진의 제목을

"인생"이라고 달았다.

내가 바란 게 바로 그런 효과였소.

예술이 인간에게 주는 계시 참 오묘하죠? 그래요, 전 봇나무
처럼 살지 않을 거예요.

당연 그래야지.

오늘을 직시하면서 살 거예요. 보세요, 아늑한 다방에서 우리
단둘이서 커피를 마시며 인생을 느껴보는 여유로움, 그보다도
서로가 만나고 싶어 조용히 상봉하는 감미로움, 사람과 행복이
아니고 뭘까요?

우리의 상봉을 더없이 흡족해한 그녀는 시를 읊듯이 줄줄 엮
었다.

사람은 두 심령이 맞부딪쳐 튕긴 불꽃인거요.

그런 의미에서 우리 진달래꽃이 만개할 때 야외로 드라이브
를 가요, 네?

그래, 연자가든으로 가지. 거긴 해마다 진달래꽃이 무더기로
피고 있으니까.

이이 좋아라. 우리 단둘이서. 누구도 몰래, 그러는 거죠?

그으럼!

그녀는 자식이 없다. 없는 게 아니라 의식적으로 임신하질 않
았다. 어머니가 평생 아버지의 사랑을 받지 못하면서 아글타글
살았던 아픔과 고통을 되풀이 하지 않기 위해서였다. 자식을 보
았다가 이혼하면 여자만 손해를 본다는 거였다. 자식이 없는 전
제하에서 맘에 맞으면 살고 맞지 않으면 흩어지는 혼인방식은
아무런 부담이 없었다. 그래서 그녀의 남편이 한국에서 돌아오
지 않았어도 속 태우며 손꼽아 기다리지 않았다. 나와의 관계에
서도 그러했다. 사랑을 속삭이면서도 정식결혼 운운은 일언반구
도 입 밖에 내지 않았다. 홀로 사는 외로움을 달래보려고 외간

남자와 정을 나누고는 있지만 애초에 되지 않을 것은 아예 강요하지 않는 성미였다. 나 역시 그녀와 때때로 환락을 즐기지만 내 가정을 허물고 내 권속을 저버리려 하지 않았다. 남자로 생겼으면 지랄을 제 하고 다해보겠다고 한 번쯤 외도를 해본 것이었는지 나도 모르게 연정에 빠져들고 있었다.

……각자 이혼하고 다시 결혼하면 되잖아! 라고 한재원의 말이 떠올랐다. 유경이가 광섭이와 결혼 못 하는 것도 혜정이와 같은 심태여서 그럴까? 그런 것 같지 않았다. 지난날의 이런저런 굴레를 무시하면서 짓밟고 넘어간 그녀였다면 이혼 같은 것 대수롭잖게 여길 거였다. 광섭의 무엇을 고려해 그런 것 같지도 않았다. 언젠가 내가 그녀보고 광섭이 아내가 찾아와 따지고 들면 어쩔 거냐고 했더니 찾아와도 상관없어요. 재간 있으면 남편을 잘 묶어두라고 말해 줄테니까요! 무가내의 태도를 취했다.

남녀관계는 복잡하고 사랑은 미묘했다.

아, 천지폭포!

백두산 주차장에 이르러 유경이 펄쩍 뛰었다.

천지물이 높디높은 낙차에서 떨어져 찢기고 부서지면서도 서로 보듬어 안고 콸콸 쏟아져 내리는 웅위로움 앞에서 누군들 감탄하지 않겠는가.

우리는 폭포 서쪽의 산등성이를 향해 걷기 시작했다. 거기엔 이미 등산객들이 마치 고지를 점령하려 돌진하는 병사처럼 쭉 널려져있었다.

저건 뭐야? 뜬 김 같은 것이 피어오르는 저것은?

온천물이야.

내가 알은체를 했다.

우리는 거기로 갔다. 자질구레한 돌무더기를 꿰뚫고 거침없이 퐁퐁 솟구치고 있는 것은 온천물, 그 온도가 80도에 달해 계란을 얼마든지 삶을 수 있었다. 장돌뱅이들이 언녕 그러한 돈벌이 구멍을 간파하고 벌써 계란을 삶아 팔고 있었다.

약수 물에 삶은 계란을 먹으면 그게 꼿꼿이 살아난대. 제대로 먹어!

광섭이가 나와 재원이를 번갈아 보며 희죽이 웃었다.

정말이야, 그게?

반신반의하던 재원이 먹기는 제일 많이 먹었다. 계란껍질을 벗겨서는 통 채로 입안에 넣고 우적우적 씹어 넘기는 거였다. 벌써 배가 고파 저럴까? 너무도 게걸스러워 조금은 별스레 여겨졌지만 별로 따지지 않고 그냥 접어두었다.

폭포가 점점 가까워왔다. 우리 일행은 집채같이 크낙한 바위돌이 덮치고 겹쳐진 산허리를 톱고 간신히 폭포 옆쪽으로 다가갔다. 모두들 땀방울을 흘리며 숨 가삐 헐금씨금거렸다.

이봐, 힘들지? 나 돈을 더 벌어 여기다 가공삭도(架空索道)를 놓겠다. 어때?

앞에서 걷던 광섭이 뒤를 돌아보며 말했다,

그것은 허망한 환상만은 아니었다. 한국의 모모 비즈니스맨들이 투자해 그런 공사를 하겠다고 했었는데 여태 실천에 옮겨지지 않고 있는 상황이었다.

희떠운 소리 그만하고 제 앞이나 잘 씻어!

재원이 건 가래를 내뱉었다. 그 의사인 즉 이제라도 늦지 않으니 네 처 곁으로 가라는 권고였다.

희떠운 소리라구? 그렇다고 해. 내가 져주지, 이번만은.

광섭이 왜서인지 누그러들었다. 그 공사가 너무도 아름차 그랬을까?

바람은 세차고 길은 갈수록 좁아졌다. 폭포 바로 옆쪽에 이르러서는 깎아지른 절벽이 각을 내면서 길은 한 사람이 겨우 지나

칠 수 있었다. 길옆은 아츨하게 보이는 낭떠러지, 바라만 보아도 눈앞이 아찔했다. 엎친 데 덮친다고 협곡으로 통 바람이 쏴, 쏴ー 세차게 불어쳤다. 옷자락이 펄렁이면서 전신이 날리는 듯 중심을 잡을 수 없었다. 바로 이렇게 험난한 곳에서 젊은 연인 둘이 꼭 끌어안고 떨어지지 않고 있었다. 나는 단통 카메라를 꺼내 들고 늦을세라 셔터를 눌렀다. 사진 제목을 '약속'이라고 달았다.

와아ー 정말 멋지다. 세상에 이처럼 로맨틱한 사랑은 없을 걸요?

혜정은 소리를 치며 좋아했다.

선생님은 사랑이 진정 무어라는 걸 알고 있잖아요. 그래요. 전 세상에 둘도 없는 그런 사랑을 받고 싶어요.

그녀와의 사랑은 그렇게 깊어갔다.

아이 무서워!

별안간 아츨한 소리가 허공을 날렸다. 유경이가 지금 바로 그 좁은 길에서 오돌오돌 떨고 있었다.

내가 있잖아, 무섭긴?

두 팔로 유경이를 꼭 끌어안은 광섭이 백두봉처럼 드팀이 없었다. 광풍이 아니라 폭우가 쏟아져도 드팀이 없을 태세였다.

사랑해, 유경이. 우리 결혼해!

그리고 싶어요, 저도. 그러나 그러면 안돼요.

왜?

의족의 그 사람은 어쩌구요? 제 목숨을 구해준 은인이잖아요?

동정은 사랑이 아니지 않소?

동정 없이 사랑이 어디 있어요?

그렇다고 두 남자를 동시에 사랑할 순 없잖소. 나와 결혼하는 것만이 행복할 게 아니요!

강요하지 말아요. 계속 이러면 제가 여기서 떨어져 죽겠어요!

유경이 그의 팔목에서 빠지려고 애써 모지름을 썼다. 하긴 부모 없이 자란 그녀로선 독한 마음을 얼마든지 먹을 수 있었다.

무슨 소릴! 내가 좀 격하게 나왔나? 다신 강요하지 않겠소.

그래서야 그녀는 누그러들었다. 그러면서 뭔가를 심각히 생각하는 듯이 숭엄한 표정을 지으면서 무겁게 입을 열었다.

나쁜 여자라고 절 질책하세요. 제 가정의 생계를 위해 광섭 씨에게서 떨어지지 않는 저를요. 그것은 참된 사랑이 아니잖아요.

전부 그런 것은 아니요. 경제가 안받침 되지 않는 사랑은 공중누각 같은 게 아니겠소. 부담 갖지 마오!

어쨌거나 여자의 불행은 한 남자만을 붙잡고 놓지 않는데 있답니다. 하면서 유경은 눈물을 흘리었다.

나는 비로소 유경이 숨기고 있던 것을 알았다. 그것은 또한 그들이 정식으로 결혼하지 못하는 이유이기도 했다. 아무튼 그녀가 가긍스레 여겨졌다.

드디어 눈앞이 탁 트이었다. 천지는 그렇게 넓고 환할 수 없었는데 태고의 적설을 자랑하듯이 검푸른 물결을 운무 속에 휘뿌리고 있었다. 우리 일행 모두는 광대무변한 허공에 대고 아, 아아 - 고함을 지르고 또 지르고서야 귀로에 올랐다.

주차장 부근의 호텔들은 모두 초만원 이었다. 우리는 이도백하에서 하루 밤을 지내지 않으면 안 되었다.

그만하면 다행이었다. 이곳 이도백하의 호텔이 5성급은 못 되여도 꽤나 호화롭고 서비스도 제법이었다. 하긴 이곳에는 유흥업소도 많았다. 금상첨화라고 광섭의 후한 배려에 의해 우리 일행은 각자 독방을 쓰게 되었다. 저녁 연회 또한 푸짐했다. 전이요, 찌개요, 튀김이요, 산천어회요 하는 것들이 상을 빼곡하게 채웠는데 게다가 베이징코우야(北京烤鴨)까지 각광을 내고 있었다.

이도백하 산골에 베이징코우야가 있을 줄 누가 알았겠어?

광섭이 자못 감개무량해하며 말을 꺼내었다.

새로운 발견이지. 요리에서 외국사람들이 알아주는 건 베이징코우야가 아니겠어? 그것을 노린 거야, 장사꾼들이.

이렇게 말한 그는 한동안 말을 끊고 재원이를 흘끔 쳐다보고 나서 뒷말을 이었다.

우린 그런 정신을 따라 배워야 하지 않을까?

나는 그가 말한 뜻을 짐작할 수 있었다. 너 홍재원이 정부의 무슨 과장이라고 으스대면서 전문 남의 것만을 살피고 남의 말만을 하지 말라는 거였다.

뿐만 아니었다. 광섭이 주문한 것은 런터우마(人頭馬)라고 양주인데 한 병에 800원씩 하는 비싼 술이었다. 외국사람들만 마신다는 법 어디 있어?

우리도 마셔야지! 하면서 그는 일행에게 술을 부었다.

자, 술잔을 높이 들기요. 이번 소풍에서 심성이 홀가분해졌는지 모르겠지만 그런 의미에서 우리 모두 건배하기요!

그런데 클라이맥스는 여기서 종말된 게 아니었다. 나를 몹시 경탄케 한 것은 재원이 술잔을 높이 들면서 케이블카를 타고 백두 봉으로 오리기 위하여 그때까지의 건강을 위하여 우리 모두 건배하자는 거였다. 바람처럼 흘러간 말인 줄 알았는데……비즈니스맨으로서의 그의 포부에 감탄하면서 나는 기정된 내 침실로 갔다. 그리고는 곯아 떨어졌다. 피곤하거니와 처음 마셔보는 양주를 꽤나 많이 마셨던 거였다. 눈이 감기면서 스르르 잠이 들었다.

따르릉, 따르릉! 느닷없이 전화벨이 부산을 떨었다. 깊이 잠 속에서 휘딱 놀라 깨여난 나는 전화를 받으면서 또 한 번 놀랐다.

촬영가이시지요?

예, 그렇습니다.

여긴 ××파출소인데요, 미안하지만 한 번 왔다 가시겠습니까?

무슨 용무가 있으신지요?

친구 분이 치안을 위반했거든요. 담보를 서고 데리고 가십시오.

빌어먹을! 치안을 위반했다면 십상팔구 유흥업소에서의 화류(花柳)와 관련된 일일 것인데 그럴 사람은 배광섭 밖에 없었다. 제길 할! 비즈니스맨으로서의 포부가 크다고 감복했던 나 자신이 도리어 민망스러웠다. 하긴 백두폭포 옆에서 유경의 거절을 당했다는 것은 기분 잡친 일이요, 그로 인해 옹 맺힌 스트레스를 풀려고 유흥업소의 아가씨들을 마구 끌어안았을 거였다.

누가 누굴 믿겠는가. 굽어보면 허구픈 인생이 아닐 수 없었다.

했는데 나로선 천만에 예측도 못한 일이 발생하였다. 파출소에서 나를 기다리고 있는 것은 광섭이 아니라 홍재원이었다. 그제서야 나는 온천물에 삶은 계란을 누구보다도 게걸스레 먹던 그 빌미를 알 것 같았다.

벌금 2천 원을 내라는데…… 어떻게 할까?

얼굴이 까시시해진 그가 기어들어가는 목소리로 말했다. 헤어지기 전까지만 해도 당당하고 오기로 꽉 찼던 모습은 간데없었다.

그런 줄 몰랐어? 그러면서 왜 그런 짓을 하긴?

나의 말은 가시가 돋쳐 있었다. 창피했다. 지성인이라는 게 이런 지저분한 일로 그만큼 심통이 터진 것은 그가 표리가 부동한 위선자였다는 새로운 발견과 이번 소풍에서 홀가분해졌던 심성이 느닷없이 망가진 데서였다.

그러나 나는 곧 후회하였다. 나와 혜정은 무슨 관계일가? 유흥업소에서 성관계를 발생하지 않았을 뿐 본질상에서는 피장파장이 아닌가. 그런 주제에 그를 비웃는 것이야말로 아이러니한 일이 아닐 수 없었다. 그러니까 우리는 서로 속이고 있고 서로를 모르고 있었던 것이다. 나는 그렇다고 그에게 사과하기는 싫었다. 그럴 용기도 없었다.

　나는 묵묵히 한적한 거리를 걸었다. 하다가 무심코 밤하늘을 쳐다보았다. 밤은 깊어 별들이 가물가물 졸고 있었다. 저기 저 별무리 속에 견우직녀도 있겠는데…… 일 년에 단 한 번만을 만난다는 견우와 직녀의 사랑은 순수하고 고상한 걸까?

일그러진 석양

노인을 만난 것은 황혼 무렵이었다.

무엇이든 올망졸망 비좁게 들어앉은 도회지에 비하면 산간은 막힌 것 없이 탁 트인 것이 그저 허넓었다. 하늘은 맑고 공기는 청신하고 바람은 시원했다. 산간의 이모저모가 참신하게 안겨올수록 조가툰으로 향한 나의 발걸음은 가벼웠다. 노신미술학원을 졸업한 나는 이번 길에 뭔가 좋은 테마를 잡았으면! 자신을 격려하며 우둘투둘한 향촌 길을 걸었다. 날듯이 흥겨웁게.

산간의 시간은 한적하게 흘렀다. 중천에 걸렸던 해가 서서히 서켠으로 기울어지면서 조가툰은 온통 석양의 붉은빛으로 물젖어있었다. 나는 한 농가 앞에서 걸음을 멈추었다. 가둑나무로 된 울바자를 기대여 한 노인이 묵묵히 앉아있고 그 옆으로 털이 거무스레한 검둥개가 앞발을 퍼드리고 누워있었다.

"안녕하세요, 할아버지?"

나의 말이 잘 들리지 않는지 노인은 자기의 귀를 내 쪽으로 돌리었다.

"뭘 하세요, 여기서?"

"그냥 앉아 있었다우. 손주 놈이 오는가 해서."

"손주 어디로 갔게요?"

“현성에서 공부를 한다우.”

“매일 통학합니까?”

“그런 건 아니지만…… 휴일이면 돌아왔었는데. 때때로 그냥 문득 돌아 온다우.”

“예, 그랬군요.”

할아버지가 손자를 어루만지는 마음은 천성으로 인한 습격일가, 불면 날까 쥐면 터질까 그저 그런 거였다. 나의 할아버지가 그러했다.

이때 나의 눈확으로 확 안겨온 것이 있었다.

“저게 절구라는 겁니까?”

헛간 옆에 아무렇게나 버려둔 절구였다. 말로만 들었던 것이다.

“그래. 저게 젖줄기라는 거라우.”

“예?!……”

무슨 풍딴지같은 소릴까? 도통 이해가 가지 않았다.

“그렇다니까.”

그것은 사실이었다. 아침을 먹으면 저녁 땟거리가 없던 시절, 아글타글 논판을 누비며 요행 주어온 벼 이삭은 절구에 넣고 찧어야 쌀이 되었다. 응아, 응아─젖이 없어 보채는 갓난애에게 찹쌀을 절구에 넣고 찧어야 미숫가루를 만들고 그래야만 죽을 쒀서 먹일 수 있었다. 사시장철 떨어져선 안 되는 고추 가루도 절구에 넣고 찧어야 만들어졌다. 알고 보면 젖줄기라는 말이 과언은 아니었다.

“저걸 그려도 되죠?”

순간적으로 잡히는 그 속에 아이디어가 있었다. 나는 스케치북을 펼쳐들었다. 젖물이 샘솟고 있는 장면을 재현하려고 화선지에다 부지런히 공필을 놀리었다. 그러면서 노인에게 말을 걸었다.

“여기서 사신지 오래 되셨나요?”

“오래 됐지.”

“이 고장 태생인가요?”

“아가씬 모를 거유. 황해도 재령이라구 이름난 곡창이었다우―”

노인이 그리운 추억에 잠긴 듯한 표정을 지었다. 금석지감이 망향정서와 뒤섞인 듯한 표정.

“춘추 어떻게 되셨나요?”

“육십 몇인지 나도 잘 모르겠어. 해마다 늘어나니까.”

오래 사는 것을 쑥스럽게 여기는지 노인이 어줍게 웃었다.

“고로이시군요.”

“그런가, 그댄 암튼 우라초가 많았다우.”

“신 깔개처럼 신안에 깔았고 지붕 새로도 썼던 우라초 말이죠?”

나는 문득 어느 서책에서 본 것이 떠올랐다. 동북지구 세 가지 보배중의 하나라는 우라초(烏拉草)는 주로 습지에서 자랐다. 그 뿌리가 억세고 또 그것들이 서로 엉키여 있었기 때문에 논을 개간하는데 침중한 장애로 되었다. 그럴수록 이악스레 달라붙는 인간이고 보면 조상들은 팽이와 곽지(갈퀴)와 삽으로 그것들을 하나하나 제거했고 끝내 옥답으로 만들었다.

“습지를 논으로 만들기는 참 어려웠다우!”

그 어떤 긍지에 잠긴 듯한 노인은 고개를 들어 서켠을 바라본다. 불덩이 같은 붉은 해가 서서히 서산너머로 넘어가고 있었다. 부채 살 같이 줄줄이 뻗은 노을빛이 하늘과 저쪽 산봉우리와 접해있는 어둠을 주홍빛으로 물들이고 그것이 반사되어 들과 산자락과 수림이 온통 붉게붉게 타는 것 같았다.

“얘가 오늘은 돌아오지 않을 모양이군.”

노인이 천천히 일어선다. 나는 노인의 말을 탄식처럼 들으며 스케치북을 접었다.
"아가씨, 그림을 다 그렸나?"
"예."
그날 노인과는 그렇게 만났고 또 그렇게 헤어졌다.
A시로 돌아온 나는 그림을 선배화가에게 보이었다.
"조금은 고루한 것 같은데 소실되고 소외된 것을 그려 가치가 있을까?"
나는 단통 부정을 받았다. 나로선 그래도 뜻 깊은 거라고 여긴 것이 이처럼 홀딱 뒤집힐 줄은 천만 몰랐다.
"선조들의 애절한 사연이 담겨 있는 게 아닌가요?"
"사연? 케케묵은 사연이겠지. 안 그래?"
선배의 눈이 비난으로 이글거렸다. 나는 불쾌함을 진하게 느꼈다. 마신 술이 전신으로 퍼지듯이. 그럴수록 냉정하게 따져보았다. 견해가 옳을 수도 있었다. 언젠가부터 미술계에도 포스트모더니즘 수법이 채용되면서 선배화가는 이 도령이 재즈가수 마돈나와 포옹하는 것을 그림에 담아 물의(物議)를 일으켰다. 새로운 착상이라고 말이다. 예술의 생명이 부단 새것을 발굴해야 했으니까. 했지만 나는 왠지 수긍되지 않았다. 원초적인 것은 정말 고루한 것이고 예술에 담을 수 없는 걸까. 조상들과 고락을 함께 했던 그래서 친연(親緣)같은 관계를 맺어진 것을 과연 도외시할 수 있을까. 오늘은 어제의 지속이고 미래는 오늘의 연속이고 보면 선배의 지론을 순순히 받아들일 수 없었다. 아마도 그래서였다. 소외된 절구와 절구 공을 두고 노인의 주름살이 자꾸 나의 마음을 끄잡았다. 노인의 눈귀와 볼과 입가의 주름살은 남달리 굵고 탁했다. 게다가 목덜미의 살이 빠져 피부가 으등그래져 있었다. 바로 그 것이었다. 삶의 고달픔 또는 인생무상을 여실히 재현하는 초상화로 될 수 있는 디테일이었다.

나는 다시 조가툰으로 갔다. 그만치 야심적은 포부가 가슴속
에서 부풀었다. 그런데 노인이 집에 없었다. 어찌된 영문일가?
나는 급기야 노인의 집 뒤에 있는 집에 가서 물었다.

"앞집 할아버지 어디 가셨나요?"

중년의 아줌마가 반갑게 대해주었다.

"찬수 노인 셋집 잡고 A시로 갔는데-"

"현에서 공부하는 손자는 어쩌구요?"

"걔가 A시 조선족 중학교로 전학했거든요."

"그랬군요."

미처 몰랐던 일이다. 야심적인 포부가 암초에 걸렸다는 사실
을 수납하기 어려울수록 그래서 그냥 돌아 갈수 없었다. 부풀었
던 포부가 모래성처럼 허물어진 실락감에 대한 반발이랄까, 나
는 노인에 관해 무엇이든 더 알아보고 싶었다.

"아들 며느리는 어쩌고 노인이 손수 손자를 본다고 그럴까
요?"

"그게요, 말하자면 좀 길다우."

아줌마가 천천히 풀어헤친 말보따리 속에는 남다른 사연이
칡넝쿨처럼 얽혀있었다.

"아버님, 저예요. 철우 잘 있죠?"

"그으럼, 잘 있지."

"전번 기말시험에서 3등을 했단다."

"그것 보세요. 전학시키길 잘했죠?"

"그런가보다."

"그러니까 아버님, 철우 학습비를 조금도 아끼지 마세요. 알
았죠?"

"그래, 알았다."

며느리에게서 걸려온 전화였다. 아들을 따라 한국으로 간 며

느리는 일주일이 멀다며 전화를 걸어왔다. 하긴 하나밖에 없는 아들애를 연로 하면서도 홀로 살고 있는 시아버지에게 맡기었으니 그럼 즉도 한 일이었다. 다행히도 철우가 곰상곰상 말을 잘 들었고 학습도 게으르지 않아 언제나 우수한 성적을 따내었다. 철우는 원래 조가툰에서 소학교를 다니다가 졸업하게 되자 현 중학교로 갔다. 여의치 않았다. 학생들의 내원이 점차 적어지면서 교원들이 하나 둘 먼저 자리를 떴다. 엎친 데 덮친다고 한족 학교와 합치네 어쩌네 시시껄렁한 소문이 유령처럼 떠돌았다. 조선사람이 조선말을 배우지 않고 한족 말을 배운다고? 해가 서쪽에서 뜨려는 것이었다. 세상이 변해도 너무 한심하게 변하는 데 찬수 노인은 숫제 이해되지 않았다. 이해하려고도 하지 않았다. 문젠 노인 혼자로선 해결할 묘책을 모색할 수 없었다. 방법을 생각다 못한 노인은 전화로 며느리에게 그 상황을 알렸다.

"아예 A시 조선족 중학교로 전학시키세요!"

며느리가 끊고 맺었다. 그렇게 할 수밖에 없었다. 그래서 A시에 셋집을 하나 얻어 손자와 둘이서 모든 것이 생소한 고장으로 진출했던 것이다.

나는 뭔가를 터득한 것 같았다. 오로지 손자의 학습을 위해 부득불 정든 고향을 떠나지 않으면 안 되었던 사연을 초상화에 담으면 이 도령이 마돈나와 포옹하는 그런 추상파 그림보다 월등할 수 있다는 바램 아마 그런 거였다. 헌데 찬수 노인을 어디서 어떻게 해야 만날 수 있을지? 그저 막연하기만 했다. 손자의 이름을 모르는 상황에서 학교로 찾아가봤자 헛물만 켰을 거였다.

그날 나는 사무를 보러 밖으로 나갔다가 돌아오는 도중 우연히 조선족 중학교 문 앞을 스치게 되었다. 적지 않은 학부형들이 모여 있었다. 그들은 한결같이 운동장 저 켠에 우뚝 서있는 학교청사를 힐끔힐끔 바라보고 있었다. 자녀들의 하학을 기다리는 거였다. 하긴 거리마다에 차량들이 쏜살같이 질주하면서 교통사고가 비일비재이니 비록 중학생이 된 자녀였지만 시름을 놓을 수 없었던 것이다.

"할아버지, 그간 안녕하셨어요?"

우연일치가 아니면 먹은 마음 언제든 실현된다고나 할까, 학부형 속에서 찬수 노인을 발견한 나는 일순 환해진 가짐 새로 급급히 그 앞으로 다가갔다.

"화가 아가씨구먼?"

답하면서도 노인의 눈길은 무시로 운동장 저쪽을 누비고 있었다.

"개가 왜 보이지 않을까?"

노인의 어투는 시름에 잠겨있었다. 그럴만한 이유가 따로 있었다. 하학종소리와 함께 학생들이 둑 터진 물처럼 쏟아져 나올 때도 손자만이 보이지 않았고 간헐적으로 하나 둘 나올 때도 눈에 띠우지 않았다.

"담임선생을 찾아가야겠군."

노인이 총총걸음으로 운동장을 가로 질렀다. 싸늘한 바람이 일듯이 씽했다. 어딘가 모르게 수상쩍었다. 나는 노인의 뒤를 따랐다.

"철우 학생 오늘 등교하지 않았는데요."

"그럴 리 없겠는데……"

담임선생의 말이 곧이곧대로 들리지 않은 듯 노인은 그저 어정쩡한 표정을 지었을 뿐이다.

"사실입니다."

"아침에 학교문 안으로 들어서는 걸 직접 봤는걸요!"

"그렇다면 어떻게 된 걸가요?"

이번엔 담임선생이 심히 의아쩍어했다.

“도깨비에게 홀린 걸가, 참 이상한데……”

“아이들 요즘 PC방에 자주 드나들거든요. 거기로 간 게 아닐까요?”

“뭘 하는 데유, 거기가?”

“컴퓨터로 놀음을 노는 데랍니다.”

“그렇다구? 그럼 어쩌지?”

노인이 펄쩍 뛰었다. 꽈르릉! 천둥소리에 놀라는 것 같았다.

“너무 근심 마세요.”

“귀신 곡할 노릇이 아니고 뭐유? 원 참-”

노인은 억이 차고 기가 막힌 모양, 깊은 한숨을 몰아쉬었다.

나는 노인을 모시고 PC라고 써 붙인 곳이면 빼놓지 않고 찾아갔다. PC방에는 아이들로 그들먹했다. 꽤나 시끌벅적거렸다. 노인은 눈을 휘둥그렇게 치뜨고 살폈다. 가석하게도 손자는 그 그림자도 보이지 않았다.

“어디로 갔을까, 정말……”

노인은 깡말라 보풀진 입술을 쩝쩝 다시였다.

“더 찾아봅시다. 어디든 있을 겁니다.”

나의 말은 위로에 불과했다. 철우가 어디로 잠적했는지 우리는 의연히 찾지 못했다.

“글쎄 이게 무슨 세상일가. 돈이라면 친자식까지 불관하고 원, 원!”

집으로 향했을 때 노인은 불만과 원망을 아들과 며느리에게 돌리었다. 그 바람에 주름살은 더 패이고 얼굴은 더 험상궂었다.

귀신이 연극을 노는 것 같았다. 철우가 어느새 집에 들어와 있었다.

“할아버지, 어딜 갔댔어요?”

“어떻게 된 거냐, 너, 도대체가?”

손자가 변고 없이 돌아왔다는 것은 한시름 놓이는 것이련만 노인의 말투에는 가시가 돋쳐있었다.

“영철이라고 있잖아요.”

“그래서 어쨌단 거냐?”

“복도에서 배를 끌어안고 달달 볶는걸 어쩔까. 병원으로 데리고 갔죠.”

“담임선생에게도 말 못하고 그런 거냐?”

“말할 시간이 어딨는데요?”

“그랬었구나!”

찬수 노인은 그제야 정찬 눈길로 손자의 대견함을 어루쓸었다. 뉘 자식이라구, 그럼 그럴 테지. 무단결석이라니, 말도 안 되지! 혼자소리로 중얼거렸다.

희(喜)와 비(悲)가 서로 교체되면서 살아가는 것이 인생이라면 내가 그림 속에서 놀리는 선과 각과 동그라미에 그러한 애환이 짙게 담겨져야지 않을까. 그것이 뜻대로 되지 않았다. 노인의 초상화는 그렸다가는 다시 고쳐 그리고 그렇게 여러 번 반복을 거듭했다. 만족스럽지 않은 것은 여전했다. 나는 또다시 찬수 노인을 찾아갔다. 뜻밖에도 철우 담임선생이 나 먼저 와있었다. 나를 보고 알은체를 하고난 그는 노인에게 하던 말을 계속했다.

“댁에 별일 없지요.”

“무슨 일이 있겠수, 왜 그러지유?”

“뭐랄가요, 철우의 학습 성적이 갈수록 못하답니다.”

“그래유? 언제 봐도 책을 펼쳐놓고 있던데유?”

알고도 모를 일이라는 듯 노인의 눈이 휘둥그렇게 치떠졌다.

“책을 펼쳤다고 다 공부를 하는 게 아니거든요.”

담임선생은 철우가 그날 영철이를 데리고 병원에 갔다는 것

꾸며낸 거짓이라고 내막을 밝혔다.

"어딜 갔댔을까유, 그럼?"

"PC방에서 놀음을 놀았답니다."

"녜?!……"

갈수록 오리무중이었다. PC방 구석구석을 훑어본 나로선 뭐가 뭔지 분간할 수 없었다. 그러나 선생님의 말을 부정할 순 없었다. 하긴 그날 그 많은 PC방을 샅샅이 돌아볼 수 없었던 거었다.

"걔에게 용돈 많이 주는 편인가요?"

"그렇지유. 하나밖에 없는 손자인걸유."

얼마든지 그럴만했다. 제 어미 애비가 곁에 없는데 용돈이라도 넉넉히 주는 노인의 심정은 얼마든지 이해되었다.

"돈 있으니까 PC방도 가구요, 학습 성적도 자연 떨어지게 마련이지요. 안 그런가요?……"

"알았어유."

"불량한 아이들과 어울리지 말아야 한답니다. 할아버지께서 주시했으면 합니다."

담임선생이 돌아가자 찬수 노인은 망연한 표정으로 창문 쪽을 이윽히 바라보다가 나에게로 얼굴을 돌렸다.

철우가 하루는 왼쪽 볼이 퍼르딩딩 부어갖고 돌아왔거든요. 왜 누구와 싸웠느냐 물었더니 엎어져 다쳤다면서 괜찮다는 거였습니다. 길을 다닐 때 주의해라, 알았느냐? 노파심만은 아니었지요. 나는 걔에게 귀띔을 하고서야 마음을 종잡을 수 있었답니다. 그런데 담임선생님의 소개를 듣고 따져보면 그런 게 아니었지요. 철우가 누구와 싸우다가 당했는지 모를 일이였습니다. PC방엘 가고서도 가지 않았다고 어벌쩡하게 꾸며댄 놈이니까 무엇이든 꾸며 댈 수 있었거든요.

아가씨, 이게 뭔가 봐 주겠수?

찬수 노인은 철우의 책상을 거둬주다가 발견한 것이라면서 웬 쪽지를 내놓았다. 제비 날개모양으로 접은 것이 묘한 만큼 일종 호기심에 잠긴 나는 그것을 급급히 펼쳐들었다.

"나의 터프, 나의 우!

내일은 발렌타인데이, 장미꽃 향기 한껏 맡고 싶어!

옥이"

"뭐가 뭔지 나야 눈뜬 소경이 아니유. 단, 옥이란 것이 여자애란 것만은 짐작이 갔거든. 의심스러워 따지고 들었더니 할아버진 참, 반에서 오락할 때 서로 주고받은 쪽진데……개의 말이 옳은지?"

찬수 노인은 당혹한 눈길로 나를 바라보았다.

연인절을 발렌타인데이라고 하는 것을, 멋진 것을 터프라고 하는 것을 그로선 알리 만무했다. 나도 연인절이면 남자들에게서 장미꽃을 선물 받았다. 그런 풍속은 확실히 외국에서 들어온 박래품(舶來品)이였지만 젊은이들에게 이미 패션으로 된 거였다.

"할아버지, 철우도 이젠 사춘기에 들어선 게 아닌가요. 여자애들에게서 그런 편지를 받을 수 있답니다."

나는 되도록 좋게 피력한 것은 노인의 마음을 편하게 해주려는, 적어도 균형을 잡아 주려는 데서였다.

"엉덩이에 뿔도 안 난 놈이 벌써 연애를 한다구? 이놈새끼 정갱이를 부셔놓아야지!"

노인은 분통이 터졌고 씩씩 황소숨을 몰아쉬었다.

"그런 걸 우격다짐으로 해결 안 된답니다. 슬슬 춰주면서 유도해야지 비틀어지면 도리어 어렵게 되거든요."

찬수 노인은 결국 누그러들었다. 나의 권유가 옳아서만은 아니다. 손자에 대한 무마(撫摩)는 무조건 적이었다. 그것은 일종 편애 같은 것으로 항상 용서를 앞세웠다. PC방 사건도 그러했다. 거짓이라는 내막을 알게 된 노인은 그 즉시 철우에게 따지고 들었다. 너 그렇게 속이는 법이 어디 있냐? 못된 송아지 뿔부터 난다는 말 모르냐? 잘못했어요, 할아버지, 다신 안 그럴게요. 손자가 빌고 들자 노인의 비난과 질책은 거기서 종지부를 찍었던 것이다.

이때 전화벨이 돌연 부산을 떨었다. 찬수 노인은 제꺽 송수화기를 집어 들었다.

"이젠 그만 벌고 돌아오렴. 뭐, 일년만 더 기다리라고?

아들이 아니면 며느리에게서 걸려온 전화 같았다.

"알어, 그렇다만 나 이젠 지쳤다. 기력도 부족하단 말이다.

나는 노인의 심정을 얼마든지 짐작하고 이해할 수 있었다. 일 년 일 년 하면서 한국에서 돌아오지 않는 아들과 며느리와 남편과 아내들은 그야말로 비일비재했다. 누가 돈을 싫어할까. 돈이 있어야 모든 것이 해결되는 세월이 아닌가. 찬수 노인도 돈을 벌어오면 시내에다 아파트를 사놓고 누구 못지않게 호의호식하리란 꿈을 보듬어 안고 기다리고 기다렸을 거였다. 유감스럽게도 끝이 보이지 않았다. 잡히지도 않았다.

"보모를 두라구? 철우 뒷바라지 몽땅 보모에게 맡기라구?

송수화기를 탕! 놓은 찬수 노인 혼자소리로 게두덜거렸다.

세월은 참! 어미 애비가 눈 멀쩡히 살아있고 할아버지까지 옆에 있는데 보모는 무슨 개떡 같은 보모야?

으스름 조각달이 허공에 걸렸는데 실오리 하나 걸치지 않은 나체여인이 바위에 밀착되어 굳어져있었다. '무제'라는 그림이었다. 무슨 뜻을 설명하려 했던지? 보통 관중들은 보고도 해명되

지 않았다. 대개는 곡선미를 그대로 체현한 나체화라는데 호기
심을 갖고 보았을 뿐이다. 작자의 해석은 그렇지가 않았다. 달
을 바라보며 임을 그리다가 망부석처럼 굳어졌다는 거였다. 해
석을 들어서야 그런 거라고 인정되는 추상적인 그림보다는 손
자를 에워싸고 갈수록 가심해지는 찬수 노인의 부심을 체현한
초상화야말로 더 월등하다는 신심이 내 가슴속에서 또 한 번
뿌리를 내렸다.

나는 노인의 초상화를 계속 가필하고 계속 수정했다. 만족되
지 않아서였다. 철우에 대한 미숙(未熟)으로 그의 상황이 여실
히 담겨지지 않은 탓이라고 느껴진 나는 학교로 담임선생을 찾
아갔다. 뭔가를 더 알아보려는 타산에서였다.

"화가선생은 아직도 모르고 있죠?"

나를 만난 담임선생이 아닌 밤중 홍두깨를 내밀듯했다.

"무엇을요?"

"찬수 노인에게 큰 변고가 생겼답니다."

"예?!"

한밤중 며느리에게서 전화가 걸려왔다. 선잠에서 화들짝 깨여
난 찬수 노인 급급히 송수화기를 들었다.

"왜 그러냐?"

전과는 완연히 달랐다. 며느리가 꺽꺽거리며 말문을 열지 못
하다가 어째선지 울음보부터 터뜨렸다.

"무슨 일이 생겼냐?"

"아버님……"

"말을 해야 알게 아니냐, 무슨 일인지?"

"그이가 고공작업을 하다가……"

"그래서?"

불길한 예감이 노인의 등골을 싸악— 훑었다.

"뭐…… 뭐라고?"

청천벽력이 가슴을 윽박질렀다. 순간 노인은 넋 잃은 사람이 되여 멍청히 앉아있었다. 전신의 피가 거꾸로 흐르면서 뭐가 뭔지 분간할 수 없었다.

"높은데서 떨어졌다구요, 애 아버지가?"

꿈결에서도 비보만은 엿들은 모양이다. 철우가 소스라쳐 깨여났고 제꺽 송수화기를 바꿔 쥐였다.

"어떻게 됐어, 엄마! 사실이야?"

진상을 확인하려는 듯이 엄마에게 따지고 들던 철우의 표정이 점점 험악해졌다.

"엄마, 당장 돌아와. 엄마까지 사고 치면 어떡해? 나, 돈 탐나지 않아. 당장 돌아와. 엄마—!"

철우의 얼굴은 어느새 눈물투성이었다.

"며칠 새 찬수 노인 폴싹했답니다. 자식을 먼저 보낸 부모의 심정 가히 이해되지 않는가요?"

담임선생은 이렇게 아퀴를 지었다.

학교에서 나온 나는 찬수 노인을 위로해야겠다는 일념으로 그의 셋집으로 갔다. 했는데 집에 없었다. 속이 상하니까 바람을 쏘이려고 밖으로 나갔을까? 무턱대고 기다릴 수 없는 나는 그냥 되돌아섰다.

찬수 노인을 다시 만난 것은 그로부터 한 달이 지나서였다. 그간 나는 성미술가협회에서 개최한 회의에 참석했고 그 길로 또 남방으로 사생(寫生)을 떠났기 때문에 그렇게 된 거였다.

"할아버지, 맘고생 많으셨지요?"

그간 찬수 노인은 몰라보게 변했다. 눈두덩이 꺼져 휑하고 눈

은 정기가 없었다. 살이 빠진 얼굴은 까시시했고 주름살은 더
두드러졌다.

"그렇다고 어쩌겠수. 산사람은 그래도 밥을 먹으면서 살게 마
련인가보우."

그랬었다. 비애와 절망을 디디고 일어선 찬수 노인은 모든 희
망을 철우에게 두었다. 손자를 위해 여생을 산다고 해도 과언이
아니었다. 철우도 자기가 문씨 가문에 유일한 명줄이라는 걸 알
아차렸던지 이러구러 말썽을 부리지 않았다. 일상은 그렇게 평
온하게 흘렀다. 전과 조금 달라진 것이 있다면 며느리의 전화차
수가 조금 줄어든 것이다.

그날도 찬수는 두루 집 안을 청소하면서 철우가 벗어놓은 옷
견지를 정리하고 있었는데 느닷없이 담배가루가 우르르 쏟아졌
다. 그는 당장 따지고 들었다. 그토록 바랐던 기대가 허물어지
면서 노인의 가슴을 아프게 저미었던 것이다.

"너 담배 피우냐?"

"......"

"담배가루 어떻게 된 거냐?"

"......"

"벌써부터 담배를 피우면 어쩌냐?"

"......"

자신의 차실에 대해 얼렁뚱땅 잘 주어 대던 철우가 이번만은
왠지 묵묵부답이다. 무언이 곧 반항이라고 제 고집을 세우며 엇
서보려는 걸까. 철우가 과묵해진 것은 그로부터였다. 할아버지
에게 학교에서 있었던 일을 한바탕 늘여놓던 것이 이젠 묻는
말에도 뜨아하게 응했다. 그러던 그가 하루는 술이 만취되어 돌
아왔다.

"학생이 무슨 술이냐, 술은?"

“……”

“너 정말 어쩌려고 그러냐?”

“……”

“나쁜 아이들과 휩쓸린 게 아니냐, 너?”

“……”

의연히 입을 열지 않았다. 노인의 속은 바짝바짝 타들어갔다.

“나 정말 지쳤다. 이러다간 언제 죽을지도 모르겠다. 어서 돌아오렴. 네가 걔를 보살펴야지 난 이젠 어쩔 수 없단다.

찬수 노인은 며느리에게서 전화가 걸려왔을 때 찬수 노인은 하소연을 풀어헤쳤다.

“아버님, 철우에게 시트폰(小靈通)을 사주세요. 제가 직접 일깨워줄게요.

“아직은 돌아올 의향이 없어서 그런 게 아니냐?

“돌아가지 않다니요? 별말씀을. 먼저 철우를 안착시켜놓자는 뜻인걸요.

“알았다. 어쨌거나 빨리 돌아와라.

며느리는 돌아온다면서 차일피일 돌아오지 않았다. 전화도 어쩌다 한 번씩 걸어오던 것이 벌써 한 달째 감감무소식이었다. 아들처럼 불상사라도 생기지 않았나 하는 조바심을 놓치지 못하면서 손자에게 물었다.

“요즘 너 어미와 전화 없었냐?”

시트폰을 사주라고 해서 사주었으니까 철우와는 연계가 있었다고 노인은 여기고 있었다.

“전화하지 말라고 했어요, 제가.”

“왜?”

“멀리서 훈계만 하면 뭘 해요?”

"훈계라니, 들을 건 들어야지. 그래 네 어미 언제나 돌아오겠다던?"

"거기서 실컷 잘 살라지요."

"무슨 말을 그렇게 하냐?"

철우가 왜 두덜대는지? 어떤 우여곡절(迂餘曲折)이 있는 상 싶었다. 찬수 노인은 며느리에게 직접 전화를 걸었다. 했는데 결번이요 뭐라는 녹음된 말이 들릴 뿐 며느리의 말은 들리지 않았다. 무엇이 어떻게 된 것인지 노인으로선 알 수 없었다.

찬수 노인의 초상화 내용은 갈수록 깊어졌다. 히트작으로 될 수 있는 요소가 구비된 만큼 히트작으로 만들 수 있는 신심이 가득한 만큼 나는 일심전력을 아끼지 않았다. 초상화는 그처럼 흥미진진하게 진척되었다. 그런데 공교롭게도 이번엔 내측에서 일이 생겼다. 광주 삼촌네 댁으로 가셨던 할아버지가 갑자기 뇌졸증으로 타계한 것이었다. 한 번 났다 죽는 것이 인생이라지만 어쩜 그럴 수가 있단 말인가. 나에게 사랑만을 경주했을 뿐 나의 사랑을 받지 못한 할아버지를 그냥 보낼 수 없었다. 나는 아버지와 함께 광주로 떠났다. 장례는 별 이상이 없이 순조롭게 진행되었다. 그러고 나서 A시로 돌아온 것은 그로부터 반달이 지나서였다. 찬수 노인은 여전할까? 장담하기 힘든 것이 노인들의 미래였다. 내가 이러한 예측을 떠올려선지 찬수 노인이 집에 없었다. 나는 그 길로 담임선생을 찾아갔다.

"철우가 집을 나갔답니다."

"뭐라구요?"

"찬수 노인은 고향집으로 되돌아 갔구요."

모든 것은 수수께끼 같았다. 철우가 말없이 종적을 감추었다. 무슨 연고로 어디로 갔을까? 혹시 누구에게 피살을 당했을까? 그것도 아니라면 자살을 했을까? 그러나 찬수 노인이 확고히 믿고 있는 것은 철우가 어디서든 살아있다는 거였다. 그래서 A시 곳곳을 뒤집다시피 하며 찾았다. 역전 대합실과 버스터미널에도 가보았다. 혹여 강에서 놀다가 빠졌는가싶어 강을 따라 걸으며 살펴보았다. 철우의 형적은 타나나지 않았다. 찾을 수도 없었다. 세월은 무정했다. 찬수 노인의 그 답답하고 조급하고 황황한 심정을 추호도 동정하지 않았다.

그렇게 일주일이 지나고 또 반달이 지났다. 철우는 의연히 나타나질 않았다. 죽지 않고 이 무슨 맘고생일가. 그나저나 PC방에 죽치고 앉아 손자가 나타 날것을 기다린다는 것은 무모했다. 부질없었다. 살던 고향으로 돌아가지 않으면 안 되었다. 철우가 행여 조가툰으로 돌아올지 모른다는 희망을 품고 말이다.

내가 조가툰으로 갔을 때 찬수 노인은 마을 외곽에 있는 한 바위너럭에 앉아있었다. 그 옆에는 검둥개가 전처럼 앞발을 퍼드리고 누워있었다. 노인은 철우의 귀향을 학수고대하는 것이었다.

철우가 어느 때건 꼭 돌아올 것 같았다. 그가 집을 뛰쳐나간 것은 순수 어머니의 부정을 누군가에게서 엿듣고 밸 김에 출타(出他)한 거였다. 전번 어머니를 두고 실컷 잘 살라지요. 라고 한데는 그만한 근거가 있어서였다. 그러나 철우는 할아버지를 잊을 수 없었다. 찬수 노인도 그것을 굳게 믿고 있기 때문에 기다리고 또 기다리는 거였다.

"돌아올 테지, 내일은 꼭 돌아올 거야!"

날이 어스름해지자 찬수 노인이 느직느직 일어섰다. 집으로 돌아갈 의향이었다. 지금껏 주인을 지켜 묵묵히 엎뎌있던 검둥이가 훌쩍 일어섰다. 그놈의 목에 줄이 매여져있었고 그 줄의 한끝이 올가미로 되여 노인의 손목에 걸려있었다. 오직 그 줄에 의해 검둥이의 뒤를 떠듬거리며 쫓아가는 노인은 자칫 넘어질 것만 같았다.

"어떻게 된 셈이세요, 예?"

나는 찬수 노인 앞으로 씽하니 달려가며 캐어물었다.

"나도 모르겠어."

찬수 노인은 하루도 빠지지 않았다. 날이 밝으면 마을 외곽에 있는 냇가로 갔고 거기 바위너럭에 앉아 향으로 통한 길을 살펴보았다. 길 저쪽에 어떤 그림자가 언뜰해도 철우가 오나부다! 하면서 눈길을 돌리었다. 눈 뿌리가 빠지도록 오래오래 살피였다. 그렇게 계속 살펴선지 노인의 시력이 점점 흐릿해졌다. 이슥하여 아무것도 보이지 않았다. 손자를 보고서야 죽어도 눈을 감을 수 있다던 노인이 봉사로 되었던 것이다. 그랬어도 매일 내가로 나갔고 애오라지 철우의 도래를 학수고대했다. 눈으로 확인하는 것이 아니라 남달리 신뒤축을 끌며 걷는 철우의 걸음걸이를 귀로 확인하고 있었다.

석양이 시나브로 야위어지면서 푸르스름하고 흐릿한 음영이 노을빛을 일그러뜨리고 산골짝 저쪽 어디선가 소쩍, 소오쩍! 소쩍새의 울음소리가 처량하게 들리는데 내가 바위너럭에 앉은 찬수 노인 아득히 뻗은 길은 그저 희미하게 안겨올 뿐 도무지 뚜렷하지가 않았다. 눈동자에까지 주름살이 얼기설기 엇갈렸기 때문이다. 노인은 심신을 모조리 기울여 동정을 살피였고 그런 주인의 소망을 도와주려는 듯이 검둥개가 귀를 쭈뼛이 올려 세우고 있었다.

완성된 찬수 노인의 초상화였다. 나는 초상화를 동북 3성 미술전시회에 보냈다. 평판이 어떤는지?

• 단편소설 •

그 림 자

1

나의 눈길은 문득 높이 솟은 굴뚝으로 옮겨졌다. 무럭무럭 피어오르는 검은 연기는 서로 밀치고 달리며 창창한 하늘로 치솟고 있다.

생명과 연기…인간은 결국 검은 연기로 되고 마는가?

나의 심정은 뭐라고 형언할 수가 없었다. 세상 사람치고 장생불로하는 법은 없으련만 한 식탁에서 함께 식사를 했고 한 이불 속에서 함께 잠을 잔 아내가 갑작스레 검은 연기로 변하고 말았다는 것은 숫제 믿어지질 않았다. 화장터의 규정은 얼마나 엄한지 영철이가 어머니!하고 덮쳐들었어도 철문은 사정없이 덜커덩하고 닫기고 말았다. 그것은 나의 흉벽을 호되게 내리쳤다.

어쩌면 말 한 마디 남기지 않고 가버린단 말인가?

따져볼수록 가슴이 갈기갈기 찢기는 일이었다.

"오늘은 퇴근하자 바람으로 일찍 돌아와야 해요."

"왜?"

"당신은 참…생일도 모르세요?"

아내는 볼우물을 지으며 살짝 웃어보였다.

“아―니? 벌써 내 생일인가?”

“그러니까 제발 일찌감치 돌아오란 말이예요.”

신신당부를 하고 출근했던 아내는 집으로 돌아오지도 못한 채 눈을 감고 말았다.

그날도 난 광석품위를 분석하고 있었는데 한 동료가 나보고 전화가 왔다는 것이었다. 그것은 위불없이 일찍 돌아오라는 아내의 전화일거라고 짐작이 간 나는 시답지 않게 송수화기를 집어 들었다.

“김진우라고 하시지요? 전영실이라고 차에 치여 위험합니다. 속히 시립병원으로 오십시오.”

“예?!…”

청천벽력이었다. 부랴부랴 사무실에서 뛰쳐나온 나는 정신없이 자전거를 잡아탔다. 어떻게 상했기에 위험하다고 할까? 공연히 고집을 세우더니 끝내 차 사고를 빚어냈다는데서 아내가 민망스럽기도 했다.

그것은 며칠 전의 일이었다.

“사지를 잘못 쓰면서 자전거는 무슨 자전거요. 버스를 타고 출근하면 안 되겠소?”

나의 어조는 볼멘 것이었다. 한것은 키가 작달막하고 다리가 남달리 짧은 아내가 근년부터 풍습관절염이 심해 자전거를 탄다는 것이 여간만 불편한 게 아니었다.

“아니예요, 버스를 타면 번번이 지각하게 되는 걸 어쩝니까?”

아니예요…라고 하면 꼭 제 뜻대로 일을 마무리하고야 시름을 놓는 아내였다. 그래서 더 권고하지 못하고 말았더니…

병원에 이른 나는 자지러지게 놀랐다. 침대에 반듯이 누워있는 아내의 머리는 붕대로 칭칭 감겨져있었고 얼굴은 백지장처럼 핏기라고는 조금도 없었다.

"어찌된 셈이요? 여보?"

가슴이 철렁하고 내려앉은 난 아내 곁으로 와락 덮쳐들었다. 아무런 반응이 없다.

"심한 뇌진탕을 입은 것 같습니다."

"뇌진탕이라구요?"

의사의 말에 갈피를 종잡을 수 없는 난 얼친 사람이 되어버렸다.

"두개골을 따개고 수술을 해보겠습니다만…"

"여보, 도대체 어떻게 됐는지 말을 해야 알게 아니요?"

자신 없어 하는 의사의 태도에 더럭 겁을 먹은 나는 아내의 손을 잡고 마구 흔들었다. 내가 외출할 때면 언제나 나의 옷을 바로잡아주고 단추까지 채워주던 손은 얼음장처럼 싸늘했다.

"선생님, 어떤 대책을 대든지 살려만 주십시오. 제발 부탁입니다."

나는 의사의 옷자락을 거머쥐며 소리높이 울부짖었다. 소용이 없었다. 수술을 끝마치고 돌아온 의사의 엄숙한 표정에서 희망이 없다는 것을 알게 되었다. 아내는 끝내 숨을 거두고 말았다.

화장터에서 돌아온 나는 담배를 꺼내어 물었다. 그런데 호주머니 속에 성냥이 없었다.

"성냥 어디 있소?"

난 입속에서 맴돌아 치던 말을 꿀꺽 삼켜버리지 않으면 안 되었다.

"당신은 참…성냥은 어디다 팔아먹고 번마다 성냥을 찾으세요?"

아내는 툴툴거렸어도 성냥을 제깍 찾아주곤 했다. 허지만 이제부턴 그것을 스스로 찾아야 했다. 나는 책상서랍을 열어보았다. 보아지 않았다. 아내가 손쉽게 척척 찾아내던 그놈의 성냥을 찾을 수가 없었다. 실망을 느낀 난 소파에 몸을 던졌다. 기진맥진해짐을 느끼며 눈을 지그시 감았다. 아내가 웃으며 이제 금시 들어오는 것 같아 제각 눈을 떴다. 환각이었다. 그것은 나를 못 견디게 괴롭혔다. 소파에서 천천히 일어난 나는 무심코 트렁크 뚜껑을 열어보았다. 뜻밖에도 사진첩이 있었다. 아내가 여가만 있으면 꺼내어 보던 것이다. 허지만 난 여태껏 그것을 세세히 감상하지 못했다. 어떤 사진들을 붙여놓았을까? 슬그머니 호기심이 든 난 그것을 집어 들었다. 세월과 함께 구김살로 헐망해진 뚜껑을 펼치자 처음으로 나타난 것은 약간 누릿하게 된 4촌짜리 약혼사진이다. 사진 속의 나의 몰골은 매우 험상궂었다. 방금 성을 내고난 것처럼 독기어린 눈길과 꾹 닫혀있는 입술로 하여 엄엄하기 그지없었다. 그에 비하면 영실은 무한한 행복감에 잠겼다고 할까, 쌍태머리를 어깨 위에 달랑 드리운 아내는 꽃봉오리가 피어나듯이 방긋거리고 있었다. 순간 아내가 당신은 얼음장처럼 차가운 사람이었어요 라고 질책하는 상 싶었다. 그때 난 어찌하여 험상궂은 표정을 지었을까?

"약혼사진을 꼭 찍어야 하우?"

아마도 '대식품'을 먹던 때일 것이다. 먹는 문제가 두통거리인데다가 긴급임무로 출장을 떠나야만 했던 나에게 그럴 여유가 없어서만은 아니었다. 약혼사진을 찍게 되면 어차피 영실에게 장가를 가야 한다는 데서 실쭉해진 것이었다.

"일생에 한 번밖에 없는 약혼사진을 왜 안찍겠나요?"

영실은 펄쩍 뛰었다. 난 마지못해 그를 따라 사진관으로 갔다.

"어서 오시우다! 몇 촌짜리 찍으렵니까? 약혼사진은 4촌짜리가 좋답니다!"

"좋겠어요. 그런데 치장을 좀 해야겠는데요."

호들갑을 부리는 사진사와 격 맞게 맞장구를 치던 영실은 화장실로 총총히 달려갔다. 그는 커다란 체경 앞에서 헝클어진 머리를 빗어 올리고 앞머리를 곱실하게 굽히느라 여념이 없었다.

치장한다고 변모할까? 바탕부터가 그런 걸…흥!

난 어쩐지 서글프기만 했다.

2

영실은 나의 하급생이었다. 처녀로서 매력이 없는 건 아니다. 허지만 키가 작고 다리가 박으로 휘우듬히 굽어 볼품이 없었다. 그런 영실이가 지질학원으로 합격된 나에게 글쪽지를 보내어왔다.

전 동물 영원히 잊지 못하겠어요. 동무의 그림자로 되어 어디든지 따라갈 결심이랍니다. 충암절벽과 가시밭이 가로놓였어도 말이에요. 전 맘먹으면 꼭 해내고야마는 성미라는 걸 꼭 기억해두세요…

허참! 내 쪽의 의향은 들어보지도 않고 여자 측에서 먼저 고백하는 법이 어디 있담? 자못 괘씸한 일이었다. 그를 불쌍히 여긴 것은 사실이지만 그것을 초월한 다른 감정은 꼬물만큼도 없었다. 하긴 그때 내 나이 열아홉이라 맘속의 여자가 없는 건 아니다. 한 반에서 함께 공부를 한 연심이란 처녀에게 은근히 맘을 두고 있었다, 갸름한 얼굴에 쌍겹진 눈은 항시 새물새물 즐거움으로 빛나고 있었는데 머리가 남달리 총명하여 과목마다 성적이 우수했고 꾀꼬리처럼 노래도 잘 불었다. 한 번은 시 낭송에서 1등을 받아 전교적으로 소문이 자자했다. 그래서였다. 난 졸업을 앞둔 어느 날 그녀에게 사랑을 고백했더니 뭣이 바빠 그래요? 이후에 보자요 라고 살짝 얼굴을 붉히었다. 통쾌한 수락을 받은 건 아니지만 그렇다고 사정없이 걷어차인 건 아니었다. 희망은 미래에 있었다. 때문에 영실의 고백 같은 게 나의 맘을 끌리 만무했다. 그래서 그녀에게 아무런 태도표시를 하지 않고 C학원으로 떠났다. 했는데 영실에게서 일주일에 한 통씩 편지가 꼭꼭 내달아왔다.

> 은혜를 갚기 위한 것은 사랑이 아니라고 사람들은 말하고 있지만 전 그렇게 여기지 않아요. 제가 어떻게 생명을 구해준 은인의 은혜를 잊을 수 있겠나요? 죽을 때까지 잊을 수 없어요. 잊을 수 없기에 동무를 영원히 섬기겠단 말이예요…

잊을 수 없다구?…한 생명의 생사 앞에서 누구든 선뜻 뛰쳐 나설 일을 가지고 은인이니 은혜이니 하며 애틋하게 굴건 뭘까?
그것은 사람들의 진맥을 빼어가는 무더운 삼복철에 있은 일이다. 학교에서 수영을 조직했다. 고중반 학생들은 남녀막론하고 모두 송화강으로 갔다. 강바람은 시원했다. 지구덩어리를 통째로 태워버릴 듯한 기세로 지글지글 끓어 번지던 정오의 태양도 여기선 무기력한 모양이다. 남학생들은 어느새 팬티바람으로 사품치는 강물 속으로 첨벙첨벙 뛰어들었다. 소싯적부터 넓디넓은 송화강을 단숨에 건너가고 건너오군 했던 난 누구든 감당할 자가 없었다. 자호감에 잠기며 천천히 헤엄을 치기 시작했다. 강심에 이르러서야 속도를 빼며 하나씩 뒤에 떨구어 놓았다. 그런데 어디선가 왁작 고아대는 소리가 어렴풋이 들려왔다. 난 물속에서 훌쩍 솟구치며 강변 쪽을 바라보았다. 여성들이 발을 동동 구르며 아우성을 치는 것이었다. 불길한 예감에 사로잡힌 난

다시 한 번 솟구치며 주변을 살펴보았다. 이때였다. 물 위로 둥둥 떠내려가는 검시륵한 물체가 눈확으로 들어왔다. 누가 빠진 게 분명했다. 난 지체 없이 그쪽을 향해 쏜살같이 헤엄쳐 갔다. 여자였다. 무엇을 더 고려할 여가가 없었다. 한손으로 그의 머리채를 휘어감은 나는 다른 손으로 헤엄치며 강변으로 향했다. 빠진 사람이 바로 영실이었다. 척 늘어진 그는 꼼짝달싹하지 못하고 있었다. 체육선생은 영실이를 엎드려놓고 물을 토하게 한 후 곧 인공호흡을 들이댔다. 다행히 구급조치에 영실이가 정신을 차리게 된 것이다. 나는 물론 이 일로 하여 교장선생님의 칭찬을 받게 되었다.

"헤엄을 모르면서 그게 뭐요?"

칭찬을 받아서가 아니라 어째선지 영실에게 자연 관심을 돌리게 된 나는 그녀를 만나자 농담조로 말을 걸었다.

"아니예요. 난 꼭 헤엄을 배우고야말겠어요."

날 보기가 못내 수줍었던지 영실은 얼굴을 다소곳이 숙인 채 대꾸했다.

"그만 혼났으면 됐지 뭘 배우겠다고…"

"실패가 무서운 게 아니라 실패 속에서 낙심하는 게 무섭지 않을까요?"

영실이가 나의 말허리를 자르며 제법 철리 같은 것을 푸는 바람에 난 그만 눈이 퀭해지고 말았다.

우리의 접촉은 이렇게 시작되었다. 했는데 본격적으로 짓궂게 달라붙을 줄은 천만 몰랐다. 난 영실에게 아예 회답편지를 쓰지 않았다. 거들떠보지 않으면 절로 물러날 텐데. 그런데 나의 생각은 오산이었다. 그의 편지는 계속 어김없이 날아왔고 1년 후부턴 한 달에 20원씩 돈까지 붙여왔다. 대학시험에서 실패를 보게 된 영실은 농업기술보급소에 취직하게 되었는데 한 달에 40

여원이 되나마나한 노임을 아껴 먹고 아껴 쓰면서 남은 것을 보낸 것이었다. 난 그의 돈을 받아 쓸 수가 없었다. 그가 맘에 없어서만은 아니었다. 영실은 소싯적부터 불쌍하게 자랐다. 어려서 아버지 어머니를 여읜 그녀는 부득불 이모네 집으로 가지 않으면 안 되었다. 육친의 정을 모르고 자란 그녀였으니까 경제적으로 독립했을 때 응당 지난날의 부족을 미봉해야지 않겠는가. 나는 부쳐온 돈을 그대로 돌려보냈다. 그랬는데 이번엔 이번 달까지 합해 40원을 송금한 게 아닌가? 기가 찬 일이었다. 찰거머리처럼 딱 달라붙는데 난 추호의 방법이 없어 황황했을 뿐이었다. 그런데 이상했다. 황황할수록 난 연심이가 못 견디게 그리웠다. 그녀는 어찌하여 종무소식일가? 연심은 그때 서로 잊지 않기 위해 편지로 계속 내왕하자는 약속을 남기고 B의학대학으로 떠났었다. 난 C학원으로 오자바람으로 연이어 편지를 띄웠으나 바다에다 돌을 던진 셈이 되고 말았으니 혹시 영실이가 중간에서 작간을 논게 아닐까? 의심의 화살은 나의 심장을 사정없이 찔러놓았다. 당돌한 영실의 행위를 봐선 그럼직도 한 일이었다. 참을 수가 없었다. 불끈 솟구친 적개심 같아선 당장 영실이를 찾아 꼬치꼬치 따지며 단단히 혼찌검을 주고 싶었건만 그러지 못한 나는 전신을 전율하며 혐오감에 푹 잠기였다.

흥! 찰거머리처럼 빌붙으라지. 그렇다고 넘어가진 않을 테니깐!…
난 스스로 자신을 격려했다.

3

운명이란 꼭두각시놀음 같아 흔히는 자기의 뜻대로 되어지는 게 아니었다. 물살처럼 빠르게 흐른 세월과 함께 대학을 졸업하게 된 나는 B시 지질탐사대로 배치되었다. 그래서야 영실의 편지거래가 가뭇없이 중단되고 말았다. 앓던 이를 뺀 것처럼 시원하기 그지없었다. 그러면서도 마음 한 구석엔 이름하기 힘든 무엇이 웅크리고 있었다.

내가 너무도 몰인정하게 군게 아닐까…

그것은 마치도 귀중한 것을 잃고 찾지 못해 안타까워하는 심정 같았다. 난 비로소 영실의 편지에서 일종의 위로를 받고 있었다는 걸 깨닫게 되었다. 실쭉해하면서도 은근히 고대하게 되는 영실의 편지는 벌써 두 달째나 없었다. 나의 발길은 하루에도 몇 번씩 수위실로 돌려졌다. 수위실 아바이는 언제나 없다고 텃게 굴었는데 한 번은 무슨 편지길래 매일 독촉이요? 라고 짜증까지 내는 것이었다. 그러던 어느 날이었다. 누가 찾는다고 하기에 문밖으로 나선 난 화뜰하고 놀랐다.

"절 무척 나무랐지요? 미안해요. 그런데 이제부턴 편질 쓸 필요가 없게 되었어요. 전 이곳으로 전근되어 왔답니다."

"아니? 전근되었다구?"

너무도 뜻밖의 일이여서 난 영실이를 멍하니 바라보았다. 몰라보게 변모하였다. 나뜰거리던 쌍태머리 대신 치렁치렁한 머리를 어깨 위에 척 드리워 제법 인기를 끌었다. 그런데 하야말쑥하던 얼굴이 가무잡잡해지고 깡마른 입술에 쪼골쪼골 가풀이 인 것은 산전수전을 모조리 겪었다는 걸 암시하고 있었다. 하긴 외지에서 B시로 전근되어 온다는 것은 하늘의 별따기 맞잡인데…

"그간 혼자서 고생 많았죠? 이제부턴 제가 도와주겠어요."

"고맙소…"

우선 나를 생각해주는 영실이가 고마왔다. 그러나 속으로 서운함을 금치 못했다. 그녀의 표정에서 나는 목적을 당성한 사람들에게서 흔히 볼 수 있는 그런 자호와 긍지를 엿보았기 때문일까. 이제부터 도와주겠다? 내측에선 아무런 표시도 없는데 제사 모든 것을 이미 결정한 듯이 혼자 주고받는다는 건 눈에 거슬리는 것이었다. 난 영실이를 다시 평가하지 않으면 안 되었다. 남몰래 고대하던 우상이 바로 오똑하니 서있는 저런 몰골이었던가? 아니었다. 진정으로 그리워한 것은 연심이련만 어찌하여 한 마디 소식조차 없을까…

이래저래 기분을 잡치게 된 나는 종종 냉랭한 태도로 그를 대했으나 영실은 그걸 개의치 않고 쩍하면 찾아왔다. 와서는 누가 시키지도 않았건만 침대 위의 이불을 각이 나게 포개어 놓거나 말코지에 걸린 더러워진 옷을 빨거나 아무튼 쉴 새가 없었다.

"내 절로 할 테요, 그런 염려는 말았으면 좋겠소."

난 자르듯이 단호히 말했다. 연심이와의 연줄을 끊어놓고 이제 와서 그까짓 옷이나 빨아 미봉할 수 있단 말인가? 아니꼬운 상념은 결국 짜증으로 변하게 되었다.

"제가 불원천리하고 이곳으로 온 것은…"

"알만하오. 허지만 난 아직은 개인문젤 고려하지 않겠단 말이요."

"그렇다면 언제까지나 기다리겠어요."

"동정은 사랑이 아닌데 뭘 기다리겠소? 억지로 꾸며진 행복이 없다는 걸 모르오?"

"제가…제가 그렇게도 싫던가요? 그래 절 한 번도 생각지 않았나요?"

"그렇소."

"알만해요…"

침울한 눈길로 나를 이윽히 바라보던 그녀의 눈에는 어느새 눈물이 글썽했다. 고개를 푹 떨군 채 손등으로 눈물을 훔치며 문을 나섰다.

남의 호의를 샅샅이 짓밟아버린 난 결국 천벌을 받게 되었다. 전날 출장을 나갔다가 야외에서 바람을 맞아 오싹오싹 신열이 났댔는 데 오늘따라 머리가 빠지는 것처럼 아팠고 고열로 전신을 떨다가 그만 침대 위에 꼬꾸라지고 말았다. 다시 정신을 차렸을 땐 이미 병원침대에 누워있었다.

"정신을 차렸군요. 이젠 됐어요!"

나에게로 바싹 다가온 영실은 너무도 기뻐 어쩔 줄을 몰라했다. 영실의 말소리는 잔잔한 물결이 되여 나의 가슴을 축축히 적시였다.

"영실이 난…"

설명이 필요 없었다. 그녀는 연 며칠을 두고 나의 곁에서 한시도 떠나지 않는 것이었다. 고마웠다. 난 결국 영실의 손을 끌어당겼다. 포동포동한 그의 손을 뜨거웠다.

"감사해요…당신을 제하고 제가 누굴 사랑하겠나요?"

영실은 나의 가슴 위에다 얼굴을 파묻다시피 하고 다정하게 속삭이었다.

"우리 결혼하기요."

나를 죽자고 따르는 처녀를 마다하고 한 마디 문안도 없는 연심이를 그리워해선 무슨 소용일까? 자책감으로 가슴이 옥죄여든 난 최후의 결정을 내리고야말았다.

우린 결혼준비에 급급했다. 부모들을 비롯한 친척들에게 편지를 띄우는 한편 첫날 옷을 만들었고 식당에도 미리 연계를 달았다.

그러던 어느 날 나의 탁상 위에는 편지 한 통이 놓여져 있었다. 발신인의 주소와 성명을 밝히지 않는 편지를 집어든 난 천천히 봉투를 뜯었다. 그것은 뜻하지도 않았던 연심의 편지였다.

∝…오랜 세월을 두고 침묵을 지켰던 절 용서해주겠어요? 기실 회답을 하지 않았다고 깡그리 망각한건 아니랍니다. 청춘의 꿈이 구름을 타고 두둥실 떠돌 때 애오라지 성공을 위해 이러저런 것을 밀막아버리지 않으면 안 되었던 처지만은 이해해줘야지 않겠나요. 현실은 무정했어요. 삶의 길은 순탄한 것만은 아니었지요. 연구생에 대한 욕망은 헛된 것이었답니다. 전 아마 기층으로 배치될 것 같아요. 배치지점이 결정되지 않아 지금껏 지체되었답니다. 지점이 확정되면 다시 소식을 보내겠어요. 몰인정하게 군 절 용서해주세요. 용서를 비는 사람에게 힐책을 가하진 않겠죠?…

"흥! 제 앞이 막막하니까 빌붙는 법이 어디 있어?"

난 편지를 내동댕이쳤다. 그랬어도 성차지 않아 이번엔 그것을 다시 집어 들어 산산 조각나게 찢어버렸다. 이상했다. 욱해진 심정은 의연히 눅잦힐 수가 없었다. 진종일 뒤숭숭하여 일이 손에 잡히지 않았다. 연심에게 보복의 화살을 쏜 게 옳았던가? 그녀는 나에게 용서를 빌었다. 그런 자에게 무턱대고 성을 낸다는 건 남아로서의 품위와 기백이 부족한 게 아닐까. 연심의 오뇌를 이해하고 동정해야 양심적이 아닐까. 그렇지만 이제 와서 어째본다는 것은 난감한 것 이었다. 그림자가 되여 한시도 떨어지지 않는 영실이를 앞에 두고 연심이를 기다린다는 것은 불가능했다. 했지만 세상에 태어나 처음으로 사랑의 불씨를 품게 한 연심이를 잊는다는 것도 실은 가슴 아픈 일이었다.

혼례식은 국영식당에서 거행되었다. 원래 난 큰상을 차려 외

롭게 자란 영실이를 즐겁게 해주려 했는데 영실이가 돈을 많이
들여 예식이나 버젓하게 차려선 무슨 소용이예요? 하고 극력
말리는 바람에 그만두고 말았다. 그의 첫날 옷차림도 수수했다.
치마저고리를 입었을 뿐 화려한 면사포를 쓰지 않았다. 그것을
빌려 쓰자면 돈이 여차하게 든다며 마다했던 것이다.

“우린 남부럽지 않게 살아야 해요. 그렇지요?”

첫날밤 영실은 나의 품속으로 조용히 안기며 속삭이었다.

영실이가 아니라 연심이었으면 얼마나 흡족하겠는가. 하지만
운명이란…

번개처럼 나타난 연심의 형상을 지워버리지 못한 나는 마지
못해 영실이를 끌어안았다.

4

기억에도 아득한 지난날의 발자취를 찾아내려는 난 계속 사
진첩을 뒤적이었다. 나의 눈길은 부지중 칠색 비단저고리에 남
색 조끼를 보기 좋게 받쳐 입은 영철이가 세 바퀴 자전거를 타
고 있는 사진에서 뚝 멎었다. ‘영철이 첫돌기념’이란 글씨가 씌
어져 있는걸 봐선 돌 사진이 분명한데 언제 찍었던가? 기억에
도 새로웠다. 솔직히 말하면 가정살림을 몽땅 아내에게 맡기였
고 또 쩍하면 출장을 나가군 했던 난 영철이가 언제 태어났고
어떻게 자랐는지를 잘 모르고 있었다. 그때 탐사분대 분대장으
로 승급된 나는 새로운 금광의 발견을 위해 두 달 동인이나 해
발 1천4백 미터나 되는 남로산 주위에서 헤매다가 속히 돌아오
라는 통지를 받고야 집으로 돌아왔다.

"저녁 전이죠? 좀 기다리세요."

만삭이 된 아내는 밥을 먹다말고 엉기적거리며 주방으로 나갔다. 들가방을 책상 위에 내려놓은 난 실내를 주욱 훑어보다가 아내의 음식물에 눈길이 끌렸다.

혼자 늘 이런 걸 먹었는가?

영실이가 먹다 남은 것은 멀끔한 강냉이 죽에 무우장아찌였다. 그럴 줄은 감감 몰랐다. 야외에서 돌아올 적마다 나에게 차례진 건 새하얀 이밥에 달걀볶음채거나 소고기를 푹 끓인 국이었기에 식량이 넉넉한 줄로만 알았던 것이다.

"홀몸도 아닌데 그렇게 먹어 되겠소?"

아기자기한 부부지간의 감정이 없는 것은 사실이나 그렇다고 어찌 음식물에서까지 차별을 두겠는가.

"전 어려서부터 강냉이죽을 좋아했답니다. 일없어요."

밥상을 차리던 그녀는 숫제 대수롭잖은 태도를 취했다. 순간 측은한 감정이 나의 전신을 파고들었다. 부부간의 사랑은 무엇이었던가? 영실은 나에게 충족한 시간을 마련해주기 위해 때식(끼니)을 도맡은 것은 물론 쌀을 타고 석탄을 사오는 것까지 군말 없이 해치웠다. 게다가 농업기술보급소의 사업은 때때로 농촌으로 현지지도를 가야 했다. 영실은 가정주부라고 교외농촌을 맡게 되어 당일로 돌아오곤 했지만 버스나 자전거를 타고 수십리 길을 내왕한다는 건 힘에 겨운 일이었다. 그렇다고 집 살림에 영향을 끼친 것은 꼬물도 없었다. 난 언제나 제때 때식(끼니)을 먹었고 때가 되면 새 옷을 바꿔 입곤 했다. 그러나 난 그 모든 것이 응당한 것이라고, 여자들이 가정살림을 도맡지 않고 뭘 하겠느냐고 여기고 있었다. 그러던 어느 날 영실은 그것이 없다며 태기가 있는 것 같다고 알리는 것이었다.

"기쁘세요?"

아내는 저으기 수줍어하며 짐짓 나의 동정을 살폈다. 기쁜가? 난 어떻다고 말할 수가 없었다. 첫날밤을 지난 이튿날 아침에도 영실은 기쁘세요? 라고 물었었다. 사람들은 첫날밤에 대해 화산이 터지는 듯한 열정으로 신비한 환락을 감수했기에 일생을 두고 흡족스레 추억하는 것이다. 유독 나에겐 그런 추억이 없다. 했는데 어느새 임신을 했을 뿐 아니라 배가 남산처럼 되어있었다.

"이젠 출장을 가지 않겠지요?"

나의 옆에 척 퍼드리고 앉아 식사를 하고 있는 나를 이윽히 바라보던 아내가 불쑥 입을 열었다.

"안가면 어쩌오, 사업이 그런걸."

이번에 날 속히 오라고 한 것은 지질국 국장에게 새로 발견된 황금의 품위와 매장량을 회보하려는 데서였다. 국장은 극히 만족스러워했고 발굴을 위한 사업을 바싹 틀어쥐라는 것이었다. 난 속히 현지로 가야 했다.

"이 달이면 막 달인데 나 혼자…"

"산원에 입원하면 안 되겠소?"

부석부석해진 영실의 얼굴에 서운함과 우려지심이 한데 어울려 흐르고 있다는 걸 간파 못한 건 아니지만 많은 산모들이 산원에서 해산하는 이상 영실이라고 예외겠는가. 구경은 내 곁에서 떨어지기가 싫어 꾸며댄 것 이라고 나는 여긴 것이다.

"그러지요 뭐, 입원해도 돼요."

며칠 후 난 또 남로산으로 출장을 가게 되었다. 했는데 불과 일주일이 못되어 속히 돌아오라는 본부의 긴급전보를 받은 난 그날로 B시로 향한 기차에 몸을 실었다. 고르롭게 덜커덩거리는 차바퀴소리는 나를 몹시 심란케 했다. 방금 출장을 나왔으니까 사업으로 인한 건 아니겠는데…영실이가 무슨 탈이 생긴 게 아닐까? 난 처음으로 아내가 가긍스레 여겨졌다. 오직 나를 위해 모든 것을 희생한 영실이를 몰라준데 후회까지 하게 되었다.

"짐이 되게 그런걸 넣어선 뭘하우?"

이번 출장 때 아내가 통조림 유리병에 담은 고추장을 들가방 속에 넣고 있기에 난 대통 눈살을 찌푸렸다.

"객지에 나가면 모든 게 그립답니다. 짐이 된다면 제가 역전까지 바래다주겠어요."

난 평시에도 아내와 다니기를 달가워하지 않았다. 명색이 대학을 나왔고 또 남아답게 생긴 내가 어디서 저렇게도 쩨쩨한 배우자를 얻었는가고 사람들이 비웃는 것 같아 못내 꺼리게 된 것이다. 그런 나에게 배가 불룩한 영실이와 동부인한다는 것은 그야말로 내키지 않았다.

그런데 그 고추장은…참 상상 밖이었다. 점심때 고추장을 내놓았더니 탐사대원들은 꿀벌이 꽃에 모여들듯이 모여들었다. 맛을 본 사람들은 한결같이 별미라며 식욕을 부쩍 돋군다고 아내의 솜씨에 대해 칭찬이 이만저만이 아니었다.

"고추장은 매운 줄로만 알았는데 매우면서도 달콤한 것은 도대체 어떻게 된거요?"

한족 탐사대원이 입맛을 다시며 물어보았다. 난 대답이 궁했다. 아내가 메주를 쑨다고 농촌에서 콩을 얻어다 밤늦게까지 삶았고 절구가 없으니까 밥소래에다 대고 밥주걱으로 문대였다는 것은 알고 있었으나 메주와 고춧가루를 여하한 비례로 혼합했는가는 통 모르고 있었으니까. 남부럽지 않게 살아보겠다고 그렇게도 아글타글 하는 아내를 왜 지금껏 몰라주었던가?…

기차는 이윽고 나를 B시로 실어왔다. 난 총총걸음으로 직장으로 향했다.

"정신 있소? 아내가 당장 해산하게 되었는데 출장은 무슨 출장이요?"

　책임자는 내가 조직에다 아내의 형편을 알리지 않았다고 못내 노여워했다. 산원에서 전화가 왔는데 산모가족은 뭘 하느라 얼씬치 않는가고 괜히 산후에 바람이라도 맞으면 누가 책임지겠느냐고 주먹 같은 의견을 제기했다는 것이다. 난 자신이 우둔했다는 것을 승인하지 않으면 안 되었다. 나의 불찰은 끝내 화단을 초래하고야말았다. 산후풍을 맞은 아내는 풍습관절염에 걸려 허리를 잘 쓰지 못하다가 나중엔 뼈마디마다가 쑥쑥 쑤시어 운신할 때면 절룩거리게 되었다.

5

　십년동란에 대해선 너무도 터무니가 없어 아무것도 추억하기가 싫었다. 아내는 어떻게 지냈고 나는 또 어떻게 살아나왔는지…생활에 따르는 인정과 도덕 그리고 진리표준이 뒤죽박죽 되었기에 갈피를 잡을 수가 없었다. 그런데 바로 이런 난장판에 오매에도 잊지 못하던 연심이를 그런 지점과 그런 환경 속에 상봉할 줄이야 꿈엔들 예측했으랴?

　나는 그때 깊은 낭떠러지에 떨어져 반죽음이 되어 있었다. 머리가 터졌는지 얼굴이 째졌는지 선지피가 얼굴을 통해 목안으로 스며들었고 왕개미들이 얼굴에 모여들며 발광적으로 파고들었다. 그러나 난 꼼짝달싹하지 못했다. 지각을 잃은 팔이 말을 듣지 않았다. 불길하게도 어디선가 까마귀소리가 징그럽게 들려왔다.

　이러다가 죽지 않을까?…

　문득 떠오른 불안은 나를 몹시 괴롭혔다. 난 죽고 싶지 않았다. 반혁명의 죄를 노실히 탄백하라고 삼각피대로 나의 손등을 미친 듯이 내려쳤어도 굴하지 않은 나였다. 눈앞의 현실은 도시 이해가 되지 않았다. 오색찬연하던 세계가 어쩌면 하루밤새 온통 붉은 것으로 변하고 말았을가? 새로 발견된 금광을 뒷전에 놓고 혁명을 한다고 구호만 부르는데 언짢게 여겨진 난 만세만 불러 광석이 절로 나오는 줄 알았소? 라고 했다. 그랬다고 나에게 제깍 현행반혁명분자의 감투가 씌워졌다. 밤에 낮을 이은 고문이 지속되었다. 그래도 해명이 안 되니까 이번엔 족쇄를 채워 감옥으로 끌고 갔다. 눈을 멀쩡히 뜨고 퀴퀴한 냄새로 지독한 감방에 앉아 헛된 시간을 보내기란 못 견디게 지루했다.

죽어버리면 그만인 게 아닐까…

삼엄한 철조망 속에서 비인간적인 대우가 지속되었을 뿐 아무런 희망이 보이지 않게 되자 나의 마음이 흔들리게 되었다.

이런 때 아내가 면회를 왔다. 아내는 몰라보게 변하였다. 얼굴에 검스레한 잠이 다닥다닥 돋았는데 살이 홀쭉하게 빠져 눈밖에 없는 상 싶었다. 남편을 섬기고 자식을 기르고 집 안팎을 돌보는 사이에 늙었다기보다 먼저 쇠약해진 게 아닐까?

"집 걱정은 조금도 말고 맘을 크게 먹으세요. 청백한 이상 언제든 해명될게 아니예요?"

돌아갈 때 아내가 간수 몰래 귀띔하는 것이었다.

내가 어찌하여 나약하게 되었을까…

그날 밤 난 무엇인가 기대하고 있는 눈길을 남기고 간 아내로 하여 잠을 이루지 못했다. 하긴 억울한 누명을 벗지 못한 채 아내와 자식을 저버린다는 것은 실로 한심한 것이었다. 난 모든 풍상고초를 이겨내며 살아야겠다고 새롭게 다짐하게 되었다.

나는 임표 일당이 분쇄된 후에야 석방되어 나오게 되었다. 했지만 집으로 돌아간 게 아니라 남로산 부근에 자리를 잡은 '5·7

학교'로 갔다. 그로부터 하루 종일 개조를 위한 노동 속에서 진맥을 빼야 했고 때론 숨 막히게 달라붙는 깔다구에 얼굴이 퉁퉁 붓기도 했다. 그러나 난 전에 완수치 못한 금광의 탐사를 지속할 수 있다는 희망으로 항시 부풀어있었다. 하루는 일을 끝마치자 그길로 남로산의 옛 발자국을 따라 산을 타기 시작했다. 허나 쇠잔해진 몸을 운신한다는 것은 힘에 겨운 일이었다. 아니나 다를까 산중턱에 이르러 발을 엇디디는 바람에 낭떠러지로 뒹굴고만 것이었다.

이렇게 죽으면 무슨 값일까, 죽지 말아야겠는데…

난 깡말라 보풀이인 입술을 지그시 깨물며 일어서려고 서성거렸다. 헛일이었다. 결국 눈앞이 흐리마리해지며 실신하고 말았다.

모든 것은 후에야 판명이 되었다. 실신된 나는 약재를 캐러 다니던 한족 노인에게 발견되어 향 병원으로 운반되었고 구급치료를 받게 되었다.

"절 알아보겠어요?"

내가 혼미상태 속에서 깨여났을 때 누군가 물어보았다. 난 눈을 살포시 떴다. 알듯하면서도 모를 사람…그것은 천만 이외에도 연심이었다. 어디서 무엇을 하던 잊지 못했던 연심이…난 뭐라고 형언할 수가 없었다.

"절 원망했지요? 방법이 없었어요. 용서를 빌 뿐이에요."

나는 연심이를 흘끔 쳐다보았다. 꽃처럼 아름다웠던 그의 몰골은 어딘지 모르게 초췌했다. 그녀의 신세담을 들어서야 나는 그녀의 기구함을 알 수 있었다. 총명하고 과목마다 우등이면 어쨌단 말인가. 부농의 자제라는 것 때문에 밀리다 못해 향 병원으로 배치된 연심은 여기서도 그렇다 할 대우를 받지 못했다. 앞길이 탁 막힌 그녀는 눈물 속에서 지루한 세월을 보냈다. 게

다가 내가 이미 결혼을 했다는 소식을 듣게 되자 삶의 욕망마저 상실하고 말았다. 그는 결국 자포자기하게 되었다. 그러다가 남의 소개에 의해 현 농업국의 한 사람과 급급히 결혼을 하게 되었다. 그 사람인즉 술 미치광이였다. 평시엔 얌전한 것 같다가도 술만 먹으면 넌 나와 결혼하기 전에 누구와 좋아했다며? 넌 처녀가 아니었지? 라고 연심의 머리채를 휘어잡고 못살게 굴었다. 연심은 이혼을 하지 않으면 안 되었다. 악착한 현실 속에서 운명의 장난은 무시무시했다.

나와 결합이 되었던들 지금의 처지로 되진 않았겠는 걸…

양심의 가책을 받은 난 그녀의 모든 것을 동정하고 싶었다. 상처가 호전됨에 따라 나는 자주 연심이를 찾아갔다. 그의 숙소는 호젓했다. 간소한 이불과 보꾸레미가 있을 뿐 그 외는 아무 것도 없었다. 그러나 감옥생활을 하다가 살벌한 농장으로 오게 된 나에게 여인의 안온함을 안겼다고 할까. 인정을 모르고 살았던 난 그와 말이 많았다. 불행한 사람들은 흔히 추억 속에서 위로를 느끼는 모양이다. 우리의 담화는 운동대회요 문학써클모임이요 모두 학교 때의 일이였는데 흥미진진하여 밤 가는 줄을 몰랐다. 하루는 자정이 넘었다는 걸 감촉하자 자리에서 벌떡 일어났다.

"돌아가시려구요?"

"돌아가야지 밤이 깊었소."

"운명은 우리의 결합을 저애했어도…이렇게 찾아주니 전 만족이예요…"

우리는 서로 손을 잡고 한참 말이 없었다.

연심의 뜨거운 눈물이 나의 손등에 떨어졌다. 내가 그렇게도 그리던 맘속의 그림자…

연심은 나의 손을 꼭 잡은 채 놓아주질 않았다. 그의 눈물은 그칠 줄을 몰랐다.

현실은 나를 용서하지 않았다. 그 이튿날 연심이가 수면제를 많이 먹고 자결하는 바람에 나는 그만 살인죄로 또다시 감옥에 갇히게 되었다.

과연 내가 죄를 범했는가? 연심이의 자결은 정말 나로 인한 것인가?…

버선목이라면 뒤집어 보이겠지만 그러지도 못하는지라 나는 주먹으로 가슴을 치며 통곡했다.

'4인무리'가 풍비박산이 되여서야 난 집으로 돌아오게 되었다.

"연심 언닌 정말 불쌍히 세상을 떴어요…"

나를 맞이한 아내의 말이었다.

"……"

코말기가 찡해난 난 말문이 꺽 막혔다.

"여봐요, 우린 연심언니를 추모해서라도 꼭 잘살아야 해요. 알겠어요?"

"고맙소…이제부턴 정말이지 잘살아보기요."

나는 처음으로 정다운 눈길로 아내를 이윽히 바라보았다.

그 후 우리에겐 대운이 트게 되었다. 나의 문제가 해명됨에 따라 나는 주임기사로 승급되었고 주택도 샤워실과 접대실이 달린 세 칸짜리 층집이 차례졌다. 아내는 이제야 살길이 나섰다고 무등 기뻐하며 실내를 쓸고 닦고 하면서 나의 뒷바라지를 하느라 여념이 없었다.

그러던 아내가 이렇다할 복을 누리지 못한 채 이 세상에서 영영 떠나고 말았다.

내가 그녀를 죽음에로 떠민 게 아닐까?…

생각할수록 머리는 띵하고 귓속은 무엇인가 윙윙거렸다. 나는 눈을 지그시 감았다. 무수한 광석들이 나의 손에 의해 발견된 것만은 사실이다. 그러나 바로 그 뒤에 아내의 생명이 각일각 감퇴되고 있었다는 것을 나는 모르고 있었다. 따져볼수록 칼끝으로 오장을 후벼내는 듯한 아픔뿐이었다.

그림자로 되여 언제나 따라다니겠다던 아내가 어쩌면 먼저 가버렸단 말인가?

난 뜨거운 눈물이 양 볼을 타고 쭈르르 흘러내림을 금할 수 없었다.

날 용서해주오. 영실이!

나는 가슴 위에 두 손을 얹고 빌고 또 빌었다.

◉ **저자** ◉

● 강효근　　　프로필

　　　　· 중국 길림성 길림시 출생
　　　　· 작품집
　　　　『정신있소』『꽃피는 시절』, 『둥지를 떠난 새』 등 다수
　　　　· 연변문학윤동주문학상 등 문학상 수차 수상
　　　　· 길림성 작가협회 회원, 연변 작가협회 회원

강효근 소설집　**객 귀**

· 초판 인쇄	2005년 4월 11일
· 초판 발행	2005년 4월 12일
· 지 은 이	강효근
· 펴 낸 이	채종준
· 펴 낸 곳	한국학술정보㈜
	경기도 파주시 교하읍 문발리
	파주출판문화정보산업단지 526-2
	전화 031) 908-3181(대표) · 팩스 031) 908-3189
	홈페이지 http://www.kstudy.com
	e-mail(e-Book사업부) ebook@kstudy.com
· 등　　　록	제일산-115호(2000. 6. 19)
· 가　　　격	23,000원

ISBN　89-534-2381-3 93810 (paper book)
　　　　89-534-2382-1 98810 (e-book)